U0437579

漫漫何其多 著

FOG
迷雾之中

WHISPER EVIL

完结篇

廣东旅游出版社
GUANGDONG TRAVEL & TOURISM PRESS
悦读书·悦旅行·悦享人生

中国·广州

WHISPER✕EVIL

医师未死,战友永不受伤。

漫漫何其多 作品
完结篇
FOG

番外四 328
番外三 323
番外二 318
番外一 312
番外 311

FOG 迷雾之中
完结篇

SPER × EVIL

CONTENTS 目录

第一章 双子星 — 001

第二章 小号 — 059

第三章 天使剑 — 115

第四章 温柔 — 167

第五章 删号战 — 231

余邃起身看向时洛,两人对视,眼中都带着万千星光。
我能为你毛头少年一般,在世界赛上同另一个俱乐部的人打一场亿万人见证的删号战。
我也能为你跋山涉水,一步步走到你身旁。
我还能为了你,洗尽心口的尘和霜。

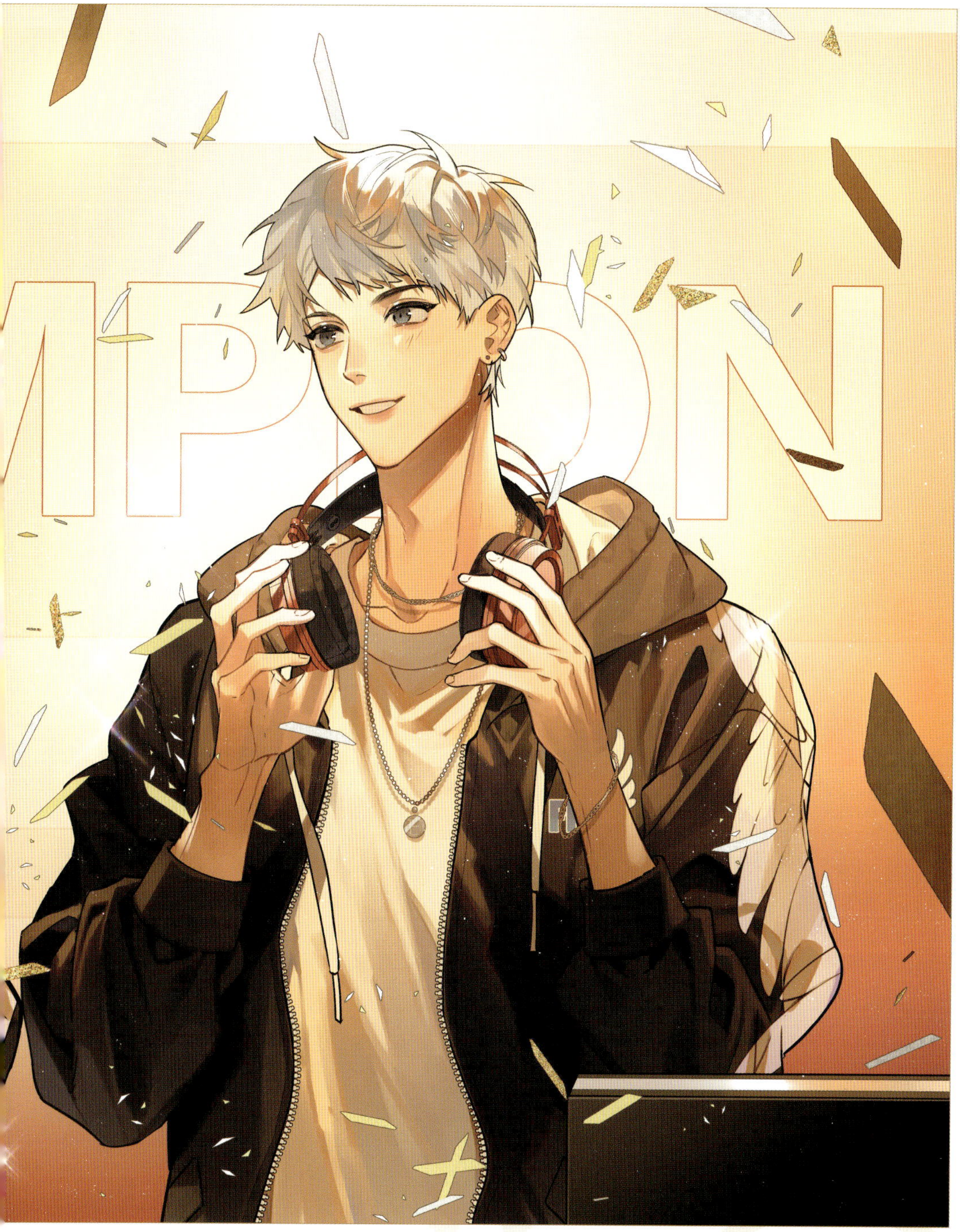

"安心打决赛,别人有的,你都会有。"

WHISPER×EVII

| 第一章

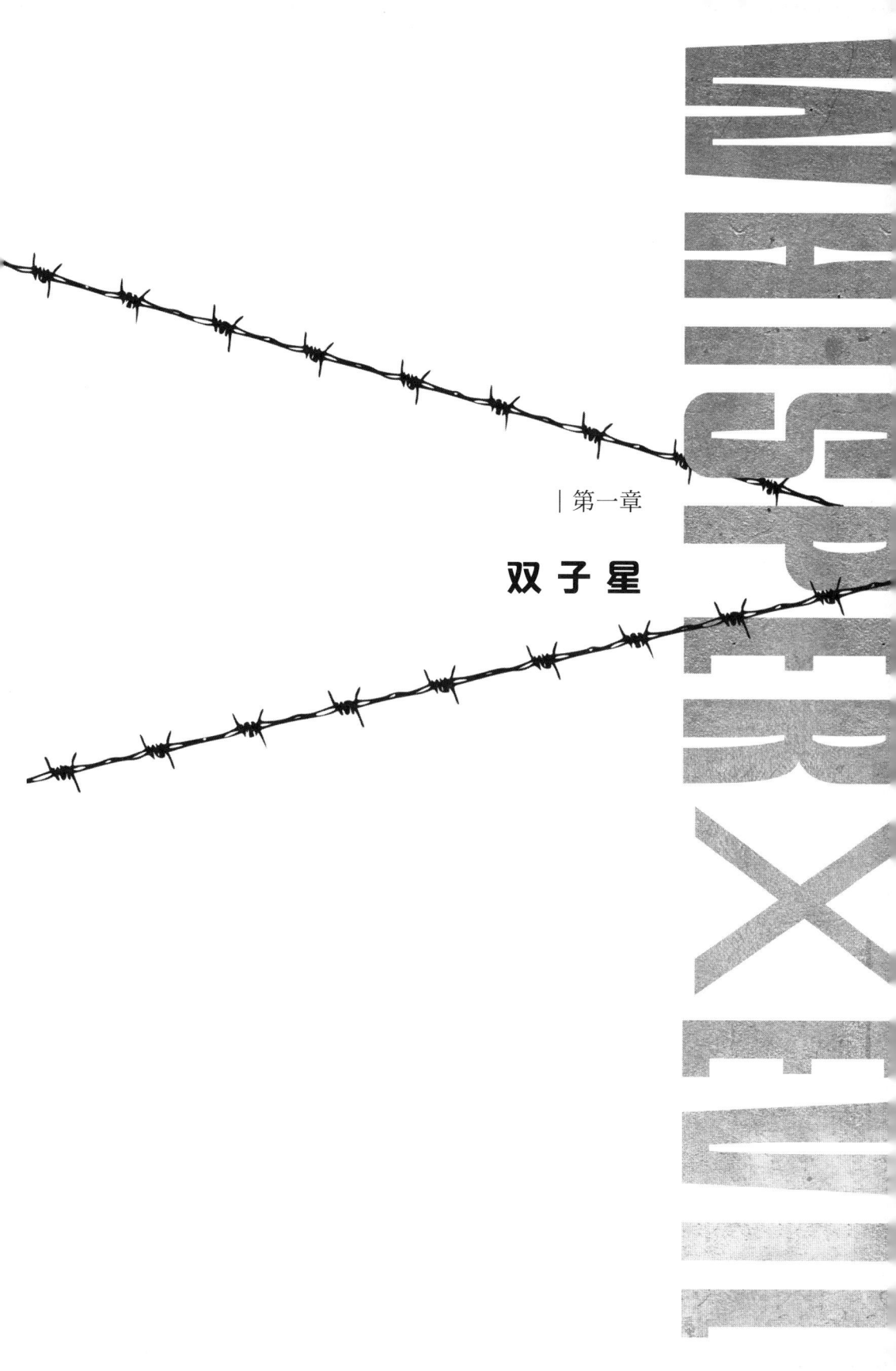

双子星

1

训练室里的几人愣了一下，瞬间起哄，时洛的直播间里粉丝几年没见过时洛的医疗师了，也疯了一般跟着刷弹幕。

泪，我一直以为时崽一辈子不会再上这个医疗师号了。

啊啊啊啊啊啊啊啊！Evil，你这个傻子，你为什么这么绅士？没人要求同职业啊，你用你突击号打啊！医疗师，你打不过余渣男的！

不用劝，没用，时崽一遇到Whisper就这样……

有生之年，这两个号居然还能同框出现。

刚从微博摸过来，开屏暴击，现在这是什么情况？请问什么是车轮战？什么意思？

头一次来直播间的粉丝麻烦点个关注，头一次来直播间的粉丝麻烦点个关注……

他们在玩1V1（指电子游戏中的一对一），有赌注的，刚听他们教练说赌注就是赢了的人让输了的做一件事。

现在的情况是时神刚刚赢了Puppy，给整个战队赢了一顿夜宵，车轮战赢家守擂，时神下一个挑了Whisper。

我合理怀疑时崽在放水，并且已经拥有了证据。

好了，我宣布Whisper可以开始考虑让时崽做什么了。

刚输给了时洛的Puppy十分不忿，酸溜溜地道："跟我打就是决赛级别的操作，我倒也没指望你这样对余邃吧，但你至少上你大号啊，你上个医师送人头……"

宸火全程看热闹，跟着啧啧评价道："教练，这个人根本就不想赢。"

余邃也愣了一下，推了一下桌子，侧头看向时洛，一笑："上突击号，没事，我试试。"

"不。"时洛拒绝得很干脆，"我玩医疗师。"

余邃没点准备键，他修长的手指虚虚地罩在键盘上，余邃想了一下道："那你先说，你要是赢了，你想要什么。"

时洛眸光闪烁，他戴着大大的头戴式耳机，别人看不见他的耳朵，但余邃分明看见时洛脖子微微发红了。

余邃对时洛的赌注心里已经明白了几分，他看着时洛飞速拿起手机解锁，快速按了几个字，下一秒余邃手机振了一下。

余邃拿起手机看了一眼。

宸火不满道："你俩苟苟嗖嗖地干吗呢？什么赌注？怎么还说起小话了？"

余邃看了一眼时洛给他发的微信，把手机放回桌上，面色如常："和钱有关的，你还问吗？再问，咱们几个直播间都要被封了。"

直播平台这几年对直播内容把控很严，若时洛和余邃真在赌钱，虽是自己队内偷偷玩，但真要明晃晃地说出来了，那少说要被封一个月，宸火并不想赔直播公司违约金，忙道："别别别说了，我不问了，你们打。"

周火在一旁乐呵呵地看热闹，NSN 管理严格，从不让队员嬉闹，周火见识短浅，这还是头一次见人这么玩，他长了黑网吧的见识，有点兴奋，闻言稍稍正经了点，道："别直接说出来就行，你俩私聊定了就得了，Evil 已经说了？余邃，你呢？你要是赢了要时洛做什么？"

余邃轻敲了一下自己的手机屏幕，干脆道："和时神赌注一样，他反过来就行。"

两台显示器后，时洛手指舒展了一下，两人越过显示器目光交会，余邃眼中含笑，再次确定道："这个赌注……你确定还要上医疗师？"

老乔对钱最敏感，听余邃的意思感觉两人下了个数额不小的赌注，忍不住道："别玩得太过分啊，差不多就得了。"

时洛脖颈上的红意已一路蔓延到薄薄 T 恤领口下，时洛整理了一下鼠标线，脸上还酷酷的，一句废话也没有："点开始。"

余邃莞尔："提前谢了。"

余邃点了开始游戏，等待倒计时的时间里，余邃拿起手机，又看了一眼时洛方才发他的微信消息。

一共三条，最后一条是——

【Evil】："态度要好。"

余邃飞速回了条微信消息："态度要好，请记住。"

那边时洛看了一眼微信，咳了一声。

随着倒计时结束，余邃脸上笑意散去，第一时间给自己套好盾补满状态，迅速地往对方基地摸进。

周火站在老乔电脑后紧紧盯着，小声道："我怎么感觉这俩医疗师打架，比刚才还危险刺激……"

"普通医师是没看头，但他俩不一样啊。真要说打架好看，这一局会比刚才那局好看。"老乔低声道，"上一局Puppy是狙击手，能远程开战，前期其实就是他在单方面打移动靶，没什么意思，这局好看，他俩只要对拼肯定就是近身战，刺激……余邃开始了。"

都没远程武器，余邃也就不怕暴露位置被狙了，开场补好自己所有状态后直接朝时洛冲了过去。

时洛也已给自己套好了盾打好了状态，他自知对地图的利用度不如余邃，并不冒进，而是选了个他最熟悉的灌木丛掩体点，躲在其中等待打余邃一个后手。

余邃远远看到时洛潜进了灌木丛就知道他在想什么，这就是余邃之前自己教的，一举一动，不能更熟悉了。

若是常规比赛，对方一个医疗师躲到灌木丛里去了，不管对方手里有没有匕首，余邃必然想也不想跟进去，迄今为止还没哪个医疗师能独自在余邃手里活着出来过，哪怕有了前期的掩体优势。

今天余邃却打得十分慎重，余邃没直接进灌木丛，而是拎着长匕首等在灌木丛上方高地密林处，选择慢慢判断灌木丛中时洛的位置，准备精准刺杀。

余邃玩得滴水不漏，不给时洛任何翻盘的可能。

"这俩人是赌了多少钱，玩得这么仔细。"宸火紧张地看着显示器，喃喃道，"余邃玩得太认真了吧。"

"他玩哪场不认真？"Puppy倚在电竞椅上眯眼看着两人周旋，"我有时候怀疑余邃就是台机器……心态好的时候没失误，心态不好的时候也没失误，春夏秋冬，不管遇到什么场合，都是台没感情的机器。"

宸火撇嘴："之前打 FS 那场，我都失误了好几次，人家余神全程没失误，杀得那叫一个准。"

游戏里，余邃轻轻拨动鼠标滑轮。

每个选手的快捷键不同，和选手职业也有关，比如 Puppy 的鼠标滑轮键就是开镜后的狙击镜倍数调整键，随着滑动鼠标中间滑轮来放大缩小开镜范围。

宸火和时洛的鼠标滑轮快捷键是射击键，鼠标滑动比按键要快，如此他们能在极限 CD（指电子游戏中的技能冷却）里，连发最多的子弹。

所有人里，余邃的鼠标滑轮快捷键最特殊，他设定的是声音快捷键。

往上推是放大声音，往下滑是减小声音。

这和余邃的日常打法有关，他经常要作为诱饵去吸引对方前排选手，主动贴近的时候，余邃需要预判对方位置，此时双方若都按兵不动，是极不易被察觉到的。

这个时候，余邃的这个音量快捷键就至关重要了。

余邃将鼠标滑轮往上推，几乎到底，而后静心等待。

FOG 游戏内模拟声音系统做得非常好，玩家只要有动作，哪怕只是衣料的摩擦，也肯定会发出声音，只要余邃耳力够好，他就能捕捉到。

余邃把滑轮完全推到底，片刻后果不其然听到了灌木丛中微乎其微的衣料擦过植被的声音。

那个声音只是一瞬间，余邃几乎同时就确定了时洛的位置，为了防止耳机爆炸，他轻滑鼠标滑轮键调小声音，同一时刻，余邃直接对着时洛的方向冲了过去，反手一个匕首划过时洛藏身的灌木丛，手起刀落，还没看清茂密灌木丛里的时洛，血已经溅了出来。

宸火在一旁叹息："这个听声辨位绝了。"

宸火话音未落，树丛掩体里一道刺眼白光，时洛抗了余邃这一下，也劈了一刀出来。

时洛位置卡得十分刁钻，宸火下意识地朝显示器凑近了些。

时洛反击很快，但余邃还是避开了。

余邃用手臂挡了一下，自己迅速后退，完美地躲过了要害，只被时洛在手臂上划了一道。

相比余邃劈在时洛左肩至左胸口的伤口，余邃左臂的伤口几乎可以忽略不计。

不到两秒钟的交锋里，两人身上的原始盾一起碎了，时洛掉血60%，余邃掉血10%。

"时洛凉了。"宸火摇摇头，"不是这个盾，刚才匕首下去命没了，接下来没时间套盾了，只能硬扛。"

游戏里，时洛确实没时间再给自己套盾了，这么说也不对，他其实是什么时间都没了，余邃压得太近了，时洛这会儿转身跑把后背留给余邃，那就稳死了，逃也逃不了，只能硬拼了。

从余邃的角度看过去，上身满是血的时洛，不要命一般又扑了上来，光子盾已经碎了，余邃以受伤的左臂格挡，以又牺牲了10%的血量为代价，一刀捅进了时洛的左腹。

时洛血量瞬间见底，剩下了5%。

余邃还剩80%。

时洛虽第一时间迅速退后拉开距离，但血量相差太多，已经没希望了。

余邃只消再给时洛来上一刀，这局游戏就结束了。

游戏里，时洛仍不死心，一个翻滚藏到了巨树背后，余邃不给他喘息的时间，直接冲了过去。

余邃绕过粗壮的树干，贴到时洛面前，一个多余的动作都没有，不暴露自己要害，不给时洛格挡的空间，全程都是脚本级别的操作，准备一刀结果了时洛。

老乔边OB（指电子游戏中的观察者视角）着余邃边跟周火介绍："看过余邃玩匕首你才知道该怎么处理极限环境下的贴身冷兵器战，这就是教科书级的，你让计算机来操作，也是这个步骤，直接就……呃？！"

游戏里，余邃绕过树干，准备一刀结果时洛。

万万没想到，时洛仍没放弃，他藏在树后，正倚在树干上抓紧一切可能的时间给自己注射血剂。

凭着余邃的操作速度，时洛是根本没足够时间将这一针血剂注射成功的。

但时洛还是本能地在自救。

两年前，余邃打一场练习赛的时候对上的那个医疗师也是如此。

被杀得毫无还手之力时仍在左闪右躲，努力给自己缠绷带打补血针，说什么都不愿死，血少的时候东躲西藏，但稍稍一补上来血，马上又不要命一般握着匕首冲上来。

直到被余邃杀得爬都爬不起来，他仍半跪在转生石上，给自己缠绷带。

今天露台上，时洛同余邃说："以你的脾气，FS 都能屠，大概率不会对我放水。"

游戏里，余邃注意到时洛自己断了读条，他应该是自知这一针打不完了，放弃继续注射，抄起匕首勉强迎战，两人贴得十分近，千钧一发之际，余邃看着时洛，将长匕首反手插回了自己腰间。

时洛一个匕首捅过来，正中余邃胸口。

游戏结束，除了余邃，其他人全愣了。

宸火下巴落地，呆滞地说："余神，你弄啥呢？"

余邃摘了耳机，表情平静："技不如人，怎么了？"

Puppy 愣愣地看着电脑屏幕："这要是在正规赛事上……我已经可以举报你消极应战了。"

周火叹为观止，戳戳老乔道："你刚说什么？余邃这是教科书级的刺客医疗？呵呵……"

周火扫了时洛一眼，低声嘟囔："我看是教科书级的放水吧。"

老乔如梦初醒，跟着道："余邃，你……说好的脚本操作呢？说好的计算机级的应变呢？！你刚干吗呢？"

让得太明显了，余邃也不找理由了，他退出地图，坦然道："操作是计算机级别的，人不是，我又不是真的计算机。"

Puppy 咂舌："一直以为你早就超然物外，完全不受感情干扰了，是我错了。"

余邃抬眸看了时洛一眼，不动声色："我从来就没说过我不会被干扰，是你们硬要说我冷心冷血的，我好好一个恒温动物，总会有点情绪。"

Puppy 扭头看了看迄今为止唯一让余邃在游戏里放了水的人，刚要再调侃两句，他电话响了——外卖来了。

还没被点到的宸火如释重负，忙起身道："太好了，吃饭，正好我不用打了，我一分钱也不想输，走了走了。"

"也行，吃夜宵了，不玩了。"周火催促众人下楼，"吃饭，吃了睡觉。"

一顿食不知味的夜宵过后，时洛神情不属地上楼。

选了医疗师同余邃打1V1，时洛其实是做好了输的准备的。

时洛若真那么适合玩医疗师，他也不会转职。

想上那个号，一是因为仍想看看自己的医疗师同余邃差多少，二是彻底放下了，两人都和好了，时洛不觉得之前的种种还有什么解不开的。

但万万没想到，余邃会在最后一刻突然收手。

将长匕首捅进余邃游戏人物角色胸口的时候，时洛瞬间松开了鼠标。

好像是真的误伤到了余邃一般。

那个画面实在太清晰，以至于时洛吃夜宵的时候都会想起来。

时洛揉了揉脖颈，往自己宿舍走，经过余邃宿舍门口的时候，余邃宿舍门打开了，某位因胃病不能吃夜宵只喝了一碗粥的医疗师叫住时洛，让他进了自己宿舍。

余邃宿舍里没开灯，遮光窗帘还拉得严严实实的，屋里一丝光亮也没有，时洛站在宿舍门和墙壁的犄角里。

若不是太熟悉余邃的气息，时洛都可以合理怀疑基地来贼把自己绑架了。

纯黑暗的环境里，视力再好也没用了，时洛只能感觉到背后的墙壁和不远处余邃轻微的呼吸声，还有空气中淡淡的洗衣剂味道。

若是游戏里，这就是最可怖的情况了，没掩体没视野没武器，只能听见对方细微的声音。

时洛耳朵热得发烫："今、今天，是你让我的。"

"对着你，没那么多原则，也确实下不去手。"

黑暗里，时洛听到余邃轻声道："愿赌服输，我……来兑现赌约。"

不等时洛回过神，他感觉余邃上前一步。

"Free俱乐部，ID-Whisper，职位队长，职业医疗师……多关照。"

2

回到自己宿舍后，时洛打开灯，眼睛眯了一下，几秒钟后才习惯了刺眼的光线。

时洛揉揉头发，收拾了一下杂乱的房间：把随手丢在一边的行李箱拉过来，撕干净行李箱上缠得乱七八糟的托运单，而后把行李箱推到桌子下，顺便归置了一下桌上的几个备用键盘和鼠标，随之看见了自己窗台上的几株半死不活的花草，拧开一瓶矿泉水给花草浇水，而后把矿泉水瓶丢进垃圾桶里，跟着一眼看见了脏衣篓，把几件脏衣服放进去打开门放到门外等着阿姨明天来洗。

关上门转过身来，时洛四下看了看，没什么还要收拾的。平时这个点儿回宿舍时洛都是冲个澡倒头就睡，今天他进进出出走来走去，没有丝毫困意。

他甚至想去打两把单排！

时洛在自己房间里又转悠两圈，最终还是绷不住，坐到床上，拿起手机来给余邃发了条消息。

【Evil】："睡了吗？"

余邃并没回复。

时洛拿着手机退出聊天界面刷了刷微博，再次点开微信，余邃还是没回复。

时洛又玩了两把手游，余邃还是没回复。

时洛蹙眉，犹豫要不要去敲门的时候，他的手机振动了一下。

【Whisper】："刚在冲凉。"

时洛看着手机屏幕。

【Whisper】："睡不着？"

时洛莫名觉得有点心虚，他抬手关了灯，衣服没脱直接躺在了床上，倚着墙壁拿着手机，顿了片刻后打字。

【Evil】："睡了，躺下了。"

不过片刻，时洛的手机振了一下。

【Whisper】："嗯，继续装。"

时洛笑了一下，抓了抓头发，虽然很不想承认，但他确实是……睡不着。

非常不想睡，非常精神。

他这会儿太想跟余邃聊天了，非常非常想。

时洛挠了脖子一下，无奈承认了，打字。

【Evil】："睡不着。"

几秒钟后，余邃回复了，余邃没打字，发了一条语音。

时洛点开，余邃的声音传了出来："我也是。"

时洛倚着墙，磨了磨牙，打字。

【Evil】："……别发语音。"

【Whisper】:"？"

【Evil】:"别发语音了，不然真睡不着了。"

时洛深呼吸了一下，又发消息。

【Evil】:"你是不是故意的？"

【Whisper】:"怎么，发条语音还故意了？"

【Evil】:"你……刚说过什么，忘了？"

时洛发完消息就后悔了，不等他撤回，余邃连发了好几条消息。

【Whisper】:"没忘，你是指哪一句？"

【Whisper】:"我画个重点，以后着重记一下。"

时洛恨不得磕死在手机上，他更睡不着了！

时洛一点儿都不想回忆，飞速打字："再发我就截图了！"

【Whisper】:"截吧，随便你发给谁。"

时洛其实真不算脸皮薄的，随便找个正常人，时洛都能刚一拨，但跟余邃比，他确实还差一点。

时洛老老实实认输："队长……"

【Whisper】:"好，不欺负你了。"

【Whisper】:"刚才确实是有点脾气，故意借题发挥了。"

【Evil】:"什么脾气？气我赢了？"

【Whisper】:"跟那个没关系。"

【Whisper】:"就是想起以前的事情，有点儿后悔。"

时洛快速打字："别说了！"

时洛有点顶不住，他甚至能想象到，余邃又在低声咻咻笑。

时洛揉了一把脸，也豁出去了："没见过？"

【Whisper】:"见是见过不少职业选手，像你这么好的苗子，就一个，无从比较。"

时洛脸上的热气瞬间传进心里，他靠在墙壁上，打字："余邃，我彻底睡不着了。"

余邃没再回复，而是拨了个语音通话过来。

时洛愣了一下，接了起来。

手机另一边，余邃低声笑道："真睡不着了？"

时洛轻轻吐了一口气，语气无奈："嗯……"

已经是凌晨三点，其他队友这个时间必然都睡了，基地隔音不好，余邃声音也很低："先躺下，陪你聊会儿，聊累了就能睡了……"

余邃一笑："看看，你队长人多好。"

隔日，不出意外地，时洛和余邃都起晚了。

两人都是中午一点多才起，洗漱了吃过早餐再到训练室的时候，将近两点半了。

"迟到不到半小时，念在初次，一人只扣两万。"老乔早就在训练室了，他撩起眼皮来看了两人一眼，"没异议吧？"

余邃神态自然："没。"

时洛摇摇头，飞速开机，输入密码后火速打开游戏客户端登录账号。

昨日输了游戏请了整个战队一顿夜宵的 Puppy 挺满意："挺好，我平衡了。"

余邃边开机边道："有什么不平衡的？一个狙击手 1V1 没打过突击手，菜出特色了。"

"你连个医师都没打过呢。"Puppy 凉凉地道，"说实话，我甚至怀疑昨天周经理做这个局，就是为了让我请客顺便让你俩练习的，我就一个工具人。"

"你本来就是个工具，今天还是跟 NSN 打，ROD 最近状态不错，别又被压制了。"说起昨晚的夜宵，宸火挺满意，"顺便一提，我挺喜欢这种队友请夜宵的游戏，今天能不能再玩一次？"

时洛眸子亮了一下，忍了忍没附和。

最后一个的余邃也登录了账号，老乔拉好了房间，将 NSN 几人组了进来，连上了语音通话准备说开始。

"拒绝！"Puppy 一边等倒计时一边悻悻道，"我在攒钱等着买房呢，我就看上咱们基地这小区了，也想在这儿买个别墅，以后谁也别再想着打劫我。"

余邃道："连个女朋友都没，着急买什么房？"

Puppy 看看时洛，半酸不苦道："未雨绸缪不行？"

宸火等着老乔喊开始，道："缺钱？学时洛啊，偷着给人干代打去，月薪百万不是梦。我也缺钱，要不是只会玩突击不全能，我也去干代打了。"

时洛瞟了宸火一眼："外面电线杆上重金求子给的钱更多，去吧。"

老乔无奈地捂脸，咬牙低声道："跟 NSN 连着语音呢！能不能都要点脸？！"

语音房间里，瓦瓦怯怯的声音传出来："你们……平时练习赛之前，都是这么互搞心态的吗？"

"哪儿呢？"Puppy 懒懒道，"我们正式比赛前都是要先相互攻击一下的，抗压训练，小孩子不要学。"

语音房间里，顾乾道："别学，别受干扰。"

瓦瓦震惊于 Free 战队全员恶人的企业文化，闭麦了。

例行公事地互坑了一圈后，两个战队进入各自语音房间，练习赛开始。

ROD 状态果然恢复了，甚至比给女朋友庆生风波之前更好一些，果然如众人所料，职业选手就得被无脑喷子们黑过几拨心态才能稳固。

一下午下来，一共打了八局，Free 六胜两败。

训练赛结束后，两边又连上语音聊了几句，随后各自退出了自定义地图和语音房间。

"不知道是不是我的幻觉。"Puppy 揉了揉脖子，缓缓道，"为什么我感觉 NSN 打得有点保守？我已经不是第一次有这个感觉了，几次跟他们打练习赛，总感觉藏了什么似的。"

时洛拿过矿泉水喝了两口："不是错觉，至少瓦瓦绝对是藏了。"

时洛经常同瓦瓦双排，比其他人更了解他。

"正常。"余邃并不意外，"咱们也没为了赢把咱们的套路全用了。"

"有点期待季后赛了。"宸火也喝了两口水，一笑，"NSN 好几年没出成绩了，老顾本来就憋着劲儿想进世界赛呢，就俩名额，NSN 今年不知道能不能进。"

"愁愁自己吧，你也知道就俩名额，Saint 已经不跟咱们打练习赛了，NSN 开始对咱们藏招了……"老乔把练习赛视频发给每个人，"最后要是 Saint 和 NSN 进了，咱们在自己基地给人家加油，那节目效果就拉满了。余邃……动员一下，提高大家的积极性。"

余邃最烦做这种事，从前在 FS 的时候每次季岩寒偷懒让余邃来给队员开会，余邃都是浑水摸鱼过去，现在自己就是老板了，躲也躲不了。

余邃接收了老乔发的视频文件："有奖金。"

都是明知说一句脏话就要被罚一万仍照说不误的选手，对奖金的渴求早就淡了，众人脸色没什么变化。

余邃又慢吞吞道:"下赛季涨签约费。"

众人依旧没什么感觉。

老乔不满道:"来点儿激情的!"

"激情没有,但有个世界赛的小细节可以介绍一下。"余邃拉了拉肩膀上要滑下去的队服外套,慢慢道,"世界赛……咱们赛区谁能进不好说,但欧洲赛区,圣剑肯定能进。

"咱们和圣剑不是同赛区战队,根据世界赛小组赛里同赛区不碰头的规则,如果我们都进了世界赛,在小组赛阶段,很大概率会和圣剑分在一起。

"透露个信息,圣剑自打建队开始,还没在小组赛上崴过脚,他们最差的成绩也是季军。"

余邃抬眸看了众人:"能不能给圣剑创个小组赛就惨遭淘汰的耻辱队史纪录,看大家的了。"

余邃话音未落,其余三人眼睛都亮了。

最懒散的 Puppy 拍拍桌子:"快快快,文件发我!吃什么晚饭?不吃了,复盘复盘,吃着复。"

3

平日最不温不火的 Puppy 都要边吃饭边复盘了,老乔乐得如此,趴在二楼楼梯上朝着厨房喊了一声,麻烦阿姨把晚饭送上来。

同圣剑新仇旧恨早就解不开了,几人对在世界赛上安排圣剑一手都产生了兴趣,等阿姨送饭的时间里,时洛甚至同老乔要了一支笔,扯过一张纸勾勾画画算概率。

"别算了,这些年看世界赛抽签我已经看出经验来了。"老乔摇头,十分迷信道,"不用相信概率学,相信玄学就够了。根据我的经验,像这种一生之敌,一般都会在小组赛遇到,跟咱们新仇旧恨纠葛最多的就是圣剑了,八成能遇到。"

"按你说的,Saint 和 NSN 现在跟他们恩怨也不小了,也很可能遇到。"宸火尚保存三分理智,他看着时洛写的公式煞有介事道,"还是要相信科学……小组赛是四进二,双循环,咱们要是跟圣剑同组,想要挤掉圣剑,必须把双循环的两场比赛全部拿下,保证圣剑积分不会太高,然后再寄希望于同组的另外两个战队给力,和咱们齐心协力,一起把圣剑踩到小组积分第三,呃……这是有点难。"

时洛继续列公式:"小组赛时期最好能把他们清理出去,如果小组赛拦不住,那还可以寄希望于八强赛……"

Puppy点头:"八强也行啊,上赛季冠军,这赛季八强回家也够丢人的。"

宸火突然想起什么来,一拍桌道:"今年世界赛还是在柏林!他们要是被咱们小组赛或者八强赛安排了,早早下班回家,家门口丢人,可太有意思了。"

"小组赛就算没法和咱们碰头……"时洛摊开手里的纸,"前提,我们两个战队和圣剑都小组赛出线了,本着八强赛同赛区不同半区的规则,圣剑有50%的概率必须跟咱们碰头了,这个概率还挺大的。"

宸火大手一挥:"嚣张点算!咱们和中国赛区的另一个战队都进四强,那不管是哪个半区,圣剑必然跟咱们碰头了!碰到了就打!打得他们回家!"

"所以,咱们和另一个同赛区战队,在决赛之前,有三次拦截圣剑的机会。"Puppy一笑,"我喜欢这个……希望到时候抽签给力点,咱们早点碰头,小组赛或者是八强赛就送老东家回家就很有意思了。"

周火正帮着阿姨送饭上来,听到这话吓了一跳:"疯了这是?别的战队都盼着能一直不碰到圣剑,你们倒好,盼着小组赛就遇到,不要命了?"

"他们看来是不太想要命了。"老乔被几人的报复欲感染,道,"名次什么的无所谓,但圣剑得早点死。"

时洛收起纸笔,接过饭菜:"安排圣剑和拼名次又不冲突,想要一直往上打,早晚得碰到的。"

"前提是打得过,打不过就是人家在小组赛阶段就送咱们回家了。"周火把饭菜放好,"是要边吃饭边复盘?"

老乔点头,开了投影仪,开始复盘。

普通练习赛,复盘其实没那么费劲,老乔全程拉进度条,拉到他观赛时记录下来的每个时间点上挨个讲解,该吹的吹,该喷的喷,除了余邃仍是几乎没失误,其余几人多多少少都有些问题。

周火一直在旁边看着,一知半解地陪着看过了复盘,道:"今天晚上就别继续约练习赛了吧?强度太大了。"

"晚上就不再约了,再约也复盘不过来了,你们记好自己的失误点,连着昨天十局的，汇总在一起。"老乔咽下嘴里的饭，顺了顺脖子道，"汇总在一起，晚上自己做自己的机械性训练。

"微操上的问题，去重复那个动作进行修正，重复上一千次，再根深蒂固的习惯也能纠正了，配合上的问题……就不能让你们耽误别的队员的时间了，只能是给你们配陪练了，需要陪练辅助练习的提前打招呼。"

时洛边吃饭边抬了一下手："给我一个陪练，要会玩突击的。"

"行，反正晚上我没事，我来就行了。"老乔看向 Puppy："你也需要吧？"

Puppy 点头："需要，三个，不限职业。"

老乔答应着："一会儿数据分析师给你拉人来当活靶。别人都不用了吧？"

余邃摇头，宸火抽了张纸巾擦了擦手，凑热闹般问道："咱们俱乐部的陪练团里有姑娘吗？"

"你当是点付费陪玩呢？是不是还得声音好听能唱歌？"老乔看了宸火一眼，苦口婆心，"别的战队的陪练，都是他们自己战队的青训生免费顶上，只有咱们，不是我来就是数据分析师给你们拉退役选手，给你们找的一个个都是要技术有技术、要意识有意识的，知道这种陪练一小时得多少钱吗？"

"一小时一千块。"老乔说着就觉得肉疼，"Puppy 每次练枪少说要三个陪练，每人一千，几个小时下来，你自己算算多少钱！还不珍惜！"

周火在一旁一笑："真的，我也算是在一线战队混了好几年了，还是头次遇见咱们战队这么奢侈的。"

"从 FS 留下来的破毛病。"老乔吃干净米饭，"一个比一个能造。"

"我哪儿奢侈了？余邃练刀的时候每次都是一气儿找四个陪练，一练就是好几天呢。"Puppy 已吃好饭，坐回自己位置上，"没办法，队长自己都骄奢淫逸惯了，不过这价格我倒是头一次听说，已经涨价到一千了？我记得我们出国前那会儿还是五六百呢。"

老乔道："早涨价了。"

"看看，又多了一条挣钱的路子，以后退役了，实在没钱花的时候，你也干这个去啊。"宸火摊在座位上，朝 Puppy 道，"今天不还说穷吗？以后干陪练去啊。"

"我干不了这个。"Puppy 摇摇头，距进行训练还有点时间，Puppy 开了直播混时长，"陪的选手是个天才就算了，要是操作还不如我，我担心我没法为了一千块钱老实当靶，很可能会控制不住脾气打回去教他做人，陪练追着选手打……那画面没法看。"

Puppy边说边懒懒地扭头,喊了一嗓子:"我开直播了啊!衣裳没穿好的收拾收拾!"

宸火心不甘情不愿地把踢到一边儿的鞋穿好:"为了直播间多点人气真是烦死。"

"你懂个头,来我直播间看的都是咱们战队的队粉。"Puppy调整了一下摄像头,打招呼,"是,我又开播了,我后面是谁?这是我们战队周经理……让他躲开?好。"

Puppy又慢吞吞地转头道:"周经理,麻烦让让,你耽误我直播间粉丝看时洛了。"

周火忙让开。

Puppy还在对粉丝们讲解:"对,我们刚吃完晚饭。为什么时洛还在吃?他吃得多呗……"

时洛扫了Puppy一眼,十分不配合地移动了一下电竞椅,背对着摄像头继续吃自己的。

宸火和老乔还在聊陪练的工资,说到陪练脾气必须都好,宸火看看余邃,损了余邃一句:"余邃行,他和时洛双排的时候,就特别有陪练的味道,回头世界赛要是真被人家圣剑反安排了,战队倒闭没钱了,余邃能干这个去,真的,之前我就感觉余邃特别有这方面的气质。"

队内互撑总是来得非常突然,没有征兆,没有原因,突然就开始起谁的哄,余邃习以为常,分毫不以为意,反而问老乔:"我要做陪练,一小时多少钱?"

老乔愣了一下,迟疑道:"你?你的话……"

老乔也说不出来一个价格,扭头看向周火:"余邃有价吗?"

周火愣了一下:"你们说的是余邃来做陪练吗?呃……咱们俱乐部暂时还没开通这个业务,他一定要做陪练的话……"

周火上下看了余邃一眼,莫名发现了新商机,真的评判道:"全联赛第一医疗师、上赛季冠军医师、能奶能刚、脾气偶尔还行,加上这张脸、这个身材、这个声音……"

周火失笑:"我一时之间还真拿不准。这得多少钱?"

"这有什么拿不准的?来个互动。"Puppy对着自己摄像头挥挥手,招呼道,

"Whisper 陪玩一小时竞价了，敢玩真的来出价，价高者得，来来来……"

Puppy 看热闹不嫌事大，饶有兴致地把摄像头转了一下，正对着余邃。

余邃因为有胃病，每次刚吃过饭不会训练，总要稍稍休息一下，这会儿正倚在训练室沙发上玩手机，神态有些日常，粉丝们甚少见到余邃表情这么放松懒散的样子，疯了一般刷弹幕打招呼。

余神余神余神余神啊啊啊啊啊啊……
Whisper 看这里！看镜头，我截图了！！
我的洛崽呢？哭，算了，余神也行。
刚才是什么意思？为什么余神要干陪玩了？俱乐部没钱了吗？
Free 也要干不下去了吗？又破产了一个？我余神这是什么天煞孤星的命？！
Free 俱乐部经营出问题了，所以 Whisper 要做陪玩了？
摄像头已经在拍余神给我们看了，这是玩真的了？
惊恐，我就说怎么这么大方，拍余神给我们看，原来这是在展示吗？！
虽然这么说不太好，但……余邃的话，我可以！！
Whisper 的话，谁能不可以呢？
我脸红了……讲真的，之前看余神和时神双排我就想说，跟余神双排……那个体验肯定特别好。
也许余神是要开着摄像头跟我双排？鼻血……我也可以！
我男粉……我也可以。
有一说一……Whisper 和人双排的时候，声音真的好温柔好好听啊，所以我特别喜欢看洛崽视角的直播，那个体验，啧啧……
害羞，余神双排的时候真的超级会的，特别能照顾队友的感觉。
擦鼻血……是真的可以竞价吗？

弹幕你一言我一语中，年仅二十一岁，未经人事的余邃身上的风尘味越来越浓。

余邃抬眸看了 Puppy 一眼，抄起沙发上的抱枕朝 Puppy 砸了过去。

Puppy 一把接过抱枕，看着自己直播间人气上了五百万，精神大振："当然是真的！竞价竞价，余邃陪玩一小时，真能出价的来。"

弹幕经过短暂的疯狂后马上认真了起来。

这到底是开玩笑还是真的？如果是真的，余神的话，一小时一千，我 OK。

疯了吧？那可是余神，让他陪你说话，跟你双排打游戏，整整一个小时，一千块钱？我出五千！

如果这是真的，我出一万。

我是 Whisper 技术粉，喜欢他五年了，我出两万。

我就特别不喜欢你们这种物化男性的行为，我出两万五。

捂脸，余神如果开摄像头的话，我出三万！

同捂脸，余神如果开了摄像头还愿意开麦聊两句的话，我出五万。

周火震惊地看着 Puppy 直播间的弹幕，咽了一下口水，喃喃自语："人生真的处处都是商机……"

弹幕你拍我追，不到三分钟，已经拍到了十万。

Puppy 拿了根筷子举着，认真道："十万第一次！"

弹幕没再有高价，Puppy 再次郑重道："十万第二次！"

弹幕纷纷羡慕出十万的铁粉大哥有钱，依旧没再有高价出现。

Puppy 准备用筷子敲鼠标："十万第三……"

"一百万。"终于吃饱饭的时洛打断了 Puppy 的拍卖，边收拾碗筷边道，"包夜，其他人散了吧。"

4

"一百……"Puppy 一口气没喘上来，举着筷子扶着键盘咳了起来。

"张口就翻了十倍……"Puppy 缓了好一会儿，喃喃，"我突然好奇，余邃去 IAC 挖你的时候到底是开了多少签约费，让你现在能这么造……"

"签 Free 之前我好歹也打了两年职业联赛，这个钱还出得起。"时洛看了 Puppy 一眼，语气不善，"干愣着做什么？敲啊！"

"哦，好好好。"Puppy 清了清嗓子，招呼了直播间里的粉丝一声，"没人比这个价格更高了吧？一百万一次，一百万两次，一百万三次，OK。"

Puppy敲了一下自己鼠标，宣布道："成交，Whisper首次陪玩，卖给时少爷了。"

出十万都不行吗？！我是真的要出钱啊！
666666……
包夜笑死我了，时恩，你还以为你在网吧吗？
哈哈哈哈哈，老粉都知道，时恩是出了名的好胜心强啊。
时少爷有钱，时少爷牛。
感恩的心，感谢Puppy，我是太喜欢Puppy这个摄像头了，哈哈哈哈，看队内日常看得好爽。
不是，气得我站在凳子上，Evil，你为什么要出价？你什么时候跟Whisper双排不都行，为什么要抢我们卑微玩家的福利？
稍等稍等，现在是什么情况？Evil为什么要出价？我的回忆还停留在两年前俩人决裂的时候，他俩现在是什么情况？
这大概就是恨得越深，和好后感情越深吧。
有一说一，你们不觉得这俩人最近互动有点频繁吗？
刚出价的是时神？
先不说别的，Evil，你要是拍了得给钱！不然算流拍，还是我的十万。

Puppy一眼看见了铁粉大哥刷的高亮弹幕，扭头看向时洛道："怎么办？余邃粉丝认真了，时洛，人家催你给钱呢，不给钱的话算流拍，流拍了就算上一个十万的，你是真拍还是口嗨？"

余邃倚在沙发上，闻言撩起眼皮看了Puppy一眼，道："从一开始，我同意你拍我了吗？"

时洛低头看着手机："没工夫跟你口嗨，已经划过去了，一百万。"

余邃手机短信提示音随之叮咚一响。

余邃一愣，失笑："真转了……"

话音未落，Puppy直播间里玩家更疯了。

"不是，真的假的啊？"老乔原本是在看热闹的，这会儿见时洛突然玩真的，被吓着了，忙不迭地撇清关系道，"平时你们用的那种一千块钱一小时的陪练，战队是全给你们报销，从来没委屈过你们，战队也没小气过，但这种一百万的……战队不管报销啊！"

"当然不能报销！"宸火在一旁不满地嚷嚷，"听谁说过，选手在外面疯玩，人俱乐部给报销的？"

"有点难听了。"老乔扭头上下看了余邃一眼，迟疑道，"虽然我也觉得，余邃陪时洛双排的时候，有点儿那个气质……"

"是吧？"说起余邃奶时洛的事，宸火气就不打一处来，"我说什么来着？！从余邃头一次奶时洛的时候我就觉得他那个劲儿不对！跟陪玩 App 上找来的陪玩似的，带飞不说，还特别照顾时洛的游戏体验，这不就是陪玩？"

余邃头一次奶时洛的时候，玩家震惊于余邃居然还会玩奶妈的同时，顺便把"心疼宸火"送上了热搜，这仇宸火这会儿还记着，宸火靠在自己的电竞椅上，越看一旁的余邃越不顺眼，骂骂咧咧道："真的，你们就看看他这个不正经的头发，得亏是入了这行了，不然就余渣男这个天然配置，这种人员流入社会，指不定干什么伤风败俗的勾当去了。"

周火认真地看了看倚在沙发上的余邃："不瞒大家，我确实从余邃身上发现了点新的商机……就是这项消费价格被时洛抬得有点高，不太好推进。"

"滚。"余邃莞尔，"老子不卖。"

"看看，刚卖给时洛，这会儿又立牌坊。"宸火啧啧，"号不干净，人也脏了……"

周火摇头放弃，叹气："罢了，咱们战队太有钱，还用不着你们当陪玩来挣这点儿钱，而且除了时洛，估计也没人会花一百万来买余邃了，算了算了。"

"差不多行了，好好一个正经联赛俱乐部，让你们说得跟什么似的。"老乔看了看时间，催促道，"到点儿了，训练了，哎，那个谁！"

余邃自觉答应着："怎么？"

老乔憋笑："人家钱都花了，你是现在就来陪练还是怎么的？你要是来，我就歇着了。"

余邃从沙发上站起来，看向时洛，话中有话："你是现在就用我，还是等后面安排？"

时洛已坐回了自己机位上，嚼着口香糖闷声道："……现在不用你，等我用的时候……再叫你。"

余邃也非常好说话，含笑道："成，等着你叫。"

余邃自去训练，老乔去开机给时洛当陪练。

众人都要训练了，正规训练内容是不能泄露的，Puppy 对着摄像头道："我这边儿的陪练也要到位了，训练的时候不能直播，这就关了啊，大家喜欢看我直播记得点个关注啊，行了，我要下了，训练完要是还早就再开两小时。"

刚刚直播了一小时就要下，Puppy 直播间的各家粉丝瞬间一片哀号，高亮弹幕和礼物刷个没完，Puppy 啧啧："你们这么刷我可舍不得下播了，行行，帮你们传传话啊……"

Puppy 看着直播间高亮弹幕，读道："宸哥，什么时候直播？要看你和瓦瓦双排嘤嘤嘤。"

宸火这个月好不容易还稳定在国服前一百，闻言忙道："我没答应啊，不排，而且我跟你们说，都听得见我说话吧？瓦瓦那个崽子现在为了季后赛狙我们，已经开始跟我们战队藏招了！小没良心的，我以后也不跟他排了。"

Puppy 点点头，继续替时洛粉丝道："时崴，要好好吃饭，好好休息，少吸烟，好好打比赛，我要考研了，等我研究生毕业回来嫁给你。"

时洛当没听见前面的，只道："考研加油。"

"应该听得见吧？我就不复述了，最后再读一条余邃的……"Puppy 被层层叠叠的高亮弹幕刷得眼睛疼，费劲地眯着眼道，"余神，你已经好多天没直播了，我有种不好的预感，求开播。"

余邃那边登录游戏账号，道："要开始准备季后赛，暂时不播了。"

Puppy 听了这话非常满意："是的，Whisper 又开始了又开始了，他又开始了，今年最要命的赛程还没正式开始，余渣男已经要忘了你们了，不过没事！你们还有我，最后说一次，点一下关注，想看他们的来我直播间，给你们开摄像头看，行了行了，我陪练也来了，下了。"

Puppy 关了直播，训练室里开始正式训练的选手们嘴里的脏字瞬间飙升，时洛嫌热，把半袖撩到了肩膀上，宸火则又把鞋踢了，一边单排一边骂咧咧，周火一脸没眼看的表情，出了训练室去忙自己的了。

余邃并不是提前结束营业时间，常规赛赛程近半，Free 常规赛赛事排得靠后，越往后赛事越密集，常规赛要一场一场地打，要进季后赛，进了季后赛要冲击季后赛的两个世界赛名额，还憋着劲儿去柏林狙圣剑，也确实要忙起来了，之后的一个月里，除了 Puppy，就连宸火都不怎么直播了。

转眼就到月底，终于等到了同 Saint 在常规赛的碰头。

身为上赛季赛区冠军，Saint 这赛季享受的优待有很多，他们的常规赛几乎全被赛事组安排在了他们自己的主场就是其中之一，同 Saint 交手的当天，Free 又要起个大早，差不多横穿整个 S 市去 Saint 自己的比赛场馆。

"真的，这赛季别的不说，咱们努努力，拿个本土赛区的冠军行不行？"宸火坐在车里，给自己戴上护颈枕，不满道，"天使剑他们也太舒服了吧？整天在离自己基地不到三公里的场馆里打比赛，也不用起早，精力太旺盛的那些人其实车都不用坐，跑着步就过去比赛了。"

周火很期待："是舒服啊，自己家场馆经常有比赛，粉丝们看比赛就要买票，除给抽给联赛官方的，剩下的票钱都是场馆俱乐部自己的，当然好了。"

"其他比赛场馆还要挂一年印着他家队徽的战旗。"老乔也很向往，"咱们这赛季要是能拿个冠军，那他们也要挂咱们 Free 的战旗了，多有排面儿。"

时洛把自己的外设放好："野牛队场馆也挂咱们战旗的话……是不错。"

余邃正戴着眼罩，闻言笑了一下，低声道："还能更记仇吗？"

"对啊，不管服不服，都要挂咱们的战旗，想想就开心。"老乔鼓动道，"不过先不想远的，打到现在，常规赛不破金身的就剩咱们和 Saint 了，今天加把劲儿，保好咱们的一血，人家 Saint 反正是挺想保住他们一血的，Saint 经理早上发微博说了，只要能赢咱们，他让天使剑今晚直播一小时唱歌，粉丝点什么歌他唱什么，天使剑也答应了。"

时洛愣了一下："答应了？他疯了？"

"正常，其实这个风气是从咱们战队开始的……"Puppy 慢慢道，"自打我直播间拍卖过一次余邃以后，咱们赛区隐隐约约就多了几分乱，话说咱们队内会有什么福利吗？"

"有……有！"周火并不想输给 Saint 经理，想了一下拍板道，"咱们要是赢了，让时洛开一小时摄像头直播，怎么样？Evil，你要是同意，我也发条微博，咱们赛前先震慑 Saint 一拨。"

时洛刚要拒绝，犹豫间，正在假寐的余邃低声道："Evil 要是开摄像头……我也打个招呼，刚想起来，我好像还没在他直播间露过面。"

时洛咽下嘴里的话，道："可以，你发吧。"

5

  Saint 的主场，Free 的粉丝并不少，偌大场馆中，两边粉丝数旗鼓相当，Free 众人抵达比赛场馆，去休息室的路上，经过观赛走廊时，宸火推开消防门往外看了看，咂舌："一场常规赛而已，粉丝们也太热情了吧？今天灯牌量超标了。"

  Puppy 跟着探了个头看了看，酸道："离这么远看余邃的灯牌还是那么大，他粉丝是租了辆货车运进来的吗？一场常规赛，至于吗？"

  "淡定，余神粉丝正常操作而已。"周火与有荣焉，很懂地解释道，"一场常规赛是不至于，但余邃粉丝应该是担心天使剑人气高，又有主场优势，灯牌数量压了余邃的，所以有备而来。"

  周火瞟了一眼，很满意："挺好，余邃粉丝最多，时洛和天使剑几乎持平，其余的人，嗯……犄角旮旯里使劲儿找找也能找到别人的应援，还是可以的。"

  Puppy 觉得非常不可以，呸了一声往休息室去了。

  同往常一般，周火去签到，Free 几人浑水摸鱼地同化妆师周旋，试图躲避化妆。

  化妆，做赛前确定，筹备工作完成后，众人拿了自己的外设去后台走廊等待，待主持人喊欢迎的时候几人上场，迎着粉丝们的欢呼声鞠了一躬，回到己方玻璃房内调试外设。

  "天使剑人气是高……"Puppy 一边插外设一边羡慕道，"而且几乎都是女粉丝，听听那加油声喊的……啧啧，温柔。"

  坐拥不少硬汉粉丝的突击手宸火也有点羡慕："这没法，玩医疗师的，一般都是女粉丝多。"

  "是吗？"余邃轻敲键盘，不确定道，"我粉丝基数太大，没统计过，也许吧。"

  时洛已习惯了自家战队每次比赛前先相互攻击一下自家队友心态的操作，见惯不怪地戴好耳机："按照刚才休息室说的，以 Saint 一贯的打法来应对？"

  公共语音频道里，余邃"嗯"了一声。

  只能如此了，刚建队那会儿，他们还和 Saint 约过几把练习赛，但没过多久 Saint 经理就明说了，不再同 Free 交手。

  许久没跟 Saint 交手，不知道天使剑藏了什么，也不知道他们是准备现在就尽全力，还是保守应对，等着季后赛再跟 Free 玩绝活，现在对 Saint 的分析只能凭靠他们最近的比赛来了。

而 Saint 近期的比赛实在乏善可陈，不过还是他们一贯的保守打法，前期不冲正面，每每同别人三对三一碰头，撤得飞快，就是不打。

他们不打三对三，但前排三人很喜欢专门去抓对方绕边儿清毒的那个独狼，三打一，一杀一个准，因为有天使剑这个神级奶妈在，任凭被抓的那个"一"如何极限操作，也绝对无法带走他们其中的任何一个。如此几次交手，Saint 前排几人都有了人头，全部升级装备，而被他们打游击的对手即使在前期清理了更多的毒雾，手上也没人头。

游戏设定，没人头的玩家就没法升级装备，只能继续使用初级装备，任凭还剩多少经济也没用，有钱没处花，整体装备都要落后 Saint 一截。

Saint 前几天打 IAC 时甚至靠着他们这套玩法，在整整一局游戏里面没给 IAC 一个人头，IAC 四人中后期苦哈哈地拿着初级装备被 Saint 用高级装备完全碾压，连后期都没打到就被全线收割，早早结束了比赛。

两队都已进入了比赛地图，倒计时读秒的时候，这局常规赛的两个解说员还在预测，Saint 这局是不是又要打游击。

"我感觉很大可能还是会打游击的。"解说员甲道，"跟其他战队要以柔克刚，跟 Free 打则要避其锋芒了，众所周知，Free 的前排几乎是输出最强的，毕竟是有 Whisper 这个刺客医疗师。"

"应该是这样。"解说员乙笑笑，"那我们不如猜测一下，Free 会把谁当饵。现在摆在 Free 面前的是两条路，第一条，前排医疗师和两个突击手抱团，不再让一个突击手出去清毒，免得被天使剑他们三人包，但这样问题就来了……"

解说员甲笑道："那等于是把自家边线地图拱手让人，顺便把 Puppy 送给对方包了，比起突击手，其实狙击手更怕被三个人包夹，突击手还能极限突突一拨，狙击手是连换子弹的时间都没有啊。"

"那就要考验 Puppy 侦查能力了，他需要第一时间找到 Saint 前排三个人，第一时间让自己家的前排驰援。"解说员乙道，"这一点我觉得还是可行的。比起阴来，我们 Puppy 神绝对能排在联赛前十吧？藏好自己，给队友报点，让队友第一时间来配合还是没问题的。"

解说员甲点头："这也是一个破 Saint 游击打法的路子。比赛开始了，现在就看 Free 怎么选择了。"

倒计时结束。

Free 几人早在数天前就商量好了针对 Saint 游击战的打法：卖 Puppy。

由于余邃和宸火配合时间更久，平时大多数时间，游戏刚开始的时候，是余邃同宸火去打前排，时洛去绕边偷偷清毒，他们早早就用陪练团试过，不管是时洛还是宸火，都处理不了单线作战，Free 也不贪心，不需要孤狼突击手杀人，只是要求突击手在一对三的情况下不送人头，顺利逃掉就行，但多方实验后还是没十足把握，Saint 这套游击打法训练已久，遇到就是绝杀。

Puppy 十分不情愿地同意了自己来当饵，由他来指挥，全面监控地图。Free 前排三人则抱团，反游击天使剑三人。

这个应对方法 Free 以 NSN 实验过，成功率还是蛮高的。

但这局游戏开始不到一分钟后，Free 几人就隐隐感觉到了不对劲。

Saint 仿佛忘了"游击"这两个字是怎么打的，直直地冲着两方地图分界中心就来了。

已经不用 Puppy 在后方监控了，Saint 动静实在太大，时洛在前排都能听见脚步声了。

Free 前排三人不用多言，直接迎战，三人战斗力总是不输对方两个突击手一个奶妈的，Saint 冲得太快，双方甚至都没能清理出一片非毒雾空地来，贴着地图边线就打了起来。

笔直笔直的一道分界线横在中心，对方地图在自己眼里尽是浓雾，碰一下就会死，两边走位都十分小心，全凭着耳力判断对方位置，电光石火之间，余邃一个匕首横劈划伤了 Saint 两个突击手，同时承受了前排两发子弹的攻击，余邃身上的光子盾碎了，同一时刻，时洛和宸火一起补枪打掉了 Saint 的一个突击手。

优势落到 Free 这方，但不等众人乘胜追击，形势急转直下，余邃被一狙打在了右肩上，血条瞬间见底。

狙击枪的声音就在耳边，余邃飞速以时洛为盾后退两步，以山石为掩体躲了，眉头微蹙："他们狙击手摸过来了？"

原本老实当饵的 Puppy 也惊了："他们狙击手过去了？你们不清毒，我这儿什么都看不见，打两枪也绝对是空炮，白浪费子弹，撤吧？"

没等 Puppy 说完，余邃血量一低，宸火已经本能地后撤了，已给余邃挡了枪的时洛自动殿后,替宸火压了压枪线,保证两人退后后才退回到山石后,撤回时时洛的血也见了底。

"四个人。"时洛飞速换弹匣,"……确实有新战术。"

两边贴得实在太近了,现在后撤已经不可能了,位置都被人家锁定了,露头就是死,余邃第一时间给时洛补了盾,随后给三人补血,但刚补满时洛的,Saint第一个净化皿已经放置完毕,Saint"得理不饶人",借着一个净化皿的区域又扑了上来。

"哎哟!天使剑是不是疯了?!"宸火难以置信,"突然这么刚是要做什么?他不是这脾气啊!"

时洛眉毛深锁:"……三对三还真怕你了?"

时洛被补好血后半秒也没耽误,架起枪直接扫了过去,他偏头射击,左肩瞬间中弹,光子盾再次碎了,同时宸火开枪支援,但两人还未打掉Saint摸到近点来的狙击手,Saint最早被狙掉的突击手已经复活回来了。

Saint两个突击手一起收了时洛的人头,局势彻底被压制,Saint和Free四对二了。

时洛要等待复活,Puppy匆忙道:"我顶上。"

"不用。"余邃想也不想道,"卖了。"

余邃根本不再浪费资源,不给自己和宸火套盾。他话音未落,Saint第二个净化皿已放置成功,他们四人直接包了上来,余邃同宸火极限操作杀了Saint一个突击手,而后一起被收了人头。

Puppy还压在后排,其余三人全回了转生石,Saint趁着这个机会瞬间清理了一大片地图出来。

Saint的人放净化皿时走位也很刁钻,Puppy想要趁机狙掉个人都没有角度。

宸火还没反应过来,哑然:"这是……这……"

时洛淡淡道:"也是游击战。"

"专门针对咱们的游击战。"余邃轻声道,"正面四打三,咱们本来不虚,但是扛不住天使剑太能奶了,他们也不怕死人,死了就补,有天使剑在奶,我们整体血量比不过他们,慢慢地总会被消耗完。"

"Saint之前就被人说是太极队,最擅长以柔克刚。"时洛已经复活,他刚才收了一个人头,现在飞速升级枪支配件,"现在就是靠着天使剑奶人无敌的技术,和咱们无限缠斗，他们被打了也不撤，有了优势也不见好就收，就是周旋拉扯，不断消耗我们，咱们输出三比四强也没用，血量就是这些，早晚会见底。"

一般情况下，其他战队前排碰撞基本就是一冲一撞的事，Saint 现在针对 Free 开发了这一套新玩法，死缠着不松手，他们也不怕被打，反正有天使剑这个天然血库在。

"不太好打了啊。"Puppy 倒是没冲动，到这会儿还没暴露自己位置，"这个阵容天克咱们啊，谁想出来的……"

时洛眉头微微皱着："下次碰头先打天使剑，他太烦了。"

余邃没说话。

方才 Saint 几人的走位就非常考究，天使剑始终在最后面，打起来针对他太难了，更别说刚才这一拨天使剑已获得了助攻，他的光子盾已经升级，血又厚了一层。

余邃心知这局有点走远了，但这个局总是要破的，之后就是需要做不同尝试来看看如何拆 Saint 这一招，余邃点头："OK."

前排三人这次保守了许多，试图打 Saint 的后手，但他们前期这个劣势实在太大，再几次尝试未果后，被 Saint 一步步推进，在最后一次被全灭后，Saint 飞速毁了 Free 的转生石，Saint 拿下了这一局比赛。

Puppy 这局几乎没发挥空间，失败提示显示在显示器上时，Puppy 眉头紧锁，低声骂了一句。

宸火脸色也不太好看，摇了摇头。

余邃脸色如常，起身拎起掉到电竞椅上的外套往后台走。

时洛早就想到了 Saint 会针对自家战队研究一套方案，稍稍有个心理准备，被压制得这么死，心头虽也发沉但并没如何。时洛摘了耳机，隔音耳机一被取下，场馆解说的声音和粉丝们嘈杂的加油声一起涌到了耳边，好巧不巧，两个解说员正在比较余邃和天使剑两个医疗师。

解说员甲咂舌："猜到了 Saint 会有奇招，但没想到针对性这么强，真的，这一套打法绝对是为 Free 量身定做的。"

"不只是为 Free 量身定做，也是给 Saint 自己量身定做的。"解说员乙失笑，"放眼望去，哪儿还有这么能奶的医疗师？只有天使剑能扛下这个无限缠斗的打法。"

"天克，之前我们还担心，别的战队特别是其他赛区战队也学了这个打法来针对 Free 要如何，但也是杞人忧天了，哪儿还有这么能加血的医疗师？"解说员甲赞叹，"真的，看了这一局比赛我突然对世界赛多了几分希望，咱们赛区，不单有联赛第一医疗师 Whisper，还即将有联赛第一能奶的医疗师天使剑！"

解说员乙笑着点头："确实，这么说突然就不着急了，Free 的粉丝也不用太焦心，这么想想，医疗师双子星，在咱们赛区！"

时洛本已走到后台走廊门口了，听到这一句"医疗双子星"，脚步一顿，原本淡然的眸中闪过一抹戾色。

走在时洛前面的余邃听到解说员的话也愣了一下，下意识地扭头看向时洛，两人视线一撞，余邃抿了一下嘴唇，心里低声骂了句脏话。

Free 几人回到后台休息室，周火忙宽慰道："天克，没办法，你们发挥得没问题。"

老乔点头："刚才每一步处理都没问题，早就知道 Saint 针对咱们了，早点了解对咱们有利，不过，Puppy——"

老乔看向 Puppy："前期犹豫了吧？一开始要是直接压过去了，可能还有的发挥。"

Puppy 就是因为自知没发挥好才不快的，周火担心 Puppy 会把情绪带到下一局里，忙打岔道："这不怪 Puppy 吧？谁能提前知道 Saint 弄了个什么战术？"

"不说他下局还要犹豫，你自己清楚，迟疑半秒钟，这局比赛可能就没了。"老乔脸色不变，扭头又对周火道，"而且，甭担心他，世界级选手，这点儿事他消化得了。"

周火担忧地看向 Puppy，却见 Puppy 脸色如常，同刚结束游戏时判若两人。

Puppy 懒懒地坐在休息室的沙发上："这局我前期确实犹豫了，骂得没问题，放心……老子什么风浪没见过，至于被一场常规赛影响了？"

"天使剑太不够意思了，平时双排的时候那么温柔，跟我好声好气的，背后藏了这么一手。"刚才还一脸烦躁的宸火这会儿表情同平时已无异，他跟 Puppy 摊在一起，不忘骂天使剑，"果然爱笑的男人没一个好东西。"

世界级的选手，有情绪也只是几秒钟的事，大赛经验丰富，都能第一时间调整好自己的状态，不把负面情绪带到下一局里。

周火放下了心。

在一旁喝水的余邃却无法放心。

余邃一边喝水一边注意着进了休息室就在面无表情嚼口香糖的时洛，心口有点沉。

解说员方才可能是在安抚 Free 的粉丝，也可能是真心感觉赛区强大，无论如何，那句话绝对只是随口一说。

说者无心，听者有意。

余邃对时洛的情绪总是捕捉得非常精确，所以刚才解说员话音未落，余邃就知道出事了。

而且余邃心里很清楚，时洛不是在发脾气。

时洛确确实实向来就是个好胜心强的人，但余邃清清楚楚地明白，时洛这会儿情绪不对，绝对不是在发脾气。

要是这样倒好办了。

时洛情绪变化的真实原因，余邃非常清楚。

余邃放下矿泉水瓶，轻轻吐了一口气。

这行更新换代太快了，解说员是，粉丝也是。

很多人忘了，头一对医疗师双子星，另有其人。

一个是联盟第一医疗师，一个是联盟第一医疗师的替补。

余邃深呼吸了一下，控制自己不再往下想，想太多的话，余邃自己下一局情绪都要出问题。

休息室内其他几人还在讨论应对 Saint 的办法，片刻后休息时间结束了，工作人员来敲门示意 Free 该上场了，余邃披好队服："你们先走，我跟时洛有句话说。"

调节一下小朋友的情绪，余邃自认还是能做到的，只是时洛本就不爱示弱，当着众人安抚他容易火上浇油，余邃已经想好了，一会儿这些人走了该说什么……

已经起身的时洛想也不想道："不用。"

余邃意外地看向时洛。

"我，"时洛顿了一下低声道，"不是世界级选手，但也该学着不用你，自己调节情绪了。"

时洛扭头看向余邃，脸色已恢复如常，他看着余邃，吹了个大大的口香糖泡泡。

6

BO3（指三局两胜制比赛）的第二局，选手们重新入场。

方才在休息室里 Free 众人、老乔还有跟来的数据分析师讨论了几个方案。

一是余邃也玩奶，复制 Saint 的配置，两边就死熬，每拨团战看看到底谁能先熬死谁。这方法是宸火提出来的，直接被老乔否定了。

初次配合能不能磨合好是其次，余邃的奶妈医疗师虽在高端局里面也是数一数二的，但比起天使剑来，确实有不足。

术业有专攻，平时玩玩可以，跟天使剑对碰赢面太小了。

第二个办法是 Puppy 抛弃传统打法，不压后，给众人做眼睛，四人一起冲前排，四对四同 Saint 对"刚"，Free 并不虚天使剑他们。

但这样问题又来了，谁又能知道 Saint 这局怎么玩！

他们的狙击手如果不来呢？人家 Saint 的狙击手在后方开着狙击镜，第一时间就能知道 Free 前排四人的位置，Saint 前排三人可以早早溜了，继续打游击，Puppy 空有狙击镜，直接撑在人家地图边线上，侦察视角被无限缩小，能发挥的作用就非常小了。

总共就十分钟的休息时间，Free 在后台最终也没讨论出一个完善可行的应对方案。

游戏马上就开始了，游戏导播给了游戏外镜头，镜头扫过场馆内 Free 一方的玻璃房，能看到几人从坐下后一直在讨论，戴上耳机继续讨论，直到游戏开始倒计时才渐渐地不再说话。

第一局游戏 Saint 的新战术十分成功，这一局大概率还要沿用上一局的打法。第二局游戏，解说员、场馆中的观众、在看直播的玩家最关注的就是 Free 会如何应对，甫一开局导播就将视角给到了 Free 这一侧。

两个解说员在中场休息时也讨论了半响，猜测 Free 这一局开场 Puppy 不会再压后了，Free 四人前排抱团，以他们一贯的大功率输出来做一个压倒性的开局，但出乎两个解说员预料，新的一局，Puppy 仍守在了地图后方。

解说员甲皱眉："这不太妙了吧，我们作为上帝视角看到，Saint 这次依旧是四人作战，一起压到前排去了，Free 这边依然是少一个人，这不是要复制上一局的劣势？"

解说员乙也没懂，皱眉道："不应该啊，Free 这边居然一点儿调整都没吗？他们难道还想再尝试一次？可……上一局的结尾已经告诉我们了，Saint 这个天克他们的打法是没法正面 3V4 解决的啊。"

"不太懂了……"解说员甲迅速道，"开始了，又碰头了！"

游戏内地图交界处，两队碰头，如解说员所言，两边几乎是复制了上一局的开场，这次 Free 打得非常慎重，前排三个人的操作几乎没有任何失误，但在收掉 Saint 一个人头后，前排三人还是被全灭了，Free 再次只剩下了后方的狙击手 Puppy。

这次 Puppy 甚至都没提供足够的火力压制，帮忙狙了一枪就换了位置，苟（指电子游戏中的避战）起来了。

"我……不太懂了。"解说员甲一头雾水，"Puppy 这是怎么了？没跟前排就算了，也没发挥狙击手的功能啊，刚才那一枪虽然打掉了天使剑三分之一的血，但不致命，而后就没再支援了，这……"

解说员乙忙打了个圆场："Saint 显然是有备而来，筹备许久的一个套路，Free 这边怎么可能这么快想出解决方案？"

"但是总要多尝试尝试别的方法吧？一味硬冲显然不行了啊，现在 Saint 这边又全部升级装备了，全员武力升级，更不好打了。"解说员甲摇头，"Free 有点莽了，你看，又打起来了。"

解说员甲话音未落，游戏里第二次团战再次爆发，时洛这次连盾都未等余邃给他套上，直接扑着天使剑就去了。

"有一说一，目前来看，国内突击手里 Evil 算是反应最快的，毕竟年纪小一点，由他来冲脸是没问题，但不用这么凶啊。"解说员甲无奈一笑，"洛崽有点疯啊，看，又被收了。"

解说员乙忙又圆道："你也说了，Evil 选手年纪小，这就是年轻选手的魄力了，我就是要跟你拼一拼，看看到底行不行，不行我再试一次，我就是不信这个邪。"

"相对而言，宸火就要成熟一点，更保守一点，一定要先确保自己不死，才能有后续的……呃……宸火死了。"解说员甲一句话还没说完，赛场中宸火不要命一般，直接扛着枪朝着天使剑砸了过去，瞬间被天使剑身前的两个突击手打成了筛子，解说员甲被疯狂打脸，静了一秒，尴尬地道，"宸火可能也有点上头了，毕竟上一把打得十分憋屈，这……"

游戏内，时洛和宸火死后，余邃顺利躲了，而后面的 Puppy 似乎开始了单机游戏，Puppy 这次连一枪都没打。

"Puppy 这……"解说员甲失笑，"不应该啊，我承认，上一局他游戏体验是挺不好的，刚才游戏结束的时候看脸色也是有点脾气了，但不至于吧，咱们这些大赛选手，应该是可以迅速调节好情绪的啊……"

解说员乙勉强道："都是人，不是机器，也能理解吧？两边战队都很重视这一场常规赛的，两边现在都是完胜纪录，虽然后续还有比赛，但咱们清楚，这一局拿到了胜利的队伍，基本就要以常规赛积分第一的身份进季后赛了，我认为两边压力应该都蛮大的。"

"得快点调整一下，这个状态是不太对的。"解说员甲一边说着一边眼睁睁地看着宸火再次在没有盾的状态下直接冲脸天使剑，失笑，"好吧，我们知道宸火是真的记仇了，但这……又没了。"

解说员甲摇摇头道："Free 现在完全乱了，他们必须马上调整状态，这样还能有机会反击一下，或者就算败局已定，也得尝试一下，看看还有什么方法可以突破天使剑这个终极血库，呃……宸火又上了，时洛也上了。"

"哈哈哈……"解说员乙忍不住笑了，"我听说宸火平时非常喜欢和天使剑双排，Evil 之前也经常和天使剑约双排，从平时直播看得出来，俩人都很喜欢天使剑，私下关系应该也可以。这算什么？爱之深恨之切吗？"

解说员甲无奈，跟着点点头，开玩笑道："宸火这么生气，可能是因为天使剑是唯一好好奶过他的医疗师，所以现在被天使剑设计了这一拨格外愤怒？"

"你这么说瓦瓦就该伤心了。"Free 第二局打得实在不好，两个解说员已自动开始调节气氛，解说员乙笑道，"我们瓦瓦难道没有好好地奶宸火哥吗？"

解说员甲笑笑："从掉分的状态来看，似乎不是特别顺利，我们还是回归比赛，现在情况是 Free 已累计丢了十四个人头，地图里通往转生石的路线已经被 Saint 清理出了将近二分之一，这……又凉了啊。"

"现在即使再调整战术，似乎也有点晚了，你看两边的数据就能知道，现在……欸？"解说员乙眼睛一点点睁大，"是……我……多……心……了……吗？"

解说员乙让导播打开上帝视角，看两边经济资源对比——

Saint 经济资源剩余：4420。

Free 的经济资源剩余：7790。

游戏设定，游戏内玩家只能看到己方资源剩余，看不到对方的。

"还有多少？我真的要撑不住了！"宸火暴躁得要死，"我要杀了这俩小崽子！突击啊啊啊啊啊啊啊啊！我控制不住地想突突他们了。"

余邃："4500。"

时洛："4400。"

两人同时开麦，宸火怒道："怎么还不一样？！"

"以 Evil 的为准。"余邃道，"嫌不准自己记。"

"我要是能记住还用问你俩？！"宸火吼得比谁都大声，"Puppy，你记的多少？"

Puppy 趴在后排一枪不发，眼睛却盯得很紧，闻言慢慢道："有他俩，我一般不记这个，但心里差不多也能有个数，天使剑他们应该还剩 5000 经济左右吧。"

宸火呸了一声，嫌弃道："你更笼统。"

"有本事自己记，没本事就听大大们的。"Puppy 谨慎地开了一枪，又躲了，"知道这有多难吗？他们放一枪，我心里就要记住，他们消耗了 10 金，天使剑套一个盾，我就得记住，他用了 30 金……医疗师最烦，几种盾还不是一个价，初始盾一个价，升级半身六角盾 25 金，终极三面六角盾 30 金……"

Puppy 位置被察觉到了，他忙继续躲，被人打得一边抱头鼠窜一边念叨："绷带 5 金，补血针 30 金……天使剑不买长匕首，不用花那 50 金……"

"要记住他们打了多少子弹，碎了多少盾，打了多少药……宸火，你……"Puppy 怒道，"跟你说话的时候我已经忘了刚才他们放了几枪了！"

"12 枪，再扣 120 金。"时洛冷冷道，"Saint 剩余经济，4280。"

余邃给宸火套了个可怜的初始盾："愣着做什么？继续去送啊。"

宸火气得要吐血，拎着枪跟着时洛再次扑了上去，一拨团灭后，解说员以上帝视角看过去，Saint 的经济只剩下 3560。

"牛！我就说他们不可能被影响情绪吧！"解说员乙兴奋道，"我明白了明白了，Free 这是准备以毒攻毒。天使剑不是能奶吗？不是喜欢用消磨战术吗？那 Free 这边就从经济上来消磨 Saint！Saint 现在拿的人头越多，意味着他们消耗的经济越多，现在距 Free 转生石还有三分之一的毒没清理干净，如果 Saint

不能用最后这3000多经济直捣黄龙，那接下来他们就将赤手空拳地面对Free的复仇！"

"这是什么反转……"解说员甲已经完全看呆了，"Puppy一直不开枪，也是在保留经济，把经济尽量多地留给了前排的宸火和Evil，让他们来有效地阻挠Saint的推进，同时消耗Saint的经济！我的天……自古真情留不住，唯有套路得人心啊！Free这脏套路是跟谁学的？太可以了吧！！"

"练习赛不是白打的啊，师夷长技……不得不说，圣剑这一套路虽然脏，但有效。"Puppy啧啧，"就是咱们俩突击手有点惨。"

"你也知道！"宸火破口大骂，"Whisper，你就是个分奴！为了赢，你这么祸害兄弟！啊啊啊啊，我又死了！！"

余邃边给时洛补血边道："游戏开始前你自己答应了没？"

宸火屈辱地道："答应了！"

"那还说什么？"时洛上了满弹匣的子弹，冷冷道，"复活了没？继续草船借箭。"

宸火满腹憋屈，跟着时洛继续冲天使剑，再次被灭后又被时洛嫌弃："你怎么才中了四发子弹？"

宸火磨牙："我菜，没你能借箭，行了吧？求大大给个准话，还要多久？"

"你们再扛三分钟，他们灭不了咱们转生石，他们自己就要撤了。"余邃心中飞速算着时间，"他们自己也清楚经济要见底了，Puppy，不用苟了，来挡一下。"

Puppy闻言冲到了前排，而这会儿Saint也意识到了问题，打得瞬间保守起来。

宸火咬牙切齿："发现了？行行行，刚吧刚吧，行不行啊？！"

时洛看了一眼自家经济，迟疑片刻。

另一边余邃也犹豫了半秒，Saint四人收了这么多人头，装备已经满配，现在跟他们硬"刚"，理论上其实是"刚"不过的，但Saint已经意识到了经济问题，再不同他们拼，天使剑怕是要拼着大量消耗最后的经济也要踩到自己家转生石上，时间太短了，现在两边胜率已经微妙地达到了平衡，这会儿只能拼一把极限操作和运气了。

电光石火之间，余邃道："打。"

话音未落，四人已经冲了上去，时洛左闪右避，躲过了几发子弹，扫掉了

Saint 前排突击手的半管血，宸火同时包上，天使剑及时后退，却直直地撞到了藏在 Saint 身后许久的余邃身前。

余邃喃喃："挺能奶的啊……"

余邃匕首精准地捅在了天使剑后背，同时一个旋踢将天使剑踢开，天使剑身上盾碎，Puppy 一枪狙掉了天使剑。

宸火的枪太破了，这会儿早已被收掉了人头，余邃卡着极限距离给时洛套了盾，同时给了 Saint 一个突击手一匕首，Saint 的突击手只剩一丝血，但一梭子弹下去收掉了 Puppy。

余邃眉头微皱，他身上的盾早就碎了，已经没时间给自己套盾，而 Saint 的狙击手还活着，不出意外自己是要没了，余邃一匕首劈向 Saint 另一个突击手，在自己被 Saint 的狙击手幻觉狙掉的同时带走了 Saint 最后一个突击手。

场上只剩下了时洛和暴露了位置的 Saint 狙击手幻觉。

"没问题的，跟那天和我 1V1 一样。"Puppy 冷静道，"幻觉就在……啊，晚了。"

Saint 几人前期没死几次，复活时间比 Free 几人要短，说话间，天使剑已经复活了。

有了天使剑，时洛没办法一对二，但不能再让 Saint 推进了，时洛上满子弹开始疯狂输出，表情沉稳，心里 Saint 的经济仿佛在倒计时，1200、1000、800、500……

"还能打。"

余邃复活后根本来不及给几人套盾了，再次冲脸硬"刚"，单枪匹马捅死了 Saint 的一个突击手，而另一边时洛直接突突死了天使剑。

同一秒钟里，Saint 的经济已经见了底，Saint 还活着的突击手扛着子弹放下最后一个净化皿，净化皿在一秒钟后缓慢开始工作……

同一秒钟里，余邃砍掉 Saint 另一个突击手，Puppy 一直在疯狂同幻觉对狙，单人对点，Puppy 并不虚幻觉，幻觉自己也清楚这一点，幻觉根本不想同 Puppy 对狙，他们经济已见底，幻觉现在要做的是狙掉 Free 的转生石，但净化皿还没完全净化，转生石一片模糊，什么都看不见，幻觉怕自己下一秒就要被 Puppy 收掉人头，一咬牙，朝着逐渐淡去的毒雾里盲狙了一枪！

子弹正好穿过了 Free 的转生石。

游戏结束。

"我的天……"

解说员甲满目震惊:"我已经……解说不过来了,这这这……"

"真的就只差这么半秒,幻觉要是早半秒死了,这一枪放不出来,而且他当时根本就看不清,完全是瞎碰的啊!只要他运气差一点,就绝对是 Free 赢了啊!"解说员乙震惊之余忙解释道,"当然当然,不能说 Saint 是靠着运气赢了这一局,刚才那个情况,两边都是极限操作了,谁赢谁输都有可能,只能说是……这次幸运女神站在了 Saint 这边,让我们恭喜 Saint!"

解说员甲还没从比赛中回过神来,不住地拍手:"是,让我们恭喜 Saint,不过也要把掌声送给 Free,第二局 Free 虽然输了,但攻克这一套路的办法已经被他们找到了,他们缺的只是一点运气和后续的强化训练,好,再次恭喜 Saint!"

隔音房中,宸火摘了耳机。

"我……"Puppy 欲言又止,"就差那么一点,我……"

"第一次应对,已经做到极致了。"余邃起身收拾外设,"走了。"

余邃察觉到时洛没起身,扭头看向时洛:"Evil?"

时洛还未起身,他看着自己的显示器,轻轻摇了摇头:"没事。"

比赛已经结束了,时洛不用再控制了,他现在负面情绪太多,一时半刻有点排解不开。

这是来 Free 以后头一次被二比零,时洛心里有点堵,这会儿出去,听到解说来一句医疗师双子星什么的,时洛担心自己会失态。

但时洛并不需要余邃来安慰自己什么。

要打季后赛,要拿赛区总冠军,要去世界赛,要成为跟队内其他三人一样的大赛选手,这是必经之路。

半分钟后时洛起身收拾外设,抱着乱七八糟的鼠标、键盘、鼠标垫出了隔音房,在场外观众对 Saint 的欢呼声里,进了后台走廊。

进了后台的第一秒,时洛深呼吸了一下,突然意识到,刚才的情况,余邃早在数年前就经历过无数次了。

后台走廊里,其余人已经回休息室了,只有余邃正拿着他自己的外设等着时洛。

余邃直直地看着时洛,轻声道:"真的不用我来?"

时洛知道余邃是在说什么，知道他是想帮自己调节情绪，但时洛还是本能地皱眉拒绝道："不用！"

想到余邃可能在十六七岁时就已经熬过了这些，时洛已经觉得自己这不算什么了，他看了余邃一眼，低声嘟囔："等我整理好情绪，去找你。"

余邃愣了一下，莞尔："好。"

7

从 Saint 场馆回自家基地的车上，四个选手自己休息自己的，一时无话。老乔一直在看手机，时不时地咔嚓咔嚓截图。车开了快半个小时后，老乔放下手机，揉了揉眼睛，问道："可以开始了吗？"

余邃睁开眼，微微皱眉。

周火刚用 Free 的官博给粉丝道了歉，闻言茫然道："开始什么？"

"哦，你不知道。"老乔慢吞吞道，"老 FS 的习惯，输了比赛后的必备环节，分锅大会。"

"有什么锅？"周火刚发完微博就收到了不少颇为刺眼的评论，本来就窝火，他一向圆滑，忍了喷子几个小时后再听这话却有点绷不住了，他尽力让语气缓和点，"我虽然不太会玩这游戏，但会看，再不行我还会听解说，今天在这种情况下输一场常规赛不至于是多大的罪过吧？怎么了这是？还不能输了？"

战队官博平时是周火在管，自第一局开始，Free 稍有劣势的时候，就一直有喷子评论、私信官博，有些话简直无法看，无脑喷子不考虑 Saint 藏的天克 Free 的战术安排，不考虑选手是人不是机器，总之你就是输了，输了就得被喷。

联赛最不缺的就是无脑喷子，Free 终于输了一把比赛，原本就看 Free 不顺眼的或者是几个选手个人的黑子终于能过个好年，在 Free 官博下面回复得比队粉还快。

周火一边想着幸好官博是自己在管，一边又忍不住来气，这会儿一听老乔这句"分锅"，憋了半天的火终于控制不住了，又道："有比赛就有输家，谁规定我们战队不能输的？！刚输了一场，前面连着赢了的那些就全看不见了？都能不能行了？这只是一场常规赛！我就不懂了，怎么别的战队输了就不疼不痒的，轮到我们战队就罪该万死了？我们战队是比其他战队多拿联赛钱了还是怎么的？！欠着谁什么东西了吗？！选手实力强，战队成绩好倒成错了是吗？这样的战队就不能输了是吗？！"

周火一席话说完，车内静得落针可闻。

周火一贯是见人说人话，见鬼说鬼话，头一次情绪这么大，车里众人都愣了。

"呃……"老乔小心地看着周火，迟疑道，"周经理，咱俩之前不太熟，我也不太了解你的履历，你是……"

老乔越发小心地问道："我脸大地问一句，你头一次经营超一线战队吗？"

周火："……"

周火憋屈道："以前在NSN做过副经理，比NSN更知名的战队没有了。"

周火不太甘心地承认道："我对游戏理解一般，专长工作基本还是在运营这一块，真的，比赛的事我确实没管过。"

"看出来了。"Puppy摘了耳机，伸了个懒腰道，"欢迎来到神之领域，有句话你说对了，战队成绩好，就是你的原罪。行了，搞快点搞快点。"

老乔看了时洛一眼，接着用征询的眼神看着余邃，余邃倚在靠背上，沉默片刻后道："读。"

宸火摘了耳机，无奈道："来来来。"

周火依旧完全在状况外，环视众人一眼："来什么？"

时洛睁开菜刀眼，拢了拢短短的头发，脸色不佳地看向老乔。

"开始了，Puppy的最毒，先读Puppy的吧。"老乔看着他截屏的一张张论坛截图，不带感情地朗读道，"整天直播的时候666得不行，真到了比赛崴脚了，第一局就是让个新手去狙位，也该知道要第一时间支援吧？在后面等上坟呢？"

"Puppy原本还有枪法稳的特色，但现在越来越low（低级，没品位）了，这也太能苟了，大了几岁越打越保守，感觉是把Free当养老队了。"

"Puppy有个头的特色，一个'苟得住，不冲动'吹了多少年了？还准备吹多少年？还有，请问谁用他苟了？"

"当年被卖到圣剑以后，Puppy头一个被挂牌不是没原因的，圣剑只留什么样的选手，懂的都懂。"

"Puppy确实是Free最菜的一个，没毛病吧？我必须说……"

"等一下。"周火目瞪口呆地打断老乔，失声道，"你干吗呢？！别的战队输了比赛都让选手屏蔽一切公共平台和开放性社交软件，别看别听，你这还自己念给他们听？自己队搞自己队的心态？！"

"对啊。"老乔脸色如常，反问，"不然呢？等他们自己上网的时候无意看到了，突然崩溃受不了？如果他们接触这些是在下次比赛前呢？赛前突然崩溃，责任谁负？"

周火哑口无言，半晌道："那也不能……"

"你以为……"老乔顿了一下，问道，"今天第一局比赛遇到这么大的意外，还输了，转过来第二局他们能迅速摆脱掉负面情绪，是怎么做到的？

"你以为我们全员恶人的大心脏是怎么练出来的？"

周火心头一震。

回想建队初期，众人说不用心理辅导师的场景，周火突然喉咙口一紧。

老乔平静道："说是一队的老将，但年纪最大的其实才二十一岁，哪儿就那么年少老成了！遇到什么场面都需要尽快适应，靠的就是心大，装得下。"

"怎么心大？"老乔晃了晃手里的手机，"一半天生，一半练呗。"

"你还怕他们被喷子带了节奏？"老乔失笑，"确实有的选手心理素质不行，被一千个喷子说过他是菜鸟后真对自己没了信心，操作束手束脚，变成菜鸟。但你放心吧，他们几个还不至于被喷子忽悠瘸了，受得了。"

周火喉咙口哽了一下，他本能地想要护着自己家几个选手，但忍了片刻，没再说话。

周火擅长的是战队的运营，真正同比赛有关的部分他是外行，作为经理，教练如何训练选手，他确实并没权插手。

听老乔的意思，这是战队一贯的训练模式，那他更不能置喙了。

周火咬牙，压着火扭头给跟队的摄像使了个眼色。

老乔继续道："下面是宸火的啊……"

"宸火现在只会无脑冲了吗？第二局冲冲冲个没完，天使剑是得罪他了吗？"

"虽然我没玩过几次游戏，但比赛看过不少，反正两局都没看出来什么花样，就看宸火驴上头一样冲了。"

"第二局 Free 前期是在消耗 Saint 的经济，可我总感觉宸火就是上头了，根本不是在消耗经济。"

"消耗个头的经济，宸火本来就冲动，肯定没人让他冲，就是他自己乐意的。"

"冲到最后也没赢啊，意义呢？别推锅给天使剑运气好，运气也是实力的一种好吧？"

"所以宸火到底能不能打得更细致一点？"

老乔又翻了翻，道："宸火的没了。"

宸火嗤笑一声："这届喷子不行，来来回回就这么一句，骂了这么多，没一句真能扎我心的。"

"再然后是时洛的……"老乔顿了一下，再次看向余邃，犹豫道，"读吗？"

时洛冷声道："读。"

余邃没说话，默许了。

老乔暗暗吸了一口气，缓缓道："有一说一，时洛是不是团队毒瘤？第二局比赛的时候，就他脸色最差。"

"时洛这个心态，确定能去世界赛？输了比赛以后那脸黑的，没眼看。"

"摆脸色给他粉丝看呗，不然女粉们怎么心疼呢？人家时崽可是姐姐粉们的心头肉呢，从那年被Whisper卖就吸足了饭圈女粉，就靠着让女粉们心疼有人气呢。"

"仗着帅吸粉，不知道能顶多久。"

"虽然时洛第二局没什么失误，但谁又能保证，他要是心态好点，不能超常发挥秀一拨呢？他又不是不能秀！"

"另外三个人调整情绪都调整得挺快的，就Evil不行，不是我刻薄，一看就知道他顶不住世界赛。"

"合理分析，Whisper念着旧情把Evil买进战队，对……对……"

老乔看了时洛一眼，咳了一下道："下面也没什么了……"

时洛开口道："念完。"

时洛年纪最小，以前在FS也没经历过这种心理训练，老乔对他还是有点心软，见时洛坚持才继续咬牙读道："Whisper念着旧情把Evil买进战队，对战队整体到底有没有助力？"

周火终于忍无可忍："上赛季国服第一突击手，你告诉我有没有助力啊？！你告诉我啊！不行，我忍不住了，你把截图发我，我要用小号去跟他撕！你给我截图！！"

"喷子的话，没人说这是对的啊。"老乔无奈，"这不是给他们脱敏吗？你跟个无脑喷子较什么劲？我这儿还有更离谱更扯的呢，我都觉得没必要给时洛读，你要不要听？"

周火怒道："不要！"

时洛轻轻呼吸了一下。

从上车到现在，时洛心里反复回想着一句话——

"这都是余邃经历过的。"

自己现在是在吃他吃过的苦，受他受过的罪。

自己的队长，早在很久之前，就单枪匹马地扛下了这些。

那会儿的 Whisper 还很小，孤身一人，没有自己，没有现在的队友，只有季岩寒。

自己呢？比当时的余邃虚长了好几岁，有了可栖身的战队，有了可信任的队友，有了一直在试图安慰自己的队长……

还有什么扛不住的？

队长在自己这个年纪的时候已经能跟季岩寒对"刚"了。

自己为了这点儿事叽叽歪歪，太掉价了。

反复想这些，时洛已经将自己的负面情绪排解得差不多了。

直接听喷子的话是挺恶心的，但对锻炼心态来说，确实有效。

自己的战队全是没心没肺的大心脏，全是能在比赛时飞速调整状态的变态，自己不能比别人差。

时洛这会儿是真的不怕什么了，看向老乔，道："你继续读，顶不住的是小狗。"

"不许读！"周火气得脸色发白，"我宰了这群喷子，凭什么这么骂我的选手？！选手工资又不是他开的！"

时洛皱眉，冷声道："读，我听听还有什么更离谱的。"

老乔在周火和时洛之间来回看了看，最终看向了余邃。

余邃垂眸："读。"

别人什么都不知道，但周火是一清二楚的，他气不打一处来："余邃！你可以！谁都没你心硬！"

余邃都开口了，老乔也不管了，翻了翻截图，继续读道："Evil 没怎么失误就可以不喷了？他那什么心态？他就不能像其他三个人一样，输得洒脱点，笑一笑，有点儿一线战队的气度？心理素质根本就不行。"

"第二局结束以后，Evil 一看就心态崩了，没法让人放心，最无语的是他还得让 Whisper 在后面等他，什么少爷毛病？"

"看着 Evil 阴着个脸就来气，Whisper 还在后面一脸担心地看着他。"

时洛猛地呛了一下，偏过头用手背挡着嘴，咳了几声。

周火："……"

余邃脸色也有了片刻的不自然。

老乔一摊手，耿直地道："这么让人生气的话你们也要听？这完全已经在乱扯了。"

时洛嘴唇微动，无声地自言自语："这些喷子，白瞎了一双发现美的眼睛……"

周火的火气瞬间减半，他不自在地动了动，道："可以了，你……你再念念余邃的吧。"

"我正要念呢，不是被你们打断了？"老乔不满道，"余邃的啊。"

"余邃虽没明显失误，但他居然没预料到 Saint 准备好的战术，还不该喷？而且他比赛结束了不走干吗呢？居然去等时洛那个少爷！呸！"

老乔读完看看几人，一脸茫然："你们……怎么都不生气了？"

余邃诚恳地道："喷子们骂得好，有理有据，我没脸生气。"

老乔点点头，放心了些："保持这个心态，行了，听过了就得了，马上到基地了，大家该干吗干吗了。"

8

网瘾少年们平时没比赛不出门，好不容易出基地一次，周火一般都会在外面订座，让队员们在外面吃了再回家，今天本来也在一家店订了座的，但考虑到刚败给 Saint，转头就出去聚餐太扎喷子的眼，周火想了一下还是听了老乔的，让司机载众人回了基地。

"你们要是有什么想吃的，我去给你们买吧。"周火刚刚目睹几个选手被老乔练抗压，现在还在心疼自家选手，主动提议道，"也挺快的。"

老乔皱眉："买什么买，阿姨都已经做了，你又去买，阿姨做的谁来吃？"

"甭去了。"余邃在车上就一直留意着时洛，心不在焉道，"输了比赛，戴罪之身，有口饭就不错了，有什么可挑的？"

"就是，按照喷子的理论，输了一场常规赛是该去投湖的，哪儿还有脸吃饭？还有没有羞耻之心了？"Puppy 跟着懒懒道，"我有个提议，晚饭让阿姨别做荤菜，周经理拍张我们集体吃素的照片发出去安抚一下民心怎么样？"

"安抚个头。"宸火想也不想地拒绝道，"输了场比赛，隔夜屎都要被喷子骂出来就算了，还得茹素是为了什么？给我今天比赛里死掉的游戏小老婆戴孝吗？！"

周火被气得想笑，无奈："行行行，我就不该开这个口，吃阿姨做的吃阿姨做的。"

回了基地吃了阿姨做的家常菜后，周火看看时间："马上就九点了，累了一天了，不然今天就休息算了？"

时洛又是吃到最后的那一个，他心中一动，想起了比赛结束后自己同余邃说的话。

要是今天不训练了，那距两人晚上休息还有好几个小时的时间，自己完全可以……

"不休息了。"余邃抽了张纸巾擦了擦手指，吩咐道，"你们洗漱去，十点准时去训练室。"

时洛在心里"哦"了一声。

余邃正和老乔商量："找四个陪练，职业要正好能凑一队的，医疗师挑个技术好点的，我一会儿跟他们说一下 Saint 今天的战术，十点上机，趁热打铁，针对性攻克一下。"

老乔点头："不然你也休息去，我跟陪练说？"

"不。"余邃摇头，"别人说不清，而且我还有要交代的。"

见余邃还不许休息，周火本要再劝几句的，听余邃说的是正事，周火也不好多话了，只是想想网上那些喷子的话更窝火了。刚刚输了比赛，心态还没完全调整好呢，就要开始做针对性应对训练，还不够拼吗？！

周火记挂着一会儿拍一下四人加训的素材，道："那别训练太久，今天练到一点就散吧，老乔，你盯着点儿，别又晚了。"

老乔答应着，不忘跟余邃道："你先去开机，一刻钟内陪练到位。"

余邃起身："要一刻钟的话，我也去冲一下，洗完后我去训练室等陪练。"

老乔点头："那赶时间，你快去。"

坐在一旁埋头苦吃的时洛闻言抬头，隔着几人看了看余邃。

时洛迅速吃干净碗里的饭，起身上楼去了。

时洛也赶时间。

出去打了一天比赛还输了，几人这会儿都累得要死，急于冲澡休息，余邈要求十点上机，宸火和Puppy在九点五十九分之前是不可能出现在训练室里的，如果运气好的话，老乔可能要在一楼和数据分析师做复盘，那训练室里就只有余邈了！

时洛回了自己宿舍，迅速冲了个凉，吹干头发换上自己的衣服，看了一眼时间：九点二十分。

时洛出了自己宿舍，带上门去了训练室。

路过宸火宿舍门口的时候，还听见了宸火边洗澡边嚎歌的声音，时洛放下心，慢慢走到训练室门前，一根手指轻轻钩了门一下，往里看了一眼。

空荡荡的训练室内，果然只有余邈一人。

余邈正背对着时洛坐在老乔的机位前，看着电脑显示器，戴着蓝牙耳机，跟数据分析师说话。

"陪练看了比赛就简单多了，让陪练的复盘第二局……嗯……"余邈拿起一支笔，翻开老乔的笔记本写了几笔，"嗯，第一局不用了。"

余邈并没察觉到时洛进训练室来了，一边写复盘重点，一边道："医疗师找的谁？可以，我知道他……"

对方不知道说了句什么，余邈淡淡道："当然知道，现役退役，哪个医疗师能不了解？"

时洛倚在训练室门口，听了这话停住了脚。

想要练就队内其他三人的金刚不坏之身还是需要修行的，时洛明白自己现在还差点儿火候。

比如余邈刚才只是无意提了一句他了解所有医疗师，时洛心头就梗了一下。

也许是下午比赛时解说的那句话后劲儿还在，时洛这会儿听了这句话，心里有那么一点点不适。

时洛抬手，轻轻敲了敲门。

余邈瞬间回头，两人眼神交会的一瞬间，余邈下意识地抬手碰了碰自己的蓝牙耳机，突兀道："那什么……刚才说的医疗师的事，强调一句，我连转职的前医疗师也了解。"

时洛："……"

"非常了解。"余邃眼睛看着时洛，语气十分正经地跟数据分析师道，"嗯？没事啊，我就是突然想强调一下我厉害，了解得多而已，你不用在意，继续说你的。"

时洛勉强维持着自己酷酷的表情，控制着自己的嘴角，没往上挑。

时洛走到余邃身边，坐在余邃身前的电竞桌上，动作有点无礼，但时洛并未做什么，甚至连一点声音都没出，就静静地看着余邃，并不打扰余邃打电话。

余邃布置复盘安排的语速很明显快了许多，不到三分钟，余邃挂了电话。

余邃摘了蓝牙耳机随手一丢，看着时洛，憋着笑认真地问道："你是来找我的吗？"

时洛扭头看了训练室大门一眼。

余邃一笑起身，在时洛头上揉了一把，轻声道："情绪调节好了？"

时洛垂眸，静了片刻道："差不多了。"

"刚才在车里，我不是像周火说的对你心硬……"余邃顿了一下，替自己解释道，"这是你的必经之路，我非要护短拦着没意义，你早晚得习惯。"

"我知道。"时洛揉了揉脖颈，皱眉道，"喷子也没全说错，我第二局的时候脸色确实不好，幸好你们三个不容易被负面情绪带动，不然可能真的传染给你们了，我就是应该注意，不能再……"

"嘘……"余邃打断时洛，轻声一笑，"我是想安慰你呢，不是让你反省。"

时洛看着余邃，奈何还是过不了心里的那道坎。时洛四处看了看给自己转移注意力，低声嘟囔："你怎么安慰……"

"眼睛里都有红血丝了……"余邃拿过自己的外设包，取了眼药水出来，"给你上眼药水，能勉强算安慰吗？"

余邃看向时洛："你不是怕自己上眼药水吗？"

时洛心里热了一下，揉了一下眼睛，点了点头。

时洛顺着余邃的意思闭上眼抬起头。时洛闭着眼，什么也看不见，只能感觉余邃微凉的手轻轻地揉了揉自己的额头。

时洛感觉到余邃用指腹轻轻揉了揉自己的太阳穴，舒适地深呼吸了一下。

确实算是安慰了。

片刻后，时洛感觉到眼药水进了自己眼睛里。

时洛眼睛瞬间舒适了许多，随之听见余邃道："闭眼三分钟。"

时洛轻轻点头。

不知为何，时洛从小就怕上眼药水，对这事儿莫名敬畏，上好眼药水后听着余邃的话，认认真真地一动不敢动，幼儿园的小朋友一般，抬着头等着三分钟。

时洛听到余邃又道："别动……"

时洛老老实实答应着："不动。"

余邃动作轻柔，时洛眼睛没有丝毫不适，时洛原本紧绷的肌肉缓缓放松了下来。

三分钟后，余邃轻声一笑："可以睁眼了。"

9

时洛在心里骂了自己一句废物，反而被余邃安慰了，滴了眼药水的缘故，他眼睛还湿漉漉的，颇不舒服，时洛转身去宸火桌前抽了一张纸巾，擦了擦眼角。

老乔推门进来的时候看到的正是这画面。

老乔看了时洛一眼，尴尬了一秒，试探道："哭了？"

时洛："……"

"你……以前也没这么脆弱啊。"老乔难以理解，"怎么现在这么爱哭呢？之前打到国服前一百哭，今天输了Saint也哭，你这……等到了世界赛阶段，你要是还整天哭哭啼啼的可怎么弄？"

时洛刚要解释，老乔又宽慰道："没事没事，你年纪小，嗐，说起来也造孽……"

"按正常入学年龄，你这个年纪应该在家全家好吃好喝地伺候着，上着高三呢……入了这行，等于隔三岔五就得高考，还是直播成绩那种，考不好没人哄，还得被骂得狗血淋头。"老乔自两年前就总体谅时洛年纪小，这会儿也是如此，说着说着声音温和了，"不过你每次哭找余邃有什么用？他能安慰你什么？你还不如找我，我开解人都比他强。"

正在给几个陪玩发账号的余邃闻言头也不抬道："谢了，不用，我安慰得挺好，小时洛刚才哭得挺尽兴的。"

"我哭你……"时洛咽下到嘴边儿的两个字，懒得解释了，他又抽了两张纸巾，擦了擦脸，"知道了，以后不哭了。"

"非要哭也一定要背着人哭。"老乔走到自己机位前换下余邃，"尤其不能在镜头前……知道今天为什么喷子们骂你骂得那么凶吗？就是因为你第二局比赛……还有比赛结束的时候脸色不好，别人看出来你心态出问题了，才故意喷得更厉害的，这些喷子……都是哪儿疼踩哪儿，知道心态容易崩，以后就专门搞你心态，懂不？包括接受采访的时候也是，别什么话都说，别把自己软肋真的暴露出来。"

时洛敷衍道："懂了。"

时洛心道：放心，喷子们目前还没找到我的软肋。

自定游戏模式设置好后，三人又简单复盘了一下今日的比赛。过了半小时，宸火和Puppy过来了，四人各自归位，开始模拟今日比赛情况，让陪练模仿Saint来同自己对战。

刚刚输了比赛，打这种复盘局是最恶心的，老乔本还担心时洛会心烦，不承想时洛比谁都认真，中间还要求老乔给对面陪练的突击手加一点经济，他要试试负重训练。

陪练打得再好，比起现役职业选手还是有很大差距的，平时的模拟练习赛，队员如果觉得自己对位的陪练能力不足，给自己的压力不够大，会要求教练给对面一些助力，反正是自家的自定义服务器，什么游戏数据都能改。

"时神今天是被骂急眼了吗？"Puppy笑了一下，"突然这么有干劲儿？放心……喷子们骂不了几天的，你只要熬到下周二就行了。"

宸火茫然，边打边问道："为什么？到下周二喷子们就忘了？"

余邃隐在树后，悄无声息地收掉陪练狙击手的人头，道："下周二是Saint和NSN的常规赛，打完以后，喷子就去喷那一场的输家，顾不上我们了。"

老乔无语："你们……"

"哎呀，这都是被骂出来的经验，传授一下怎么了？"Puppy叹气，"这都是血泪铸成的总结……"

老乔在Puppy身后拍了一下他的后背："专心！"

给陪练依次提升开局装备，提高经济上限后，几人负重训练，一直在磨合针对Saint的套路，磨合好了比赛时用过的弹尽粮绝的套路后，余邃又开发了一个新套路，于是又是一轮新的磨合，一直到了凌晨五点，最终还是陪练里的医疗师扛不住了才叫停。

周火难得陪着众人训练一次，本意是想拍点儿素材，后来又想拍点儿众人凌晨才下机的素材，发出去虐一拨粉，不想几人打了一局又一局，一直打到了天蒙蒙亮才结束，周火在一边的沙发上已经断断续续地睡了好几觉，听到众人终于要结束了，手忙脚乱地拿起一旁的手机，眼睛发花地拍视频。

"这不是虐粉……这是虐我……"周火边拍边喃喃，"全员狼人……差点把陪练给熬死……"

老乔边奋笔疾书写总结，边同余邃商量第二种对策中的疏漏，闻言笑了一下："你以为成绩是怎么出来的？不把这一关攻克了，季后赛再遇到Saint，他们还要用这办法来卡咱们，而且不光是Saint，别的医疗师玩得好的战队看了这场比赛，没准也动心思，憋着劲儿练出这套路数来专门针对咱们，不解决不行，好了……休息休息，明天继续。"

时洛揉揉眼："天使剑他……睡了睡了。"

之后的几天，Free停掉了一切对外练习赛，闭关训练，专心攻克这一道难题，为防止暴露战术，几人都多日没开直播，一心训练，在磨合好了脱胎于圣剑的俗称"弹尽粮绝"又称"看谁先熬死谁"战术后，终于算是不再怕遇到Saint了，但余邃又嫌这方法太蠢。

比赛第二局已经用过了，后续也磨合好了，但是打这个套路，就是要拖，普通一局比赛，顺利的话二十几分钟，不顺的话三十几分钟也结束了。但要是用这个"弹尽粮绝"战术，至少五十分钟，多了要一小时，不然根本拖不死对方，没法让对方经济见底。

余邃不只要赢，还想赢得迅速。

故而闭关训练还是结束不了，余邃继续磨合自己的新战术，其间时洛、Puppy、老乔也都提了新想法，都有可取之处，故而都要尝试。

宸火一向怕动脑子，提不出什么完善的战术，闭关的数日中，他最怕的就是谁突然来一句：我还有个想法可以试试……

"都有想法，队友有想法，教练有想法，数据分析师有想法……都有想法……"宸火骂骂咧咧，"最无语的，周经理昨天都有自己的想法了！他会什么？这游戏他会玩吗，他就敢有想法？！"

"人家只是建议，虽然那个建议非常扯……"老乔适时安抚道，"行了，虽然其他几套方案都没第一套稳妥，但至少咱们已经不怕他们了，今晚就不训练了，你们爱冲分冲分，爱组排组排，不管了。"

宸火脸色稍缓："咱多少天没上国服了，排名肯定都降了。"

晚饭后，四人终于正式解禁，时洛重新上了国服。

数日闭关，不只是国服排名掉了，也耽误了混直播时长，时洛看了一下自己直播平台的后台记录，他这个月只直播了不到十个小时。

时洛开了直播，而后没点排队，空晾着游戏客户端等着。

周火方才将余邃叫下去了，好像是要让余邃看一眼这月财务账目什么的，应该过不了一会儿就会回来，时洛想和余邃一起双排。

时洛窝在电竞椅上玩手机单机游戏，等了十分钟左右，余邃还没上来。

时洛空开着直播混时间，直播间里的粉丝不明白发生了什么，弹幕里全是问号。时洛又等了片刻，余邃还不来，弹幕还在刷问号，时洛开了语音，而后一边玩手机一边对弹幕解释道："Whisper有事，我等他一下，看看是不是双排。"

粉丝多日不见人，见时洛开了直播自然兴奋。

我队终于出关了吗？

什么叫是不是双排？必须双排。

神秘微笑，时崽，你叫余神的语气为什么这么熟稔？和好后关系什么时候变得这么好了？

激动，所以我又能从时崽这边看到余神了吗？哭……季后赛还没到，余神又又又消失了。

你们这些天在做什么？怎么一个两个都消失了？在做保密训练吗？

和时神一起等Whisper！ Whisper快点来！

等Whisper+1，快快快快快……

自然，弹幕有和谐的就总有不和谐的，前些天输了比赛后，Free整个俱乐部就隐身闭关了，喷子们无处发挥，现在整个战队时洛头一个直播，喷子们终于找到了发泄口，不请自来，弹幕刷个不停。

避了几天风头终于又直播了？

下次输比赛能不能不要崩心态？下次输比赛能不能不要崩心态？下次输比

赛能不能不要崩心态？

厉害了，没余神就不行了，输了比赛丧着张脸要余神安慰，打个国服还得让余神陪，战队短板实锤了。

时少爷厉害，时少爷什么时候才能治好玻璃心？

心态容易崩，黑脸比赛，脾气差，占用队友时间……

能不能别老耽误Whisper的时间？能不能？人家是冠军医疗师，你是什么？

其实时洛也没这么多黑粉，只是整个战队的黑粉现在全聚在了时洛这边，再加上余邃的几个"毒唯"，一时间显得乌烟瘴气。

时洛直播间的房管在努力禁言，时洛的粉丝也努力喷回去，但还是有黑粉出没，就连时洛自己直播间的房管都给时洛发私信，劝时洛不然自己单排算了，别叫余邃了，免得黑子们又多了话题。

时洛把手机放到一边，看着弹幕，脸色没什么变化。

他没喷回去，也没被喷子激得自己去单排。

又过了十分钟左右，余邃上楼来了。

"队长，"时洛扭头看向余邃，面无表情道，"上次买了你做陪练……现在可以来吗？"

余邃一愣，关上训练室的大门，走到时洛身后看了看直播间弹幕，瞬间就明白了。

余邃莞尔："当然。"

时洛心里的小小火气瞬间消散，他才不会被喷子的论调带着走，喷子不让他和余邃双排，他偏偏就要双排直播给他们看，看谁撑得过谁。

时洛坐好正要拉过键盘，余邃道："等一下。"

时洛愣了一下，余邃吩咐道："把摄像头开了。"

时洛不明所以地开了摄像头。

"干陪练的就得有点干陪练的自觉……"余邃确定自己出现在画面里后，撩起袖口揉了揉手腕，看了看时洛的电竞桌，吹了声口哨，"来，伺候您上机。"

余邃微微弯腰，替时洛摆好键盘，而后一只手拿起耳麦："躲什么，来……"

时洛没想到余邃连这个也要帮自己，僵了一下，被余邃戴上了耳机。

"鼠标……"余邃拿过时洛的鼠标放好，又拉起时洛的手来，把他的手放在鼠标上，认真道，"要给您调一下 DPI（指鼠标分辨率）吗？"

直播间里的弹幕要疯了，时洛忍着笑，摇了摇头没说话。

几番动作间，余邃蹭到了时洛的手臂，余邃低声道："冷？胳膊都凉的……"

余邃又将自己身上披着的队服外套取下来搭在了时洛肩膀上："再冷的话说一声，给你去拿更厚的衣服。"

将时洛料理好后，余邃去了自己机位上，时洛又看了一眼弹幕。"谁能借我 100 万让我体验一下 Whisper 的这种服务？"这条弹幕被复制后层层叠叠刷了满屏，喷子的弹幕被遮得严严实实的，再也找不到了。

10

余邃的陪练服务过于到位，替时洛撑过了喷子，时洛心里已经没什么了，他给余邃发了双排邀请，等着余邃接受。

游戏里余邃还没回应，却先给时洛发了条微信。

队里所有人整天吃住在一起，有什么事说一声对方就能听见，互发消息不是为了避直播就是为了避队友。这段时间训练太忙，余邃总会抽空给时洛发微信。时洛以为余邃又发了什么两人之间的悄悄话，拿起手机来看了一眼……

【Whisper】："后不后悔？"

【Whisper】："其实说清楚了，就没人说什么了。"

【Whisper】："跟自己队长双排，有什么可喷的？"

时洛嘴角本能地要往上挑，想到还有摄像头，克制了一下，勉强维持着酷酷的表情，回复。

【Evil】："我刚没怎么，就是不想跟着喷子的节奏走，所以故意找你双排。"

【Evil】："他们就是觉得我总拖累你……"

【Evil】："你的粉丝有不喜欢我的，我的粉丝也有不喜欢你的，正常。"

【Evil】："我没在意。"

时洛刚打完字，手机又振了一下。

【Whisper】："我在意。"

时洛看着余邃发给自己的消息，心中一暖的同时十分抓狂，为什么有摄像头？为什么自己鬼迷心窍真的开了摄像头？笑都不敢笑！弹幕居然以为自己看手机是还在玩单机游戏,哪儿来的单机游戏?!跟你们说是 Whisper 在安慰小爷,你信吗?你们不信!!

时洛揉了一下脸,不等他回复,余邃又发了消息过来。

【Whisper】:"还有,你粉丝为什么不喜欢我?我怎么了?"

【Whisper】:"我不是早就洗白了吗?"

时洛看着手机屏幕,控制不住,终于扑哧一声笑了出来。

时洛给余邃打字,不等他打完发送,余邃的消息又弹了出来。

【Whisper】:"……不确定你会不会生气,但我想带一拨节奏了。"

【Whisper】:"你要真生气了,晚上训练结束可以随便找我泄愤。憋了好几天了,不浪一拨不行了。"

时洛不是太明白地抬头看向余邃的机位,不知道余邃要浪什么。

什么叫带一拨节奏?

但不到半分钟时洛就知道了。

余邃也开了直播。

时洛直播间人气瞬间减了三分之一。

余邃直播没开摄像头,只开了语音,他调了一下麦克风后道:"排吧。"

时洛一头雾水地点了排队,就听耳机另一端,余邃用他一贯不急不缓的语调道:"聊几句……"

晚间打国服高端局的人多,没排半分钟就进地图了,时洛点了确定,注意力还在余邃那边。

时洛从游戏客户端可以看到,余邃那边也第一时间点了确定,两人一起传送进地图,好巧不巧,这一局对面全是熟人。

天使剑、宸火、小君、幻觉,居然凑了个职业队。

别人就算了,又看见了天使剑,时洛瞬间打起了十二万分的精神。他看了一眼己方队友,除了余邃,自己这边狙击手也是职业选手,就一个突击手是路人,比对面少一个职业选手,但还是能打的。

时洛这边严阵以待,但余邃那边明明看见了对面的配置,却还在一心二用,语气轻松:"……聊几句时神的八卦。"

时洛磨牙,要不是开着直播就吼了,对面那是天使剑!这个时候聊自己八卦?

不等时洛提醒余邃集中注意力,游戏倒计时结束了,时洛十分认真,直接冲了出去。

游戏里余邃反应迅速,一边跟上时洛,卡走位给时洛套盾,一边还不耽误他直播聊天:"有多少人知道时神以前做过主播?"

时洛这边已经同宸火碰头了,两人同队数月,又是同职业,对彼此的打法都非常熟悉,时洛率先预判到了宸火的走位,扫了他多半的血,自己家突击手没跟上节奏,但时洛已经没子弹了,需要换弹,他飞速转身让出位置,身后的余邃一匕首下去收掉了宸火的人头。

时洛磨牙:"先打人!"

"没耽误,放心,下个人头给你。"余邃那边拿到人头直接升级装备,给时洛套上了三面光子盾,一套动作行云流水,不耽误他叨陈年往事,"他没想打职业联赛,做主播也没签约,完全就是少爷玩票,我为什么去找他呢……"

同队的突击手到位了,余邃给那个突击手也套了盾,对面没了一个突击手,厥了一拨,时洛耳朵敏锐地留意着,察觉到天使剑后撤了,忙转身出了掩体开始放净化皿。

伴随着净化皿微微的咻咻声响的,是余邃的声音:"我一个关系不错的哥们儿,跟我说,他堂弟不学好……让我去劝劝,看看是让他回去继续上学,还是真的打职业联赛。"

宸火已经复活了,时洛察觉到三个人要包自己的脚步声,迅速后撤,刚到掩体后就见余邃在地图上点信号,时洛和另一突击手摸了过去,那边竟是对面的狙击手幻觉!

天使剑和幻觉又想玩四打三那一套,但队内还有两个队外人员,没经过磨合哪就那么容易了?特别是宸火,跟天使剑双排玩玩可以,但说配合几乎是完全没有。余邃欺负狙击手换弹慢,靠着风骚的走位把幻觉捅得只剩了个血皮,而后依言把人头让给了时洛。

时洛枪声一响,拿下了幻觉的人头。

"我当时真没当回事,就是想敷衍一下得了。

"但在时神直播间看见他的第一眼,就……

"中邪了。"

时洛怔了一下,倏然看向自己的摄像头。

自己还在直播,不能失态,时洛抿了抿嘴唇,上满子弹,在地图打点示意队内另一个突击手跟上。

耳机里，余邃还在慢慢说着——

"我当时就想拉时洛也来打职业联赛，但时神不理我啊……我申请了小号装游戏白痴，没事儿就骚扰他，让他带我玩。

"怎么骚扰？见过那种厚脸皮的吧……我当时就差不多了。

"一直在装游戏白痴，装非主流，装穷。

"为什么装？为了吸引他注意力，让他可怜我啊。"

自家突击手跟上来了，时洛和他飞速放净化皿，自己家的狙击手被发现了，光子盾碎了，余邃不想让对面拿自家人头，潜了过去替狙击手补盾，边操作边慢慢道："我也良心不安过。

"有一天……

"我刚打完一场比赛，赢得挺漂亮的，我当时的老板带我们几个人去吃饭，人均几千那种馆子，正吃着……时神给我发消息了。

"他问我晚上上不上游戏，要不要他带我飞。

"他又问我，有没有钱吃晚饭，晚饭到底吃了没，饿不饿。

"我当时……

"觉得我这人该被揍。

"想着时神知道以后，杀了我都不为过。

"我那会儿还小呢，脸皮还没这么厚……看着时神发我的消息，后面半顿饭没吃下去。

"为什么吃不下去？因为我觉得我惹上大事了……

"在职业圈里混大的，嘴里没真话习惯了，当时对着时神好多假话也是张口就来，千算万算没想到……不小心，惹了个好孩子。

"我瞎说的那些话，他全信了。"

时洛一边密切地盯着宸火和小君，一边抓紧一切机会放净化皿，听着余邃这句话的时候，时洛手不小心颤了一下，险些打断了放置净化皿的读条。

"你们头一次知道？哦，对……时神自己可能都不知道。"

余邃给狙击手套好了盾重新摸回来找时洛，中间不巧同天使剑狭路相逢了，天使剑也落单了，余邃想也不想直接收了天使剑人头，继续道："我越良心不安，就越是放不下他，总是要他带我玩……好几次差点翻车。

"我骗他我是逃课去网吧玩游戏的,有时候必须开麦,我怕队里这几个东西坏我事,在我开麦的时候在旁边瞎说话……都是去当时基地的楼上会议室里偷着玩游戏。

"当时战队的经理还怀疑我有事儿。"

时洛同宸火躲在各自的掩体后对轰,时洛听到这话忍不住笑了一下。

"那段日子其实挺开心的,真的像是背着所有人搞事情一样。

"所有人都不清楚,只有我自己知道是怎么回事。"

时洛收掉了宸火的人头,闻言愣了一下,想起余邃说过的话。

时洛心头忍不住疼了一下。

"背着所有人搞事情",这个"所有人",也包括自己。

宸火已经被收掉了,时洛并不怕小君,直接带着另一个突击手压了上去,对面小君退守,时洛继续净化。

"为什么要背着别人……原因太多了。

"我当时不想耽误他,其实不太想让他去我当时的战队,所以不想让我当时战队的人知道他。

"怕他们硬签了时神。

"当然也是怕翻车,时神脾气其实挺大的,真发起火来……可能直接就消失了,我上哪儿找人去?"

时洛和队内另一个突击手长驱直入,余邃也跟了上来。

"为了瞒住,没少丢人。

"我这边打着常规赛正赛呢,时神突然给我发消息,让我上号双排,要带我起飞。我说上不了,时神让我给个理由,我还没编好理由,手机就被裁判收走了。你们翻翻2017年的常规赛,没准能找到那一局,打哪个战队我忘了,我临上场的时候被裁判收手机,应该被拍下来了。

"在基地训练呢,他突然给我打了个语音电话过来,我像房子被烧了似的,飞速结束那局游戏跟队友说接个电话去,队友问我谁打来的,这么着急,非要接,我能怎么说呢……

"我跟宸火说,你爷爷我爸爸,找我有急事。

"然后我拿着手机就去自己宿舍。"

时洛没忍住,扑哧一声笑了出来。

这些事他确实都不知道。

当年的余邃偶像包袱重，受伤住院硬扛着不肯在时洛面前哼一声，这些掉面子的细节就更不肯同时洛细说了。

游戏里，自家前排三人组再次会合，前期优势已有，余邃懒得再磨叽了，给三人补好状态后，给后排狙击手打了个信号，直接冲脸。余邃同时洛配合完美，听着脚步声围了宸火收了他人头，而后余邃同小君周旋，队内另一突击手火速放净化皿，再次清理出了一大片地图，直逼对方转生石。

"怎么了？哦……

"叫他一句大大没事儿啊，这有什么的？我还管他叫过祖宗呢。"

时洛抢了小君的人头，而后不给宸火喘息的工夫，强行提前决战，又猛地冲了上去，仗着己方盾厚，直接开枪突突。他的盾刚一碎，后面余邃再次收了天使剑人头的同时又给他补了新的光子盾。

"当时做的丢人的事太多了，时神自己其实都不知道，我也本来不想说的。"

余邃、时洛这边没有任何减员，众人也不退守了，直接头铁平推。对方前期劣势太大，这会儿根本就扛不住，且战且退，直接被时洛这边压到了转生石后面。

"不用管天使剑，打宸火和小君。"余邃语速快了些许，"直接打，不补状态了。"

时洛依言照做，不要命地往前突进，队内突击手被宸火收了人头，时洛没管，借着余邃半个身位当盾，放下了最后一个净化皿，在净化皿起效的那一秒轰了对方的转生石。

游戏结束。

"所以，知道我当时为了跟时神双排，费了多少心思，丢了多少人了吗？"

余邃在地图里对着宸火发了个嘲讽表情，退出了地图，继续淡淡道："不知道为什么，有人会觉得是时神在缠我，那我就说说我俩当年认识的情况。

"时神，当年的Luo，是我这么不容易地挖进我当时的战队的。

"当年我俩刚认识的时候，我为了他已经肯做到这个份上了。

"现在就更不用说了吧？

"我乐意跟他双排，我乐意在比赛以后等他，我乐意看他黑脸了过去安慰他。

"我不是今天才这样的。"

时洛喉间哽了一下，他深深地呼吸，还是有点控制不住，只得抬手捂住了摄像头。

游戏客户端，时洛能看见余邃那边又点了等待排队，耳机里，时洛听到余邃语气平静地对直播间喷子道："所以以后不用站在我的角度替我去喷他了，站不住脚的。

"这些话从比赛结束那天起我就想说了。

"我俩虽然不是医疗师双子星了，也没人记得这陈年称号了，但关系还没变，我们之间非常好……从两年前就开始了。

"我对他，一直就这样。"

| 第二章

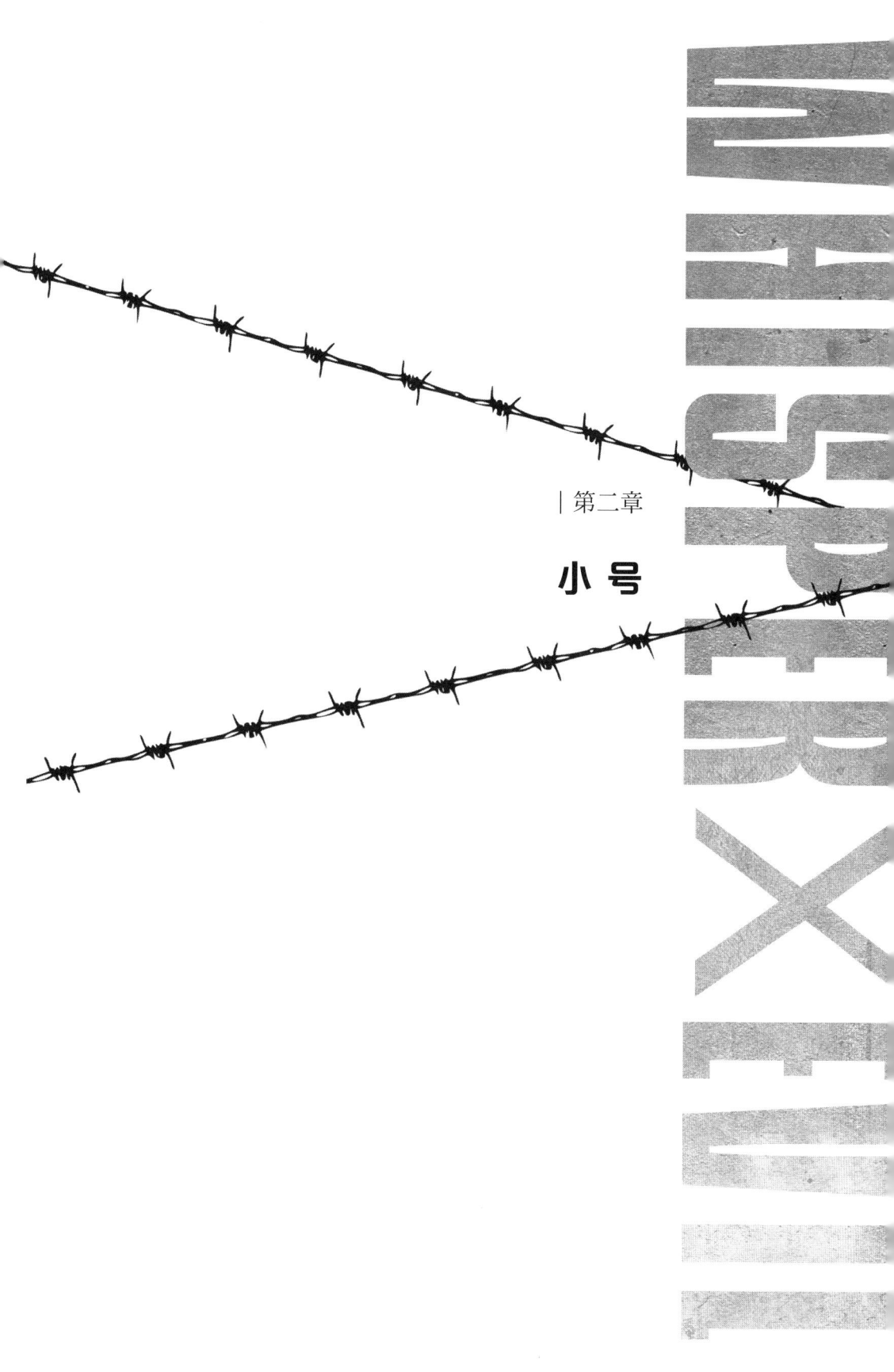

小号

11

游戏客户端里,余邃给时洛发了个催促排队的提示,时洛右手还捂在摄像头上,他静了几秒钟后才松开摄像头,拿起鼠标点了继续排队。

直播间镜头里,粉丝清晰地看见时洛鼓着腮缓缓吐了一口气。

若仔细看看,还能察觉到她们一向酷且"跩"的时崽眼神在躲闪,不看摄像头,再仔细看看,还能发现时洛眼睛微微有些红。

余渣男这拨节奏带得太狠了,别说喷子,时洛自己心态都被影响了。

时洛中间几次想给余邃发微信让他别说了。余邃的想法他一直能知道,时洛再偏执,也用不着已停了直播许久的余邃用这种方式替自己撑喷子。

太高调了,虽然很像是他们这个年纪会做出来的事,但身在这个圈子,选手人均年少老成,余邃一向都是对他的私事避而不谈,没必要突然为了自己破戒。

可时洛又舍不得打断。

他自己也很想听。

这些话余邃之前并没跟时洛说过。

对队长在自己未知时光里的点滴细节,他总是会好奇的。

更年轻一点的、十九岁的余邃当时做过什么说过什么,时洛非常非常想知道。

这局排队时间有点长,时洛耳机里,余邃毫无避讳,还在聊他的。

听起来他似乎是在跟直播间的弹幕互动。

"当时骗他那么久良心受不受得了……当然受不了。

"我和时神堂哥特别熟,知道他堂家挺富裕,就默认时神也是个'富N代',一开始骗他仨瓜俩枣的零花钱,感觉也没什么,我当初坑他堂哥的更多,对……一直坑人家钱,他们家遇到我也是倒霉。

"但其实，时神当时没钱。

"他都没成年，本来就没零花钱，又离家出走了，做个主播还不签约，他哪儿来的钱？

"但他每天都在给我转早饭钱，我居然还一直收着……我怎么可能缺他的早饭钱？当时都打了四年职业联赛了。"

想起余邃当时装小学生跟自己说饿的情形，时洛忍不住笑了一下。

余邃当时装得实在太像了。

"他怕多给我了，我全花在网吧，所以每天打一次，一次十块钱，雷打不动，每天一次……因此我每天都要良心煎熬一次。

"那个钱太烫手了……好几次想跟时神摊牌，又怕他气疯了把我拉黑玩消失。

"怕他自己没钱，怕他晚上不知道睡哪儿，怕他一个小孩儿在外面漂着遇到坏人……

"当时确实太年轻了，头一次遇到这么一个人，但瞎考虑的事太多，顾忌太多，又担心他跟我闹……白白让他多在外面待了那么多天。

"现在？要是现在，直接开车去他玩游戏的网吧，把车堵在网吧门口进去抓人，要吵要打接回基地再说，在外面太危险了。

"放到现在，哪儿还舍得让他吃那种苦？"

时洛喉结动了一下，他揉了一下脖颈，飞速点下取消排队，清了一下嗓子道："上个洗手间。"

他说罢，拿了自己的手机出了训练室。

刚出训练室，时洛眼眶瞬间就红了。

他很想听队长说当年在想什么，但真的扛不住了。

他骑虎难下地开了摄像头，本来还觉得自己能控制好表情的，但还是太自信了。

时洛左右看了看，走廊里没人，转身去了自己宿舍，关上门用手机打开了余邃的直播间。

余邃直播间人气太高，弹幕刷得让时洛根本看不过来。

双开的人有点顶不住了，我时崽什么表情都藏不住，小傻子以为自己装得挺平静。

Evil 直播间空了，Evil 直播间空了，Evil 直播间空了。

刺激！余神请继续！正好时神去洗手间了，继续继续。

什么情况？这是什么情况？你们确定 Whisper 这是在聊感天动地队友情？我怎么觉得不太对……

论坛已经炸了，Whisper 入行六年首谈队友情，对方是同战队跟他相爱相杀多年的 Evil。

哭死我算了，还有没有老粉在？还有没有人记得余神当年千里开车送时崽去高考的事？余神当年还直播了，所有人都在"哈哈哈"时崽，现在看，余神当年是在给我们介绍小朋友吧？

这俩人……那我突然全理解了，并想劝时崽一声，就老老实实跟着你队长吧，经历过这种高段位渣男，你以后再去哪个队都没感觉了……

粉丝控制一下！再刷他不说了怎么办！！Whisper 请继续请继续……一直超好奇你俩闹崩前的事！！

趁着 Evil 不在，聊点他当时的事啊！聊点他怕你说的啊！

时洛关了弹幕，看着手机里余邃的游戏界面上，余邃的鼠标光标在漫无目的地轻轻滑动，他的声音通过手机直播 App 传出来，同平日稍有不同，余邃似乎也在看弹幕，他声音里带了点笑意："时神不在？"

时洛愣了一下，有点尴尬……余邃肯定猜到自己是出来看直播了。

直播间中，余邃声音很轻："行，就当他不在吧。

"他当时什么都好，没什么黑历史可说的，我黑历史多一点。

"我当时看他确实什么都好。

"去圣剑之前吵架没……当然吵了。

"当时头上的擦伤是不是他动的手……当然不是。

"当时就有谣言，说我俩动手了。都是假的，怎么可能……他就是看着凶，偶尔跟人对喷几句，真动手不会。

"当时的伤，是我那会儿胃出血刚出院，低血糖，自己摔的。"

时洛眼睛发红，闻言低头笑了一下。

余邃白白披着一张渣男皮，到底有多温柔多细致，只有队里的人知道。

直播间里余邃把谎圆得滴水不漏："他当时确实跟我闹过脾气，可能推搡过几下被人看见了，一传十、十传百以后就胡编乱造了……

"为什么推搡？他不让我出门。

"因为我当时出门是去谈把他签给 NSN 的合同。

"时神当时……就是个小孩，他为了不让我出门，把基地一楼的沙发推到门口堵上大门，自己大半夜躺在沙发上睡觉，第二天宸火早上收外卖，是从窗户收的。

"把出门的问题解决后，他又把我车钥匙丢了……最后是老乔帮我捞起来的，老乔因为捞车钥匙还弄丢了一只拖鞋。

"生不生气？我有什么可生气的？我把人家拐来了，最后没照顾好，我有什么立场生气？

"不生气，是心疼。

"他受罪，我就心疼。

"他当时疯了一样拦我，我心疼。

"现在比赛输了脸色不对，我也心疼。

"说了这么多，不清楚我俩之前是什么情况的应该明白了吧？

"我平时不太爱在公开场合说什么，这次一次说个够，该交代的都交代了，时神是我自己带入行的，他什么情况我都会负责，以后不管是赛后等他还是别的什么，不用再意外了，都正常。"

余邃说罢，又对他的粉丝安抚了几句，说后面的比赛会尽力打，接着说了句晚安，在铺天盖地的挽留弹幕里关了直播。

宿舍里，时洛用手腕揉了揉眼，深呼吸了一下。

这人怎么会这么好？

他替自己清理了一拨节奏，还隔空跟自己说了点陈年旧事。

两人相处的时候几乎是不聊从前的，怕伤心，余邃自己也不太好意思翻他的黑历史。

这次终于听到了。

时洛放下手机，去洗手间冲了冲脸，自输给 Saint 以后，心情头一次这么好。

时洛擦了擦脸，听到几声敲门声，不用开门就知道是谁来了。

时洛抓了抓头发，犹豫了一下，看向房间的电灯开关。

正常训练时间，自己宿舍一直开着灯，周火和老乔看见了可能会来问。

时洛现在不想被人打扰。

时洛出了洗手间，关了房间的灯，打开门，又有点不太好意思，只拉开了小小一条缝。

等了几秒，门外人并没进来，时洛揉了揉脖颈，抬手拨了一下门，把小小的门缝拨大了些。

又等了半分钟，门外人还是没进来。

时洛轻轻皱眉，正疑惑余邃又在玩什么新套路时，只见门外人举着打开了手电筒模式的手机，把自己的宿舍门使劲推开了。

老乔高举着手机，正义的光芒照射在时洛身上。

老乔困惑又迷茫地看着时洛。

时洛："……"

老乔看着时洛，欲言又止，止言又欲。

半响，老乔难以理解道："你既然在宿舍，开门不就行了？你突然关什么灯呢？还只开一条缝，你这……"

老乔实在是受不了这个："虽然我也开过玩笑说咱们基地不太正经，你倒也不必开个门都这么奇奇怪怪的。"

12

时洛好不容易积攒起来的暖意被老乔的一身浩然正气击得粉碎。

时洛倚在墙上，疲惫地深呼吸了一下，就是想不明白："你来做什么？"

老乔震惊于时洛的理直气壮，道："问得好，我来做什么？我能来做什么？你无故旷工快半小时了！我不跟周火说扣你奖金就算了，你还这么横，反过来问我来做什么？我来看你有事没事，没事儿别在这儿搞特殊！去训练！"

"哦。"时洛烦躁地抓抓头发，满脸尴尬，低头道，"抱歉，我知道了。"

老乔觉得浑身不自在，百思不得其解地看着时洛，粗声催促："去去去，没不舒服就去训练，弄什么呢……"

时洛带上门跟着老乔回了训练室。余邃机位空着，时洛偏头看了一眼，他直播也关了。

宸火和Puppy都在单排，戴着隔音耳机，从刚才就什么都没听见，必然也不知余邃做什么去了，时洛只得看向老乔，老乔看了余邃的机位一眼道："哦，刚才周火把他叫走了。"

时洛点点头，回到自己机位上，也关了直播，自己去单排。

余邃带了自己这么大一拨节奏，周火自然坐不住了，忙把余邃叫去了，问问他到底要做什么，是不是该澄清什么。

话都是自己说的，没一句想要收回的，余邃让周火不必澄清什么，也不用承认什么。

时洛既然暂时不想说什么，余邃还是尊重他的意见。

周火想不明白了："你想做什么？单纯地帮我制造话题？你什么时候这么体贴了？营业战队这事儿不是我的工作吗，你怎么给抢了？"

谈起制造话题，周火两眼放光："已经有人把你的语音和时洛的摄像头画面合成一个视频发网上了，那个转发量，哎哟……真的，那个视频我看了都觉得绝，你的声音配上 Evil 那些小表情……太抓人心了。"

周火想得十分深远："你这是在干什么？是有什么计划吗？"

余邃莞尔："没那么多心思。"

"其实是一时兴起，就是看不得他不高兴，突然想多说几句……替他圆个场。"余邃摆弄着手机，缓缓道，"本来就是单纯想跟新粉丝翻翻我和他的旧账，但说着说着我自己也走心了。"

周火上下看看余邃，好奇道："走什么心？"

余邃顿了一下，片刻后道："想之前的事，感觉我不够关心他。"

周火愣了一下，失笑："还不够？怎么不够了？你对时洛还不够好？"

余邃笑着摇摇头没再接话，起身自己去训练室了。

时洛自从认识自己，先被自己骗，后被自己卖，前前后后也没有过几天开心日子，自己对他哪里好了？

不够关心，以后就得多关心。

翌日是和风掣的常规赛，自家主场，不用起得太早，众人照常起床，不紧不慢地吃了早饭收拾好东西去了自家比赛场馆。

自家比赛场馆，休息室都是 Free 专用的，比往常的要大些，敞亮许多，时洛进了休息室就坐到了墙角的沙发上，戴着耳机看手机，认真又专注。

宸火和 Puppy 先去化妆，打风掣俱乐部，基本出不了什么岔子，周火今天直接没跟队，余邃把外设包放好去替战队签到，回来时见时洛还在玩手机。

"战术昨天都定好了，还看什么呢？"余邃走到时洛身边坐下，逗时洛道，"看你屏幕了啊。"

时洛扫了休息室内的工作人员一眼，见没什么外人，把手机递给了余邃，忍不住显摆："看……有这个！"

余邃接过来看了一眼，莞尔。

超话。

时洛心里高兴又不太方便表现出来，炫耀得很低调："虽然暂时还没我和瓦瓦的超话热闹吧……但粉丝也挺多的。

"粉丝眼还是尖，好多我都不知道的事，粉丝都知道。"

时洛飞速翻着微博，截屏后给余邃看，小声道："这张照片……这个是两年前有次常规赛的时候，你被拍下来的。"

余邃细看了看，没太明白："我拿着个手办，怎么了？"

时洛往里坐了坐，压低声音道："粉丝说……那场常规赛的时候，有家外设赞助方去了，比赛前露了个脸，宣传了一下他们的产品，然后例行公事给选手们带了礼物，就那个手办……秀给镜头看的，每个选手一个，分职业的，医疗师手办、突击手手办、狙击手手办……做得特别精致，赞助商给每个选手都准备了，唯独没给我准备。"

余邃眉头微皱，想了一下，有印象了。

时洛当时刚刚进 FS，还是个替补，没什么名气，赞助商根本不知道他，准备礼物时漏了他，单单没给他准备。

比赛结束后为了配合活动流程，赞助商要把礼物送给每个选手，到了 FS 这边，自然有点尴尬。

但只尴尬了几秒钟。

赞助商把医疗师的手办交给余邃后，余邃接过来看也没看，直接拉开时洛背着的外设包就放了进去。

就是那一幕，正好被粉丝抓拍了下来。

时洛当时也是医疗师，给他医疗师的手办也没错，当时余邃这一举动被粉丝们大夸特夸，夸他情商高。

两年前的屁大点儿事，余邃自己都快忘干净了。

余邃看着时洛将那张照片保存了下来，低声道："一个手办，就这么高兴？"

"不是手办的事……"时洛抬眸看着余邃，眼中尽是满足，犹豫地摇头，"算了，不说了，再说你又觉得我故意让你心烦了。"

余邃轻声道："没事，你说。"

时洛看着余邃，隔了一会儿低声道："就这种小礼物，小玩具……"

时洛低头重新看手机，小声道："一向没什么人会想着我。"

回想时洛童年过往，余邃用了好一会儿才将这句话消化掉。

"跟你说了别问。"时洛看着手机，有点后悔道，"我这次真不是故意的。"

余邃抬手在时洛头上揉了一把："再看见什么咱俩都忘了的，记得给我看。"

"看什么？"老乔进了休息室，"马上就比赛了，不用看复盘了！打风掣用不着这么紧张，放松发挥就行。"

时洛心虚地答应了一声，把手机收了起来，被工作人员带着去化妆了。

风掣是上赛季的保级战队，确实不用紧张，Free 干脆利索二比零带走了风掣，算上中场休息和赛后采访时间，不到一个半小时就下班了。

这一天有两场比赛，Free 对风掣之前，在另一场馆是 NSN 对 Saint 的比赛，Free 几人比赛前那边还在打第三局，这会儿比赛都结束了才知道那边的结果。

老乔道："NSN 赢了。"

时洛意外道："瓦瓦扛住了？"

老乔点头："扛住了，特别是第三局，他发挥得真好。"

"厉害了。"宸火拍拍手，赞叹，"棒棒的，NSN 赢了 Saint，Saint 赢了我们，而我们又赢了 NSN……每支战队都在疑惑，对方这个菜鸟战队是怎么赢了第三支战队的，以后谁也别嘲讽谁菜了，很好很好……"

"出息！"老乔拍了宸火后脑勺一把，"人家俩战队至少打满了三局好吧，咱们呢？是被 Saint 二比零剃头带走的，你们这边无脑虐杀的时候，人家在那边打得如火如荼，说实话吧，刚才你们比赛的时候，我都没太专心，我还开了个直播看他们……"

余邃边收拾外设边道："打得怎么样？"

"漂亮，刺激，打得比你们这边带劲儿。"老乔咂舌，"老顾他们确实跟咱们藏了不少，他们今天比赛的状态真好，完全不是平时练习赛的节奏……今天回去不复盘你们自己的比赛了，复盘他们俩战队的。"

Puppy 叹气："行吧，我就猜你们不会复盘今天的比赛了，还想着今天能轻松点呢，这跟谁说理去，好不容易不复盘自己的了，还得替人家操心，复盘人家的。"

"知己知彼，不让你们看看不行。"老乔也知道他们前几天突击训练累着了，安抚道，"不过今天不回家吃了，犒劳大家，在外面吃，周经理已经在吃饭的地方等着了，走走走……"

被老乔催促着，几人收拾了一下，背着外设包往外走。

去停车场的路上会同散场后等候的粉丝碰面，主场赢了比赛，虽然赢得挺无脑的，但看了现场的粉丝还兴奋着，见着几人尤其激动，老远就在打招呼，不少粉丝还抱着礼物。

自老 FS 时期几个选手就几乎不收粉丝礼物，鲜花都不要，几人照例朝粉丝打了个招呼就走了，只有余邃多看了一眼，走了两步折回去，在粉丝的尖叫声中接过了一个粉丝抱着的小小的 Q 版突击手的布偶。

围着余邃的粉丝忍不住哄笑，不明白余邃好好的怎么突然会想要个小布偶。

余邃自己也有点不好意思，他对那个粉丝笑了一下，很绅士地欠了欠身，转身几步上了车。

其余几人早在车上坐好了，Puppy 撩起眼皮看了余邃一眼，懒懒道："返老还童了？"

老乔也扭头看了一眼，见余邃拿的只是个布偶没在意："我好像在淘宝上看见过这个……不到一百块钱，收就收吧。"

宸火鄙夷地瞟了余邃一眼："几岁了？"

只有坐在最后一排的时洛没说话。

果不其然，余邃拿着布偶上车刚刚坐到时洛身边，就把手里的布偶丢到了时洛怀里。

趁着别人在聊天不在意，余邃一面拿下外设包放好，一面压低声音道："……时神，我可是有五六年没收过粉丝礼物了。"

但为了你，破例还是值。

13

周火这次没随队,这一幕自然没看见,不过一起吃过饭在回去的路上还是发现了。

回基地的路上有点堵车,周火在车上无聊得只能玩手机,刷微博时一眼看见了余邃拿了粉丝礼物的事。

回到基地下车后,周火对着余邃晃了晃手机:"平时粉丝给你准备的那么多奢侈品礼物都不要,今天居然收了个布偶,还不是你自己职业的。"

周火忍着笑,低声道:"突然跟粉丝拿了个突击手的娃娃,啧啧……"

时洛装没听见,吹着口哨背着藏了那个布偶的外设包进了基地大门。

周火欣慰地看着余邃,由衷感叹:"真的,你是我带过的最省心的一届,你怎么这么体贴?你粉丝都在猜,你拿了个突击手的布偶是想送给谁。"

"那个娃娃是突击手的?"宸火下了车,闻言看向余邃,十分意外,"给我的?!我……我其实不太喜欢娃娃。"

余邃转头面无表情地看着宸火,宸火愣了一下反应过来是给队内另一个突击手的,撇撇嘴:"呸!不稀罕!"

"你非要自取其辱地问这一句做什么呢?"Puppy 心酸地看了一眼自己的傻兄弟,"……现在不光粉丝心疼你,我都心疼你了。"

老乔看看余邃,再看看已经进了基地大门的时洛的背影,最后扭头看看仍蒙在鼓里的宸火,突然莫名其妙地有了些优越感,他在宸火后背上拍了一下,也进了基地。

堵车的缘故,回到基地已经十一点了,老乔没给几人洗漱收拾的时间,直接把人拉到了训练室看今天 Saint 和 NSN 的比赛。

两队全员状态拉满,三局游戏可以说是全程苦战,老乔一秒钟没快进,复盘了整整三局游戏。

Saint 针对 NSN 也定了战术,只是克制性就没对 Free 的那么强了。NSN 没特别鲜明的战队特色,其实不是坏事,人家也不是走中庸的路线,就是把每个方面都做到位。瓦瓦作为战队原先的短板也没掉链子。他们没有强力杀招,可也没特别给对方暴露出容易攻击的角度。Saint 输就输在一直在想办法突破,一直打先手，却一直攻不下来被反杀，几次下去劣势就大了，鏖战三局后，以毫厘之差输掉了比赛。

复盘完了三局比赛，老乔合上自己的笔记本："季后赛这个强度的话……咱们也不是十拿九稳了，各位还得再加把劲。"

余邃看着显示器，静了片刻道："从上次和咱们的比赛我就想说，Saint 其实没必要……"

余邃没往下说。

时洛偏头看了余邃一眼，片刻明白了他的意思，轻轻地摇了摇头。

老乔点头："确实没必要，不值当。"

宸火稍晚一秒明白过来，犹豫了一下，也没说出口。

周火晕头转向地跟着听了三局别队的复盘，云里雾里地看着几人，等了半晌见没人有解释的意图，只得卑微地问道："什么意思啊？你们现在已经能眼神交流了吗？我这种非职业选手不配听吗？好歹端茶送水地陪了你们几个小时，给普通玩家一个解释行不行？"

老乔好奇地看向周火："这话问对了，我也很想知道，你一句也听不懂，一晚上在这儿守着做什么？"

"你怕泄露战术不让跟拍来训练室，只能我自己上了。"周火拿着个小小的手持摄像机，无奈道，"大哥们，我要经营战队，要素材的好不……算了，你们都不在乎，这不是重点，所以我想知道 Saint 没必要做什么。"

在得到周火一会儿会给自己拍几个特写镜头的承诺后，Puppy 缓缓解释道："余神还是心软啊……他知道自己是个乌鸦嘴，不想说出来，但其实这事儿明摆着了。"

Puppy 看向周火，摊手："Saint 最近有点太较真了，没必要。"

周火失笑："比赛较真还没必要，你们这是什么态度？这话传出去你们要被粉丝爆破的好不好？"

"所以不能传出去啊。"Puppy 懒懒道，"你敢说出去就给你灭口……不是说他们较真不好，我们都想赢，但是也要考虑这是在打什么比赛，赢了会承担的成本。"

周火还没听明白，宸火不耐烦地插话道："就说上次跟咱们打那场，那么好的战术，练了那么久的配合，前面瞒得滴水不漏，突然亮出来，是不是给我们打歇菜了？"

周火呆呆点头："是啊！"

"所以没必要！这种杀招就不该在常规赛上亮出来，他们又不是进不了季后赛，站悬崖边了，有必要非赢那一局常规赛吗？"宸火也想不通，皱眉道，"当时他们就该正常打，输了就输了，藏着这个好套路等季后赛半决赛或者决赛的时候再打我们一个措手不及才对！"

周火瞬间明白了，自己也愣了一下："对、对哦……"

"虽然到时候是BO5（指五局三胜赛制），留给我们应对的反应期更长了，但杀招就是杀招，少说也能吃我们一局，决赛场上第一局给我们玩一手这个，不管是为了吃分还是为了搞我们心态，都能起效，但他们就不……非要在一场无关痛痒的常规赛上就露出来。还有今天，"宸火抬抬下巴，看着显示器皱眉道，"打NSN这套路肯定也是费了不少心思想出来的，又在常规赛上用出来了，别说余邃……我都想问问天使剑去，想什么呢？全抖出来，你季后赛准备玩什么？"

Puppy跟着摇头："太浪费了。而且我最奇怪的是，这些事儿咱们想得到，Saint想不到吗？他们这是什么鬼战术？"

"呃……"周火明白过来了，结巴道，"也、也许他们是想常规赛上有个好名次？"

"常规赛名次有什么用……排名他们稳前三的，只要不是倒数都能进季后赛，都一样。"时洛皱眉道，"输几局怎么了？撑死被喷子骂几天，不疼不痒的，有什么关系？"

"虽然对咱们有利，但我也觉得Saint不该这么打。"老乔关了比赛视频，缓缓道，"当然，也可能是他们准备了超级多的杀招，不在乎提前秀一个给咱们看。"

时洛抬眸，反问："我们有那么多容易被针对的点？"

宸火失笑："没、没吧。"

"哎呀，管他们想什么呢，反正对咱们有利呗！那就行了。"周火想不明白也不想费脑子了，"真是……这不像你们吧？替别的战队操这种心？"

几人没说话，老乔无奈道："场上是对手，场下……说友谊有点恶心肉麻了，英雄惜英雄吧，都一个赛区的，就算是竞争对手，谁还真能盼着对方死呢？他们这个路子我是真的不赞同……一个常规赛，每次都打得跟世界赛决赛似的，好像打了这场没下场了，没必要。"

周火对其他职业选手的共情能力有限，还是偏自家选手，无所谓道："对咱们有利就行，行了行了，看镜头，茄子。"

几人累了一天，又都想着 Saint 的事，没有多少活力，各个面无表情的，周火勉强拍了几张，又给唯一配合的 Puppy 拍了几张照片。

将近两点钟了，这会儿开机也打不了几局，老乔让众人直接散了去休息，宸火和 Puppy 听了这话外设包都没拆，各自回自己宿舍了，只有时洛走到一边拿自己的外设包。

余邃看向时洛："怎么了？"

时洛低头把布偶取出来放好："今天没做重复训练，做一组再睡……免得手生。"

周火失笑："用不着啊，这是干吗？突然这么拼。"

时洛皱眉，片刻后道："万一 Saint 真的还藏着好几个杀招呢？"

不等别人再开口，时洛拿过自己的外设包将外设取了出来插回自己电脑上："没听喷子怎么说的？一个战队，就一个没大赛经验的。我经验少，他要是真准备杀招，八成是对付我的……我就打一个小时，不用管我。"

周火看不下去，还要再劝，余邃却道："定个三点的闹钟，三点就下机。"

时洛点头："OK."

周火诧异地看向余邃，彻底没脾气了："行吧，你都同意了，我还说什么？"

老乔摆摆手："你不用管，由着对方休息就是关心了？不拖后腿，不耽误对方训练才是最重要的好吧？"

周火没法理解职业选手之间的浪漫，摇摇头自己去休息了。

看着时洛开了电脑，余邃回自己宿舍，冲澡，把脏衣服收拾好，吹了吹头发，给自己父母发了问候信息，左拖右拖，勉强等到了三点。

余邃披上外套，推开门去了训练室。

训练室里，时洛戴着耳机，还在自定义服务器里练枪。

平时一个屋里训练，几个人都嫌别人吵，戴的都是隔音耳机，时洛并没听见余邃开门的声音，余邃关了门，回自己宿舍又打了两局手游。

两局手游打完，已经是三点半了，余邃又去训练室看了一眼，时洛还在。

一瞬间，余邃觉得，这可能就是 Saint 的脏战术。

通过不停地秀新战术来恐吓其他几个战队，以活活累死他小队友的方法来取胜。

再拖下去就要到四点了,余邃走到时洛身后,替时洛摘了耳机。

时洛吓了一跳:"你……还没睡?"

"怕你通宵。"余邃拿着时洛的耳机,刚要说什么,突然愣了一下,垂眸看向时洛的耳机。

从耳机里传出来的声音很轻很轻,但余邃耳力太好,这点声音足够他听得非常清晰。

时洛手速飞快地关了自己的音乐播放器,余邃静了片刻,缓缓问道:"时神,你刚才听的……是粉丝截的我的声音吗?"

余邃的一些小粉丝自己"圈地自萌",曾截过余邃一些语气词拼在一起,组合成音频,余邃早就知道,小粉丝自娱自乐的东西,并无恶意,余邃自己不在意,但万万没想到,时洛这边居然也有一份。

"不是很明白……你听这种二手音频的意义。"余邃尽力忍着笑,诚恳道,"时神,你想要,我可以单独给你录一份的。"

14

时洛磨牙,要抢耳机,余邃拿着时洛的耳机往后一躲,笑道:"平时总戴着耳机,原来就听这些东西?"

"赛场休息室、候场走廊里、比赛结束回基地路上……"余邃越想越觉得时洛小小年纪太有意思了,"时神,我早就发现了,你每次一要静心就戴耳机,一直以为你听的是轻音乐,现在我突然不太敢想了……"

时洛扯过余邃手里的耳机,咬牙:"没听过几次!前几天才下载的。"

"证据呢?"余邃忍住笑,"我上次听这个音频应该是四年前的事了,你说你刚下的?"

时洛语塞,打开了自己的音乐播放器,低声道:"跟我手机 App 上登的一个账号,你自己看……一共就听过五次。"

时洛常用的音乐播放软件的后台是能记录每段音频的播放次数的,余邃扫了一眼,时洛刚听的那段音频后台播放次数确实显示的是"5"。

"前几天无意中看见的,好奇是什么……就下载来听了听。"时洛把播放器软件关了，死鸭子嘴硬，"听了，也没什么意思……"

时洛关软件关得很快，可余邃眼神太好，留意到软件后台一众中英文歌曲里还夹杂着一段标题是乱码的音频，后台播放次数是"999+"。

歌曲信息一概没有，必然又是一段合成音频了。

余邃莞尔，四年过去，粉丝的素材库也更新了，大概是又剪了个 2.0 版本。

时洛已经不好意思了，再戳破就有点不够体贴了，余邃当没看见，压低声音笑道："听着我的音频练枪，讲究啊时神。"

时洛简直气死了，好不容易想努力一把，练了一会儿枪觉得手感不错，突然想通了点针对 NSN 的关窍，想着去单排一把试试套路，奈何有点困了，又突然想起了那段音频，正巧四下无人，想着听着解解困，千算万算没想到某二十一岁"年迈老将"还能熬到这个点儿，好死不死还正巧被人家抓了包。

时洛下了游戏账号，飞速关机，心虚的视线乱扫，不同余邃对视："听着点儿声音……不容易困。"

"你刚不说没什么意思吗？"

时洛语塞，只见余邃眼中含笑地看着自己，认真道："真的，你要是需要，我可以给你录个有意思的，老客户了，您点单就行。"

点单……

时洛闭了一下眼："不用，请不起你。"

时洛说罢想往外走，可余邃往旁边靠了一下，将时洛挡得严严实实的，轻笑道："点一个，我现在当场给你来。"

"一百块……啊，不，"余邃还非常好说话，"一块钱就行。"

"你……"时洛侧睨看了一眼训练室墙上挂着的装饰时钟，已经三点四十五分了。

余邃根本不如自己能熬，每次睡晚了第二天就算没迟到，肯定也不太能吃下东西，往往就是一碗粥了事，时洛担心余邃那个娇贵的胃，不想让他再耽搁时间，压低声音："大晚上的闹什么闹……睡觉。"

不想余邃也看了一眼时钟，同样压低声音："谁先闹的？"

时洛再次语塞。

"行行，不闹了。"余邃笑了一下，往旁边躲了一下，"去睡觉。"

时洛几乎是落荒而逃。

回到自己宿舍洗漱过后，散去了方才的恼羞成怒，时洛又有点后悔。

自己这边加训，余邃怕自己通宵，在一旁不声不响地陪着，跟着熬到这个点儿了，自己因为太尴尬，居然连句"谢了"都没说。

昨日在饭馆吃饭的时候，在洗手间碰到了周火，周火偷偷告密，余邃跟他说："想之前的事，感觉我不够关心他。"

那个"他"，说的是自己。

时洛当时就觉得巧了，自己也是这么认为的。

每每想到余邃，时洛也总觉得，自己不够关心他。

以前是任性，现在又有点不知所措。

时洛也清楚自己太孩子气，比如方才……

时洛烦躁地揉了揉头发。

时洛冲了澡从洗手间出来，瑟缩了一下。

这星期降了几次温，基地的中央空调还没开，凌晨已经有点凉了。

这会儿似乎又降温了，时洛擦了擦头发，上了床。

盖上被子还是有点冷，已经不早了，时洛闭上眼一动不动，强迫自己快速睡着。

五分钟后，时洛睁开眼，又开始担心余邃那个让人糟心的胃。

不能累着，不能凉着。

每次天冷，余邃吃得都少，他一般就敷衍说没胃口，但就是不太舒服，吃不下去。

室温是真的有点低，余邃宿舍和自己的能有什么区别？这么一晚上，第二天会不会胃疼？

时洛皱眉，掀开被子起身，长吐了一口气："不得好死的季岩寒……"

时洛穿上拖鞋，披上外套，拎着手机出了宿舍。

整个基地空荡荡的，走廊上落针可闻。

四点多了，基地其他人全睡熟了。

这个时间，时洛做什么都没人会发现。

时洛一脸烦躁，嘴里小声地骂骂咧咧，一边诅咒着季岩寒害自己没觉睡，一边目不斜视地经过余邃的房间下了楼，去一楼会议室把基地控制室的钥匙翻了出来，顺便拿了支手电筒。

时洛开了控制室的门，挤在小小的控制室里，开了灯又举起手电筒，不出意外，一个汉字都没，时洛揉揉困倦的眼，仔细辨认哪个是中央空调的控制面板。

时洛虽没接触过这个，但没一会儿就差不多看明白了，他调试了片刻，给基地开了制暖模式，又调了一下温度。

时洛冷着脸把钥匙、手电筒放了回去，回了自己宿舍。

控制室里各种表盘，整个基地的水电暖、天然气、冷热中央控制全挤在一起，时洛其实是没那么自信的，万一开了制冷就完了，回了自己宿舍，时洛没直接睡，拿着余邃今天给自己的那个小布偶坐在床边等了会儿，准备等待房间真的暖起来再睡。

时洛看着手里的小布偶，轻轻吐了一口气。

只是随口说了一句，这种小东西，没人记得留给自己，余邃就记在了心里，跟粉丝讨了一个给自己。

同宸火一样，时洛也不喜欢布偶，可要是别人留心给自己的，那就不一样了。

时洛也不是卖惨，从小到大，确实没有什么人会留心给他捎什么东西。

小时候父母整天吵架，两人都想解脱彼此，没人顾得上时洛，好不容易离婚了，时洛跟了自己妈妈，本以为有安静日子过了，可又太安静了，妈妈终于摆脱了折磨了自己数年的一段婚姻，急于享受正常的生活，享受新的恋爱和婚姻，没太多时间和精力能分给时洛，偶尔的温柔和关心里也总带着几分心不在焉，时洛明白，妈妈早晚会再婚，只是没想到，再婚之前自己会被扫地出门。

而后时洛就开启了同自己爸爸斗智斗勇的童年生活。

与天斗，与人斗，与爹斗。

时洛有时候都觉得，自己上佳的竞技状态，可能是得益于自己斗战胜佛一般的童年和少年时光。

从小到大，人情冷暖看透，唯独没享受过几分温情。

仅有的一点……

时洛摆弄一下手里的布偶——全是余邃给的。

这么好的队长，不给他修空调给谁修？

时洛隐约感觉房间里暖和了点，把突击手小布偶放好，脱了外套回床上，刚躺下就睡着了。

时洛睡着没一会儿，窗外滴滴答答下起了雨，室外气温一降再降。

翌日上午十点，阴雨。

余邃起得比往常早了些，拉开窗帘看了外面一眼，心中微微一动。

余邃洗漱后出了宿舍，撞见了在拖地的阿姨，余邃压低声音道："中央空调开了？"

"是呀，不知道谁开的，昨天半夜就暖和了。"基地其他人都还睡着，阿姨也压着嗓子，轻声细语地抱怨，"我早就说了这几天要降温，你们昨天有比赛，匆匆忙忙的，我说了好几次都没人理我，你们这边的空调我又不晓得怎么调，半夜不知道谁起来弄的，谢天谢地……"

余邃眸子微微动了一下，谁调的？昨天一个比一个睡得早，还能有谁？

时洛一直就不怕冷，降不降温，他不会多在乎，能让他在乎的——

余邃顿了片刻，低声道："不好意思，我睡觉比较浅……"

阿姨知意，忙歉然道："好好，我等下午再打扫二楼，你再去睡会儿啊，才十点。"

余邃点头："麻烦了。"

余邃目送阿姨下了楼，待阿姨身影消失在楼梯口，余邃两步走到时洛门口，想也没想，轻轻拧开了时洛宿舍的房门，走了进去。

15

余邃动作很轻，时洛凌晨五点钟才睡着，这会儿睡得很沉，一只耳朵上还戴着隔音的蓝牙耳机，并没被惊醒。

余邃看了一眼被丢在床边的队服外套，基本确定，凌晨去开中央空调的是时洛了。

训练任务越来越紧，众人平时两三点下机后回到自己宿舍都是困得睁不开眼，为了早点睡觉，基本都有一套优化路线，进屋开始脱外套，一件件全扔进脏衣篓里，冲过澡后出来换上睡衣或者T恤加运动裤，再往前走两步躺在床上，合眼就能睡着。

时洛门口的脏衣篓里好好地放着他睡前换下来的衣服，这会儿床上还有一件干净队服外套，必然就是中间又出门了。

余邃走到时洛床头，看了片刻，没碰时洛的床，轻轻拉过椅子放在了时洛床头，坐了下来。

时洛担心余邃畏冷，把空调温度调得稍高了点，这个室温对余邃来说是最舒适的，对时洛就有点热了。

过高的温度把时洛的脸烘得红扑扑的，平添了几分稚气，看上去又小了几岁一样。

年纪本来也不大，照顾起自己的队友却挺靠谱。

还知道去调空调。

余邃拿着自己的手机，坐在椅子上静静地看着时洛，心口有一点点拉扯的疼。

不严重，但持续不断。

俱乐部这赛季刚刚组建，赛事频繁，竞争激烈，训练内容有很多，偏偏就是在这个时候发生了一些事情。

余邃会留意着时洛的情绪，见缝插针地跟他说鼓励的话，尽量做好一个队长该做的事，但这会儿细想想……

余邃虽然在时洛之前没什么培养选手的经验，但也觉得自己跟时洛这样有点儿奇怪。

职业选手，玩手游基本是在砍瓜切菜，余邃不费任何脑子地完虐着对面，心里全在想这个事情。

余邃玩了一会儿手游，闭眼假寐了会儿，看看时间，十一点半了。

大约是阴雨天的缘故，窗外还是雾蒙蒙、黑漆漆的，整个基地都没什么动静，只能听见滴答雨声，余邃手机振了一下，Free群里有动静，周火发了条消息。

【经理·周】："这些天辛苦了，好不容易有个适合睡懒觉的天气，今天训练推后，大家接着睡。"

【教练·老乔】："真实情况是雨越下越大，阿姨没法出门买菜，点的蔬菜还堵在了路上暂时送不过来，你们起了也没饭吃。"

【经理·周】："……你不用说出来的，我是真心觉得大家辛苦，可以赶着阴雨天多睡几个小时，你不也说了可以休息的吗？"

【经理·周】："话说昨天是哪个天使开了空调？我半睡半醒快冻死，忽如一夜春风来，瞬间活过来了。"

【教练·老乔】："都还睡着呢，晚上再问，我也再补一觉……"

【经理·周】："睡睡睡，@全体，今天没早饭了，自己醒了点自己的外卖，战队报销。"

正合余邃心意。

余邃又等了一刻钟，时洛还没醒过来的迹象。

余邃拿起时洛放在床头的手机，锁屏界面上显示着音乐播放器，已经暂停了。

想起昨晚那串乱码音频，余邃嘴角微微挑了一下。

切换歌曲，是不需要解锁的。

时洛睡觉不是太老实，一只耳机被他滚到了枕头边，余邃拿起来戴在了自己耳朵上，用时洛的手机不断切换歌曲，切了足有四十首后，终于切到了那段乱码音频。

余邃按了播放键，忍笑等着时洛醒来。

余邃看着时洛的锁屏界面挺意外，这段乱码音频有二十六分钟。

余邃失笑。

乱码音频噪声略微有点重，前半分钟都是低低的沙沙声。

半分钟后，音频中咔嗒一声，像是连上麦的声音。

余邃对自己被合成的内容没什么兴趣，刚要摘下来等着看时洛的反应，突然愣了一下。

"喂？听得到吗？

"……我声音不像小孩儿？我……我变声早。

"我……我……啊对，我背着我爸妈偷偷玩的。

"我看你直播了，你叫时洛对吧？

"时哥带我飞啊。

"我不太会玩医疗师，真的、真的、真的……啧，怎么不信呢？"

余邃脸上笑意渐渐淡去。

耳机里确实是自己的声音，但不是什么合成的其他内容。

这也不可能是粉丝剪辑的。

有些话是自己当初发给时洛的语音，粉丝根本拿不到。

音频很长，还在继续，音频里全是自己的絮絮叨叨。

"嘘……

"我声音小？我、我爸妈刚在我身边，没法接语音。

"时哥，晚上打不打啊？我逃课了。

"专门为你逃的课，扣了我不少钱，你要是不来我可亏死了，看到消息回我一下。

"学校不扣钱的吗？哦，我们这边学校变态，嗯，全是畜生，迟到十分钟扣两万。

"没撒谎……

"我骗谁都不想骗你，真的。

"我……真的，我有点后悔了。"

时洛睡得太晚了，还没醒来的迹象，余邃这会儿已经不想他醒来了，余邃深深呼吸，飞速调低声音，继续往下听。

"洛哥，咱们商量一件事吧……我今天好好发挥，带你飞，回报呢就是你答应我，以后不管出了什么事，咱不生气好不好？

"没什么事，你先答应。

"记着啊，你自己答应了的。

"来来，点开始。"

余邃回忆起来这是自己当年跟时洛摊牌前说过的话。

现在回听，简直混账。

音频还在继续往后播，听着像是摊牌后的了。

"抱歉，我说谎了。

"我是个职业选手。

"FS俱乐部你听说过吗？

"抱歉，我也不知道怎么弄成这样了。

"洛洛，对不起。

"对不起。"

音频只播放了不到三分钟，还没结束，只是渐渐没了人声，单纯的沙沙作响，余邃艰难地吐了一口气。

回想起昨晚自己看见的后台记录，这段音频的播放次数是999+。

刚翻这段音频翻了很久，说明时洛近期并没有听过，比999次还要多到底是什么时候听的，可想而知了。

余邃在圣剑的两年一直在关注时洛的动态，时洛的比赛他不说全部都看过，也差不多。

比赛开始前，比赛结束后，时洛偶尔看上去心情不太好的时候，镜头扫过去，时洛一般都戴着耳机。

到底听的是不是这个没法确定，但999+总不是平白累计出来的。

余邃刚回国那会儿，头一次和时洛遇见，就是在比赛场馆的走廊等候区。

时洛当时就戴着耳机。

后来几次碰见，时洛情绪比较激动的时候，之后一般也会戴上耳机。

余邃当时也留心过一两次，但后来没再发现什么，时洛也没这毛病了，他就把这茬儿忘了。

音频还在继续，一阵白噪声后，余邃的声音又响了起来，二十六分钟的音频，后二十分钟全部都是余邃在重复一句话。

"你答应我，以后不管出了什么事，咱不生气好不好？"

"你答应我，以后不管出了什么事，咱不生气好不好？"

"你答应我，以后不管出了什么事，咱不生气好不好？"

…………

余邃摘了耳机，喉咙口彻底被堵住了。

后知后觉，终于破案，明白时洛为什么总要戴耳机了。

时少爷又不是真没脾气。

听了自己道歉千万遍，他才忍过了整整两年。

床上，时洛皱了一下眉，将醒未醒。

眼睛睁开了一条缝，窗外黑漆漆的，不知道这是几点了，时洛揉了一下眼睛，还没来得及拿手机看看时间，就听到床边有动静。

时洛倏然醒盹，迷茫道："你、你怎么……"

余邃说："……我冷，来你这边暖和一下。"

时洛刚想说这温度你还冷，察觉到余邃声音确实有点不自然，皱眉低声道："真冻着了？吃药吗？"

时洛分毫看不出来余邃身体哪儿冷，被他这么盯着倒有点不太好意思，不等时洛再问，余邃又低声道："我刚发现……"

"你可能喜欢人陪着。"

不是喜欢人陪，怎么会把别人的音频听那么多次？

16

时洛还是觉得余邃有点不对劲，睡前还好好的，一觉醒来没任何铺垫突然就这样了，这是怎么了？

"怎么突然想起这个……"时洛声音带着点儿刚醒来的沙哑，"到底怎么了？"

时洛天生敏感，从刚认识那会儿，余邃任何情绪变化他都捕捉得到，时洛拧眉："出什么事了？"

时洛没法不多疑，余邃这跌宕起伏的破运气他是真的领教得够够的了，余邃这边有丝毫异样，时洛就不会往好处想。

时洛眼中困倦一扫而空，他往后靠了靠，眼中多了几分警惕："你知道……你上次突然对我特别温柔，是什么时候吗？"

余邃的心被方才那段音频搅得生疼，现在只想跟时洛好好聊聊，他在时洛额头上弹了一下，问："什么时候？"

时洛低声道："要把我送到 NSN 的时候……"

余邃心口又被扎了一刀。

时洛摸了一下自己的额头，更觉得这不是什么好兆头，继续道："知道我妈妈唯一一次碰我额头是什么时候吗？

"是在把我送到我爸家的前一天。"

余邃深呼吸了一下，心要被时洛扎穿了。

与生俱来的不安全感让时洛难以接受任何超出他预期的温柔，时洛坐在被窝里，脸色很差，耿耿于怀地问："我到现在还觉得，我这个脑门儿非常晦气，你好好的突然碰它做什么？！"

余邃顿了一下，活活被时洛气笑了。

不等时洛再说话，余邃又抬手在时洛额间弹了一下，又弹了一下。

时洛想挡开余邃，推了两下意外地发现自己根本推不开余邃。

余邃抬手在时洛额头上碰了又碰，直到时洛学乖不再推拒时才停下。

余邃垂眸看着时洛，低声道："还动不动？"

时洛愣了一下。

回忆再次被拉扯到了两年前。

时洛刚进 FS 那会儿，总是莫名其妙地同宸火掐。

没原因，没理由，似乎两人早早就感知到了以后和对方会变成同职业，天生排外，互相看不顺眼，用不着什么实在的矛盾，对视一眼都能吵起来。

有次，时洛也记不清因为什么了，又同宸火拌嘴，两人相互冷嘲热讽了半小时后终于从文斗改成武斗，在 Puppy 的见证下，决定掰手腕，看看谁才是真的弱鸡。

时洛当时铆足了吃奶的力气，但还是没赢过宸火。

只差了一点点而已。

时洛面子大过天，输了宸火又被宸火一顿嘲讽后气得鬼火冒，Puppy 见时洛没赢了宸火，瞬间也敢逗时洛了，也跟时洛玩了一局，时洛跟宸火掰手腕掰得整个胳膊都酸了，Puppy 没费什么力气就赢了。

宸火和 Puppy 笑成一团，吹着口哨笑话时洛是小崽子，时洛被气得晚饭都不想去吃，黑着脸，气得见谁想咬谁。

围观了全程的余邃结束了他当时单排的一局游戏，突然说也要同时洛玩一次。

宸火和 Puppy 瞬间笑得更疯了。

时洛本来就觉得丢人，烦得要死，根本不想再输一次，可被余邃不疼不痒地激了一下以后，又觉得不敢玩更丢人，勉强答应。

可时洛当时都气死了。

宸火跟自己吵架，余邃不帮自己就算了，还跟着他们一起笑，逗自己玩儿。

轮着来是什么意思？欺负自己？

人家才是一个战队多年的队友，自己是刚来的替补，是外人。

时洛那会儿还没被余邃焐暖，浑身是刺，敏感孤僻得可怕，一时间觉得心冷，觉得余邃根本就不在意自己。

时洛冷着脸同余邃掰手腕，余邃初始也挺有力气的，但没一会儿就坚持不住了，时洛一脸意外地赢了余邃。

宸火和 Puppy 熟识电竞喷子赢了吹、输了黑的套路，马上放弃时洛，转头开始嘲讽余邃，变脸比翻书快。

余邃并不在意,揉了揉手掌承认自己就是没什么力气,Puppy那天还发了一条搞事的微博嘲讽余邃。

被宸火、Puppy插科打诨的时洛,并没察觉出什么不对来。

从此他默认余邃就是没自己力气大,直到一分钟前。

时洛刚才始终没推动余邃分毫。

他根本就不是余邃的对手。

时洛听到余邃低声说:"洛洛,知道我以前是让着你了吗?"

时洛眸子微微一颤,手臂瞬间失了力气,被余邃在额头上又弹了一下。

没人能抵抗这种温柔,时洛稍稍放下戒心,但还是忍不住嘟囔:"真没事啊?"

时洛听到余邃无奈道:"能有什么事?"

时洛顿了一下,微微皱眉:"没准俱乐部又出什么状况,你又要卖我了呢?你的战队总爱出事……"

"什么事也没有。"

窗外雨越下越大,乌云遮日,屋里没开灯就宛若深夜,时洛看不清余邃的表情了,只听余邃低声道:"放心。"

窗外雨越下越大,半小时后,时洛去洗手间冲澡。

洗手间的门突然被敲了一下,时洛忙关了淋浴,洗手间外,余邃问道:"我点外卖,吃什么?"

时洛一时想不起吃什么来,犹豫了一下道:"跟你一样……别让我光喝粥就行。"

洗手间外,余邃答应了一声,没再问什么,应该是在点餐了。

待时洛洗漱好穿好衣服出了洗手间,只见自己的脏被罩被丢在了一边,床上换好了新的,被子也被叠好铺平了。

时洛要是没记错,余邃的宿舍一直是有专门的阿姨收拾的,他以前还被阿姨吐槽过,这么大的男人了,被罩都不会套。

时洛看了看正在窗边和外卖员打电话说门牌号的余邃,再看看自己熨帖的新被罩……看来某医疗师不是不会,只是当少爷当惯了,从不做家务而已。

可他给自己做了。

余邃挂了电话,回头见时洛正看着自己,了然一笑,顺手把取新被罩弄乱的矮柜整理好关上:"自己宿舍是懒得收拾……你的不一样。"

"外卖来了,我去拿一下。"余邃对时洛问道,"拿你屋里来吃?"

下午不训练了,时洛自然愿意跟余邃继续聊一聊,于是点了点头。

余邃出门去取外卖,时洛擦了擦头发,走到床边才发现,余邃把自己刚才掉到床下的外套拿了起来,叠整齐后好好地放在了床头。

都是小得不能更小的事,但堆叠起来几乎让时洛心口胀满了。

比赛场上无往不利,强势又冷漠的Whisper,私下有多温柔有多细腻只有自家队员能知道。

时洛心口又热又胀,十分想找谁显摆显摆。

但是又没什么人可说。

不能让所有人知道,也不能跟其他战队几个为数不多的朋友说,自己战队知道情况的……

时洛才不会跟周火或者Puppy说这些事。

太尴尬太神经病了。

可时洛还是很想说说。

时洛打开自己的微博,看了一眼自己二百万粉丝的大号,犹豫了十分之一秒,认命地切换成了小号。

时洛这个小号本来是跟喷子互骂用的,平时用得也不多,来Free后更是几乎被闲置了,寥寥几次登录,都是他倾诉欲最强烈又觉得丢人,不得不用小号的时候。

上一条微博还是半月前发的,就一句话,时洛自己都没眼看。

"你对我太好,好到抚平了我所有的意难平。"

再往上一条,时洛都怀疑那天是不是比赛日在外面聚餐的时候自己喝大了。

"将来如果老去,如果记忆力下降,如果对往事模糊,一定要回看这条微博,好好记住,你最敬佩的人是余邃,唯一敬佩过的人是余邃,对你最好的人是余邃,一次次给你希望的人是余邃,把你从深渊里拉出来的人是余邃……什么都能忘,唯独不能忘记这个人。"

再往上一条,时洛倒是记得挺清楚,那是特别的一天。

"做个记录,今天,是一个特别的日子。"

放在平时,时洛是绝对不好意思把这些话直说出来的,但小号发发还是可以的。

时洛想了一下，正犹豫今天写点什么，全写了会不会被封号，意外地发现自己这垃圾小号居然有不少评论。

这号只有五十六个粉丝，其中估计有五十个都是软件塞的僵尸号，哪儿来的评论？

时洛心中微微一动，难不成——

被发现了？

时洛脸腾地红了，尴尬又局促，站起来在房间中来回走了两圈，犹豫半晌才狠了狠心，带着一丝期待点开了评论。

评论非常多，时洛从上到下看下来，脸上的红晕一点点消失，逐渐变得冷漠。

时洛小看了自己战队的热度，也小看了余邃粉丝的魔性，用小号发微博直接把余邃大名打了出来，自然躲不过粉丝的法眼。

又疯了一个。

请问，你是喝了多少，才发得出这种微博？

看，这里有个臆想症粉。

有一说一，我队的变态粉是真的多。

……请还电竞一片碧海蓝天吧，求求你了。

真的，我为你的精神状态感到担忧。

不然去看看？我队粉丝替你集资。

17

时洛难得激起的一腔感恩心被粉丝们一盆盆凉水浇得透心凉。

时洛还不太死心，跟喷子掐架习惯了，警惕心很强，深知反串黑的套路，觉得这很可能是自己队伍的黑粉来搞事。

时洛十分阴谋论地把评论用户的主页一个个点开细看——心中仅存的一点点幻想被逐一打破。

有粉了余邃五六年的忠实老粉，有专门给自己做比赛高光集锦的技术粉，有在自己直播间打赏过万的姐姐粉，有从FS时期就喜欢自己战队的钢铁直男战队粉，有从两年前开始自己现场比赛一场不落的死忠粉……

骂自己小号最狠的那几个用户，平时发的微博几乎全是夸自己吹自己的，内容一个比一个感人……

时洛死死压着火，把本要脱口而出的脏话咽回了肚子里。

都是自己的粉丝，有些还是女孩子，这是无论如何不能骂的。

即使她们听不见。

即使她们骂自己小号骂得真的很过分。

"忍……"时洛气得头皮疼，"忍你们一手，真喷你们没人喷得过我……"

时洛做不出在小号上和自己粉丝激情对线的事，本要把这些评论都删了，可一想都是自己粉丝又不忍心了，时洛不看评论了，可还是十分头铁又倔强地发了条微博。

"余邃其实会换床单，会叠衣服，会铺被子。"

时洛微博刚发出去，一个名叫"挚爱Evil一生"的用户给他发了条评论："@Free电子竞技俱乐部，这人又开始了，大家能不能一起举报他，把他号封了？"

时洛看着这个扬言要把自己封号的粉丝的ID，心累地捏了捏眉心……

和余邃将来要是真的再次决裂了，自己的粉丝没有一个会是无辜的。

时洛下了小号，刚切回大号，余邃就拎着外卖回来了。

外面雨还很大，外卖包装袋上带着一点水珠。

时洛拉过自己床下的一个小桌放在了飘窗上，余邃把外卖放在了小桌上，两人靠在飘窗上吃饭。

余邃一边拆外卖一边上下打量了会儿时洛："怎么了？"

时洛愣了一下抬眸："嗯？"

余邃把外卖食盒取出来放好："你这个脸色……像是刚生过气。"

时洛打开外卖食盒，犹豫了一下，同余邃说了。

"我粉丝笑话我，骂我……要举报我，有个还说要打我。"时洛面无表情地叼着筷子，吐字不甚清晰道，"那个吓唬我说要打我的粉丝，昨天还在发微博说希望时崽所有愿望都能实现。"

余邃忍着笑："你小号ID是什么？我去看看。"

"不用！"时洛自己翻看自己过去发的那些"疼痛文学"都觉得丢脸，怎么肯让余邃看到，"没什么可看的，我回头就全删了。"

"那怎么办呢？"余邃慢慢搅着米粥，"要不……用大号发？"

"别闹了。"时洛拆开奶茶保温包装,喝了一口。

余邃缓缓地喝着粥,趁着时洛不注意,拿起手机来打开微博搜了搜。

时洛暴露的信息足够多了,余邃没多一会儿就把时洛的小号搜了出来,余邃看了一眼,复制了个网址保存在了手机记事本上,把手机放到了一边。

吃过外卖后,基地其他人陆续起床了,余邃并不避嫌,依旧留在时洛房间,直到下午五点左右老乔来敲门。

今天常规赛是 Saint 对战时洛的老东家 IAC。

Saint 的比赛必然是要看的,与其等赛后复盘,不如直接看直播了,反正下午的训练取消了,不打训练赛不如提前复盘。

周火急于找余邃打听他和时洛的进展,提前去了训练室,跟他看得懂似的,戴着眼镜拿着个笔记本捏着支笔坐在了一边观战。

队内几人陆续到了训练室,没一会儿,比赛开始了。

时洛转会后,IAC 这赛季的战力下降了许多,已经不能算是联赛第一梯队的战队了。

但 Saint 给了 IAC 足够的尊重,依旧拿出了世界赛决赛的架势。IAC 如今的作战风格是全线稳定布局,Saint 显然也有所针对,他们比 IAC 打得更稳定、更谨慎,第一小局比赛,Saint 稳扎稳打,宁愿打得慢一点也不露一点破绽给 IAC,本可以轻松拿下的局,活活打了快五十分钟。

不知道的,还以为 Saint 这是在打世界赛淘汰局。

"Saint……"Puppy 生生看笑了,"Saint 最近这是什么情况?用得着这么敬业吗?"

老乔眉头始终皱着:"总感觉他们……"

余邃静静地看着,没说话。

比赛的俩解说还在分析 Saint 这把慎重布局的重要性,讨论个没完,周火看比赛只听得懂解说,闻言道:"解说不是解释了吗?这策略是对的。"

除了周火,其他人不置可否。

职业选手,表达起来可能没专业解说专业,但对战局的洞察力绝对比解说透彻。时洛蹙眉道:"Saint 不是不会打快攻,从开头就压制 IAC 前排,这局比赛早就结束了,非要用最慢的办法……胜率是更高,但太拖了。"

宸火揉了揉脖子:"别人都是打完下班,就他们……现在像是自己掏钱来观光一样，恨不得秀每一场。"

余邃看着屏幕，突然扭头看向时洛："他们队的那个突击手……Amaze，他们叫他老 A 是吧？今年多大你知道吗？"

两年前余邃还没去欧洲时，Amaze 还是 Saint 的替补突击手，并没上场过，队内除时洛外，之前没人同他交过手，都对他没甚印象。

"老 A……"时洛皱眉，"要是我没记错，他应该是一年前刚上的首发，之前我也不知道 Saint 还有这么一个人，后来他开始打首发，听我之前战队的人说，他其实在联赛的时间不短了，具体年龄……我不知道。"

"我知道。"老乔道，"他和天使剑是 Saint 的同期青训生，天使剑今年二十三岁，他比天使剑大两岁。"

"二十五了。"余邃顿了片刻，低声道，"去年刚上首发，应该是天道酬勤类型的选手，平时训练肯定少不了……"

时洛眸子微微一动，隐约察觉到了余邃的言下之意。

老乔一愣，不由得坐直了身子："你的意思是……他要退役？"

"不确定。"余邃靠着椅背，淡淡道，"按联赛普遍情况来看，狙击位的职业年龄最长，医疗师其次，突击位本来就是平均退役年龄最低的职业，这个位置对选手反应能力要求太高了，这还没把伤病劳损算进去，打到这个年纪的选手大多职业病缠身，他要是真的……"

余邃轻轻摇头："希望不是。"

训练室内瞬间静了几分。

其他人心里很清楚，余邃这个猜想是最合理，最能解释 Saint 现在的情况的。

老乔犹豫道："你这么说……我好像是有印象听谁说过，老 A 右边肩膀有点问题……"

Saint 现在整体的氛围很明显就是在尽力地打好每一场比赛，打一场少一场，就是对弱队也不疏忽，恨不得多打上几分钟，明明可以把战术和体力保留到季后赛和之后的世界赛，可他们偏不，宛若……等不到了似的。

最符合逻辑的解释，就是他们队内有人面临伤病退役，是真的等不到了。

"他……"周火难以理解道，"几个月而已，用什么办法，弄点临时强效的治疗，再找个随队医生什么的，躺也得躺着去世界赛啊。"

"能躺着去必然会躺着去的，世界赛哪有人不想去？"老乔低声道，"但万一熬不到呢？而且……"

老乔反问："你怎么知道他能拖到现在，不是已经做过临时强效治疗了？"

老乔缓缓道："我当年就是先保守治疗，然后转强效治疗又拖了半年才退役的，开始强效治疗后根本就是一眼看不到头，不知道能熬到哪一天，只能抓紧当下。"

第二局比赛要开始了，周火看着Saint几人，还是觉得惋惜："其实……还是有办法的啊，现在常规赛还没结束呢，就跟你们那年让时洛在季后赛之前强上了一把似的，现在抓紧时间买个替补突击手过来，在常规赛结束前让新人替老A打一场，那后面还有希望，如果老A撑不下去，就让新人顶上。"

Puppy道："咱们想得到，Saint肯定也想得到，但没这么做，还是选择维持目前的阵容，你看他们的状态……看着都挺积极的，人家也不勉强，这肯定是整个战队的意思。"

老乔叹口气："伤病，真的……最最恶心了。"

时洛刚打了两年职业联赛，同队的队友还有他队的几个队友个顶个年轻、状态好，对伤病退役的情况他算是最没法感同身受的一个。

时洛想搜搜看老A到底打了几年，摸了一下外套口袋，手机忘在宿舍里了。

时洛起身去宿舍拿手机。

"何必呢？"周火还是觉得可惜，"他们要再这么玩可能整个战队都去不了世界赛了，抓紧时间买新人，等老A哪天撑不住了就替补，多好啊，天使剑在想什么……"

"想什么？"Puppy耸耸肩，"想着别让老A替补呗。"

周火无奈一笑："他自己有伤啊，这能怪谁？替补一下能怎么？"

"不怎么。"老乔定定地看着老A，"他之前已经在Saint替补了六七年，还能不习惯替补吗？"

周火语塞。

老乔道："我要是天使剑，我也不会同意来替补，他能打几天，我陪他打几天……他之前陪了我这么多年，我现在几个月陪不了他吗？"

宸火吐了一口气："我队友要是这样……我应该也不要新人。"

Puppy点头："反正我身体好得很，输了一次还有下次。"

周火意外地看着几人，失笑："说好的全员恶人呢？怎么突然这么有队友爱了？"

"别恶心。"宸火嫌恶地道，"谁爱他们了……但还是会分个亲疏远近的好吧？"

时洛回宿舍拿了手机回训练室。他刚刚忘了关训练室的门，还没进门，听到周火道："细想一下也能理解……平时再相互挤对，真到了退役这一步的时候还是舍不得的，永远没法完全理性，毕竟都是那么多年的队友了……"

周火低声感叹："什么事儿掺上感情就没法说了，这么多年的感情……"

时洛脚步一顿。

时洛本能地感觉……屋里人的话题，自己有点插不进去。

除了自己，别人都是"那么多年的队友"。

"不是那么多年的也不行啊。"宸火恹恹道，"时洛小崽子明天要是突然手断了，我宁愿他独臂操作，也不能让个替补顶他。"

门外的时洛一愣。

"拖也得给他拖去……"Puppy缓缓道，"因为没世界赛经验，都被喷子骂了多久了……不是前两年那个遭瘟的事儿折腾的，早该去过世界赛了，嗐，不能细想……"

余邃漠然道："我替时洛谢谢你俩毒奶，他的手这辈子不会断了。"

老乔莞尔："那都加把劲儿，今年必须冲进世界赛，让 Evil 也圆满一次。"

时洛倚在门外，片刻后低头笑了一下。

游离在人情之外太多年，过了这么久，时洛头一次脚踏实地，觉得有一方栖身之地真是自己的地盘了。

18

周火难以置信地看着宸火和 Puppy："不太相信，刚才的话是从你俩嘴里说出来的。"

宸火翻了个白眼："那你当我没说。"

"这友情是什么时候建立起来的？"周火困惑，"你俩不是整天都在拌嘴吵架吗？"

"整天吵，他还比我小两岁呢，"宸火转了转身看向周火，问道，"但你看时洛记过仇吗？"

周火一愣，仔细想了想道："这么说……你俩好像每次吵完，就没事了。"

"我也没记仇，俩人都没记仇，那算什么真吵？"宸火扭了回去，语气难得地认真了几分，"以前的时候是没什么感觉，同不同队都行，后来……唉，就是在那个会所嘛，我以为他要整余邃，送余邃去医院，本来挺来气的，觉得小崽子不分好歹不念旧情，后来发现是误会，是我小人之心了。"

宸火低声道："过后想想，觉得他真算是最念旧情的了，当初也没同队几个月，他两年了还放不下，这种人……唉，真的，你在这个圈里见多了那些唯利是图的人以后，就没法不喜欢这种死心眼的了。"

Puppy 摊在电竞椅上："一开始跟谁都不是队友，都没感情，真同队处了几个月……我跟他同队还是最风风雨雨的几个月，一起建队，一起被吹，一起被喷……谁也不是真的钢铁心脏好吧！整天同屋吃饭，怎么可能没感情？反正我是最烦喷子们说他没经验，我两年前就说过他不该进FS，当初要不是倒霉进了那破战队，早该有大赛经验了。"

"刀子不割在自己身上不觉得疼……以前是没事，现在别人真骂到自己队友脸上了，能不来气吗？时洛其实也差不多，他也不是眼里光有余邃没别人啊……"Puppy 调整了一下坐姿，挠了挠下巴，"他直播间里有人说我菜说我混的时候，他看见了也是随手禁言，你能说他把我当工具队友吗？平时再怎么互损互捅也是我们关上门自己家的事，外人能来比画吗？"

周火看着两人，非常遗憾："我现在就是后悔，没带摄像机，没把刚才咱们战队难得的温情时刻拍下来。"

宸火一脸不适："疯了吧你，你拍了，那时洛不就知道了？！"

Puppy 也觉得一阵麻心："粉丝不也知道了？求你了，大家心照不宣就行了，别整这个。"

"咱们战队到底是什么情况？"周火心累，"别人都是趁人不在的时候说点儿坏话，到咱们这边儿正好反过来，谁不在说谁好话。你们总是这样我真的很难做，平时直播你们不是在卖队友陪练时间来给自己直播间拉人气，就是在互喷互嘲，弄得咱们俱乐部企业文化特别诡异。"

"宸火和时洛双排直播的时候不是彼此不说话就是相互喷对方的失误，粉丝们心惊肉跳的，总怕你俩暴脾气哪天真打起来咱们俱乐部又玩完了。Puppy 呢？一心只想当直播界一哥，不管和谁双排，每隔十分钟都要明示或暗示一遍自己这边直播间比对方多了一个摄像头，招呼对方直播间的粉丝来自己这边。"周火每每想起苦苦支撑的官博就头疼，"你们知道我每次看见别家战队在吹自家队友情深的时候有多羡慕吗？！你们知道我每次看别队粉丝感动得哭成一团的时候有多恨吗？咱们又不是没这东西，你们表现一下啊！"

"整个俱乐部！一整个俱乐部的队友爱！"周火越说越来气，含恨道，"靠着余邃和时洛来之不易的感情苦苦支撑！"

老乔莫名其妙被戳中笑点，喷了一口水，靠着电竞椅扶手笑得直喘，"幸好有余邃、时洛，不然咱们战队太惨了，一盘散沙，哈哈哈哈……"

余邃、宸火、Puppy灵敏矫捷地避开了老乔喷出来的水，只有周火这个非职业选手反应力不足被喷了一脸。

"我……"周火气得冒火，忙拿过纸巾盒擦头，怒道，"当面一套背后一套，就不能反过来吗？！"

余邃好奇时洛怎么还没回来，心不在焉地安抚："放心，对你的话确实是反过来的。"

周火愣了一下明白过来，顶着头上的水气结："搞自己队友心态都不满足了，现在你们连经理的心态都要搞了？！"

门外的时洛没忍住也笑了，他进了训练室，同其他人一起逗了逗周火，周火被众人气得头顶冒烟，最后勉强被老乔的一句"你仔细想想，我们是不是只搞关系最近的人的心态"安抚了下来。

Saint和IAC的第二局比赛开始，众人不再聊天，继续看比赛。

IAC现在也没太多套路，来来回回就那套打法，第二局比赛几乎是复刻了第一局的情况，四十分钟后，Saint拿下了比赛，没什么意外，二比零拿下了这场常规赛。

周火刷了刷论坛，咂舌："Saint今天准备得这么充分，论坛全在吹……顺便又鞭尸了咱们一番，说咱们准备不足，态度不行，没有战术库存。"

Puppy把自己的电竞椅推回原位，无所谓地耸耸肩："从我们输给了Saint就一直在喷这个，还没喷够？"

"我现在被你们练出来了，看见这些没什么感觉了，我现在倒是更担心Saint。"周火眉头微微皱着，"要真被你们猜中了，Saint不知道什么时候就会翻车，到时候现在吹他们的喷子被打脸，肯定喷得更厉害。"

"那就盼着我们猜错了吧。"宸火揉揉耳朵，自己说得也没底气，"没准就是我们多心了呢，谁也不知道人家战队真的在计划什么，也不知道老 A 身体什么情况，都是咱们你一句我一句瞎说……"

众人一同吃了晚饭，饭后的训练，余邀和 Puppy 是自由训练，时洛和宸火被数据分析师要求双排练配合。

晚饭前刚无意听到了宸火说的那些话，时洛心里是有点触动的。

当时去 FS，后来加入 Free，时洛确实都是因为余邀。

一见余邀误终身，自从跟余邀有了交集，这个人一直在影响着时洛，让时洛念念不忘，耿耿于怀的都是他。

后来进了 Free，同 Puppy 说的一样，朝夕相处了这么久，再闭塞的内心，也不受控制地又多了几个人。

心中装的人越多，他渐渐地越能体谅余邀当年的决定。

设身处地，时洛也没法放下除余邀外的其他队友。

时洛不由得又想起晚饭前 Puppy 说的：拖也得给他拖去……因为没世界赛经验，都被喷子骂了多久了？

变了的不只是时洛自己，尤其是在察觉到了队友之间都羞于说出口的队友情之后，时洛心情挺好。

好到听到数据分析师让自己和宸火双排时也很乐意。

都是吵架不记仇兄弟，双排怎么了？练练配合多好。

但可惜，这份稀薄的温情只勉强维持了两局双排，第三局的时候，时洛就憋不住了。

"你是……"时洛吞下到嘴边的脏字，忍了忍道，"别冲那么靠前，行吗？我不用你帮我挡子弹。"

"谁要给你挡子弹了！"宸火怒道，"我不靠前，这个人头又是你的了，你整天跟余邀双排被传染了是不是？！抢人头的技巧是越来越好了！"

"人头本来就是我的，从开枪到收人头，伤害都是我打出来的，我用抢？到底是谁一直在收割我打出来的残血人头？"时洛手速飞快，打着游戏不妨碍他开社交软件，他打开单局游戏数据统计面板用快捷键截图复制粘贴直接发给宸火，"自己看看你的收益比！是不是比我低？一梭子子弹下去都没收一个人头，我不收，最后一枪，人不跑了？"

"不是防着你影响我操作,早收那个人头了!"宸火把键盘按得啪啪作响,烦躁道,"刚听人家分析师怎么训咱们的了没?配合!好好配合。"

时洛手脚利索地又抢了一个人头:"我已经配合了两局,忍到头了,这种情况再让你人头,我担心两个路人队友会举报我消极比赛。"

"哎哟!"宸火气得抓头,"开始嘲讽了是不是?又开始了是不是?刚才答应得那么好听,才一个小时就原形毕露了是不是?小崽子……"

时洛没理会宸火,放开手脚打自己的,两人你追我赶,越打越凶,不到二十分钟赢下了这局游戏。

"这样吧,咱们也别吵了。"宸火先退一步,商量道,"这样,你换你医疗师号跟我排,你给我好好看看哥哥我到底是怎么发挥的。"

"我奶你?"时洛看着显示器漠然道,"你也配姓赵?"

激烈的争吵瞬间哑火,宸火吃了没文化的亏,愣了一下小心地问道:"这……什么意思?"

余邃本来想着晚上同时洛双排的,不想时洛临时被送去了宸火的身边。余邃一晚上枯燥单排,中间等排队接热水的时候听到了这句,平静道:"夸你呢,意思是繁花似锦,你配,你值得。"

宸火将信将疑:"是好话?谁说过的?"

"司马迁,《史记》。"Puppy 跟自己直播间的粉丝安抚道,"气氛别这么紧张行不行?这哪儿是吵架?这气氛多好啊……哦,不是司马迁说的啊?火,粉丝提醒了,我记错了,这是李白说的,李白的一首藏头诗里说的。"

19

之后几天,余邃私下分别同周火、老乔、Puppy 聊了,将自己之后会不定时出现在时洛身边的事提前打了声招呼,让大家撞见了请装瞎,别大呼小叫,就当一切不存在。

周火早有心理准备,表示非常喜闻乐见。Puppy 自是无所谓,并在确定余邃不会跟宸火打招呼后非常满意。

老乔也无所谓,他算是看着余邃长大的,对余邃为战队拉拢了时洛这么一个顶级突击手非常满意。

"常规赛只剩一场了,别掉链子,看积分了吗?今天最后打 DDF 这场比赛其实影响很大的。"

最后一场常规赛是在自家场馆打的,一圈常规赛轮下来,打到这会儿,铁打的人激情也会降低,又是打 DDF 这种弱队,老乔担心众人兴奋度不够发挥不好,提醒道:"Saint 昨天最后一场常规赛也打完了,他们这赛季常规赛的积分已经定了。"

Saint 的最后一场常规赛时洛看了直播,道:"大场积分和咱们一样,只输了一场,就是输给 NSN 的那次,不出意外……要比小场积分了。"

按联赛规定,季后赛按照大场积分来排名,NSN 之前输过几场比赛,没了角逐第一位的资格,常规赛排名第一的战队会在 Saint 和 Free 之中出现。

而 Free 今天若不出意外地赢下 DDF,那大场积分会同 Saint 持平,这个时候为了决出排名先后,会继续比对两队的小场积分,也就是将两队所有的 BO3 单局比赛结果加起来,比对两队小场谁输得少,小场输得少的那支战队会成为这赛季常规赛第一。

"常规赛第一不算荣誉,但是对后续季后赛很有利,季后赛分组,一四五八名一组,二三六七一组,咱们要是排第二,很大概率就是跟 NSN 打半决赛淘汰赛了。"老乔给了众人一个心照不宣的眼神,"NSN,时洛的老东家,前几个月咱们没建队的时候,人家收留了我们队员,大家跟老顾感情都不错,都不愿意跟他们打半决赛吧?咱们要是赢了,就等于他们今年世界赛之梦又碎了,还是被你们亲手打碎的,咱们要是输了……呸!"

老乔拍了自己嘴一巴掌,继续道:"季后赛左右分区,咱们要是第一,就绝对不跟 Saint 和 NSN 一个半区了,决赛之前他俩谁淘汰谁各凭本事,咱们不承担这个心理压力了。"

Puppy 点点头:"赛程我很清楚,所以我想问我们想拿常规赛第一,小场积分有希望吗?"

"有。"时洛扫了一眼两队战绩直接心算出了结果,"今天最后这场常规赛打一个二比零就稳第一了,Saint 那边二比一的胜场多一点。"

"意思就是今天一局都不能输呗?"宸火起身跳了跳,活动了一下手腕,"输了就得去跟 NSN 打淘汰赛了,我一点儿都不想跟老顾、娃娃打……哇,突然贼紧张了!输了一场,咱们和 NSN 就只有一个能去世界赛了是不是?老顾也打不了几年了吧？今年不能再缺席了啊！"

周火在 NSN 工作过，对顾乾的情况很了解，闻言介绍道："顾乾，NSN 俱乐部青训生出身，天资不错，在青训队里打了不到一个季度就被调到一队去了，出道五年了，个人能力始终维持在巅峰状态，但只去过一次世界赛……"

周火无奈："不怪他……也是邪，NSN 队永远有个超级短板，以前是狙击手，后来是医疗师，一直就凑不满势均力敌的四个队员，这些年也有不少只缺一个强力突击手的战队找过他，顾乾……"

"老顾不可能走的。"老乔摇头，"顾乾也是倒霉，当年他那一拨青训生里突击手扎堆了，那一年新人全是突击手，好多还是做过直播有名气、有热度的，大家天分都高，都没经验，管理层肯定更喜欢更有人气的新人了。他当时把自己国服战绩整理了一下，发给了几个俱乐部，没人回复，后来终于有支战队同意了，让他去打了俩月，一分钱没给就算了，还整天给他换账号用，他当时也小啊，一开始不知道这什么意思，后来才回过味来，自己被人家当免费代练了。"

"从那个黑作坊出去以后没多久，又有一个俱乐部通知他过去了，顾乾也带着行李箱过去了，火车还没到站呢，人家那边问他上没上路，说如果没上路，请回去吧。"老乔撇撇嘴，"火车票钱都没给，垃圾俱乐部。"

"其实是好事，不到半个月，NSN 一个老管理主动联系他，请他去 NSN 青训，老管理亲自飞去顾乾老家，跟他爸妈签的合同，然后带着他一起来的 S 市。"周火摊手一笑，"NSN，你们知道的，从老板到管理层再到队员，一个赛一个的好脾气、好说话，对年纪小的队员还特别照顾，年纪小的队员不光每天多一个小时睡眠时间，还有队内特殊伙食，每天多发两罐牛奶和半斤水果。"

余邃点头："听说过。"

如果不是知道 NSN 氛围好、管理层温和好相处，当年也不会选了 NSN 将时洛送去。

宸火之前并没听说过这个，意外道："年纪小的队员每天还有特殊伙食？这是什么人间温情……真的假的？你刚去的时候给你准备这些？"

宸火后半句是对着时洛说的，时洛点点头："之前每天都会准备营养餐，早晚还会多加一罐热牛奶，不是多给半斤水果，是无限量水果供应，只要吃得下，可以一直跟阿姨要。"

Puppy 满目羡慕："这是什么业界清流？这是什么业界良心？"

Puppy忍不住看向余邃、宸火两个："咱们呢？咱们的季老板教给咱们什么了？吃大餐、喝大酒、买理财……这个价值观就不对！从小荼毒咱们！你们仔细想想啊，对比人家这温情教育，咱们的俱乐部除了吃喝玩乐那些，还教什么别的了吗？"

"有啊。"余邃起身收拾外设，不紧不慢道，"头一年的时候，不是来了一手挫折教育吗？把咱们送去援欧，磨砺了一拨。听说过狼性教育吗？咱们经历的就是。"

时洛没忍住，扑哧一声笑了出来。

这段过往本是几人的逆鳞，时洛自己甚少主动提起，别人提起来，时洛一般也不会接茬，但现在听余邃这么说，时洛实在有点憋不住想笑。

周火和老乔也没绷住，低头笑了起来。

"凭什么？"宸火也不服气，"人家的选手被当作小羊羔一样呵护长大，咱们就要被狼性教育？凭什么？咱们天生命贱吗？我也想吃营养餐！我也想喝热牛奶！"

"别恶心，你赚那么多钱了，买不起热牛奶吗？"老乔忍着笑，清了清嗓子道，"当时不管是季岩寒还是经理，抑或是哪个别的高层，有人要是在你睡前给你一杯热牛奶，你会怎么想？"

宸火想象了一下那个画面，瞬间不那么中气十足了："我……我觉得俱乐部可能是要跟我谈解约了。"

老乔看向Puppy，Puppy傻乎乎地抓了抓胳膊："一样，我会觉得俱乐部开了眼要把我这个混子踢出去了。"

老乔略过余邃，看向时洛，时洛淡淡道："觉得季岩寒给我下耗子药，要跟我正面一战了。"

屋里静默片刻，又是一阵憋笑。

"你看，咱们这群人就是天生命贱啊。"老乔笑笑，"就没那个命啊。"

"所以NSN才能养出顾乾这么刚正不阿的选手，能带出瓦瓦这么单纯乐天的选手，咱们……咱们……"周火环顾屋里自家一个比一个不省心的选手，勉强笑道，"咱们……咱们生命力比他们顽强！"

余邃体贴道："实在找不到能夸的点不必勉强的。"

"扯远了。"老乔喝了口水，继续道，"顾乾之前见识了那么多没品的俱乐部后被 NSN 这种温情战队当小儿子一样培养着，那感情当然不一样了，虽然后来队友一直不是全员给力，战队成绩一直不是特别好，别的强队来挖他，他也全部婉拒了……"

"五年了，曾经的小儿子现在是队长，是 NSN 顶门立户的长子了。"老乔低声道，"今年瓦瓦常规赛后半段表现挺不错的，今年他们真的很有希望去世界赛，顾乾等了这么多年，趁着各项水平还没因为年龄下滑，真该去一次的……"

"所以话题又回到了最初的起点。"时间差不多了，Puppy 也起身收拾自己的外设，"现在我们最后的这一场常规赛决定 NSN 是要跟咱们打半决赛还是跟 Saint 打。"

周火点头："咱们能二比零拿下最好，Saint 和 NSN……要是之前你们没猜错，今年世界赛对他们都特别特别重要……咱们都希望他们能去，跟谁打淘汰赛都难受，不如推给他们自己。嗐，打个 DDF 而已，零封他们不是分分钟的事？简单，我相信你们。"

"原本是很简单啊！"宸火崩溃，"不扯这些感动中国的事，我本来肯定轻松拿下了！现在我压力很大好吗！输一小局就要去打老顾和瓦瓦，我不想！！"

"呃……"老乔尴尬，"我其实是怕你们熬了几个月麻木了，打弱队本来就容易调动不起兴奋点来，太松散就容易输，没想到……是调动得太过了吗？"

余邃摇头："对我没影响。"

Puppy 勉强道："还行吧。"

大家按顺序看向时洛，时洛看看几人，本要跟着说无所谓的，但一想都是自家人，还装什么，时洛低头揉了揉眉心，无奈道："我压力也很大……NSN 是我老东家，我刚去的时候，他们的阿姨也给我做过营养餐，也给我送过热牛奶；走的时候，顾队亲自给我联系的人，这……"

"怪我怪我，都怪我。"老乔苦不堪言，"我是看你们不太有精神，没事没事，输了也没事好吧，都是天意，天意让咱们来当最后这个恶人。"

"没事。"时洛摇摇头，"还有半小时才上场，我能调整。"

时洛没看就能察觉到余邃在想什么，头也不抬道："不用你帮我……我自己可以。"

余邃看着在做深呼吸的时洛莞尔，点头："好。"

"好什么好？"宸火怒道，"来帮帮我啊！我压力一样大！"

余邃头也不抬道:"滚。"

时洛拉过宸火同他讨论战术的配合,两个突击手在窗前聊了半小时,情绪逐渐平复。

两小时后,Free以二比零的战绩成功收官,同时锁定了这赛季常规赛第一的位置,也同时替Saint和NSN锁下了第二第三的位置。

打个联赛排名中下段的DDF,时洛全程超常发挥不算,还出了一身的冷汗,比赛结束后,时洛长舒了一口气,起身拿外设。

时洛又慢了几步,余邃依旧拿着自己的外设等在一边,时洛用手臂蹭了一下额上汗珠,低声道:"又等我……喷子又要骂你了。"

"随便。"余邃看着时洛,低声道,"去要两张Saint同NSN半决赛的内场票,到时候咱们俩去看现场吧。"

时洛一愣,一面缠鼠标线,一面道:"去现场?咱俩坐一起?那万一被粉丝看见……"

余邃莞尔:"别人爱看就看。"

远处几台摄像机对着两人拍,只是录不到他俩说什么。

时洛顿了一下,点头:"好。"

季后赛已正式开始,半决赛上,大家各凭本事了。

20

常规赛终于打完了,战队排名也稳了,季后赛采取冒泡赛的赛制,作为常规赛积分第一的队伍,Free的半决赛要等到半个月以后了,周火和老乔难得又心软了一次,给众人放了一晚上假。

当天回家后,不用训练,想做什么就做什么。

"Evil没事吧?刚才比赛看你都出汗了。"吃过饭回到基地,周火看看时洛不太放心,"今天气温还这么低,刚等车又被风吹了一会儿,不会感冒吧?"

"没事。"时洛不在意道,"我都几年没感冒过了。"

两个小时后,时洛摸了摸自己发烫的额头,冥思苦想,就是弄不懂,好好的,为什么非要毒奶自己一拨不可呢?

这段日子训练辛苦,周火说他明显看出来几个队员全瘦了,好不容易有天不训练，周火不许几人仍泡在训练室里玩游戏，早早地把几人轰回了各自宿舍里。

洗漱过后，时洛躺在床上玩手机，越玩越觉得浑身不舒坦。时洛本以为是今天比赛时太专注，肌肉绷得太紧才不适的。太专注地打比赛时会极限透支体能，过后周身不适是正常的，这种情况也不是没有过。又过了半小时，时洛才察觉出不对来，摸了摸自己的额头，已经热得跟电脑主板似的了。

时洛起身披上衣服下楼，基地一楼的客厅里有个小药箱，常用药基本全有。

主队的人这会儿全在自己宿舍休息，一楼空空荡荡，时洛找出小药箱打开，坐在沙发上，翻出了一盒感冒药，时洛撑着自己发烫的眼皮费力地辨认了一下保质期，确定没过期后按了一粒药出来丢到嘴里，走到厨房接了杯水将药片送了下去，刚一回身就看见了不知何时站在黑暗里的宸火。

时洛吓了一跳："干吗呢？"

"突然饿……叫了份外卖，等外卖呢。"宸火上下看看时洛，"偷着吃什么呢？病了？真感冒了？"

"没感冒……"时洛又喝了几口水，敷衍道，"上火，吃了片清火药，别跟余邃说。"

"你上个火，我跟他说什么？"宸火看看时洛，多少有点不放心，"好好的你上什么火？烟抽多了？"

"嗯……"时洛把一杯水喝尽，"别瞎咋呼，周火知道了又要婆婆妈妈。"

宸火点头："知道，我还点酸奶了，喝不？"

时洛摇摇头，把药箱收拾好上楼回宿舍了。

时洛应对感冒还是有经验的，吃一片感冒药喝一杯水闷头睡一觉，第二天稳稳好了。就一晚上的事，他懒得让余邃操心，回到宿舍老老实实闷在被子里等着出汗，继续玩手机。

好久没感冒过了，突然烧起来，时洛也挺意外。

时洛窝在被窝里刷了刷微博。季后赛每年的分组都是固定按照名次分的，Free 最后一局常规赛打完后分组就基本确定了。Saint 和 NSN 两家官博心很大地互动了一下，相互毒奶了一拨，Saint 请 NSN 这次一定要手下留情，NSN 求 Saint 这次别再整新套路，两边官博相互提前恭维，颇为欢乐。

时洛想用大号评论一下，"皇帝"不急，自己和宸火差点心态崩。

打比赛前，时洛情绪状态确实不太对，受影响太多了。

自打进了 Free 以后，时洛越来越容易和别人共情。

家家有本难念的经。

时洛没那么博爱，没那么天使，只是自己也将路走窄过后，再看别人行至悬崖边时，总会忍不住想捞对方一把。

更别说 NSN 当年确实扶了自己一把。

这份恩情时洛一直记得，所以在瓦瓦进了 NSN 后，他用心地教过瓦瓦。那会儿瓦瓦刚打职业联赛，对时洛这个外队的好心大神感激得不行，一度坐立不安地跟顾乾商量应该怎么报答时洛才好。

顾乾没让瓦瓦多事，只跟瓦瓦说自己当年也承过 FS 的情，现在他只消把人家的好意记在心里就好。

时洛烧得迷迷糊糊的，天马行空地想到这里突然意识到，顾乾当初那么照顾自己，可能也是在还余邃的人情。

这么说，自己在 NSN 的时候，也是在被余邃照顾的，再往深处想……

"麻烦了，稍等一下。"

时洛被打断思路，他宿舍门被打开了，宿舍的灯突然亮了，时洛不适地挡了一下眼睛。

"穿上衣服了？"余邃上下看了时洛两眼，转头对门外道："来。"

时洛烧得额头通红，费力地睁大眼，一瞬间有点反应不过来："嗯？怎么了？"

余邃没理时洛，让 Free 的随队医生进屋，低声道："可能是感冒，最近训练有点紧，今天比赛又着急了，赛后吹了冷风……您看一下，是不是还有别的毛病。"

Free 的队医基本就是关照余邃胃病的私人医生，平时也不住在基地，同其他人接触不多，被带进时洛宿舍后客气地坐到一边，拿出体温计来递给时洛，和气地道："吃过药了吗？吃的什么？"

不等时洛说话，余邃把一盒药递给队医："这个，是吃了一片吗？"

时洛把体温计放好，莫名心虚，老老实实："就吃了一片。"

队医点点头："好，先看看体温，吃了多久？"

"有……"时洛迟疑道，"半小时吧。"

队医点点头等着，时洛夹着体温计围着被子坐在床上，瞟了余邃一眼，低声道:"宸火跟你说的?跟他说了别小题大做……"

余邃表情淡淡的:"你不跟他强调,他可能还不会告密。"

时洛看出来余邃有点火了,不愿意余邃当着外人训自己,老老实实低头闭嘴量体温。

同时心里祈祷体温不要太高。

五分钟后,时洛拿出体温计来,不等他看,余邃拿了过去,余邃看了一眼,把体温计递给队医:"三十七度六。"

队医细看了一下,笑了一下:"算三十七度五吧……叫 Evil 是吧?多大了?成年了吗?"

"成年了。"余邃说。

"好。"队医又给时洛看了看咽喉,把一包小儿退热贴递给余邃,又给了他一瓶药,"退热贴贴脑门,愿意贴可以胸口后背再贴两张。他已经吃过感冒药了,这个药先不用吃,什么时候体温超过三十八度再吃一片。多喝热水,这两天别熬夜了。"

队医起身温和地道:"没什么大毛病,最近不是流感季节,就是换季体质下降。先休息吧,我明天再来看看。"

"麻烦了。"余邃点头,"我送您下去。"

大晚上把人家叫来量体温,余邃也有点过意不去,他把队医刚给的退热贴丢在时洛床边出了门,将队医送到基地门口后上楼来,退热贴还被丢在床边,时洛闭眼躺着,脸色较刚才憔悴了许多,看上去坐都坐不起来了。

余邃站在门口扫了时洛一眼:"听医嘱了吗?"

某突击手宛若真烧迷糊了一般费力睁开眼,看了看床边的退热贴,含糊道:"听了,没太听清,是贴这个吗?这是什么?怎么……怎么打开?贴在哪儿?"

余邃面无表情道:"脑门上贴一贴。"

时洛尽力装听不清:"发烧有点耳鸣……这东西怎么弄……"

余邃不忍心耽误时间,走到时洛床前将退热贴撕开,揭开一贴贴在时洛脑门上,用手掌轻轻地按了一下,又揭开一贴,看着时洛:"自己贴。"

21

时洛一个"戴罪之身",这会儿也没底气说什么。

余邃语气听不出喜怒:"不是流感,传染不了我。"

时洛嗓子因高热有点哑,迟疑道:"……你确定普通感冒不传染吗?"

"不确定,但下不为例。"余邃将被子拉了拉,皱眉,"又不是什么绝症,就这还瞒着……什么毛病?睡觉。"

余邃用手虚遮了一下时洛的眼睛,让他闭上眼:"明天给你一天假。"

时洛"嗯"了一声,不一会儿就睡着了。

时洛一夜好眠。

隔日,余邃一早就醒了。

昨晚时洛体温已彻底正常,余邃放下心,看看时间还早,坐起身来倚着床头看手机。

夜里来了几条消息,余邃解锁看了一眼,意外地挑了一下眉。

柯昊给他发了几条消息。

余邃下意识地看了躺在自己身边的时洛一眼。

自去了德国后,余邃同柯昊只在过年的时候礼节性发两条问好的消息,关系逐渐淡了。

因为时洛,也因为余邃刚去欧洲赛区后那段日子玩自闭,同不少人断了联系。

余邃点开消息。

【柯昊】:"我看见新闻才知道,我堂弟又去你那边了?"

【柯昊】:"我搜了一下,你们俱乐部成绩不错,他还好吧?"

【柯昊】:"你俩和好了?你俩现在怎么样了?"

消息是上午八点发过来的,余邃不确定柯昊那边是有时差,还是就是他起得早。

无事不登三宝殿,余邃不觉得柯昊是突然想起来自己还有时洛这个堂弟,想要关心一二。

余邃回想时洛之前跟自己说过的他家里那些破事,心里隐隐有了个不太好的想法。

余邃起身，拿着手机出了时洛宿舍。

刚刚上午十点，基地的人都还没起，余邃拿了件外套穿上，走到一楼出了大门坐到小院的躺椅上，给柯昊拨了回去。

没几秒钟，电话就被接了起来，柯昊显然挺意外，寒暄得十分热情。

余邃这两年见多了别人虚情假意的那一套，不尴尬也不觉得窘迫，静静地听着柯昊硬叙了五分钟的旧。

柯昊扯够了废话，实在没的聊了才试探道："时洛最近……还好吧？我也不是太懂你们圈子，网上搜的消息有夸他的，也有……也有说他不好的，我也不会分辨。"

"挺好的。"余邃淡淡道，"状态很好，各方面的。"

"那就好那就好。"柯昊干笑了一会儿，犹犹豫豫道，"我叔叔，就是时洛他爸爸，最近联系他了吗？"

余邃道："不清楚。"

"这样啊……"柯昊那边静了片刻，语气沉了些，"跟你说实话吧，我爷爷……前段日子病了一次。"

余邃已经猜中了，没接话。

柯昊低声道："住了半个月的院，知道时洛忙，不知道老爷子到底什么情况，也不敢打扰他……"

"柯昊，"余邃有点听不下去了，低声笑了一下，"既然根本没想联系他，就别把锅甩在他身上了。"

电话那头柯昊呼吸一紧。

"我的联系方式你也知道，需要他过去的时候，你随时打电话。"余邃语气平静，"就是有比赛，我也会让他回去，你放心。"

柯昊尴尬一笑："是、是吗？那是我多操心了，怕耽误他训练没敢联系，不过不用担心，现在这样，算是有惊无险吧。我爷爷今天刚出院，这次真是有惊无险。我叔叔突然就有个想法，为了让老人家开心，不如让时洛回去继续上学，让我爷爷安心一点。我已经跟他说了，你们季后赛马上就开始了，时洛现在走怕不合适。我又想了想，觉得还是来问问你……"

柯昊迟疑道："你和时洛的想法呢？我没说错吧？你们应该还是想继续打比

赛吧？他肯定不想回去上学吧？"

时洛自然不会同意。

余邃心里很清楚，开口却是："我不清楚。"

电话那头柯昊情急道："他职业联赛打得好好的，你们战队成绩这么好，他一年拿那么多签约费，怎么会愿意接着上学？！"

"不好说。"余邃嘴角微微一挑，"他高考成绩你知道的，耽搁了两年也不会影响什么，现在打职业联赛压力也挺大的，很多人还是瞧不上我们这行，不能说比上学强。"

那边柯昊顿了几秒，吞吞吐吐道："确实，不过我是愿意让他做自己乐意做的事的，既然愿意打职业联赛，那就打，其实我爷爷早就不在乎他到底做什么了，就是我叔叔非觉得他回来上学我爷爷能开心。我爷爷这么大年纪，人都要糊涂了，他能知道什么啊……"

柯昊越说越没底气，匆匆谢过余邃照顾时洛就挂了电话。

余邃看着手机微微皱眉，柯昊说时洛爷爷今天刚出院，柯昊这边着急联系自己，时洛爸爸那边八成也着急联系时洛。

得提前给时洛打个预防针。

余邃的底气较两年前又足了许多，两年间他身价翻了不止一番，如果是单纯钱能解决的问题，已经不是问题了。

只要时洛不伤心就行。

余邃拿着手机上楼，心里盘算着这话怎么说能委婉点。

柯昊刚才话说得够委婉了，可余邃还是觉得心寒。

不光要委婉，还得替时洛想个办法，让时洛的爸爸彻底断了拿时洛当筹码的念头。

也是个麻烦事。

余邃几步上了二楼，还没走到时洛宿舍门口就听见了里面时洛说话的声音。

余邃眉头一皱，几步走近，手刚搭在宿舍门把手上，只听宿舍里时洛中气十足，语气铿锵："那我也交代一句实话吧，我这辈子都签给我现在的俱乐部了。"

门外的余邃："……"

"我从小没说过空话吧？

"你不来打扰我，咱们相安无事；你踏进我们基地方圆十里内，我马上就把这事儿告诉我爷爷去。

"他原本可能还给你留点什么，等他知道我决心已定，那就不好说了。

"你不动，我不动。

"你要是打扰俱乐部，我马上就把这事儿告诉爷爷。"

时洛冷笑一声挂了电话，转身看向门口，一身狂躁瞬间消散。

时洛呆呆地双手攥着手机："我……我今天起来突然挺高兴的，感冒也好了，就、就想着跟我爸爸把话说清楚。"

22

余邃几分钟前心中已迅速成形了好几个方案，他都已经想好了，等中午避开时洛跟律师打个电话，给时洛找可信赖的委托律师，把之后可能遇到的麻烦事甩给律师，最好能让时洛家里人不能直接联系到时洛。

余邃原本计划得很周密，但这会儿心中方案一二三逐个淡去，只剩了时洛的话在脑海中，经久不散。

余邃看着时洛，叹为观止，快三年了，时洛屡试不爽的"爆炸自杀式攻击"还是能震得余邃说不出话来。

"你爸爸……"余邃尽力委婉道，"刚扔了一对儿三而已，你直接把王炸甩出来，是不是有点虎呢？"

时洛自己有点虚，磕巴道："没、没说别的。"

余邃走进门拿起时洛的手机，正好没解锁，余邃调出时洛刚刚的通话联系人，复制了时洛爸爸的手机号，用时洛的手机发给了自己，又调出时洛手机的通话设置来，调到呼叫转移选项停了下来，抬眸看向时洛："能不能设置？"

时洛还没反应过来，呆呆道："设置什么？"

余邃忍着笑，学时洛说话："设置什么？"

"还能设置什么？把你爸爸的电话转移给我，行不行？"余邃道，"你朋友基本全是圈里人，联系你不是通过微信就是游戏好友频道，能给你打电话的除了送外卖的估计也就你爸爸了，先把来电转移给我，行吗？"

时洛蹙眉："他那么烦，不是，你不知道他是想要做什么，他是……"

"我知道，我不怕烦。"时洛并没明确拒绝，余邃就直接把自己电话号码输了进去，设置好呼叫转移后，余邃把手机还给时洛，顺便在他脑门上摸了一把，"以后我每天替您收外卖，这服务周到不周到？可以，不热了。"

聪明如时洛，自然略微动脑子就明白过来了，时洛尴尬道："我堂哥联系你了？"

"也没说什么。"余邃调出柯昊同自己的聊天记录给时洛看了看，"刚跟他通了个电话，他就跟我说了你爷爷前些天住院的事，说你爷爷已经没事了，不用担心。我想着你爸爸可能要联系你……"

余邃想着时洛刚才的操作还是觉得"天秀"，一笑："只是没想到你会那么说。"

"又没什么对不起他的。"时洛低头看看自己的通话设置，犹豫，"他要是再打电话来，你……"

"我就说我是你的代理律师，有事替你处理。"余邃脱了外套，"不用管了，你爸再来电话或者是家里真有事，我会跟你说，不过他那么怕你爷爷对你印象不好，你又这么刚，他应该暂时不敢找你。洗漱了吗？吃不吃东西？"

时洛点点头又摇摇头："洗漱了，还不饿……不是，你……"

时洛敛眸看着自己手机的通话设置，迟疑地看着余邃："你不嫌麻烦？"

余邃看向时洛，突然笑了一下，自行去洗手间洗漱，只道："你不用管就是了。"

时洛走到小小的洗手间门口，倚着门看着余邃，看着余邃从手腕上拿了根皮筋将头发随手扎了一下，低头洗脸。

别人的队长也这么好吗？

好到时洛半夜顶着高烧都想爬起来上自己的微博小号再发条微博记录一下。

虽然发送后很可能又要收到几条造谣举报警告提示。

再被举报几次，这号可能真没了。

时洛头抵在门框上，认真地看着余邃洗漱，突然觉得自己被战队粉丝举报也是活该。

时洛低头看看自己的手机，想着余邃为了不让自己烦心接手了自己家的破事，心里胀胀的，一时间有无数话想跟余邃说，正酝酿着，安静了半晌的余邃突然扑哧一声笑了。

时洛回神："怎么了？"

"想起你刚跟你爸爸说的话……"余邃洗过脸抹了一下下巴上的水珠，看着镜子里的时洛，一笑，"他会不会搜你名字，一路搜到咱们战队，找着咱们官博？"

时洛："……"

正开着玩笑，时洛宿舍的门突然被叩响了，余邌在时洛头上揉了一把，走到门口打开门。

周火上下看了余邌一眼，心照不宣地笑了一下："啧……"

余邌当没看见，道："正好你过来了，时洛昨晚发烧了，今天……"

"没事了。"时洛在小洗手间闷声道，"不耽误训练。"

余邌无奈一笑："行吧，听他的。你有什么事？找他的？"

"找你的。"周火把两张票递给余邌，"Saint 和 NSN 的内场票，连座，你要的。"

余邌接过："谢了。"

"你俩去，官方肯定会知道，就是不提前说，安检的时候也会被认出来。"周火问道，"用不用提前打声招呼，让导播到时候别给你俩切镜头？不提前说的话，肯定要拍你们的，还给特写。"

"不用。"余邌无所谓道，"不打招呼，爱拍就拍。"

周火很满意余邌这个状态，又往里看了看，小声道："不过，我怎么感觉时神这声音不太对呢。"

"刚哭过。"余邌无奈道，"不知道怎么就潸然泪下了，可能是感冒闹的，人病了以后就容易多愁善感，他年纪又小，可能就是……"

洗手间的门突然被某年纪小的突击手砸了一下，余邌体贴道："恼羞成怒了，你先走吧。"

23

时洛的家事，余邌既然要担下来就要处理得周全，接下来几个月赛程越来越紧，余邌也是选手，也要比赛，不能保证时时刻刻有网能及时处理一切突发情况。跟时洛商量了一下，得到时洛的同意后，余邌晚间把这事儿同周火说了，顺便把自己律师的联系方式也给了周火。

周火挺谨慎，了解了个大概后不确定道："这事儿不大不小吧，Evil 已经成年了，他爸没权利干涉什么了，就怕他真的鱼死网破地闹，影响咱们俱乐部的声誉……希望不会，Evil 家里不也是有头有脸的人家吗？应该挺怕上新闻的吧。"

余邃并不想评价时洛爸爸什么，只道："不好说，要分家产了，着急了也有可能。他不接着闹最好，如果闹了，及时应对就行了，最好不要曝光太多时洛家里的事，他爸妈离婚什么的……尽量全压下来。"

"懂。"周火点头，"咱们俱乐部这几个选手保密工作都做得挺好的，基本没人知道你们家里的情况。不过还有个问题，他爸会不会拿当年 Evil 的合同做文章跟咱们打官司？"

"合同全是合法的，没问题。"余邃嗤笑，"他要是真闹，我也无所谓，当时时洛是从 FS 转出去的。"

周火愣了一下，笑了："行，他要是照着这个方向闹，就去找季岩寒打官司吧，跟咱们无关。"

"最好是没下文了，他……"余邃声音轻了一点，顿了一下道，"也没那么心硬，就是表面无所谓，每次他爸妈弄点什么事儿，心里都难受，最好别出什么幺蛾子了。"

周火点头："那当然。"

余邃拉了拉队服外套要往训练室走，周火突然想起什么来，头疼道："说到别出什么幺蛾子，你知不知道，小时神一直在暗搓搓地搞事儿？"

余邃一怔："他怎么了？"

周火拿出自己的手机来，点了两下拿给余邃看："别跟我说这人不是他。"

余邃皱眉把手机接了过来。

余邃："……"

周火欲言又止："真的，我要不是怕戳破以后时洛恼羞成怒打我，我早就要提醒他收敛收敛了，他真的过了。"

余邃嘴唇忍不住要往上挑。

周火给他看的是时洛微博小号。

时洛忍得了一时，忍不了一世，今天最终还是没憋住用他小号发了微博——还发了三条。

两人中午吃了外卖后，时洛自己蹲在床边小沙发上假装玩手游，其实开的是微博界面。见余邃在跟别人聊微信没注意自己，时洛迅速登上了自己小号发了微博，然后迅速退出，表情依旧酷酷的，假装无事发生。

时洛到这会儿可能还不知道他的微博小号是怎么被 Free 粉丝从茫茫人海之

中发现的，发微博时依旧嚣张地直接打了余邃的大名。

"没跟余邃商量，私自把我签战队的事告诉我爸了，故意气我爸的。不该说的……被我爸气得脑子蒙了。余邃没生气，他又没生气，他几乎没跟我生过气。"

"不对，余邃跟我生过气，他怪我生病了没跟他说。"

"感冒已经好了，一辈子都不想离开战队。"

余邃抬头，透过大开着的训练室的大门，怜悯地看了看远处时神打游戏的背影，唏嘘不已。

余邃估计时神再大个两岁，再看自己十几岁时发的微博，会觉得每条都是血淋淋的黑历史，会崩溃得恨不得炸了软件的总服务器。

余邃私心极重，并不准备提醒时洛这个，这种日记流水账他看得开开心心、有滋有味。担心时洛过了中二期后真的会删除，余邃把手机还给周火，用自己的手机点开时洛的小号，仔细地截了图保存在了一个专门的相册里并选择了备份。

周火有苦说不出，道："你点开看看评论，你自己点开看看……"

余邃忍着笑，依言打开了。

"求你了，你去看看医生吧！算我求你了行不行？！"

"你最近太狂了。"

"Free基地位置我很清楚，那个小区闲杂人员根本混不进去，请问你是怎么潜进去的？你骑着火箭蹿进去的吗？"

"我疯了，有没有人能管管他？！"

"是我没看明白吗？你告诉你爸你签俱乐部了，然后你爸爸还不同意？说个实话吧，你家是什么皇室背景？"

"这已经不是单纯的臆想症了。"

"每天住在我哥哥们的基地里，跟我大哥哥做队友……我怀疑你不到12岁，这种剧本不存在的，醒醒吧。"

"都别回了，一键举报。"

"行吧，时至今日我也不想瞒了，我其实早跟时崽在一起了，这条评论是坐在时崽腿上发的，时崽抽烟的姿势真的好帅，但怕我会咳，他已经一晚上没吸烟了呢！时崽刚跟我说，让我再等他三年，等他到法定年龄就跟我去领证！他怎么这么好？"

"@Free电子竞技俱乐部，你们在干什么？@你们多少次了？！官博能不能办点正事了？保护好我们四个选手行不行？我现在非常担心这个疯子会真的闯到基地去伤害我们四个哥哥。"

周火抬头看了训练室的时洛一眼，压低声音，咬牙切齿地说："从好早之前，粉丝第一次找我的时候我就看出来这是时洛的小号了！这还能更明显吗？！但是粉丝不知道这是她们的时崽啊！！"

"粉丝让我把他封号，让我出面澄清，还怪我装死、装看不见，说我是个废物，说我是垃圾……问题是我敢吗？我有那个胆子举报他吗？！"周火受够了夹板气，"知道时洛小号的人越来越多了！都觉得这是个精神不太对的粉丝，担心这人会来绑架你！我……"

"嘘……"余邃一边给时洛更早时发的微博截图，一边皱眉道，"你小点声。"

周火委委屈屈地压着嗓子："粉丝们怪我不保护选手，我能怎么样？睁一只眼闭一只眼地装死呗，但时洛今天不知道为什么这么开心，突然连发了三条，三条！我又不敢跟时洛直说，他哪怕是别直接发你大名呢……"

"平时那么嚣张那么酷，怎么在小号上这么能放飞自我？"周火想不明白。

余邃仔细截好图存好，看着图片低声道："不想多说什么是不想影响战队，刚拥有这么多真心对自己的队友，想秀一下记录一下不挺正常的吗……你没年轻过？"

周火语塞。

"谁也不许举报他，你继续装死。"余邃抬眸警告地看了周火一眼，"别暗示他，他这方面脸皮挺薄的。"

"行行行。"周火憋屈道，"我不说。"

打发走周火，余邃回到训练室，点了单排排队，又点开时洛小号回味了一下。

余邃抬眸看看不远处冷着脸在游戏里突突个不停的时洛，笑了一下。

小朋友太可爱了。

余邃取消了单排，点开游戏里的好友信息，看了一下时洛当前的状态，是在单排，进入游戏二十分钟，应该是快打完了。

余邃没再单排，等着时洛这一局游戏出来跟他双排。

等了不到十分钟，时洛上一局游戏就结束了，余邃给时洛弹了个组队邀请，那边没立刻接受。

余邃摘了耳机偏头问："跟别人约双排了？"

时洛还没说话，一旁的宸火懒懒道："时洛跟我一会儿要双排，你要抢人吗？欢迎抢，我俩其实都不是太情愿，你能说服老乔就行，他让我俩为了季后赛练配合的。"

既然是教练安排的训练，那就不能抢了，等着他俩打完也行，余邃问道："打到几点？我先单排。"

"凌晨两点。"宸火凉凉道，"别等了，我和时神今天的钟已经满了，想双排下次请早。"

时洛无奈地看了看余邃："老乔刚才安排的。"

余邃单手托着自己耳机，一笑："老乔是不是故意的？他……"

在一旁单排的 Puppy 突然咳了一声打断余邃："稍微提醒一下某位刚来训练室的人，我在直播。"

余邃知道 Puppy 是怕自己说话让粉丝猜出什么来，点了一下头，不继续往下说，自己去单排了。

宸火忍不住抱怨："又直播呢？提前跟你直播间粉丝说，我跟时洛没吵架没闹翻，队友之间相互骂对方让对方去死那叫吵架吗？不用整天去论坛讨论我们战队双突击是不是不和了。"

"放心，虽然不知道为什么，但今天弹幕节奏显然跟你没什么关系，我也不太懂她们在讨论什么。"Puppy 正在等排队，眯着眼看直播弹幕，摸不着头脑道，"看不太懂，都在让我提醒 Whisper，让 Whisper 注意安全……请问他能有什么不安全的？"

余邃和时洛这会儿都戴上了隔音耳机，一句也没听见。

Puppy 揣着手研究弹幕，皱着眉一字一顿地读弹幕："我本来是希望你们四个一直这样的，现在降低要求了，能不被奇奇怪怪的人盯着就行了。"

Puppy 茫然："我错过什么了？这都什么和什么？谁不正常了？"

弹幕安静了几秒，又纷纷刷了起来。

没事，就是提醒你们注意安全。

没事，请顺便提醒我家时悤悤，他最小，最容易被不怀好意的人盯上。

没事，你还是不知道的好。

嘘……大赛在即，大家别吓唬选手，低调处理吧。

什么事都没有！什么事都没有！

请问可以问一个问题吗？我送礼物了！可以问吗？

Puppy 看见了送礼物的弹幕，纳闷地点点头："你问吧。"

我就想知道，Free 基地最近是不是住进来一个人！

状况外的 Puppy 想也不想，一句话将时洛小号造谣的事锤死了："怎么可能？！开玩笑呢，我们基地这几个月就这些人，不多也不少。"

放心了。

放心了，注意安全。

放心了，实锤那个人造谣了。

放心了，顺便再次提醒请保护好我时崽，有一说一，他真的有吸引变态的气质。

放心了，也请提醒余神注意安全，虽然我觉得一般坏人动不了他，但他现在真的高危。

放心了，大家继续举报，争取今晚把那号封了。

| 第三章

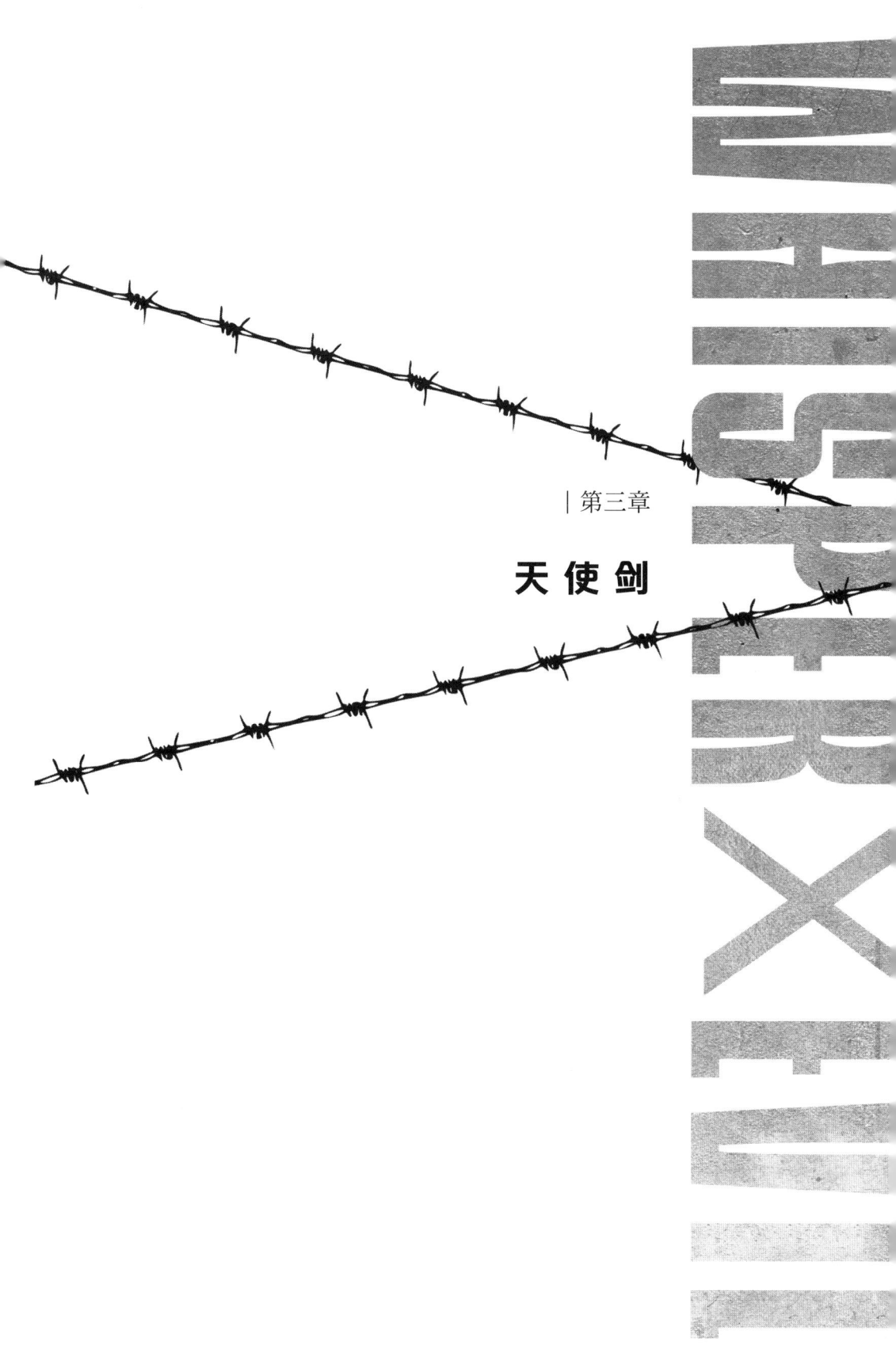

天使剑

24

　　起先有一两个 Free 战队粉丝发现时洛小号的时候，觉得这是哪个余邃粉丝在皮。

　　可惜时洛发过微博后就没再理过那个小号，他大号上每条微博都是成千上万条的评论，时洛早就没工夫看这些，没在意过，后来几次上小号都是发完小作文就切号，几个月以来，说的话在粉丝看来也越来越神神道道，种种言论，令人震惊。

　　让人怎么看怎么觉得这人有点危险。

　　余邃刚出道那会儿就有过言行过激的粉丝，后来稀稀落落地还是有，后来余邃个子越长越高，窜到了一米八多，平时进出都有一群俱乐部的工作人员陪着，粉丝们逐渐就放心了，本以为不怀好意的人已经绝迹了，不想突然平地冒出来一个这么野这么狂的。

　　可毕竟是余邃自己的事，因为种种前事，粉丝们对余邃一向宽容，故而才有了 Puppy 直播间的问题。

　　而好兄弟 Puppy 金口一开，断了时洛的所有后路。

　　当晚时洛跟宸火边互喷边上分的时候，他小号惨遭战队粉丝无情爆破，纷纷要求他理智追星，离选手的生活远一点。

　　当然，时神自己还什么都不知道。

　　不发日记小作文的时候，冷酷少年时洛从来不登那个号的。

　　余邃一晚上自己单排无聊，每局等排队的时候会刷刷小号微博看一看情况。

　　意外之喜，举报时洛小号的还有不少余邃和时洛的粉丝。

　　结束一晚上训练，等时洛、宸火下机的时候，余邃看了看粉丝的评论，轻声喃喃："姑娘，给你机会，你不中用啊……"

"走吗？"时洛关了电脑，揉了揉两边肩膀，微微蹙眉道，"自己说什么呢？"

"没事。"余邃收起手机起身，训练室已经没人了，余邃直接道，"问你件事……"

时洛盯了一晚上屏幕，眼睛有点干，揉了揉眉心："什么？问啊。"

余邃忍着笑，好似只是不经意地提了一句："我想起来说你有个小号，发过我的事，是吧？"

时洛警惕地看向余邃，眸子动了一下道："怎么了？你……你不用搜，我ID是乱码，你搜不到。"

"我就是想起来了，问一句。"余邃双手插在运动裤口袋里，不甚在意道，"藏着掖着的，你害怕什么？"

时洛含糊道："就好早之前乱发过几条微博，不是跟你说了吗？看有粉丝笑我，我本来要把号都删了的，但……但之前发过一条有点意义的微博，不太舍得删，就留下了。"

"哦……"余邃点头，"那确实挺重要的，不能删。"

余邃尽力忍着笑，再次问道："这是你说的，无论如何，那条记录微博都不能删，对不对？"

时洛这会儿困死了，闻言胡乱点头："对啊，之前有评论让我删，我没删……"

不是知道那是自己粉丝，时洛早就喷回去了。时洛自己也老大不乐意："我不能留点记忆吗？"

"能能能，有你这句话就行了，记清楚了，这是你自己说的，这号无论如何都不能没。"余邃在时洛头上揉了一把，"以后别看评论了。走，睡觉去。"

时洛用手腕揉了揉眼睛，含糊道："早就不看评论了，全是骂我的，我自己死忠粉都骂我，什么世道……"

之后半个月，紧张辛苦的训练之余，刷时洛小号成了余邃一项消遣。

时洛跟余邃装酷，嘴硬说早删了，说只留了一条微博，其实私下没事儿就发。

余邃甚至能从时洛小号发的微博里，判断出他当天的状态。

"一样的决赛新队服，余邃怎么穿都好看，宸火怎么穿都难看。"

这条保持了基本的理智和正常的审美，就是正常状态。

"没人能阻碍我，没人能拦住我。"

这……不太懂，大概就是狂吧。

…………

Saint 和 NSN 半决赛当天，余邃和时洛早早出了基地上了自家保姆车，赶往场馆。

头次去比赛场馆但不是为了比赛，两人没带外设，穿着私服，十分轻松。

去场馆要四十多分钟的车程，时洛倚在后座补眠，余邃自己玩手机，又刷出了两条微博。

路上时洛睡着了，两条长腿不太讲究地摊着，睡着后脸色冷冷的，朝着余邃一侧的耳朵上隐约可见几个耳洞。

不管怎么看，时洛这一脸不好惹的样子才像会堵同学的坏人。

就是这样的叛逆少年，私下用小号记录自己在战队里的日常，时时刻刻想要照顾队友，保护战队。

粉丝们不懂，哪儿还会有比时洛选手更好的队友？

25

余邃低声跟司机说了一声，司机开得更平稳了些，时洛一路好眠，抵达场馆后才醒过来。

时洛也没想到自己能睡一路，车停后两眼放空地看了看窗外，隔了几秒后闷声道："刚一醒看是在车里，以为今天是咱们的比赛日呢，吓我一跳……"

司机笑笑："我也是头一次来场馆但没咱们比赛，咱们来早了，你们要不先等会儿？这会儿观众都排队过安检呢，你们连个口罩都没戴，下车肯定要被粉丝围。不然你们在车里等着，我去找工作人员要个工作证，咱们直接把车开进去，让你们走员工通道？"

"别麻烦人家了。"时洛皱着眉摇摇头，"都在忙，我们在车上等会儿，等最后入场。"

司机点头："也行，那我下车抽根烟啊。"

时洛刚睡醒，眼里还带着倦意，也想跟着下车，余邃倚在一旁玩手机，头也不抬道："外面粉丝绝对已经注意到咱们战队的车了，你下车就被拍，信不信？"

会在场外等着的大多是当日比赛战队的铁粉，等着接选手、喊加油的，自然也认得时洛。

"拍吧，谁爱拍谁拍。"车里空间太小，时洛拉开车门下了车，"透完气上来。"

余邈猜得没错，时洛一下车，不远处就传来粉丝的尖叫声。两人要来看比赛的事没提前公开，粉丝们大概也没想到会在这里见到 Free 俱乐部的车，更没想到还能撞见时洛。

余邈自己在车上玩手机，看了看 Saint 和 NSN 的赛前数据预测，随手刷了一下关注的几个电竞自媒体号，果不其然，最新的一条电竞八卦博就是时洛站在自家保姆车旁边背对着镜头低头的照片。

余邈一笑，心想，都说了别下车。

不过这电竞八卦号大概是时洛或者 Free 战队的粉丝，并没带什么节奏，语气异常温和，只说意外在比赛场馆外遇到了 Evil，把时洛从衣品到颜值再到他短短的小白毛夸了一个遍，又调侃时洛大概是觉得决赛稳了，偷偷来现场看 Saint 和 NSN 比赛，提前刺探军情。

余邈点开评论看了一下，评论也挺和谐。Free 战队的人平时不比赛不出门，时洛的粉丝甚少能看见时洛穿私服的样子，都在相互@来看照片，呼朋引伴，还在撺掇这个博主过去合影，多拍几张照片。

发照片的博主回复得极快："不了不了，人家今天又不是来比赛的，不一定愿意合影，刚拍他已经是冒着生命危险了，看见大家都拍才敢拍的，别的就算了！这个时间对时崽来说应该蛮早的，他看着很困，很不耐烦，瑟瑟发抖，不敢靠近。"

博主又道："Free 男模团身高都太高了，平时没感觉，单独看 Evil 一个，是真的很高，痞帅痞帅的。"

余邈又认真看了看这博主拍的照片，确实拍得不错，略低的拍摄角度，用了心的采光，将时洛一米八的好身材展示得淋漓尽致。

余邈把图保存了，又刷了一下评论，看着十几条新增的评论，眉毛微微皱了一下。

话说时神为什么突然想到来看比赛？他最近训练不都要累死了吗？每天蹲 Puppy 直播间感觉时神的训练就没停过。

我好奇怪，战队其他人也没来，就时崽一个人来了，好吧，司机勉强也算一个。

别人这个时间还没醒吧，Free基地离比赛场馆这么远，这会儿就到了，不知道几点就得起床，Free一群夜猫子，谁愿意起这么早？

在基地不是一样能看直播吗？非要来现场，肯定有原因吧。

突然意识到一个问题，时神不会是为了在现场给瓦瓦加油吧？

很有可能……这俩人关系那么好。

很有可能+1，时神一直对瓦瓦那么好，哇，萌了萌了。

有一说一，我一直觉得时洛和瓦瓦关系挺好的，这俩平时双排的时候是真的不错。

余邃看着走向越来越不对的评论，轻轻叹了口气。

发现时洛来场馆的粉丝越来越多，讨论来讨论去，基本盖章了时洛是为了瓦瓦而来了。

粉丝编的小剧场，余邃看了都觉得感动。

而此刻不明真相的时洛察觉到别人在远处看自己拍自己，一脸无所谓爱谁谁的漠然表情。

昨晚他跟Puppy双排了两个小时后接着跟宸火双排了四个多小时，一直打到了凌晨三点。

每天训练最后的几个小时本来是自由组排时间，跟余邃双排的话算是休息，跟宸火双排是负重练习，与平时练习赛的强度也差不离，这么十几个小时打下来，他累得沾床就睡。今天因为要看比赛又起了个早，时洛脑子昏昏沉沉的，只想提提神。

只听远处粉丝低声惊呼，余邃把时洛拉回了车里。

回到车里，时洛呆呆地坐着，见余邃玩手机不理自己，用膝盖撞了余邃一下。

余邃没说话，过了片刻把手机递给了时洛："看。"

时洛先看了余邃之前看的那条微博，皱眉："这又瞎带什么节奏？我跟瓦瓦能有什么？"

余邃提醒道："看最新的一条。"

时洛退出来刷新了一下——

破案了，Whisper也在，收回刚才的话，时洛不是一个人来的，是跟着他队长来的。

悄悄说一句，时恩对着余神脾气好好哟，刚才自己下车的时候酷酷的，余神一下车迅速变乖，让上车就上车。

余邃一露面，评论就炸了，这会儿一水儿地全是在说余邃和时洛的了。

时洛瞬间忘了瓦瓦，看评论看得有滋有味。

"都在猜为什么是咱俩单独出来……"时洛一目十行，自动筛选掉那些他不在意的，只看他和余邃的相关内容，"说队内咱们俩关系最好，自打和好后比两年前还要亲近，还有……"

余邃见时洛不说了，往时洛身边靠了靠，胳膊搭在时洛肩膀上看手机屏幕："还有什么？"

Whisper下车前的时神，狂得宛若拥有整个场馆。Whisper下车后的时神，小心解释。

啧，让时神变时恩，只需要一个Whisper。

话说我是真的好奇，这俩人到底经历了什么，能在重回一队后彼此毫无芥蒂，甚至关系比以前还密切了，电竞圈未解之谜。

经历了什么不清楚，这个气场总之绝对是兄弟情就是了……初代医疗双子星之间的感情和别人不一样。

之前出过那么多破事，这俩人终于和好了。

时洛看得挺认真，翻到别人说他同余邃是初代医疗双子星的时候嘴角禁不住往上挑，自言自语："本来就是……"

时洛这会儿也不困了，眼睛发亮地看评论，越看越满意，直到临近安检结束的时候才恋恋不舍地把手机还给余邃，还意犹未尽："记着这几个ID，我晚上回家睡前再看看。"

两人过了安检，卡着最后的时间进了内场，不出意料地还没坐稳就被导播给了特写。粉丝们没想到Free战队的人也过来了，纷纷起哄。时洛略有点不自在，侧过脸挡了一下镜头，余邃则对着镜头打了个招呼，朝着台上打了个手势，示意导播别再关注自己，注意选手要上场了。

导播非常皮地故意又给了时洛两个特写才把镜头切到主持人那边，主持人也调侃了余邈、时洛两句，隔空打了个招呼，而后讨论起了今天真正的主角，Saint 和 NSN 两支战队。

Saint 和 NSN 两队队员依次上场，余邈对时洛轻声道："猜谁会赢？"

时洛看着场上的两队人，静了片刻道："Saint。"

余邈没接话。

Saint 之前暴露的战术实在太多了，加上他们还有个不知是否真的有手伤要退役的 Amaze，也就是之前几人讨论过的老 A。不确定因素太多，余邈不觉得 Saint 胜算比 NSN 大。

"客观说，Saint 的问题确实挺多的。"时洛远远地看着台上的天使剑，低声道，"但我要是天使剑，陪了我这么多年的老 A 要退役了……我用命打，硬抬也会把老 A 抬到世界赛上去。"

余邈眸子微微一动，笑了一下。

时洛愣了一下，有点尴尬道："怎、怎么了？笑我做什么？"

"不是笑你。"余邈看着台上，缓缓道，"是觉得你厉害……多难的局，只要你坚持，我就总信还有办法，还能往前拼一拼。"

两年前，时洛被杀了三十四次，又爬起了三十四次，让浑浑噩噩的余邈彻底清醒，觉得自己还没烂在异国他乡，还能再熬下去。

余邈远远地看着台上的 Saint 四人，轻声道："现在就看天使剑和老 A 熬不熬得住了。"

26

BO5 的比赛正式开始。

Saint 常规赛后半段每场都打得非常漂亮精彩，粉丝信心很足，赛前 Saint 粉丝的欢呼声几乎是碾压了 NSN 的，解说员们也十分看好 Saint，比赛刚开始就将 Saint 四人从头到尾夸了一遍，导播还切了个游戏内玩家们的投票预测，投 Saint 赢的占了百分之七十。

大部分人都看好 Saint，但这会儿仔细看场上选手的表情，Saint 的选手表情凝重，倒是 NSN 的几人看着更轻松一些。

赛季初时,瓦瓦师从余邃,醉心刺客医疗,常规赛时期也十分飘忽,大部分时间在模仿余邃的套路,但因是半路出家,不管是个人能力还是团队合作都有点跟不上,因此 NSN 吃过一些亏。常规赛上两队遇到的时候,Saint 就专门针对瓦瓦,Saint 他们借用了一点之前打余邃他们的战术,不让自家狙击手趴后排了,四人全上,每次碰面都是想也不想先杀医疗师,拼着输掉前排突击手半血也要去,而后凭借着天使剑奶人的能力,背靠着这个血库再切 NSN 的前排突击手,几次交手,瓦瓦人没看清先被秒掉。单局后半段,瓦瓦宛若惊弓之鸟,一碰到人下意识就要躲,后期失误越来越多,被 Saint 完全掌控了比赛节奏。

比赛开场前解说员们还讨论过,觉得瓦瓦这个点可能再次成为 NSN 的突破口,但比赛一开场,出乎所有人的意料,瓦瓦一改常规赛时期起起伏伏的状态,彻底抛去了练了半个多赛季的刺客医疗,紧紧跟在顾乾身后做个隐形奶妈,别说抢前排了,头也不露一下,Saint 突击手几次想找瓦瓦麻烦,但无论如何走位,连瓦瓦半个身位都拿不到。

不只是瓦瓦的打法变了,NSN 也放弃了他们习惯的瓦瓦跟顾乾走前排,另一个突击手信然采用全场走边清毒的常规套路,NSN 俩突击手和医疗师全程抱团,不再急于清毒,只打后手,不再给 Saint 任何杀医疗师的机会。

比赛场下,时洛小声道:"常规赛真的不该暴露这么多的……"

"看老 A。"余邃低声道,"看他走位。"

一队里两个突击手,甚少有时洛和宸火这样,个人能力基本不分上下,全程同步发力都能推进的。别的队里两个突击手总有一个更强,比如 NSN 里的顾乾、Saint 里的老 A。

游戏里,雾气之中两方每次交火都是电光石火一瞬之间的事,操作极限的时候不到十秒就能结束,在最初碰头的两三秒中更是一秒钟都不能耽误,谁能更早破坏对方的盾打出真实伤害至关重要,对突击手的反应能力和操作能力的要求是极高的,故而个人能力较强的突击手在每次两方交手的时候会担当主输出位,也是医疗师每次要首保的人。平时 Saint 和人交手时老 A 都会抢在最大角度的输出位上,另一个突击手也会自动调整走位帮老 A 补漏,但今天两人换了。

老 A 换到了那个补枪手的位置上。

但就是打后卫,老 A 的操作也有点跟不上,最初一次交战中信然只剩了丝血，但老 A 并没能将最后一枪打中。信然绕到瓦瓦身后让瓦瓦给自己挡了一发子弹，迅速退回掩体，保住了人头。

时洛低声道："他的反应没问题，每次都能跟上，也知道自己作为副手该做什么，但准头有点跟不上，刚才连着八枪，只中了一枪，再多一枪信然就没了。"

突击手的子弹是连发的，连发过程中就算不走位，站着不动都要不断随着目标切角度加压枪，细节的操作都是精确到小数点后的，稍微差一点都不行，老 A 几拨突进的操作精度都有点跟不上。

"操作跟不上意识。"余邃看着游戏内画面，"大概率就是……"

余邃没继续说，时洛也知道，就是伤病。

如果说选手是一台精度极高的机器的话，突击手这个职业的机器磨损度肯定是最高的。

每一局比赛，狙击手能打三十枪就算多的，而突击手打个五六百发子弹是常有的事。

时洛最早玩突击位时就觉得很帅，每次开枪都是大幅度甩鼠标，一梭子下来，整个右臂拉扯移动，两边的最大输出都是一梭子子弹，在最短连发的时间里极限操作，争取更高的命中率，我比你高就是我团灭你，你比我高就是你团灭我。

爽是很爽，整局打下来突击位也是最累的。

老 A 在突击位上能打到二十五岁，这本身已经能破纪录了。

老 A 这会儿的操作比起常规赛来有所退化，这个退化还不小。Saint 显然比别人更清楚这一点，到底是老牌战队，见没法跟 NSN 拼刺刀后迅速调整了战略，开始退守，声东击西地偷偷清地图两侧的毒雾，不再针对瓦瓦，对上 NSN 也会自动避让。

但 NSN 并不跟着 Saint 的节奏走，Saint 不再突进，顾乾和瓦瓦就开始正面推进，从地图两边清毒是绕远，总没正中直线距离清理得快，Saint 只能被动地一边骚扰顾乾，一边偷地图两侧。局势一点点变得被动，他们在两边刚各啃出一点路时，已经被 NSN 在地图中心路清出了一半的距离。

Saint 狙击手不再在后方压制了，这会儿压也压不动了，再拖下去只能是一步步被吞掉，Saint 将两个突击手全送到了地图边侧，狙击手和医疗师一起压中线，以不断送人头的办法拖延时间，稍稍拖后了一点 NSN 的攻势。可前期颓势太大，这会儿不管是偷小路还是用拖延时间的办法消耗 NSN 经济都没用了，勉强支撑了不到十分钟后，全线扛不住 NSN 正面火力，被 NSN 赢下了第一局比赛。

比赛前大家普遍是看好 Saint 的，首局被拿下后解说员也有点蒙，意外之后开始复盘。休息时间里导播又给了余邃和时洛一个镜头，镜头里，时洛正低头给余邃看自己的右手，镜头切过来后，时洛下意识地要收回手，余邃却大大方方地在时洛手腕上握了一下，替时洛将长袖外套的袖口拉好。

休息时间很快就结束了，导播把镜头切回游戏界面。

第二局比赛开始。

Saint 再次调整了战略，前期回归常规打法，狙击手压后，前排三人小心同 NSN 正面周旋，不再去偷两侧地图，但正面打得比上一局小心了许多，老 A 依旧在后排位置。

正面周旋了两拨，双方都没人员折损，Saint 的老 A 碎了一个盾，NSN 的信然被打掉了三分之一的血，算是有来有回。

解说员没有职业选手的敏感，并未察觉到老 A 状态的问题，直接道："今天 A 神打得似乎……有点保守。"

另一解说员迟疑了一下道："对，他突然开始打后手位是赛前我们没预料到的，更没想到他打后手位倒是首先盾碎。刚才这一拨他如果躲避更及时一点，Saint 其实是有优势的，是 Saint 先打掉信然的盾的，完全可以继续啊，但是 A 神这边状态不对，Saint 马上不敢再往前走了，起先本来是 Saint 站住了位置，但现在他们这一退，被顾乾先放下净化皿了。"

时洛眉头微皱："这解说……不用看，论坛上已经开始喷老 A 了。"

"这局还有戏。"余邃慢慢道，"你看天使剑。"

时洛视线转到天使剑身上，老 A 身上的光子盾碎了，他本该早给老 A 补上了，但他没有，再看 Saint 后排的狙击手，身上干干净净，根本就没初始盾。

时洛眸子动了一下，轻声道："他们学咱们……"

"绝境打法，拼消耗了，尽力不消耗任何自家资源，试着活活耗死 NSN。"余邃轻声道，"有天使剑在，他们其实比咱们更擅长这套路。"

有天使剑这个血库在，和 NSN 正面纠缠的时间必然更久，而拖得越久，NSN 就要消耗越多的资源来同他们缠斗。

余邃话音未落，Saint 果然又冲到了 NSN 正面，佯攻了一下马上撤退。

NSN 那边第一反应是 Saint 同上一局一样又放弃了正面作战，去地图两侧偷偷清毒雾了，后排的 ROD 移动位置开镜去探自己家地图两边的情况。Saint 似乎已经料到了，卡着 NSN 这个没狙击手盯正面地图的时候压了一拨，收掉了信然的人头，同时老 A 被顾乾收掉了人头。

　　"唉，这是个大优势啊，A 神这拨要是能避开就完美了，而且他身上还没盾，不该冲这么靠前的。"解说员遗憾道，"刚才 Saint 这边是没时间补盾吗？不应该啊。"

　　时洛运了一口气，低声道："我想上去解说。"

　　解说员听不到选手语音，又不是职业选手，有时并不能理解团队操作的真实意图，余邃早习惯了："只要拖住了这局就有戏，顾乾还好，信然太容易上头了，禁不起耗。"

　　信然年轻，又十分擅长打优势局，容易被对方勾引不断进攻，消耗的资源自然也更多，Saint 也抓住了这一点，下一拨碰头时老 A 再次突信然脸，给信然送了个人头。

　　解说员自然又禁不住道："老 A 这拨……不该冲啊！自己队友没跟上，他着急上去放净化皿，又被收了。"

　　余邃道："行了，信然有人头，能升级配件，消耗得更多了。"

　　Saint 这边打得很贼，在送了几拨以后开始真真假假地去地图两侧偷偷清毒，老 A 和另一个突击手一人一边，地图一有动态，NSN 后排的狙击手 ROD 自然能发现，顾乾第一时间去防护，再次被拖延了时间。

　　Saint 宛若黔驴技穷一般，中间试试，两边试试，全程挨打，足足拖延了二十分钟。

　　NSN 资源消耗过半的时候，也意识到了问题，不再被牵扯，开始主攻地图中央。Saint 也不再演了，两边正式撕破脸皮，NSN 穷追猛打，Saint 死缠活缠，生生将游戏拖到了第三十五分钟。

　　距离 Saint 的转生石还有大片毒雾没有清理，NSN 的资源基本告罄，第二局比赛没什么悬念地被 Saint 拿下，比分追平。

　　时洛紧紧皱眉："这套路……打 NSN 这种队伍，这种套路最多只能玩一次。"

　　余邃更理智："本来就是出其不意的办法，能拖一局就不错了。"

　　第三局比赛开始，NSN 显然有所防备，这次无论 Saint 如何送也不冒进了，稳扎稳打地进攻正面。NSN 这会儿也看出了老 A 状态不对，如 Saint 之前死抓瓦瓦一般死抓老 A，全程针对，以他们一贯的稳定发挥拿下了这局比赛，拿到了赛点。

老 A 的操作其实还没那么差，但在被全程针对的情况下纵然没慌没送，但看上去依然是一碰就死，没操作没发挥。

第三局比赛将要结束的时候，解说员已经直接点名说老 A 是 Saint 的突破口了。

Free 基地的人已经醒了，大概也在看比赛，在 Free 的群里不停吐槽，骂解说员门外汉看不懂，骂论坛喷子，骂 Saint 高层不保护选手，没提前交代老 A 的真实状态。

宸火气得不住喷："没脑子，一点儿保护老选手的意识都没，我第一把就看出来老 A 绝对是带伤操作了，他们眼瞎吗？"

全程听了宸火、老乔解说的周火也在群里道："就这毫无应对舆论方法的状态，Saint 管理层可以辞职了。"

宸火在群里大吼："时洛！你不在现场吗？去！你上去解说！你给我把那几个解说员轰下去！"

时洛看了一眼群聊，没说话。

余邃平静道："要是我，我也不说。"

时洛已经明白了过来，静了好一会儿道："Saint 不敢说，一是不确定老 A 真是在今天打不下去了，但没想到真的走到这一步了，还有就是……按照天使剑他们那脾气，应该是不想在赛前透露太多，给 NSN 情感方面的压力。"

余邃缓缓道："打不下去是自己的事，用不着别人可怜，堂堂正正地输，没什么丢人的。"

第四局比赛开始了，第二局打得实在太久了，对老 A 的消耗也太大，第四局老 A 的操作差得几乎让人没眼看，游戏开始不到十分钟就被 NSN 全线碾压。

游戏进行到第十五分钟，Saint 翻盘几乎无望的时候，始终保持巅峰操作的天使剑突然也让人迷惑起来。

解说员难以置信地道："天使剑这是做什么？不保别人反而保老 A？这本来就没希望了还这么玩？这……这局再输的话就真没了啊！天使剑！醒醒啊！！"

天使剑操作拉满，但眼里似乎已没了别人，始终只盯着老 A，自己没有盾也要给老 A 补上。被打了，他挡在老 A 前面，老 A 能操作的时候，他冲到最前面给老 A 当掩体，以自己瞬间被顾乾打成筛子为代价，让老 A 收下了这次比赛的第一个人头。

老 A 拿下第一个人头的时候，导播把镜头切给老 A，镜头里老 A 愣了一下，随之笑了。

同一边，天使剑手速飞快，在复活的第一时间冲出了转生石，把最后一个盾套给了老 A。

时洛眼眶红了，咬牙道："你们玩医疗师这个职业的，是不是骨子里都这样？"

余邃莞尔。

三分钟后，Saint 道尽途穷，被 NSN 点掉了转生石。

同一时刻，Saint 四人摘了耳机，除了老 A 面带微笑，其余三人尽数落泪，队里最小的队员哽咽得几乎站不起身。

时洛赛前预测并没错，四局下来，不管是天使剑还是其他两个 Saint 队员，已经全然是用命在打，尽全力想要老 A 走得更远一点。

27

比赛正式结束后，Saint 的工作人员这才去了解说席，临时通知了几个解说员和导播，请给他们几分钟时间，给老 A 挤一个退役告别的时间。

在解说员和所有观众惊异的表情中，老 A 右手微微抖着拿了话筒，带着笑平静地介绍了自己七年来没什么高光但一直在努力的职业时光，感谢自己自青训开始效力的 Saint 战队的全部工作人员，感谢自己的历任队友们，感谢天使剑数年的陪伴和扶持，又祝福本土赛区，希望大家能在今年的世界赛中有个好成绩。

"很多人……可能是因为我退役才知道联赛有我这个人。虽然没留下什么痕迹，但我跟大家一样在联赛中奋战了数年，并不敢比旁人少一分努力。受限于天分吧，我一直没能被很多人了解，这是应该的，比赛场上从来只看成绩，我能做的只有从不懈怠，让自己无愧于心。"老 A 回头朝着自家战队队友挥挥手，最后道，"荣誉拿得是太少了，只怪我自己能力不足，这没什么委屈的，我已经够幸运了，我很荣幸自己能跟这一群闪闪发光的人同台竞技，在氛围这么好的俱乐部开开心心地度过了人生中最重要的七年，去年开始居然还打了我们战队的首发，最终在这么大型的比赛里完成退役仪式，这都是因为……"

老 A 眼中有泪，停顿了半分钟后继续道："因为我们俱乐部的老板、管理……还有我的队友们没有放弃我，他们都知道我的右肩马上就要废了，还是不放弃我……"

老 A 擦了一下眼泪，继续道："他们不放弃我，我也没法放弃战队，我能力有限，不敢留队加入教练团耽误大家，但退役后我会加入我们战队的陪练团，尽力回报战队。我做了这么多年替补，真的擅长打陪练，我会尽力帮助我队的首发队员们，请我的粉丝放心，我一辈子都不可能离开 Saint。Saint 加油，大家加油。"

老 A 深深鞠了一躬，把话筒交还给了主持人。

余邃和时洛在内场，能很清楚地看到台下 Saint 的队员和教练团还有他们老板都在等待老 A，待老 A 下了台后，众人久久相拥。

时洛尽力忍着眼泪，远远地替他们拍了几张照片。

余邃看着时洛："头一次看人退役？"

"现场看是头一次。"时洛把自己拍的照片发给了天使剑，低声道，"老乔退役那会儿是录了个视频，说的全是套话，没走心，那个视频都不到三分钟，当时看了我就是觉得心里堵，没这么……这么直接。"

时洛侧眸看看余邃，余邃脸色如常，同赛前没什么变化。

时洛问道："你看过几次？"

"那太多了，好歹打了这么多年职业联赛，早就数不过来了。"余邃假装没看见时洛擦了眼角，轻声道，"不用怕丢人，我头一次看我队友……不是季岩寒，太早了，你完全没听说过的一个选手，也是个突击手。"

余邃继续道："我头一次目睹队友退役的时候，虽然没哭……但把我游戏 ID 和头像改成了他的，连打了三十多个小时游戏，没吃没喝没睡觉。当时年纪也是小，十五岁还是十六来着，比现在情绪化多了。"

"你……"时洛皱眉，"人家退役，你自虐做什么？"

"因为我当时就觉得那是我的错。"余邃平静地看着远处仍拥抱着的 Saint 战队，"觉得是我不够 C（指电子游戏中输出不够，带不动），才让他打不下去了，我接受不了。"

余邃转头看看时洛一笑："谁还没个黑历史呢，对吧？"

"这算什么黑历史……"这个理由时洛并不意外，时洛看看远处的天使剑，低声含糊道,"你们这些医疗师都是这样……那如果是我呢?"

场馆内观众们已经陆续往外走了,越来越喧闹,余邃没听清时洛说的话:"你什么?"

时洛开口了就觉得矫情,迟疑了一下才继续道:"那要是我退役了,你会怎样?"

"时神,这就没必要吧,而且……"余邃嘴角挑了一下,"咱俩谁在谁前面退不好说吧?"

谁在谁前面退确实不好说,两人都没什么劳损伤,余邃虽然比时洛大了两岁,但医疗师这职业对选手消耗没那么大,更主要的还是吃意识和反应;余邃今年才二十一岁,各项水平都处于巅峰状态,掌控战局的能力甚至是逐年增强的,他的各项竞技能力是真的没有任何下滑点。

时洛转突击手后职业寿命会缩短这是不争的事实,但他胜在年轻身体好,天分还奇高,两厢比较下来……

谁先退役确实不好说。

"走吧。"场馆内除了 Saint 的铁粉们,已经走得差不多了,时洛揉了揉脑门,"走、走了……"

余邃给司机打电话,落后了两步,跟司机说了两人马上过去后,余邃跟上时洛,在时洛脖子上轻轻捏了一下,低声道:"我那队友退役,改了三十多个小时的 ID 就改回来了。你要是在我前面退……我把我游戏 ID 改成你的,直到我退役都不改,好不好?"

时洛只是被老 A 的退役感染了:"看着他们心里不好受,唉……"

"我懂。"余邃轻声道,"人家退役了,咱们才知道 Saint 这赛季是从头到尾扛着天大的压力死熬过来的,哪个战队都不是顺风顺水地走过来的。"

时洛点点头:"就是这个意思……回家吧。"

两人本来计划在外面逛一整天,看完比赛再去吃饭看看电影什么的,这会儿也没那个心思了。时洛想着刚才最后一局比赛,越想越觉得知足,越觉得整整齐齐的几个队友一个赛一个地可爱,自己家基地简直太温馨,外面大厨不管是几颗星的都没自己家阿姨烧的饭香。

不过担心余邃那金贵的胃会饿得疼,回家之前,时洛还是让司机在场馆附近的一家粥铺停了一下,自己下去给余邃买了一份热粥。

"之前胃出血那一次……伤筋动骨的。"时洛把打包好的粥递给余邃,耿耿于怀,"不知道消耗了几个月的职业寿命。"

余邃慢慢地吹了吹粥,提醒道:"时神,你刚去买粥的时候,好像又被拍了。"

时洛关了车门:"爱拍就拍。"

时洛原本以为看了个退役现场,自己这没人生经历的弱鸡受影响最大最矫情,不想回到基地,还没进门就听见了老乔的鬼哭狼嚎。

"哎?你俩这……踩着饭点儿回来的?"周火正在一楼,意外地看看余邃、时洛,怒其不争,"好不容易出去一趟,你俩谁啊?这么省钱过日子?还回来吃?"

时洛揉了一下耳朵,皱眉:"老乔呢?"

"从比赛到退役仪式再到人家赛后采访……"周火头疼,"自我代入后感动得不行,比人家 Saint 队的都真情实感,从头哭到尾。"

还没到开晚饭的时候,余邃和时洛上楼换衣服,顺便看了一眼训练室里默默流泪的老乔。

训练室里,宸火和老乔两人正在一起重复看老 A 的退役视频,老乔眼睛通红,不住抹眼角,哽咽:"这才是圆满的退役,这才是圆满的结局!有队友在身边,输了比赛也很光荣……"

"老 A 就算没什么成绩怎么了?人家有队友!有天使剑!这就值了!我也是突击手,我懂!那种你的医疗师拼了命要护住你的感觉好温暖的!"宸火倚着时洛的靠垫,抱着时洛的纸抽飞速抽纸巾递给老乔,自怜自哀地跟着嚷嚷,"我呢?我将来要是操作不行了要退役了,谁会化作天使保护我?我能指望谁?余邃吗?这渣男能让我依靠吗?!"

一脸麻木的 Puppy 看见了余邃和时洛,摊摊手:"一个多小时了,这俩人被人家战队感动了,特别是老乔,出不来了。"

时洛面无表情地敲了敲训练室的大门。

老乔回头见是自家人,不觉得丢人,按了视频回放,边看视频边接着哽咽自己的,他突然又回头看了余邃一眼,触动往事,流泪:"我退役的时候,身边没有医疗师,也没有队友,什么都没……"

宸火也看了表情自然的余邃一眼,跟着质问道:"余邃,你有没有心?比赛的时候导播切镜头给你,你眼睛都没红一下!你还不如时洛呢!你看看天使剑,你再看看你!"

余邂被骂得莫名其妙:"时洛是第一次见人退役被影响了,我见得太多了……本身跟老 A 确实没交情,没太大反应很奇怪?"

老乔责备地看了余邂一眼,继续流泪。

"你就是没有心。"宸火厉声道,"那要是我,你会那样拼命地保护我吗?!你会奋不顾身地扑到我面前来吗?"

余邂:"……"

余邂被宸火问得心烦,认真地问道:"我扑到你面前……你是要死了吗?"

老乔想哭又有点想笑,无奈得不上不下的,只得自己拿过抽纸擦脸。

Puppy 凉凉地道:"能不能理智一点,正视一下咱们战队冰冷的队友情,别做梦了?咱们不是走温情路线的。"

宸火揽着老乔的肩膀,一边拍着老乔,一边唏嘘:"你们没有心。"

"你要是做这种梦,那提前跟你打个招呼。"余邂坐下来,懒懒道,"我不会扑到你面前去,甚至有可能在你要拿下职业生涯最后一血的时候……习惯性地抢了你的人头。"

"噗。"老乔终于忍不住,"最后一个人头还被抢……"

余邂看了老乔一眼,慢慢道:"我就是这种人,你不早就知道了吗?"

时洛后知后觉,才明白过来,余邂、宸火、Puppy 是在逗老乔,让他不再对自己潦草的退役仪式耿耿于怀。

果然,被抢最后一血这事儿莫名戳中笑点的老乔情绪断了,哭也哭不出来了,揉揉脸,终于关了人家老 A 的退役视频,自己无奈道:"也挺好……老 A 这个太伤感了,我不一定扛得住,不声不响地退了也挺好。"

老乔很快收拾好情绪,起身催促道:"吃饭吃饭,吃完饭训练,咱们也要打半决赛了,Saint 前些日子打得一点儿保留都没,人家就是没说,但其实就是在给咱们练兵,别辜负人家一片心意,世界赛都好好打。"

28

Saint 结束了这一赛季的征程,最后一局比赛里天使剑拼命帮老 A 拿人头的一幕太能感染情绪,大部分玩家也是这会儿才知道老 A 和天使剑原来是当年同期的青训生,才知道天使剑还有这么一个同队多年一直默默无闻的师兄弟。能不离不弃同队这么多年确实难得，少见地，FOG 游戏公司官方人员当晚在各大媒介平台上用官方号在国内外对老 A 这些年效力于联赛表达了感谢，又专门给天使剑和老 A 做了一期总结，老 A 的七年职业生涯算是善始善终。

"挺好的，算是开了个好头。"

当晚训练结束后老乔看了看官方给老 A 做的宣传，满意地道："也别每次都是明星选手退役了才给个风光大葬，人家普通选手一样打了这么多年，没成绩确实活该赚得少，但该给的尊重也得给，又没比别人少努力。"

"这样前后宣传一拨，回头他要是愿意做做直播，跟直播平台也能要个高价了。"周火想得最实际，"Saint 挺厚道的，给选手养老，现在又有官方给的宣传，老 A 以后做做陪练、开开直播，不说赚大钱吧，小富也蛮好的。"

周火这么一说，老乔更安心了："是，能留队，能有点钱就行了……行了，休息了，明天照常训练，后天半决赛大家加油。"

众人各自回自己宿舍，时洛走在最后。

后天就要半决赛了，时洛回了自己宿舍，洗漱后躺在床上看天花板发呆。

白天受触动太深，这会儿大脑还兴奋着，睡不着。

天使剑孤注一掷反复扑向老 A 的操作还在时洛脑中回放。

两年前，余邃也是这样保下自己的。

医疗师这个职业似乎是真的魔性，不管是什么脾性，玩了这个职业后就总会变成自家俱乐部的一面光子盾。

平安时为战队遮风挡雨，危难时为队友赴汤蹈火。

时洛实在睡不着，无奈拿起手机来刷新闻，电竞版块基本都在讨论 Saint，时洛越看越觉得燃，恨不得去训练室开机再打两局游戏。

只是这会儿实在太晚了，不方便，时洛无从发泄，只得上了自己小号发了条微博，真情实感道——

"@Free-Whisper @Saint- 天使剑，赛区之盾。"

发完一条，时洛还不过瘾，又发了一条自己的队内日常小作文。

"睡不着，想队友们了。"

他发完，然后继续闭上眼硬睡。

又躺了三分钟后，时洛认命地睁开炯炯有神的眼，确实是睡不着。

拿起手机来，手机还在微博界面，时洛上滑了一下，看了看自己之前发的微博，突然被自己肉麻得够呛。

这种微博当下发的时候都是真情实感的，但一过了那个情绪强烈的场景后再看都酸得不行。时洛自己回看有点顶不住，他不忍细看，飞快地滑下去，意外发现自己刚刚发的一条微博这一会儿多了几十条评论。

时洛不是太明白，大半夜的，哪儿来么多人注意自己的小号？

时洛想起余邃之前跟自己说不用在意评论，迟疑了一下，还是好奇点开了。

大晚上的，你又又又又开始了？
我真担心我家四个选手大半夜的会做噩梦。
@Free电子竞技俱乐部，每日一问，辟谣了吗？澄清了吗？封号了吗？没有，你完了。
这个神神道道的号还在呢？ @Free电子竞技俱乐部，继续装瞎？
心累，我就希望我家四个选手能平平安安，好好打比赛不退役，这点儿需求都不能被满足？

就知道没好话，不过时洛也习惯了，他关了微博，把手机丢一边，睡下了。

一夜好梦，第二天余邃照常醒得早。
时洛每天觉都不够睡，没有闹钟是绝对醒不了的。
余邃略略洗漱收拾了一下，出了宿舍，下楼。
马上就要十一点了，基地的阿姨已经做好早饭放在保温炉里了。余邃走进餐厅，Puppy也起了，正在边吃早餐边玩手机。
两人对视一眼算是打过招呼，余邃去厨房拿了个保温食盒出来，打开保温炉装早餐。
"啧……" Puppy一脸没眼看的表情，"要不要这么照顾他？还专门把饭给他送上去？下楼吃个早餐还能累着他？"
余邃当没听见，拣着时洛喜欢吃的一样样装好。
Puppy上下打量着余邃，不住唏嘘："说出来谁信？余渣男居然对队友这么好。"
余邃依旧当Puppy是空气，装好早餐又去厨房拿了两瓶热牛奶，正要拿了东西上楼去时，Puppy 懒懒道："问你个事。"

余邃回头看了 Puppy 一眼："说。"

Puppy 把自己的手机屏幕对着余邃，不是很确定地道："粉丝发我的，让我提醒你小心，但我怎么觉得……"

Puppy 翻过手机，认真地看着屏幕，满脸困惑："虽然有点扯，但我怎么觉得……这可能不是变态粉丝，我越看越觉得这就是……唔。"

余邃把一块面包塞进 Puppy 嘴里："祸从口出，不想被灭口吧？"

Puppy 艰难地将嘴里的面包咽下，一言难尽地往楼上看了一眼，艰难地道："行吧，我继续装死，不过我好心提醒一句，他这号真的要没了。"

Puppy 幸灾乐祸："粉丝以维护你的名义举报给官方了，粉丝跟我说，官方人员已经明确说受理了，八成会给他删号。"

余邃并不着急，闻言点点头："行，知道了。"

Puppy 见没唬住余邃，有点失望，耸耸肩："叫时洛起床啊，今天约了跟 Saint 的练习赛，下午一点钟就开始。"

余邃一怔："Saint？"

昨天半决赛已经输了，这赛季对 Saint 来说也结束了，他们这会儿就是不操心下赛季转会的事，也应该开始放假了，还约练习赛做什么？

Puppy 收起脸上的笑意："天使剑主动找的老乔，承诺在咱们世界赛结束之前，他们会免费给咱们做陪练……咱们血赚啊，去哪儿找实力这么强的陪练团？"

"天使剑还说了，除了咱们，他们战队也会给 NSN 提供世界赛结束前的免费陪练……"Puppy 看向余邃，认真道，"这话有点肉麻，但老乔刚跟我说这事儿的时候，我是真的半天没说出话来。"

"是我在欧洲待了两年，已经习惯纯商业战队了吗？刚才一时半会儿都没反应过来……我问老乔为什么，老乔说天使剑说了，"Puppy 一笑，"本土赛区，一脉骨血。"

余邃沉默片刻："Saint 的新队员是突击手，以后每天打完训练赛，让宸火和时洛跟那个新人说一下他的不足，别纯占人家便宜。"

"懂。"Puppy 点头，"那我拉个群了啊。反正以后总要约了，干脆拉一个和 Saint 还有 NSN 一起的群，行吧？"

余邃点头："成。"

"先说好啊,这可不是咱们自己战队的群了,以后在群里说话,都绷着点,别错频,别当是自己家群。"Puppy一面拉群一面提醒道,"特别是时洛,让他克制克制。"

余邃拿好食盒,轻声道:"知道。"

29

如果说医疗师的隐藏属性是献祭自己成全队友,那狙击手的隐藏属性就是阴,当面一套背后一套,玩得十分熟练。

Puppy不疼不痒地提醒了余邃一句,转头拉群起了和Free战队同样的名字:"相亲相爱一家人。"

狼子野心,简直不能更明显。

不过Puppy也只是想搞搞自家人,看看宸火或是老乔出丑的热闹,可好巧不巧,NSN战队群也是这种放之四海而皆准的"土嗨"名字。

瓦瓦头一个不慎中招。

中午,时洛被余邃叫醒后迷迷糊糊地去刷牙洗脸,匆匆洗漱后在房间里吃早饭。

昨晚睡得晚了点,时洛困得睁不开眼,麻木地往嘴里塞面包,吃三口喝一口牛奶,自己给自己搭配得还蛮好。

余邃边吃饭边玩手机,片刻后不急不缓道:"瓦瓦在八卦你。"

时洛没反应过来,头也不抬闷声问:"什么?"

"也没什么……"余邃看着手机语气如常,"没什么事。"

时洛没往心里去,接着吃自己的,三分钟后把五个面包、一盒沙拉、一瓶牛奶全填进胃里后拿起手机来看了看时间,眼睛微微眯起:"大早上群里说什么呢?"

时洛解锁手机看了一眼群。

【NSN-Awa】:"时哥和余神昨天来看咱们比赛了。"

【NSN-Awa】:"我看见官方拍的照片了,Free战队就他们两个人来了。"

时洛:"……"

时洛飞速点开群成员列表看了一眼,差不多猜出来这群是做什么的了,再退出来看，群里还在聊。

上当的还不止瓦瓦一个。

【NSN-ROD】:"一起看比赛怎么了？咱们队的粉丝还整天说你跟时神关系好呢，是真的吗？"

【NSN-Awa】:"我跟时哥纯兄弟情，但他俩显然兄弟感情更好啊。"

【NSN-Awa】:"我能跟余神比吗？我就是经过时哥生命的一个小小过客，人家余神是时洛的队长。"

余邃还没吃完，他一面看群一面撕面包，忍着笑。

群里还有 NSN 的管理以及 Saint 一大票人，时洛丢不起这个人，私聊了瓦瓦一句让他闭嘴，群里瞬间安静了下来。

"瓦瓦这个缺……"时洛咬牙，"他眼瞎吗？看不出来这是个新群？"

余邃没觉得怎么，一边吃一边轻松地道："说呗，又没说坏话。"

时洛收拾好自己的食盒，皱眉认真地道："说话这么嚣张，这么不小心，再来几句，没准别人就要乱说了！"

余邃欲言又止，心道：再嚣张还能有你小号嚣张吗？再过几天，估计连宸火那个白痴都知道你小号了。

余邃不忍心戳破，看着时洛道："生他气了？"

"不至于。"时洛失笑，"这点儿破事而已，骂了他两句让他闭嘴，没事……我吃好了，去训练室了。"

余邃点点头，时洛拎起外套去了训练室。

时洛刚上机的时候习惯先去自定义服务器热热手，开机上游戏后看见游戏里瓦瓦给他弹了几条消息。

【Awa】:"三跪九叩，时哥对不起，别不回我信息啊，对不起对不起对不起，QAQ。"

【Awa】:"对不起，给你磕头了，哐哐哐。"

时洛本来也没生气，见瓦瓦都追到游戏里来了，回复了他。

【Free-Evil】:"接着磕。"

【NSN-Awa】:"哐哐哐！磕出血了。"

【NSN-Awa】:"我真头一次在背后说你，对不起对不起对不起，哐哐哐……"

【Free-Evil】:"行了。"

【NSN-Awa】:"呼……放心了,吓死我了,超怕你和余神真生气,你俩没生气就行,对不起对不起对不起。"

时洛进入自定义服务器,看了一眼聊天界面,回复瓦瓦:"你还找他道歉了?"

瓦瓦那边回复得很快:"对啊,我同一时间两边道歉,但我没余神好友,没敢加,在群里道歉的,你看得到。"

时洛拿起手机来看了一眼,三战队群里瓦瓦@了余邌磕头道歉,磕了一长串,余邌末了只回了个"没事"。

余邌轻易不动怒,正常反应,时洛上好子弹,瓦瓦那边回复个没完。

【NSN-Awa】:"再磕一次,对不起对不起。"

【NSN-Awa】:"你看余神对别人都淡淡的,真的,就说加好友这事儿,他当时在我们战队那么久,也只有我们队长的好友,对别人都是可有可无的感觉。感觉余神成立了自己的战队后变得不一样了。"

时洛嘴角微微勾起,没再理瓦瓦。

谁也不告诉,憋不住就发个小号,最安全了。

时洛用小号发了一条微博,继续练枪。

有 Saint 这个强力陪练在,当天的练习赛质量是能保证了。Saint 还很有原则,训练赛开始前,天使剑提前在群里发了条消息,承诺说了不会两家看牌,只陪练,关于第三方的战术之类一句话也不会透露给另一方。

余邌、宸火还有 Puppy 这会儿已经到训练室了,Puppy 看了一眼群:"天使剑……应该是信得过的吧?"

宸火坐下来:"反正我信他,能为了自己队友拼成这样的人还不可靠吗?"

"于情我信他。"时洛还在自定义服里,边做模拟训练边道,"于理,Saint 这赛季已彻底出局了,咱们和他们没竞争关系,除非他们疯了,不然没道理卖咱们。"

"不用想这个。"老乔开了自己的电脑,痛快道:"人家一分钱不要帮咱们训练,还有什么可想的?再说也该好好训练了,整天藏着掖着,快憋死了,再不练杀招也快晾废了,练练练。"

周火迷茫地看看众人,迟疑:"你们……这是在说什么?为什么我听不懂?"

"我们……"宸火活动了一下肩膀,神情舒畅,"在判断 Saint 可不可信,现在结论是可信,所以准备好好打两局游戏。"

周火茫然:"你们之前没好好打吗?"

"好好打了，但是有些套路没敢找强队实战。"Puppy 对周火眨了一下眼，"记得之前他们说 Saint 不该提前露太多战术吗？现在轮到我们了。"

周火恍然大悟，忙关了手里的摄像机："好好好，那你们好好练，注意保密，直播啊电话啊什么的都关一关，我也不拍照录像了。"

"知道。"老乔拉房间，"我再跟天使剑说一声，他心里有数的。"

时洛活动了一下手指，退出自定义地图，进了练习赛专用地图。

明天就是半决赛了，练习赛也不能打太久，保持个手感就行，两边只打了五局就散了。游戏结束后，天使剑跟老乔通了个语音通话，游戏内数据老乔这边可以即时删除的，天使剑保证他们那边没任何人录像。

天使剑做事众人放心，老乔将游戏内数据删除干净，众人原地解散。

翌日，Free 不出意外地三比零带走了半决赛对战的以战战队，挺进了决赛。

比赛结束后，周火小心地没让众人在外面吃，自家战队在外面太容易惹事，周火吃太多教训了，赛后不管宸火和 Puppy 如何抱怨，许诺在世界赛后会好好犒劳大家后，周火警惕地把四人好好地带回了基地。

"再过几天就决赛了，忍着，等打完决赛随便你们浪。"

担心外面的饭菜有不新鲜、不对劲的，周火连外卖都不许众人点。回到基地后，周火好生安抚了自家选手一顿："忍，我听说人家 NSN 自打进了季后赛就不让点外卖了，咱们也忍，别临了了掉链子，我跟阿姨说了，多给你们做点你们平时爱吃的，都忍忍啊。"

宸火挖心挠肝地想吃烧烤，被拒绝后捶了沙发几拳鬼哭狼嚎几句抱憾上楼去了，剩下的人摊在客厅等晚饭。

众人也习惯了，从进了季后赛，周火整个人就战战兢兢的，地上有几颗水珠他都要担心哪个选手会不小心踩上去滑倒摔着腿。随着半决赛和决赛的逼近，他们心理素质一般的周经理是越来越神经质，等饭的这一会儿还在自言自语地念叨日常细节，生怕他有什么不小心战队再出什么岔子。

"消停会儿。"老乔看不下去周火这没出息的劲儿，"是不是没赢过？"

周火一言难尽地看了老乔一眼，艰难承认："还真没赢过，我带的战队……真的没在季后赛走这么远过，更别提还有世界赛。"

老乔瞬间就有了优越感，他拍拍周火肩膀："淡定，习惯了就行了，玩玩手机，在网上冲冲浪，别一惊一乍的。"

周火玩手机都很有目的性，他把NSN从经理到教练再到选手全部设置了特别关注，挨个点来点去的时候愣了一下："NSN的狙击手ROD，刚发了条微博。"

时洛抬眸："发了什么？"

"晒了个戒指。"周火仔细看了后一笑，"要不要这么会说话？他说决赛如果赢了就求婚，等到了法定年龄就结婚。输了呢，就只送戒指，求婚欠着，没赢比赛不配求婚。"

老乔笑了："反正戒指买了就必须送呗，也不管人家答不答应，唉……这跟谁说理去？他跟他那个青梅竹马是真的甜。"

周火啧啧："他女朋友转发了，说哭得不行了，唉……给他点个赞，当代电竞好男友。"

时洛出了片刻神，他还记得数月前，ROD因为给恋人过生日被爆破的场景，当时还有不少人说过这下这对怕是要散了，不想人家感情越来越深，战队进了决赛，有了成绩，ROD也扛住了上次铺天盖地的压力，现在秀恩爱秀得光明正大，都要求婚了。

……挺好的。

时洛低头接着玩单机游戏。

时洛在玩难度最大、速度最快模式下的俄罗斯方块，他手速极快，基本没失误，快速打破上次的纪录后正要再开一局，他手机振了一下。

【Whisper】："安心打决赛，别人有的，你都会有。"

30

时洛倚在沙发上，低头看着手机上余邃发给自己的微信，看了足足有三分钟。

一楼等着吃饭的众人都在自己玩自己的，除了余邃，没人会注意时洛，时洛起身走到一楼基地大门旁的落地窗边，背对着余邃，确定余邃看不清自己表情后，才回复了余邃。

【Evil】："队长，我这么多年好不容易练出来的大心脏，最近快养废了。"

时洛按下发送键，抿了抿嘴唇，抬眸看着基地窗外的小花园出神。

时洛说的是真心话。

跟余邃、宸火、Puppy这些久经沙场的选手不能比，三人还没回国时，单纯与同龄人横向比较，时洛的心理素质在本土赛区里是最强的，没有之一。

几个赛季下来，业内给他的评价就是少年老成、宠辱不惊，不易被外界干扰，在十几岁的选手里看算是难得的大心脏选手。

一半是天生，一半是后养，跌跌打打多了，自然更能在各种状况下处变不惊。

但自打余邃回国后，特别是加入Free后，时洛觉得自己越活越回去了。

容易发火，容易着急，容易想东想西，容易被感动，容易患得患失。

时洛最最扛不住的就是这种温柔。

时洛的手机又振了一下。

【Whisper】："这就废了？"

【Whisper】："你只要乐意，我能给得更多。"

时洛看着手机，心中方才那点酸涩一扫而空。

不等他回复，余邃又发了一条消息过来。

【Whisper】："时神，打个商量，我决赛要是赢了，能有点别的吗？"

时洛指尖动了动，隔了一小会儿打字："你想要什么？"

【Whisper】："一份奖励。"

"吃饭了。"周火帮着去厨房端饭，一面收拾一面招呼众人，他看了时洛一眼，皱眉，"你脸怎么了？你不是感冒一直没好吧？"

时洛飞速揉了揉脸，低头含糊道："没，早好了。"

余邃坐到时洛身边，抬手在时洛额上按了一下："不烧。"

"那就好。"周火焦心道，"看你魂不守舍的，自己多注意点，现在是最要紧的时候了，别掉链子，该喝热水就喝热水，该穿秋裤就穿秋裤。"

时洛接过饭碗，瞥了身旁一眼，看着神态自若的余邃磨牙："……知道了。"

被余邃几条微信搅的，时洛一顿饭下来都不知道自己吃了些什么。

战队成立时间也不短了，整天不是训练就是比赛，没场地没时间没精力由着他们多做什么。

好不容易吃完晚饭，时洛第一个去训练室开机训练。

为了装出很认真没受干扰的样子，时洛单排的时候还难得十分敬业地开了一会儿直播。

可好巧不巧，晚上单排第二局他就遇到了余邃，还是在同一边。

时洛担心余邃说出什么不该说的话来，时洛进图后抢在所有人之前在队伍频道刷了七八条"我在直播"。

其他两个队友简直莫名其妙，大家都是高分局选手，谁还没直播过呢，有什么可显摆的？

余邃看到时洛在队聊里的警告后果然没再打字，正常发挥地同时洛打了一局游戏，带飞队友碾压对面，什么也没耽误，但就在游戏结束几人等待自动传送出游戏地图的时候，余邃突然给时洛发了条游戏内好友消息。

【Free-Whisper】："时神，还没给我回复呢，行不行？"

时洛看了眼好友信息，键盘上的手指被烫似的颤了一下。

时洛没回复余邃，他直播间里一群单纯的粉丝还刷弹幕同时洛说，余邃给他发消息了。

时洛咬牙侧身越过显示器看了一眼，余邃根本没在等回复，他已经排进新的一局游戏了。

直播间里，时洛萌萌的粉丝还在好心提醒时洛让他回消息，还有好奇地问什么行不行的。时洛深呼吸了一下，心里很想跟大家摊牌说，你们余神没事，他就是单纯地找事。

时洛没再直接排，他拿起手机来给余邃回信息。

【Evil】："行。"

余邃那边新的一局游戏已经开始了，余邃扫了一眼，见是时洛发的消息，一边单手操作，一边拿起手机来解锁细看，边玩游戏边看清时洛的回复后，余邃淡淡地笑了一下，放下手机继续。

时洛清了清嗓子，接着排自己的。

但后面整整一晚上，时洛只要不在游戏里就会不受控制地想东想西。

什么叫决赛赢了的话，要一份奖励？

那要是输了呢？

就没事了？

为什么需要赢？

万一输给了NSN呢？

他这到底是想要奖励，还是逼自己在决赛里不能有失误，必须疯狂Carry

（指电子游戏里的伤害输出）赢下比赛？

本来就是一些小事，为什么要加这么一个前提？

游戏里，时洛一梭子子弹下去，莫名其妙地有点气急败坏。

当天结束比赛后，时洛去找了余邃。

余邃说："我以为你回宿舍就睡了……你不困吗？一晚上就你中间没休息，水都没喝一口，打的时间最长。"

时洛脸上没什么好气，顿了一下，硬邦邦地闷声反问道："这个形势下，我还敢偷懒吗？"

余邃没听出时洛的弦外之音，撩起眼皮来轻声道："不用紧张，打过一次世界赛后就有经验了，其实就那么回事。"

时洛一脸苦大仇深地咬了咬牙，耿耿于怀道："性质变了，这已经不是单纯世界赛的事了……"

31

决赛当天，两队一大早就抵达了决赛场馆。

同往常常规赛不同，决赛前一天两队队员已经来场馆踩过点并彩排过了，场馆不会换给别人用，队员们的备用外设也早在前一天就放在场馆并调试过了，各自的休息室也早在几天前就贴好了战队的标志，比起常规赛和半决赛，整体配置提高了不知几个档次。

也许是受 Saint 战队全员舍身成仁的影响，也许是因为 NSN 和 Free 俩战队队员之间关系一直较亲密，也许是不想在出征世界赛之前给俩战队过多压力，这赛季的决赛火药味并不强烈，少了往常决赛前两队粉丝你死我活的架势。不管是普通玩家还是两队粉丝，大多数人赛前的态度十分温和。往常观众入场后但比赛还没开始时，两边战队的粉丝总会相互飙口号比加油声大小，这次这个呛声环节也没了，在 NSN 粉丝喊了几声加油后，Free 粉丝没仗着自己人多喊更大声压回去，跟着喊了几句加油就停了。

"今天余邃的女朋友们和时洛的姐姐们都好温柔啊。"游戏赛区的裁判助理正好来 Free 休息室找周火签字，听着外面粉丝们喊了几声就停了，意外地道，"NSN 家粉丝敢先喊加油，放在平时这能忍？什么时候脾气这么好了？"

周火在经理负责的页面依次签名，得便宜卖乖，笑笑："我们家粉丝脾气一直特别好，从不玩呛声那一套。"

那个助理耸耸肩，看了一眼不远处正在一起看教练笔记的余邃和时洛，小声跟周火嘀咕："现在与世无争了？之前跟野牛打常规赛的时候，你们粉丝把人家粉丝压得我们都没法收音，收的全是你们战队的声音。"

周火心道：那是有旧仇的，能一样吗？

周火把要签的都签好，笑笑："给你们少添点麻烦还不好？"

"当然好，不过等到了世界赛阶段，可以多给我们找点麻烦。"裁判助理眨眼一笑，"国外赛区的粉丝超级能嘘人搞心态，到时候别被他们欺负。"

"必然。"

周火送走裁判助理，走到正在闭目养神的几个选手面前："怎么样？没什么问题吧？"

"能有什么问题？"宸火一脸轻松，无奈道，"别嫌我们不够紧张，NSN更不紧张吧？昨天晚上瓦瓦那个小兔崽子还联系过我，问我打完比赛要不要一起吃饭以及我们吃什么。我服了，老顾都不管的吗？要比赛的好吧！弄得这么合家欢是什么意思？"

"真的，我这些年头一次打火药味这么淡的决赛，跟对方战队一点儿过节都没有就算了，彼此关系还特别好。"Puppy扫了时洛一眼，啧啧，"不懂瓦瓦这么自来熟是为什么哦，好像我们战队是他半个家似的。"

时洛表情一僵，装作没听懂Puppy的话，拿过老乔的教练笔记低头来翻。

"瞎扯什么呢？"老乔最看不惯队里大的欺负小的，推了Puppy的头一下，不让他搞时洛心态，"和谐还不好？不是给你们的压力更小了？哪有什么稳胜的局？赛前真你死我活地放狠话，咱们回头输了多难看你不清楚？"

Puppy嘲讽一笑："输？"

"别狂，照着常规赛的经验打就行了。"老乔匆匆带过这个话题，转而看向宸火："你答应瓦瓦了吗？"

"没啊，我咋答应？余邃不是订了杭市的酒店吗？"宸火无辜道，"不是说了打完比赛转过天来就去过假期吗？"

老乔并不知情，扭头看向余邃："你订酒店了？订了几天？"

"三天。"余邃面色自然，"去杭市高铁不到一个小时，不至于不同意吧？"

"同意不同意的你提前说一声啊。"老乔皱眉，"哪天订的？跟谁商量了？！虽然决赛后是有假期，可你……"

周火小声提醒："九千一晚的别墅套房，你之前提到过的，一直想住的那家酒店，古色古香的，特符合你这种老年人审美的。"

"可你、可你……"老乔的火气瞬间下了一半，立场不太坚定道，"那也不能不跟我商量，本来还可以再约一下练习赛的，你这……"

周火再次小声提醒："全程其他消费战队也报销。"

"全部报销的话……那什么……"老乔声音越来越低，"咳……休息一下也不是不行。"

宸火和 Puppy 闷笑不止。

"好好的怎么想到去杭市玩了？这里待腻了？装不下你了？"老乔还是不明白，"虽然我也想去待几天吧……"

余邃表情轻松："怕你们在基地待烦了，前几天跟周火商量过的，决赛结束后工作人员全部带薪休假，队员去度假。"

"倒也行。"老乔越想越心动，但还是忍着高兴皱眉道，"比赛还没打完呢，想这么多！收收心，还有半小时上场，要不看看笔记，要不闭眼眯一会儿，别光想着玩，输了玩哪有赢了玩痛快？"

"这话说得对。"宸火坐直身子，从时洛手里抢过老乔的笔记本翻了起来，"还是赢了好点……"

Puppy 倚着宸火看笔记，时洛见没人注意自己，拿起手机来搜那边的酒店。

余邃坐在时洛身边，一眼看见时洛在查什么，低声道："看什么呢？"

时洛迅速收起手机，左右看看，装作没听到。

余邃在时洛头上揉了一把："放松点，就你紧张。"

时洛紧抿着嘴唇没说话，心道：废话，你们一心全在世界赛上，只有我还在担心我的赌约。

半小时很快过去了，Free 众人起身，周火挨个拍拍众人的肩膀："正常发挥就好，别紧张别松懈，输了一样能去世界赛，但赢了算是我们这一赛季的赛区答卷圆满了，加油。"

众人依次出了训练室，在工作人员的引导下走到前台。

决赛场地比半决赛的大了十倍不止，还没出后台，Free 几人就听到了粉丝们山呼海啸的欢呼声，宸火轻轻跳了两下，笑道："来了来了来了……兴奋起来了。"

战队介绍结束后，两边战队进了各自的玻璃房，查看外设无误后，余邃跟裁判做了最后的确认，比赛正式开始。

第一局比赛开始。

等倒计时的时候，宸火咂舌："真的要欺负瓦瓦吗？讲真的，我不太懂，瓦瓦跟时洛是好兄弟吧？也算是余邃你半个徒弟吧？你们平时对他挺好的啊，怎么真到了比赛一点儿情面都不讲？"

时洛冷冷道："高看我了，我曾经一局比赛里杀了瓦瓦十三次。"

"我们就是不专门针对他，他看见余邃也怕，不如拿他当突破口了。"Puppy悠悠道，"跟 Saint 打的那场，小瓦瓦太狂了，之前还跟咱们藏着掖着的，不欺负一下手痒痒。"

"不对啊。"宸火突然意识到什么，皱眉，"每次赛前咱们不都是搞自己人心态吗？为什么今天开始聊瓦瓦？你们没人想攻击一下我吗？"

"贱呢？满足你。"余邃调整了一下麦克风，淡淡道，"赛前游戏内两方战队胜率投票预测，咱们和 NSN 持平。"

余邃话音未落，Free 队内语音传出了宸火和 Puppy 的几声笑。

监听 Free 队内语音的裁判意外地看了几人一眼，想不明白这有什么好笑的，也没想明白为什么胜率持平就是打击己方心态了。

"持平……"Puppy 轻轻点头，"行，来吧。"

倒计时结束，两队冲出己方转生石。

Free 依旧是他们一贯的常规打法，余邃和宸火攻正面，时洛走边，Puppy 压后。

NSN 原本前排三人也是分开的，但在刚碰头发现 Free 这边只有两人后忙叫了另一走边突击手信然过来帮忙三打二，想着在开局吃掉余邃、宸火两人。

后排 Puppy 不紧不慢地提醒道："我看见西边灌木丛动了一下，信然过去了。"

时洛已经飞速抢先连下了两个净化皿，闻言道："我过去？"

余邃道："不用。"

余邃话音未落，电光石火之间已经削掉了瓦瓦大半管血，宸火跟着补枪收掉瓦瓦，随后一串连发收掉顾乾，后面来的信然这会儿要撤已经来不及，拼着想要一换一拿掉余邃人头时却被远处的 Puppy 一枪拿掉了人头。

Free 队内语音里余邃轻轻"啧"了一声。

开场三个人头,余邃一个也没吃到。

"这不怪我。"Puppy 换子弹,"你俩在前面挡着,根本没给我角度,我其实是想吓唬他一下,逼他往你们那边走位的,没想到小信然慌了,都没走位,直接被我收了。真的,余邃,怪你自己,你那个靠侧踢做的旋杀多久没用了?你为什么要用在我瓦身上?"

余邃退后给自己补状态:"心理战,打击一下士气。"

"收着点收着点,不然下台老乔要炸了。"宸火这么说着,贴着毒放下净化皿,都不后退找掩体等净化皿生效,往旁边两步又放了一个,"我赌 ROD 不敢狙我。"

前排三个人都灭了,ROD 是不想提前暴露位置的,前面全是雾,他也狙不中人,只能眼睁睁看着宸火和时洛两路开花。

Free 一个漂亮的二对三开了个好局,人少打人多还能将对方团灭是最打击士气的,为了避免俩突击手资源消耗不均的问题,打完第一拨后,余邃让时洛和宸火调换了位置。

平时那么多场双排,经过一赛季的磨合,时洛同余邃在正面突进的配合已经炉火纯青。对面 ROD 看 Free 这边俩突击手换位置了忙报点,顾乾想卡他们换位置彼此脱节的时候包夹一拨,但不想刚摸到前排就被时洛抓到了位置,一梭子子弹下去,时洛收掉了信然和瓦瓦,顾乾极限退守躲回了掩体。

余邃指挥的语速很快:"不用动,你放净化皿,我给你补状态,宸火走你自己的,放五个净化后,不管有人没人管,你都来跟时洛换位置。"

"OK,"宸火点头,"时洛,算咱俩资源消耗吧?"

"算了。"时洛卡着位置放净化皿,"你比我消耗得多。"

"哎哟,小崽子……我……"宸火失笑,"我比你多打掉一个人行不行?"

"闭嘴。"Puppy 提醒道,"他们去包你了,火。"

宸火毫不恋战,忙后撤,看了一眼自己的战斗数据:刚放了五个净化皿。

宸火一笑:"余邃,你就卡着他们复活时间算的?你就猜到他们要抓落单了?"

"前期正面已经被打崩了,不抓落单怎么玩?"Puppy 始终未暴露位置,他不用走位,不断开镜看两边情况,忍不住感叹道,"不过还是要夸一句……余神就是余神，玩这些阴的就是在行，算时间是真的准。"

"当你是夸我了。"余邃问 Puppy 道，"他们清地图边缘的毒了吗？"

Puppy 等了片刻，确认道："宸火走后，他们开始清理了，包吗？"

"不包。"余邃快速道，"他们清得没我们快，继续。"

宸火同两人会合，两个突击手一起放净化皿，逼得 NSN 不得不回正面防守。余邃等的就是这个，没等顾乾几人站稳，先拿着瓦瓦开刀，三人迅速解决掉了瓦瓦，正面地图已经被 Free 占领优势，这次他们没给 NSN 俩突击手后退的机会，以牺牲掉宸火作为代价再次灭掉了 NSN 前排三人。

"ROD 打的你，这没办法。"Puppy 道，"不过我知道他位置了，我盲狙他几枪，他不敢露头了，你们清你们的。"

待 NSN 前排再次复活赶到地图正面来时，Free 已攻城略地，NSN 从开场就被打穿了，全程几乎没有反手之力，又勉强支撑了十五分钟后，NSN 全线溃败，Free 拿下了第一局比赛的胜利，单局耗时不到二十分钟。

一局游戏结束，粉丝和解说员一时间都有点反应不过来。

比赛的解说员甲摇头："这局打得太快了，众所周知，常规赛时期，Free 打 NSN 和 Saint 这些强队似乎……还没这么绝对碾压的。"

解说员乙犹豫道："Free 其实也没拿出什么新战术来，就是整体更凶了，应该是发挥得比较好，NSN 这边前期失误也是蛮明显的。"

解说员甲点头："也许是临场超常发挥了，也许是 NSN 失误了，但也许……是我们之前对 Free 的期待还是不够高。"

"有些战队就是这样，遇强则强。"解说员甲轻叹，"我更偏向于是我们对他们期待不够，Free 平时常规赛似乎不愿意施展拳脚，但一队仨冠军选手，那是跟你开玩笑的吗？"

32

BO5 比赛里开门红至关重要，先拿下了一局，后台 Free 休息室内众人表情较赛前轻松了些，特别是周火，他不再死盯直播屏，还能分心敦促着美工快点把输赢两版官宣海报发过来，叮嘱文案编辑早点把两版官宣文案写好备用。

"没想到打这么快。"周火一边联系文案一边疑惑道，"你们之前的意思不是藏着点吗？怎么了？不藏了？第一局就尽全力了？"

老乔擦了擦汗，摇摇头："就是不想现在就拼尽全力，所以才要打得快。"

"内战"不想暴露太多又不想输，马上要迎接的世界赛"外战"也不想耽误，在其中找一个平衡点实在太难。Free 所有的战术安排是教练组和数据分析组共同的决定，季后赛的一切安排说是在走钢丝也不为过。老乔身为教练组一把手压力最大，看方才比赛的时候汗一层接着一层地出。老乔把纸巾叠好捏在手里备用："没那么得心应手的，拖得越久，暴露得越多，国内外多少战队在死盯着咱们呢，哪敢跟 Saint 似的每局爽过了就行了，咱们得往后看的。"

周火拿了一瓶矿泉水给老乔："放松点，他们几个压力都没你大。"

"压力哪有什么大小？都一样大。"老乔喝了几口水，紧盯着转播屏，"不过是看谁心脏更大，谁更能抗压罢了。咱们选手都还行，下局看 NSN 那边吧，瓦瓦上局被小针对了一下，下局操作不知道会不会受影响。"

说话间，第二局比赛开始。

"虽然有点羞于启齿。"等倒计时的时候，宸火搓了搓手，念念叨叨，"我和瓦瓦也是有粉丝的，还不少，这局再针对他的话，我估计粉丝要来骂我不是人了……唉，凭什么呢？针对他是你们的意思，回头背锅的大概率是我。"

"醒醒，时洛和瓦瓦显然人气更高行吧。"Puppy 悠悠泼凉水，"而且没关系吧？咱们战队一贯不都是越喜欢谁越虐谁吗？你看咱们余神，在粉丝视角里，余邀当年对洛洛算是虐到家了吧？人家粉丝一样觉得可以接受。"

时洛皱眉："别恶心。"

倒计时结束，几人神色认真了起来。

上一局开场就被针对了，NSN 这一局躲在己方雾里不率先清毒，一动不动，预备着打 Free 这边的埋伏。

Puppy 在后排什么也看不到，提醒道："整条交界线前后全部没动静，他们蹲你们呢，他们……这是去哪儿蹲了……"

反蹲不是蹲在地图中心准备"刚"一拨三对三就是去地图边缘三抓一。NSN 躲得很好，Puppy 什么都看不见，全靠猜，一时说不准："他们这是在中间阴着还是去边儿上等着三抓一了？你们是抱团还是分开？"

相较于在地图中央硬"刚"，去边缘抓落单作为开场风险要小很多，自然，团队受益也要小很多，中间大好地图拱手让人，自己只能清理清理边缘毒，并不合算。

一般是在一个队员实在不敢"刚"正面的时候才会以此为开局，Puppy 会犹豫只是因为他猜测瓦瓦受上局影响，不太敢正面和余邃碰了。

"他们还是在正面抱团，信我。"时洛低声道，"瓦瓦的心态现在没那么容易崩了，他们还是要打咱们正面的。"

地图边缘一点儿动静都没，Puppy 这个后排的眼睛十分难受，他咂了一声："你确定吗……"

"确定。"余邃道，"还是打快攻，不跟他们耗，时洛去地图边线偷，宸火放净化皿。"

几人听从余邃指挥，宸火率先放下净化皿，不出时洛所料，开局两分钟一动未动的 NSN 前排三人等的就是这一刻。净化皿起效需要几秒钟，清的是 NSN 方的雾，在这极限的几秒里，视野上 NSN 占据优势。宸火净化皿刚放下，顾乾卡在他起身的一个动作里直接开枪，宸火迅速起身边后退边开枪，Free 二对三且被抢了先手，再硬"刚"就不明智了，宸火扫了十来发子弹压制了 NSN 一下，迅速同余邃退回掩体内。

宸火比对面先碎了一个初始光子盾，小亏了点，但地图左侧时洛已经成功连放了三个净化皿，在被 NSN 狙击手 ROD 扫了一枪腿后也成功撤退。Free 开局已经比 NSN 率先多放了四个净化皿，整体还是占了优势。

"还真被你们猜对了。"宸火咂舌，"瓦瓦挺刚啊，还是想跟咱们拼正面。"

时洛已暴露了位置，不能继续清毒，自动回来找余邃补血，低声道："跟你说了别小看他。"

说话间，NSN 这边趁着 Free 俩突击手补状态，迅速连放了四个净化皿。Puppy 看不见位置，预判性地开了两枪压制了一下，并没打中。Free 要打快攻，不准备玩你来我往休养生息的套路，这边时洛血条没满，三人已冲了出去，直接撑脸开战。瓦瓦再次率先被打掉，但他在死前给顾乾刚刚被打掉的血补足了，顾乾这边靠着血线优势收掉了宸火，又将时洛打成了残血，时洛正同信然对冲，被顾乾多扫了两枪后同信然极限一换一，在死前扫掉了信然，随后顶着一丝血皮的顾乾被余邃收掉，两边三对三后只剩余邃一人。

"对面今天好猛。"Puppy 咂舌，"走位也漂亮，完全不给我一点儿狙的机会。"

"复活直接过来抢毒，先放净化皿再找我套盾。"余邃语速飞快，"两个人头都算给老顾了，没给信然，咱们占个小优，借着这拨提前清毒快点拉开优势。"

NSN 那边显然也很清楚 Free 占据主动后攻城略地的速度，在复活第一时间补好状态再次冲了正面。

时洛放下净化皿后成功退后同余邃会合，宸火动作只慢了半秒，被 ROD 狙中了手臂，丝血保住了一条命。

"上一局已经够快了，没想到这局节奏能更凶。"解说员甲诧异道，"两边都咬死了对方，拼了命也不想让对方拿到更大优势，势要在强攻下保住正面战场。虽然 Free 目前占据优势，但不得不说 NSN 这也是练兵了啊，瓦瓦面对余邃没再像往常一样有怯意了，不但没受上一局影响，操作还越来越老练了，刚才这几拨完全不害怕了啊，打就打，大家都是医疗师，我可能还是不如你，但我不怕你了！"

"是的，其实一般医疗师面对余邃多多少少会有点紧张，瓦瓦克服了这一点。"解说员乙点头，"不过……说实话，我感觉始终拼正面还是危险，虽然 NSN 处理得已经很好了，但每次正面对冲还是 Free 会拿下或多或少的优势，现在还不是非常明显，但再来几拨以后就不好说了，Free 的这个前排三人组还是太硬了。"

解说话音未落，两边在正面又碰头了。中央地图已被两队相互清理出了一片宽敞的区域，两方狙击手有了足够大的视野，双双加入战局，比赛正式进入四对四阶段，火力再次升级。前期两队相互牵制，几乎都没能在地图边缘偷偷清到什么，两队前期所有净化皿几乎全放在了地图中心，这会儿不想拼正面也要拼正面了，真要再走地图边缘玩套路，剩余的经济已不足以支撑游戏最后的对冲。

解说员甲无奈笑笑："刚才是想'刚'，现在是不得不'刚'，但我想说，真跟 Free 这几个人拼硬实力的话……还是有点难的，至少在国内，目前还没哪支战队在正面拼得过 Free。"

在持续了八分钟的正面对冲后，Free 拿下比赛。

"他们是在找攻克咱们正面的办法，也是在练瓦瓦。"第二局比赛结束后，Free 休息室里老乔表情终于也放松了些，同几个选手一笑道，"也可能是不服，就是要跟你们的前排比画比画，都是前排三人组，怎么就不能冲你们了？"

"能冲啊，谁说不能冲了？"宸火揉揉肩膀，挑眉，"但就是没冲过，啧……"

"收着点。"老乔敲了敲宸火的肩膀，"刚才丢人头最多的就是你，失误还是多，赛后好好复盘一下。"

上一局里替宸火收拾了两次烂摊子的时洛抬眸冷冷道："神经刀。"

"知道……"宸火无奈道，"是你们要求太高了好不好？让我们打这种快速局，还是连着两局，我一个突击手，注意力不可能一直这么集中的……呃，好吧，时洛做到了，但他才几岁？我年轻的时候……"

"也会神经刀。"余邃懒懒道，"专注度天生不是顶尖的就承认吧，你对拼的时候确实没时洛稳，是个人就能看出来，不丢人。"

"怪我怪我们，压榨你们太多了。"老乔自己也清楚自家的战术有多考验选手耐性，"熬，接着熬……这么久都熬过来了，不缺这一会儿了好吧？那啥……周经理呢？赛后奖励有啥？提前安抚一下民心。"

"奖金就不说了。"周火终于能插嘴了，忙殷勤地道，"这赛季结束，训练室全部设备更新，每台主机十万起步，随便你们自己配，你们自己报各组件型号，想组什么战舰配置都给你们弄来。"

"还有还有。"周火又匆匆道，"今天比赛后本来有三天假期的，考虑去了杭市回来就要训练，太辛苦，再加一天假期，这次比赛后破个例，一共给四天假期。"

老乔本能地想反驳，想了一下也心软了，点头勉强道："行……也行吧，连着几个月就那天下雨给过半天假期，多给一天就多给一天吧。"

外面裁判在催了，几人起身，周火担心自己奖励给得不够，还不放心地挨个儿嘱咐："还有惊喜还有惊喜啊，宸火，下赛季你小老婆的皮肤全部可以买，战队全报销的……Puppy，下赛季给你申请个更厉害的直播合同，天天直播，再不升级合同，我都忍不了……好了好了，大家加油！"

时洛脚步一停，扭头皱眉道："我的惊喜呢？余邃的呢？"

周火一愣，哑然："余邃用得着我给他反过来送惊喜？战队都是他的，至于你……你那些爱好……说出去不好听吧？"

跟Free战队的裁判死死憋着笑，低声催促："选手可以上场了。"

时洛不满地揉了揉脖子继续往前走，进玻璃房时，余邃在时洛身后走过，在时洛耳畔低声飞速说了一句话。

时洛愣了一下，倏然扭头看向余邃。

余邃已坐到了自己位置上，表情如常地戴上耳机，试过队内语音后示意裁判OK，接过裁判递给他的队长确认书签字。

时洛坐在自己位置上，喉结微微动了一下，后知后觉地明白过来。

33

Free 先拿下两局，比赛到了这会儿 NSN 想要翻盘已经很难了。BO5 赛场上让二追三拿下比赛的不是没有，但在实力确实有些差距的情况下这个概率约等于零，硬实力对拼的赛场上没法寄希望于奇迹。NSN 四人自然也清楚这一点，但第三局比赛开始前 NSN 几人并没黑着脸，反而全员一直在讨论什么。

"对面说啥呢？"宸火看看 NSN 方向，皱眉，"是不是在琢磨什么套路？他们怎么都喜欢针对咱们研究套路？"

"这赛季从建队开始就被好多战队当成对手了，被针对不正常？"Puppy 抬头看了一眼，"见招拆招呗。"

时洛摘了耳机，整理了一下头发，调整了一下情绪，重新戴上耳机："还有三局呢，拿着三个赛点，怕什么？"

"我就是好奇他们讨论个没完是说什么呢。"宸火扭着脖子盯着对面，"还在讨论……信然还笑了一下，哇，他这一笑我咋有点慌呢。"

余邃看着自己电脑屏幕，淡淡道："出息。"

时洛刚要说话，外面导播插了一段赛前的采访。

国际惯例，这个时候一般放的都是对劣势一方的采访。

比赛巨幕中，导播放出了瓦瓦的单人采访。

镜头下，瓦瓦坐得端端正正的，慢慢道："之前没太敢多想和 Free 决赛的事，因为半决赛是跟 Saint 打嘛，上赛季的冠军队，我们其实压力很大的，担心输了半决赛，世界赛就彻底没了，更不可能有决赛了，所以很紧张。而且我主要的打法和天使剑很像，又不如他厉害，挺担心的，担心自己会拖后腿。

"之前很大精力都用在针对 Saint 了，赢了比赛我们挺高兴的。对战 Free 心理压力稍微小一点，因为知道能去世界赛了，压力稍微小了一点。

"输赢不好说，毕竟那是 Free，对面医疗师还是余神，他们前排作战能力太强了，确实是很难。"

"主要针对 Free 做的套路会少一点，这没办法呀。"瓦瓦抓了抓脖子，笑道，"半决赛没打的时候，肯定不会去做针对 Free 的计划啊，也太飘了吧，我们起先根本不敢做打赢 Saint 的打算，不过既然进了决赛，我们肯定会全力以赴的。"

瓦瓦看向镜头，认真道："我确实不如 Whisper，之前也很怕和他对上，害怕和 Whisper 打正面，但是我们 NSN 盛产突击手，打正面是我们战队的强项，我不能怕，我相信我的队长和信然。"

小采访视频结束，宸火失笑："恶人又让咱们做了，刚说了打正面是他们的强项，上局死磕咱们正面就被咱们锤了。"

第三局比赛倒计时开始了，Puppy 摇摇头道："这局应该不会打正面了吧？"

时洛沉默了一下，没说话。

NSN 没时间做太多针对性套路，但可以照搬点儿以前玩过的花样，虽然希望也不大就是了。

倒计时结束，比赛正式开始。

"就还是以不变应万变呗？"Puppy 在后方问道，"还是时洛偷边儿？"

余邃点头："一切照旧。"

时洛闻言自己去地图边缘了，余邃同宸火摸中间，还没走到地图交界处，余邃就听到了脚步声。

余邃嘴角微微勾起："今天大家都不玩花里胡哨了，就是要'刚'到底了？"

连败两局的 NSN 没被打崩心态也没退意，既然没准备什么十拿九稳的套路，那就拼硬实力了，NSN 似乎一点儿也不怕对手攻破自己最擅长的正面突进，就是要再比画一局。

"时洛放一个净化就回来。"

余邃话音未落，已经被顾乾突脸，余邃飞速闪过，在盾碎之前给了顾乾一刀，两人光子盾同时碎掉。宸火、信然同时开枪，两边二对三直接打了起来。余邃吃了顾乾两子弹后退到宸火身后，余邃在前面承受了所有火力，宸火这会儿还是完好状态，一梭子下去补掉了已没了盾的顾乾，破了瓦瓦的盾同时被信然补掉，时洛这会儿已经回到地图中间，他补上了宸火的位置收掉了信然，瓦瓦卖了信然退回掩体内补血。两边第一拨交锋，Free 一换二。

"又是一开场就拼了？"宸火几乎有点气急败坏，"看哪边先熬死突击手呗？我刚刚差一点就收了信然！"

"死人闭嘴。"时洛没找余邃补状态，抓紧这一点儿时间先放了两个净化皿扩大这一拨打下的优势，而后退回余邃身边，"他们就是想跟咱们死熬了，正面无限对冲，看谁家正面失误少，这其实也算是个套路，就是杀敌一万自损八千……"

时洛话音未落，顾乾已经第一个复活了。他知道 Free 这边只有余邃、时洛两人，也猜到了时洛在补状态，顾乾抓着这一点儿时间，富贵险中求，不找瓦瓦补盾，一连在地图交界处放了三个净化皿。Puppy 扫了他一枪，但只打中了顾乾的腿，顾乾迅速后退，再次争取到了一点地图上的优势。

场外解说员看着这开场血拼的两队惊叹："顾乾很清楚 Free 这会儿是没法控制地图交界线的，他明明可以去边缘偷偷清一点毒，但 NSN 选择不！他就是要抢 Free 正面的地图！"

"也许是最坏的决定，也许是最好的决定。"另一解说员赞叹道，"瓦瓦刚才也说了，他们之前并不敢计划决赛的事，对 Free 的战术储备不足。当然我们看了前两局比赛后就不得不承认，任何战队对 Free 这种战队都没法说有十拿九稳的战术储备，既然如此，已经第三局了，富贵险中求，NSN 决定还是要冲一拨正面证明一下自己，我们擅长的就是正面，为什么要去边边角角上偷图？我们就是要试一试！上一局游戏场景重现，NSN 决定再试一次，而且要比上一局强度更大！"

其实两边都选择正面清毒的话，游戏是最好看的。地图中心，这已经不是偷了，这就是彼此在对方脸上明抢，需要两边不断交火，我灭了你我抢你的地图，你灭了你我抢我的地图。若两边各有伤亡，则要分秒必争，卡在对方没有全员复活休整状态的时候继续抢先放净化皿，比的就是一个手快。

"顾乾他放了三个！三个啊！！"队内语音里宸火怒道，"我们只放了两个！时洛！为什么？凭什么？愣着做什么啊？都被人欺负了，打他们啊！"

不用宸火嚷嚷，时洛也要反抢了，NSN 这把的节奏太快，不注意的话是真的会输，时洛精神高度集中，没什么废话，眼睛紧紧盯着显示器，待状态补足后时洛侧身躲入另一边掩体内，同余邃、宸火和对面成三角阵，宸火怒道："打这种快攻不能停，稍微一停地图就被他们吃完了！"

"闭嘴。"余邃没自家俩突击手那么紧张，他神色如常，精神专注，眼前浓雾一片，只能凭听力判断对方位置，不到两秒，余邃道，"时洛，左手边。"

余邃话没说完，时洛已经开枪了，浓雾中顾乾、信然同时回击，余邃这次没走前排，他借着宸火在交战前放下的一个净化皿，悄无声息地摸到了瓦瓦身后解决掉了瓦瓦。前排二对二的几人里，时洛一换二去复活，NSN 前排三人全灭，但 Free 侵入过深被 ROD 瞄准了走位，宸火被打成了丝血。

时洛等复活时间，宸火等不及补充状态，让余邃给自己补了点血忙扑到了交界线继续放净化皿，这次他一连串放了四个，在被 ROD 又扫中了肩膀打成丝血后才一个侧滚退回掩体，放弃了继续清毒。

宸火必须好好补充状态了，但刚刚套好盾，NSN 三个前排又又又来了。

"时洛没盾，跟我。"余邃指挥的语速飞快，"还是打夹击，宸火去前面卖，时洛状态不如他们，不能硬冲。"

时洛刚刚复活过来，宸火不想卖也得卖了。打正面就是这样，你慢，对面不会慢，你敢躲在掩体后守一拨，对面就敢在这会儿放下十个净化皿。宸火起身扫射，给时洛争取了点时间后和时洛一同突对面脸。地图被清理得越来越多，两边狙击手发挥空间开始增大，待正式进入四对四环节后几乎全程在打，Puppy 也难得被激起火来了，反正一直开枪早就暴露自己位置了，他索性不断狙人，有没有视野都要试试，打空不亏，打中血赚！

两边谁也不肯给对面哪怕一秒的时间，两边突击手都是越打手越热，时洛脖颈都有些红了，他手速越来越快，跟顾乾、信然较上劲了，宸火一边飞速跟进，一边崩溃大叫："还要打世界赛的好不好？把两边突击手都玩死了对大家有什么好处？我大脑要过热了，哎哟，打打打！信然又放净化皿了！"

时洛也杀红了眼，见信然逼近自己放了净化皿，直接冲了过去，先直接撞在信然身上打断他放净化皿，随即扫了瓦瓦两枪，以自己为掩体让余邃避开 ROD 的弹道，余邃一匕首结果了信然，染血的白色医疗服一闪而过，直接冲着 NSN 家后排的 ROD 而去。

狙击手每开一枪就要再上一枚子弹，中间的时间里就是块任人宰割的肉，余邃单挑最喜欢找狙击手下手。两边毒已经清理得差不多了，这局打到这会儿余邃也稍稍有点血热了，他不想再耽误时间错失优势，率先冲后排，在 ROD 还没反应过来时潜了过去，在 ROD 惶然发现自己准备开镜狙自己时一个走位躲掉，而后在 ROD 换弹时一匕首结果了 ROD。

"Puppy 到前面来，他们狙击手没了。"余邃给自己换好盾，"收割。"

Puppy 同时洛、宸火一起压到 NSN 家地图腹地，Puppy 步步为营，近距离配合着时洛和宸火，四人突飞猛进，在又打退了 NSN 两拨后，破了 NSN 的转生石。

同一时刻，Free 战队所在的玻璃房外散落漫天金雨，火花四射。

时洛擦了擦额上的汗珠，看了一眼时间——

这局居然只打了十八分钟而已。

"再来几拨真的扛不住了，我真要被打吐了……"宸火深呼吸了一下，"我承认了，NSN正面是真的强，我服了，真的……这局他们不是没机会的。"

另一玻璃房内，NSN几人虽败犹荣，并不沮丧，最后一局两边打得都很漂亮，NSN几人在短暂的出神后笑着遥遥向Free示意，恭喜Free拿下了比赛。

"呼……爽！最后一局是我这赛季打得最舒服的一局了。"Puppy使劲儿拍了拍桌子，一笑，"就是可惜，ROD要延后求婚了。"

余邃推开键盘，揉了一下脖颈："他不输，我这边一个赌约就要没了。"

时洛整个人还沉浸在最后一局比赛肾上腺素飙升的紧张兴奋中，闻言愣了一下才反应过来，轻轻弹了一下自己的麦，示意余邃玻璃隔音房还没开，队内语音还在监控中。

余邃偏头看时洛，恍若未察觉，眼眸黑亮："时神，我赛前怎么答应你的？"

时洛忙咳了一声，眼神示意余邃注意语音监控。

余邃毫不避嫌，也不摘耳机，反而调整了一下自己的麦，堂堂正正地对着自己耳机上的麦克风问道："问你呢，哥骗你了吗？别人有的，你是不是都有了？"

时洛愣了一下，随之嘴角一点点挑起，片刻后对着自己的麦道："没……没骗我。"

别人有的，我都有了。

我都清楚。

34

决赛结束，难得地，整个赛区都挺满意。

NSN的粉丝在NSN被连下两局后已经看出了两支战队的差距，心态在第三局之前已调整好。NSN早拿下了世界赛门票，决赛输赢都不会影响他们这赛季的征程，提前接受点挫折让队员在世界赛之前总结一下经验教训未尝不是好事。粉丝本着输了不亏、赢了血赚的想法迎接Free的赛点局，不想收获了本赛季最激烈精彩的一局比赛，完全是意外之喜。最最难得的是NSN到了第三局仍没丝毫怯意，瓦瓦算是彻底破除了自己的心结，NSN根本不怕对手击破自己最擅长的正面作战，一路"刚"到了最后，虽败犹荣。

Free的粉丝就更不用说了，俱乐部建队第一年拿下了赛区冠军，这件事本身已破了纪录。冠军有了，四个队员一个比一个强力，传奇选手再创传奇，粉丝们与有荣焉，第三局游戏里Free全员的高光操作被粉丝截取动图在各大社交网站上疯传，粉丝对Free的世界赛征程越来越有信心。

场馆这边，决赛后的流程足足有两个小时之久，领奖，采访，决赛后发布会……一整套下来，几个选手饿得已前胸贴后背。

战队要走的流程已经走完了，只有余邃身为队长还要接受一个单独的采访，官方人员走到Free战队这边来对着余邃客气地笑道："Whisper，再等一下，咱们还有个十五分钟左右的单采，好几家媒体是专门为了你来的，再辛苦一下。"

余邃平时不爱露面，不做任何活动，媒体们只能在大赛后留人，常规操作了，周火连连答应着，招呼其他人先去休息室等。周火见时洛有点出神，道："是不是低血糖了？有坚果，有压缩饼干，要不要？再扛一会儿，等余邃完事儿了咱们就走。"

余邃摘了脖子上的冠军奖牌，连同队服外套一起递给周火，自己摊开双臂让工作人员给自己装随身麦，闻言回头看向时洛："头晕？还能撑吗？"

采访区所有工作人员随着余邃纷纷看向时洛。

时洛登时成为内场焦点，时洛用眼神示意余邃先接受采访，摇摇头："不晕，没事。"

余邃自己整了整领口的麦："能撑就先别去休息室，等我一下，很快。"

Puppy在一旁吹了声口哨，拉着宸火往休息室走了。周火忍着笑，把余邃的奖牌和外套递给时洛，让他给余邃拿着，自己也往休息室去了。

宸火莫名其妙地回头看了看，边走边同老乔吐槽："余邃什么毛病？他自己采访还得找个人在一边给他抱衣服？他以为自己高中生呢，打个篮球让朋友抱衣服？"

宸火嗓门太大，话没说完，不远处还在拍众人的粉丝们哄地笑了起来。时洛回头狠瞪了宸火一眼，但还是拿着余邃的奖杯和外套，倚在采访区旁的墙边老老实实地等着。

采访还没开始，远处Free的粉丝们咔嚓咔嚓地对着时洛拍个不停，一直小声叽咕着笑什么，时洛也听不清。

时洛把余邃的奖牌也挂在脖子上，戴着两人的奖牌，把余邃的外套挂在胳膊上，腾出手来打开手机看了看。

时洛本想发条微博的，但粉丝们离得太近了，害怕粉丝们的长枪短炮太高清，想了想，还是没打开微博。

打完比赛又是采访，时洛虽没低血糖也有点累了，倚着墙闭上眼，静静地听着不远处余邃接受采访，听着余邃熟练地躲避各种采访坑，对答如流。

大部分记者都很温和，问的问题基本用固定模板都能应付过去。

"今年是 Free 建队第一年，拿到这样的好成绩，请问 Whisper 现在心情如何？"

余邃道："没辜负这赛季的努力，心情很好，很满意。"

"Free 今天状态出乎意料地好，全员操作都没什么瑕疵，如何评价队友今天的发挥呢？"

余邃道："正常发挥。"

也有个别记者问题挺刁钻，专门挖坑给余邃跳。

"赛前大家对决赛两队的期望都很高，NSN 赢下半决赛后士气也很旺，大部分人都以为今天的决赛会鏖战五局，不想 Free 能轻松零封 NSN。面对这个比赛结果，请问 Whisper 这会儿有什么特别想同 NSN 队员们说的吗？"

余邃道："回头一起约饭。"

时洛闭着眼，闻言忍不住笑了一下，远处粉丝们对着那个记者嘘声，又笑了起来。

余邃赛后不关麦克风同时洛说的话在赛后已经被放出来了，记者们自然不能放过。

"赛后同 Evil 选手说：'别人有的，你是不是都有了？'这是指奖牌吗？"

不远处，时洛一人戴着两人的奖牌，自然被媒体一阵连拍。赛后已经敢在监控语音频道说了，时洛这会儿也没必要藏了，他不躲不避，由着别人拍。

采访区，余邃平静地道："不是。"

时洛眼睛倏然睁开了。

记者眼睛也睁大了，意外地追问道："那是指的什么？！"

余邃道："我之前许诺小朋友的一件事，其实还没完成，所以暂时不说了。"

时洛喉间哽了一下，突然明白余邃为什么要留自己，不让自己去后台了。

粉丝们兴奋得小声尖叫，无数镜头在对着时洛拍，时洛拼尽全力做好表情管理。余邃接受采访向来滴水不漏，提问的记者自己都没想到余邃能这么配合，一脸捡到宝的表情，忙拍个不停。

所有人都以为余邃今天是拿了冠军心情好才这么配合的，不想这只是余邃炸采访席的开始。

方才提问的记者忙又问道："大家都知道，因为之前一些众所周知的事情，Evil 选手和你有过不和，现在能毫无嫌隙，是因为误会解除了吗？"

余邃道："我们之间从来就没有过误会。"

记者一脸震惊，脱离台本直接问道："没有误会……呃……那是……具体什么问题呢？"

余邃道："我的问题，在刚认识 Evil 的时候我对自己的职业掌控力不够，没能给 Evil 选手兑现我的承诺。"

时洛嘴唇微微颤动，想要回后台，但双脚宛若被人钉在了原地一般，他捞起自己身上外套的宽大兜帽戴在了头上，遮住了自己上半张脸。

又有记者问道："那么当初的约定是什么呢？"

余邃道："签他一辈子。"

场外粉丝们本不想影响官方采访的，但这会儿也控制不住了，兴奋的尖叫声越来越大。

记者们还要追问，奈何采访时间已经到了，Free 工作人员上前引导余邃回后台，余邃宛若不知道自己引爆了多少原子弹一般，轻松起身，走到时洛身边接过时洛胳膊上挂着的外套，在时洛后脑勺上揉了一下，同时洛一起回了后台休息室。

时洛觉得自己心脏要跳出来了。

到了这会儿，时洛才彻底明白了余邃那句"别人有的，你都会有"是什么意思。

35

场馆内太热，余邃采访前就把外套脱了，现在上身就一件单薄的队服 T 恤。

时洛开门出了休息室。

Free 的领队还一头雾水地等在走廊里，他担忧地看看时洛和余邃，小心道："你们不是吵架了吧？"

时洛知道自己脸色肯定不对，侧头借着走廊里可当镜子用的反光 logo 装饰看了看，只见自己眼睛红通通的，在不知情的人看来确实像是刚发过火的样子。

"没吵架。"余邃摘了后腰上的随身麦递给领队，轻松道，"Evil 有点私事跟我说了一下……他们人呢？"

"在休息室等着呢。"知道两人没吵架，领队就放心了，忙兴奋地催促道，"都饿坏了，拿了东西就走，后面事还多着呢。"

时洛嫌热，扯了扯领口，闻言蹙眉："后面事多着？还有什么事？"

领队开心得真情实感，满眼期待："庆功宴啊！周经理都安排好了，他提前给我们准备了好多礼物，早就说好了，今天比赛赢了要大封后宫！安排多了，怎么也得通宵！"

"我通……"时洛欲言又止，简直想找周火打架，不回基地睡觉，通宵个头啊啊啊！

领队看出时洛情绪不太对，小心翼翼地问了一下。时洛只得竭力压着火点头："通……通宵，行，通，去、去。"

两人去休息室拿了东西，被 Free 休息室一群兴奋不已的人簇拥着出了场馆上了车。

吃饭的地方是周火早就订好的，地方和菜式都是众人喜欢的，闷头吃过后不等喘口气，开心炸了、精神超级亢奋的周火又把众人拉到了相熟的会馆去续摊。

几个选手就算了，俱乐部上下这么多工作人员辛苦了一个赛季，不好好犒劳答谢一下是不行的。周火把庆功宴当年会开，把早就准备好的礼物依次送了，老乔都领了台新款手机。

战队所有人太久没出过门了，接下来又是假期，众人无所顾忌，酒禁也破了，老乔不但没约束选手，还自己先喝了一听啤酒，又灌别人。刚到会馆不到一个小时，除了余邃没喝，其他人都喝了两听以上。

"哎，不是……余邃要签时洛一辈子？"

宸火和 Puppy 酒后发疯，随便逮住谁都是乱灌一通，笑闹了半天，宸火醉意朦胧地摊在一边儿玩手机，后知后觉地看着手机迷迷瞪瞪问道："哎，真的假的？怎么我就一个采访没看，多了这么多新闻？这是编的还是真的？"

老乔正在低头吃水果，闻言糟心地看了宸火一眼，这会儿工作人员太多太杂，老乔不欲宸火把话挑开，拿了块甜瓜塞进了宸火嘴里，敷衍道："等你酒醒了就知道了，吃吧吃吧。"

周火在一旁笑而不语，现在各大电竞论坛已被余邃的赛后采访炸街，都在疯狂讨论，越是讨论不出个结果来，热度越高。周火乐见如此，坐收渔利，微信里多少人来问，周火都是统一回复，选手个人感情，经理人不过多干涉，Whisper 采访里频频提起 Evil 到底是什么意思，他不清楚。

已经在撒酒疯的宸火被老乔收拾了一顿就忘了余邃的事，一个激灵后看着一旁心不在焉的时洛又来了精神，一把扯过时洛按在沙发上又要开始灌。时洛酒量还凑合，因为记挂着回基地的事一直没敢多喝，这会儿被宸火这个醉鬼缠上了简直莫名其妙，时洛挡了宸火一下："滚……灌别人去。"

"一晚上……"宸火盯着时洛，不满道，"就你！格格不入，你不'嗨'，你不够高兴，你……你跟哥哥们不是一条心了，你是不是咱们 Free 的？拿了冠军你也不哭，也不喝，你想怎么？你是不是有别的想法……按照长久以来的规律……下赛季你就应该跟余邃撕破脸然后出去另立门户了，是不是？"

时洛："……"

时洛尽力平心静气："是个头。"

"你还骂我。"宸火忍不了了，拿了啤酒直接灌，"你把这杯喝了！"

时洛简直想一个过肩摔把宸火丢出去。

余邃也在玩手机，他扫了扫论坛内容，抬眸看看宸火、时洛，低头接着玩。

周火刚刚被宸火猛灌了一顿，不敢再去帮时洛解围，免得自己又被宸火缠上。他催余邃道："怎么不管管？贴心点儿啊你。"

余邃莞尔，又没过火，闹就闹，宸火是时洛的亲队友，两人正常玩闹而已，自己非要婆婆妈妈地护着不可算什么？倒容易让时洛和其他队友生疏，时洛就不能有正常的队友互动吗？

虽然……自己战队的队内互动一向有些残暴吧。

但最多也就是多喝几口啤酒而已，余邃低头自言自语："喝多了就喝多了……喝多了就有理由，明天不去杭市了。"

周火满脸没眼看的表情，摇摇头，余邃都不管，他也不管了。

那边时洛实在扛不住宸火这个醉汉的胡搅蛮缠，无奈喝了小半听啤酒。时洛将宸火踢开，扭头找周火，皱眉问道："几点回家？这都醉了一个了，还不走？"

"醉了就让他睡地上呗。"Puppy正跃跃欲试地想搞个户外直播，兴致正高，闻言道，"催什么催？几岁了？你家基地有门禁，不能在外面玩？"

"我……"时洛拿着手里剩下的大半听啤酒，磨牙，"要不是还要留着你打世界赛，这听啤酒盖你脑袋上……"

Puppy开了直播，对着镜头整了整头发，不慌不忙："你盖吧……冠军队庆功宴上闹不和传闻，我直播间流量有了。"

说话间，宸火又要缠上来，时洛惹不起躲得起，推开宸火，自己坐到另一边去，片刻后又忍不住朝着周火高声问道："还不回家吗？"

余邃收起手机，轻笑："大人们喝酒呢，你闹什么闹？"

Puppy整了整自己的刘海，跟着点头道："小屁孩，不懂事。"

时洛语塞，不等他发作，余邃起身，坐到了时洛身边。

余邃靠在时洛身旁，倚在沙发上同时洛低语："时神……急什么呢？"

时洛扭头望向别处，硬邦邦道："没什么！"

时洛嘴硬不承认，却真的像无聊闹酒场的小孩子一般，玩一会儿手机就找周火问一次"我们什么时候回家"，余邃失笑。凌晨两点的时候，众人还是不想走，最后还是余邃道："明天上午去杭市，不去了？"

宸火早醉迷糊了，但一听去杭市度假的事突然清醒了些："是……那还是回家吧。"

老乔喝得满脸通红，起身道："对……还是走吧，等……等到了杭市继续'嗨'，走了走了。"

周火折腾一晚上本来就是为了犒劳全俱乐部的，见大家都要走了，他乐得回基地休息，忙起身招呼司机，又去结账。

时洛一晚上左挡右挡，奈何都要灌他，到临走的时候也喝了不少，回基地的时候走路有点晃。

将大大小小一群醉鬼运回基地后已经是凌晨三点了，时洛酒劲上来了，说话都开始不清不楚了，下车的时候跟跄了一下，被余邃扶了一把。

除了司机，只有余邃一口没喝，余邃一手拎着他和时洛的外设包，一手扶着时洛，嘱咐道："喝太大的别自己睡，找个人陪着，周火，你看着安排，我照顾时洛。"

这些琐事周火最擅长，周火忙摆手让余邃睡自己的去："我知道，不可能让他们醉死，去睡你的……"

余邃看看呢喃个不停的时洛，扶着人上了楼。

一夜好眠，时洛再次醒过来时，躺在床上愣了好半晌。

房间的遮光窗帘是拉着的，房间里没开灯，黑漆漆一片。

时洛："……"

昨夜时洛喝得有点多，回基地后到底发生了什么，已经全忘了。

基地内十分安静，门外窗外半分响声都没有，其他队友应该是已经去杭市了。

时洛摸了半晌没找到手机，起身开了灯看了一眼时间——下午两点。

队友们肯定已经走了，余邃不知在哪儿，时洛走到洗手间迷迷瞪瞪地洗漱。

冲澡的时候，时洛隐约听到外面门好像是响了一下，水声太大，时洛不是很确定，出来后才见是余邃拿了外卖早餐进房间来了。

余邃把早餐盒放好，将手机丢到一边："头不疼吧？"

时洛摇摇头，坐下来同余邃一起吃早餐。

36

基地里的阿姨也放假了，没人做饭，不过余邃并没饿着时洛，一日三餐准时让相熟的私家菜馆送来，到点就下楼去拿饭，饮食作息给时洛安排得比平时还要规律健康，时洛边吃着饭边上下打量余邃……

余邃吃饭时微微低着头，头发散下来两绺，将脸颊衬得更瘦削深邃了些，下面就是件宽松的长袖卫衣，余邃将袖口挽了几下，露出线条完美、稍稍骨感的手腕，再下面是余邃那几万条在时洛眼里都差不多的运动裤，脚上是一双买来头一天就被余邃踩平了后鞋帮强行当拖鞋穿的板鞋。

从头到脚，简简单单，干干净净，安安静静吃饭的时候随便让谁来评价，他都是个无辜又单纯的大学生。

时洛咽了一口饭，突兀地闷声道："渣男皮相……"

"嗯？"余邃抬眸，拿过矿泉水喝了一口，"刚说什么？"

"没事。"时洛语塞，憋憋屈屈地吃饭，还是忍不住道，"我可以联系一下周火吗？"

余邃抬眸:"你找他做什么?"

"让我去杭市!"时洛想摔筷子,奈何基地也没个人,没有人会救自己,惹了余邃只能自己受罪,时洛难得地服软了,"我……我一会儿能不能睡个午觉?"

"杭市你是去不了了,全俱乐部的人都知道你是庆功宴喝多了误了时间……"

不过余邃说是这么说,中午还是让时洛饱睡了一觉。

时洛以前有梦中突然惊醒的毛病,不严重,究其原因也说不清楚,可能是累,可能是防备心太强,可能是从小居无定所落下的毛病,时洛每晚少说会醒一次。

但现在时洛很少会再惊醒了。

整个下午,时洛睡得踏踏实实。

余邃手机充满电,终于有了时间开机看看微信。

【经理·周】:"余邃……你是失联了?这么多人找你,你回一声啊!你干吗呢?我扛不住了,你扔了一串炸弹后玩失踪躲清静去了,别人都在找我问你在哪儿!"

【经理·周】:"隔壁战队的老板都在找我八卦你!IAC的赵峰跟我之前结过梁子,为了听你八卦都来加我了!"

【经理·周】:"圈里人就算了,你粉丝也要炸了,你知道吗?"

【经理·周】:"Puppy整天没完没了地直播,整个战队陆续出现过了,只有你和时洛没出镜,粉丝都知道你俩没来杭市了。"

周火上面还发了超多大段大段的消息,余邃懒得细看,匆匆翻了一下然后回复。

【Whisper】:"问你就说是我的私事,不方便透露。"

周火迅速回复:"你终于开机了!我的天,你做什么呢?"

【经理·周】:"不说这个了,重点是,粉丝们要把官博炸了!我要扛不住了!"

余邃稍微动了一下,换了个更舒服的姿势后打字。

"我没偷没抢的,不就缺席个杭市行?怎么了?"

余邃发送消息没两秒,手机又嗡嗡地振了起来,周火那边一连串发了好几条信息过来。

【经理·周】:"你那个采访已经炸了圈,大家前后分析,把你的每个字都研究了一遍。"

【经理·周】:"粉丝就想知道,那个小号到底是谁的。"
余邋笑了一下,粉丝其实真的蛮可爱的,他想了片刻,回复:"我处理。"
周火那边长松了一口气:"请快点,你是清净了,这两天网上要疯了好吗!"
余邋没再理周火,退出微信,打开微博,登录自己官方大号,关注了时洛的小号,一气呵成。
余邋低头在时洛头上揉了一把,语气轻松:"现在,压力来到了时神这边……"

| 第四章

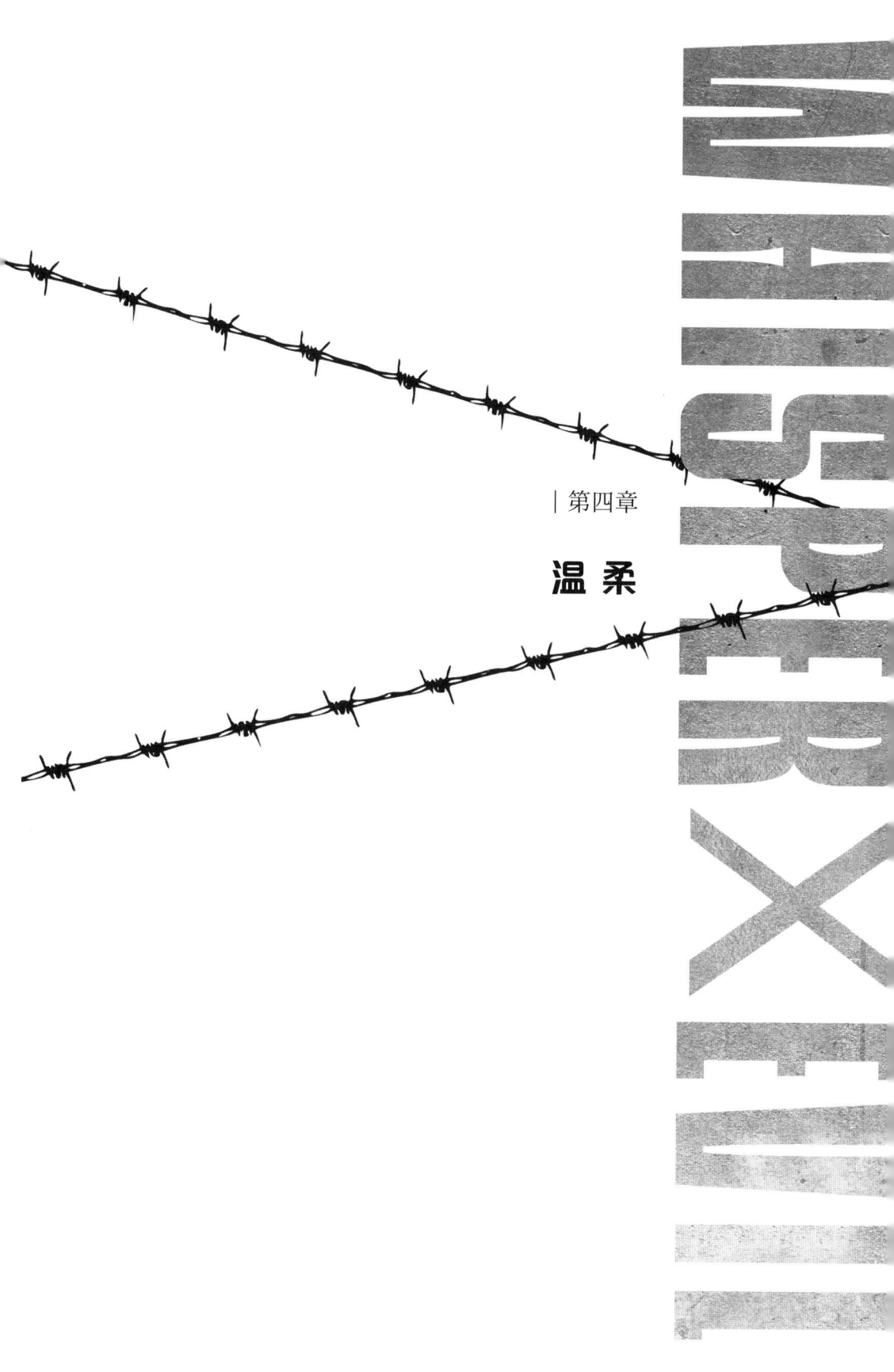

温 柔

37

余邃关注了时洛小号不到半小时,时洛迷幻、放飞、被网暴了几个月的小号被顶到了热搜前十。

决赛后,时洛一共发过三条微博。

最近的一条微博发自二十多个小时前。

"想睡了,困死了。"

最早的一条还挺感人的,余邃判断是自己接受采访后发的,时洛情绪太激动,写了好长一串。

"年少遇到了你,失而复得再次遇到了你,早没什么遗憾了。从小到大没什么东西是我能堂堂正正说是我自己的,时至今日,只有两样。

"一是手中的荣誉,二是身旁的队友。"

余邃看了这条微博,有点心疼,想了一下,来了一手"天秀"操作驱赶走了这悲伤的气氛。

他用自己的大号在这条微博下回复:"不难过。"

余邃关注小号后很多玩家仍不敢相信,点开热搜,很多人仍在质疑,不明真相的 Free 粉丝闭眼无脑护,说余神肯定是终于知道了那个私生粉,好奇地去观察,然后一个不小心手滑点了关注。

余邃一条评论断了自己所有后路。

余邃评论过后挺满意,他把所有社交软件设成勿扰模式,继续玩手游。

又过了一个小时,时洛醒了。

余邃打电话叫饭馆送餐,时洛睡得不知道白天晚上。

十几分钟后,余邃把时洛充好电的手机递给他,道:"我下去等外卖,你困就再睡会儿。"

"不睡了。"时洛抽了抽鼻子,拿过自己的手机,皱眉,"这么多条消息?"

余邃没多话,自己拎起外套下楼去了。

时洛一脸呆滞地拿着手机,解锁,查看消息。

时洛:"……"

十分钟后,时洛脑壳子嗡嗡作响。

余邃居然早就知道了自己的小号……

自己在不知他关注的情况下每天发各种日常记录……

自己小号原来早就被举报给俱乐部了……

粉丝脑壳比时洛还疼……

面临的问题过多,时洛头皮发麻,一时之间竟不知该处理哪一个。

当年被季岩寒逼到绝路,也不过如此。

时洛深呼吸了一下,几番挣扎,点开了自己小号的微博评论。

时洛按照时间顺序看,越看越觉得脑门疼。

往下翻翻,粉丝们在经历了最初的震惊之后向天借胆,小心翼翼地抛出了一个可能……如果,只是如果,这个小号是时神的呢?

一部分粉丝表示,是时神的那当然最好了,但怎么可能?小时神铁骨铮铮这么多年,头破流血不流泪的一个人,会叽叽歪歪写这种东西?想什么呢?别再拖另一个珍宝选手下水了,能不能把这条删了?我担心时嵗看见会气炸。

卑微粉丝们被骂了一顿后删了几条微博,但没过十分钟,他们又以迅雷不及掩耳之势整理出了一份时洛整个赛季以来的时间表。

选手的官方账号哪一天打了几个小时的游戏、几点上线、几点下线都能从官方渠道查到,更别提 Free 还有个常年直播的 Puppy,想要知道时洛每天作息轻而易举。

将小号每条微博的发送时间提炼出来,小号微博发送时间有早上有中午有晚上有半夜有凌晨,将每条的发送时间追溯到时洛当日的训练安排和作息上,奇迹出现了——

全部全部全部在时洛的休息时间,无一例外。

这放在别人身上可能没什么,但放在职业选手身上就很可怕了,选手一天里没多少自己的时间,所有微博能全部卡在时洛自由时间里,若说是巧合,那概率实在是太小了。

真相只有一个，到了这会儿，粉了时洛好几年的粉丝，对时洛还是有点了解的。

细细看下来，那个奇奇怪怪的断句，那个让人摸不着头脑的感叹……确实有点时洛的风格。

时洛闭上眼，羞愤欲死。

"现在就吃吗？"

外面下雨了，余邃身上带着点点水珠，他把手里食盒放好："嗯？"

时洛转头看余邃，眼睛发红光，犬齿都要长出来了。

余邃走到时洛身前，一笑道："咬我一口？出血那种。"

时洛盯着余邃，没动。

"知不知道你那小号马上就要被举报没了？你自己说的啊，无论如何都想要那个小号。不是你自己说的，想留一点记忆吗？"余邃坐到时洛身边，"我关注了，就没人举报了……高不高兴？"

"有气就发。"余邃拉起时洛手腕，作势要朝自己脸上打，"来，我不还手。"

"别闹！"时洛现在看着余邃自己先想跳楼了，想起自己小号上的内容都被余邃看了，简直想炸了基地大家同归于尽，乱七八糟地低吼道，"我的小号你看什么看？！"

"不光看了，还总是看，天天看。"余邃声音很轻，"做个记录，今天，是一个特别的日子。"

时洛磨牙道："我马上删了……"

余邃莞尔："删了有用？"

余邃道："要好好记住这个人……什么都能忘，唯独不能忘记这个人。"

时洛一愣。

余邃道："……你对我太好，抚平了我所有的意难平。"

余邃背课文一般，轻声继续道："从小到大没什么东西是我能堂堂正正说是我自己的，时至今日，只有两样。"余邃用手蹭了一下时洛的侧脸，一字也不差，"一是手中的荣誉，二是身旁的队友。"

"删吧。"余邃轻松又兴致很好地说，"我能从第一条背到你最后一条，你想听吗？"

时洛呼吸一紧，眼睛莫名其妙地酸了一下。

明明自己是占理的，被余邃这么一搅……有点感动算是怎么回事？

"你……"时洛顿了一下，低声道，"你背那些话做什么？"

"没刻意背，看多了而已。有什么可烦的？有谁逼你承认那号是你的了？"

时洛愣了一下："我……"

"小号照样发，别人觉得那是其他人也行，觉得那是你也行。"余邃是真的完全不在意别人怎么说，也不懂时洛有什么可烦的，"明明是别人好奇的事，你非要着急替人家找真相做什么？"

时洛有点恍惚。

不知是不是这几天过得太不分昼夜了，时洛一时之间竟觉得余邃说得挺有道理。

"那……"时洛抿了抿嘴唇，迟疑道，"我、我小号还能发？不承认是我就行了？"

"当然。"余邃宽慰道，"你不承认，没人能说那是你，你那么酷，谁敢找死当着你面来问那是不是你？"

当然，最大可能是粉丝认出了那是时洛，但为了时洛薄薄的脸皮也要装瞎、装看不出来，不过这话就没必要在这会儿同时洛讲了。

时洛是真的饿得有点脑供血不足了，信了余邃的邪，想了一下闷声道："倒也是……吃、吃东西吧。"

38

稍微有点历史的电竞俱乐部，一般都会有点个人特色。

作为竞技项目，新老更替虽然很快，但电竞俱乐部就有种魔性，随着代代选手更替，每个俱乐部会沉淀出自己的特色。

比如 NSN，就是 never say never（永不言败），前几天决赛场上，明知无望，还是要破釜沉舟地同余邃他们"刚"一手自己特色正面打法，输了就输了，我们永远不畏战、不惧战。

再比如 Saint，就是从老板到选手全员圣人，善良温柔，为了自己的选手愿意拼尽全力，为了赛区心甘情愿做兄弟战队的免费陪练。

然后 Free……最大的特色……大概就是互坑了。

哪怕他们是一起上刀山下火海的队友。

两年前，余邃能一脚把时洛踹进高考考场；两年后，他也能脸不红心不跳地糊弄困疯了饿疯了的小时神。

吃过饭，时洛还是觉得困，特别困，困得睁不开眼。余邃收拾了食盒让时洛躺回床上去，时洛皱着脸躺回床上，把脸埋在枕头上昏昏欲睡。

一小时后，时洛睁开了眼。

吃饱睡足，重新拥有了裸考数学130分大脑的时洛缓缓坐起身，出门找到余邃，眯着眼道："余邃，我觉得你逻辑有点不对。"

看手机的余邃头也不抬，低声叹气："时神，小小年纪，何必这么聪明呢？"

时洛气结："我……"

"我就是关注了，怎么办呢？能再选一次，我可能更早就关注。"余邃抬头看向时洛，一笑，"我就是手这么欠，想怎么出气？你说。"

余邃倚着枕头好脾气地说："别碰我眼睛，别废我手，别的随便你，我不躲，破相了，我也不会告诉别人是你打的。"

"啧……"余邃忍笑道，"上哪儿找这么好的队长去？忍辱负重，被你打了都要硬扛着不出声的。"

时洛怎么可能跟余邃动手，但又实在咽不下这口气，时洛被气得头晕，咬着牙不太利索道："你、你……"

余邃渣男本质尽显，见时洛不动，微微抬了一下下巴，眼中含笑："要不哥自己扇自己几个耳光？"

时洛看着余邃帅得不行的一张脸，半分脾气也没了，皱眉道："别胡闹，你敢自残一个试试……"

余邃低头笑了一下："这就是自残了？那怎么办？怎么让你出气呢？"

余邃好脾气地再次建议："要不罚我也开个小号，每天写小作文，然后你用大号天天来点赞我？"

时洛这会儿已经清醒了，轻易骗不了他，时洛气结："谁要点赞你的小作文？谁知道你会怎么编派我？！"

"编派不至于。"余邃看着时洛，声音很轻，"我又不在乎别人说什么，肯定想写什么就写什么。"

时洛一把捂住了余邈的嘴。

小时神羞愤之下力气有点大，余邈被时洛捂得根本没法呼吸，余邈没挣扎，一动也不动。

时洛无奈放开了余邈。

"等一下……"余邈稍微换了个姿势，拿起自己的手机，解锁后，打开自己的微博未关注私信界面，递给时洛，"这些人连关注都没关注我，基本都是你自己的粉丝，你看这个……"

时洛重新接过手机，一条条看下去——

"Evil 根本就上不了他大号了，也不开直播，想问都没有地方问，小心翼翼来求证一下，那个狂得不行的小号……真是我们 Evil 的吗？我不信！！"

"余神，那个小号真是我们时崽的？我们时洛是被下蛊了吗？！他是疯了吗？！"

"我就知道那个一根筋非要去你战队有问题！凭什么！"

"对不起余神，刚才情绪激动骂你了，对不起，请俱乐部一定要对 Evil 好啊，他从来都不收粉丝的礼物，我们想投其所好，每次问他喜欢什么，他永远都说没有喜欢的东西。他会这么喜欢 Free……应该是值得的。"

"好像已经确定了，尊重时洛选手的选择，还是很喜欢时洛选手，请一定要对他好。"

"对 Evil 好点啊……"

"请对时崽好一点呀，喜欢他这么久了，大家都是真心希望时崽好的。"

"以后连你一起粉。"

"十分抱歉，以前不明真相的时候跟着一起喷过你，对不起对不起对不起，请对时洛好，他从来没喷过你。"

"心碎时神粉丝卑微请求，对时神好一点。老粉都知道，时神其实是个外冷内热的人，对我们粉丝一直很好，之前有圈外人不懂电竞，骂我们无脑追星，说了很多挺难听的话，那些话太脏了，我们不知道怎么撑回去，大多是女孩子，张不开口……是时神说他张得开口，他能喷，是他替我们喷了那些人一晚上。虽然平时他不怎么和我们互动，但大家都知道他真的是个很好的人。"

时洛嘴唇动了动，想要回复，一想这是余邈官方账号，没再回复。

余邈一眼看出来时洛想做什么，大方道："随便回，不想让人知道是你，装作是我的口吻回复也可以。"

"那怎么行……"时洛又看了会儿私信，半晌吐了一口气，想说什么也不好意思说。

余邃轻声笑。

这其实就是余邃想要的状态，他自己无所谓，但他希望时洛能被一路陪伴的粉丝祝福。

这话说出来就太矫情了，余邃说不出口，知道时洛也不好意思听，一切就尽在不言中了。

"不看了，再看真要丢人了。"时洛揉了揉眼角，"我……我看看我小号行吗？我会小心，不点赞。"

余邃点头："随意。"

时洛退出余邃的私信界面，做足了心理建设后，眯着眼，小心地点开了自己的小号。

平时都是乌烟瘴气的喷脏话私信现在都能那么温馨，自己小号这块主场地……也许画风也会温馨和谐一点？

时洛带着一点点小期待，点开了小号微博评论——

"我们已经知道你不是时神了，你出来吧！多发几条微博呀！"

"我们已经知道你不是时神了，你出来吧！多发几条微博呀！"

"我们已经知道你不是时神了，你出来吧！多发几条微博呀！"

放眼望去，评论上上下下，全是复制粘贴，在催促他发新微博。

时洛痛苦地闭上眼，粉丝装得……还真的很像。

39

余邃看了一眼评论："先不说绝对没可能，就算真的有什么……我估计第一个被你的姐姐粉活劈了。"

时洛自己从没有意经营过粉丝群体，平时也只希望粉丝关注自己比赛，私人的事，时洛别说同粉丝，就是同圈里其他人也从来不说，他并不希望粉丝关注自己赛场下的生活。

但看着粉丝小心翼翼地请俱乐部好好对自己，他心里还是有点感动的。

所以时洛本来确实是想在小号上发点什么的，暗示粉丝不用担心自己。

可此情此景，时洛觉得不管自己发什么都是在疯狂跳舞。

"这号没了。"时洛半分留恋也没有，把手机递还给余邃，"粉丝爱猜这是谁就猜吧，我不要了，我宁愿她们骂死这个号……我这辈子不可能承认这是我。"

余邃怜悯地看着时洛，不忍心戳破时神最后的倔强……现在承不承认意义还大吗？

"行，先晾一边儿，等什么时候想发了再发。"余邃接过手机，回了几个圈里关系好的人的消息。

时洛的手机也快被炸了，时洛索性一概不回了，自暴自弃地含恨玩手游。

"顾乾委婉地提醒了一下，让咱们别把心思都放在这件事上，后面还有世界赛要打。"余邃用膝盖撞了时洛一下，"来自你老东家的殷殷嘱托，听到了吗？"

时洛闷头"嗯"了一声。

余邃回了顾乾一个表情，又道："天使剑祝咱们世界赛开门红。"

这就差指名道姓了，时洛连"嗯"都不"嗯"了。

"你另一个老东家IAC的赵峰让我向你转达，IAC是你永远的家……"余邃随手删了赵峰的好友，奇怪道，"当时签完你后我居然忘了删他……"

时洛嗤笑。

"中国游戏赛区的负责人……官方人员也看八卦吗？"余邃顿了一下，继续道，"非常开心有生之年可以看到一支战队队内有这么和睦的感情……放心，他没敢提你ID。"

时洛一脸无语，当没听见。

"看看你面儿多大。"余邃忍着笑，"完全是伏地魔待遇啊，你不说，没人敢提。"

时洛憋气道："他们不是给我面儿，是没人敢承认那个小号是我。"

余邃手机电量告急，余邃将手机放到充电器上，坐到时洛身后看他玩手游。

翌日中午，战队其他人准时从杭市回来了。

三天都过去了，全员私下该八卦的都八卦得差不多了，又有余邃提前挨个发给他们的警告短信，稍微有点脑子的都不敢戳时洛逆鳞，绝没人敢提那小号一个字，至于没脑子的宸火，时洛自有他的一套办法。

假期结束了，周火照例要同所有选手开个会，把接下来的工作念叨念叨。

"训练的事我就不多提了。"周火就是这点好，自己不擅长的东西从不置喙，"我看了老乔定的训练表，只知道训练任务肯定是越来越多的，大家辛苦了。"

"因为各个战队都在休假，练习赛不好约，天使剑他们全体去三亚度假了，要后天才能回来，所以这两天的训练任务还轻松一点。"周火敲了敲桌子，"前些天为了准备决赛，一直都没怎么直播过，趁着这点时间补完是不用想了，我替你们看了，除了Puppy，你们三个没希望了，但补一点就少扣一点钱，别和自己存款过不去，趁着训练任务不是特别紧……"

周火低头看手里的笔记本，装瞎装看不见时洛恨不得瞪死他的眼神，坚强地吩咐道："那什么……可以补一下直播，比如今晚。"

担心自己说得太委婉没人听，周火再次强调道："这是战队任务啊，你们欠得太多了，余邃那个就算了……他现在就是不吃不喝熬死在直播间也要罚全款了，宸火、时洛俩人记得补一下，就今晚了。"

余邃有心替时洛分担一下火力而不得，只得抱憾等着罚全款。

宸火小心翼翼地看看讳莫如深的余邃，再看看一点就要炸的时洛，轻声试探道："一……一定要直播游戏吗？"

周火一头雾水："不直播游戏你直播什么？"

宸火咽了一下口水："直播间标题……说说我队友和我队友的那些事。"

老乔忍无可忍，扑哧喷了一桌子水。

Puppy死死掐着自己胳膊，不敢笑出声。

时洛克制着心头万千熊熊业火，死鸭子嘴硬，声音里带着冰碴："哦？说谁？老乔和Puppy吗？"

"咯咯……"宸火还是有点惜命的，谨慎又卑微道，"没，我其实是想说季岩寒和我。"

时洛点头："那随意。"

周火憋笑憋得肚子疼，勉强道："行了行了，都辛苦了，散了散了。"

晚间，训练室内，除了余邃，其余三人全开了直播。

时洛直播间自然是人数空前爆棚，他没开摄像头也没开声音，无视一切弹幕，冷漠地练枪。

粉丝怎么安于在时洛直播间学技术？看了一会儿后转战人气第二高的宸火直播间。宸火虽然开了摄像头，但难得的是，宸火全程几乎也没说话，从宸火直播间听起来，Free 整个训练室安静得落针可闻。

粉丝于是再次转战 Puppy 直播间，刷了半晌弹幕后，Puppy 给了回应。

Puppy 打开电脑的记事本，打字。

"我就转一下摄像头，就转一下，没看到也不管了。"

Puppy 打完字，十分猥琐地把自己的摄像头转向了时洛。

镜头里，时洛面若冰霜，桌上除了鼠标键盘，赫然还放着一把开完会顺便从楼下厨房拿的菜刀，匪气赫然。

Puppy 苟苟嗖嗖地转回摄像头，再次打字。

"时神可能是为了今年的世界赛才留我们一命的，别逼我们了，好吧？懂的都懂。"

40

时洛的一把开刃菜刀，短暂地维持了队内的和平。

可他维持得了一时，维持不了一世，仔细算算，Free 队内只相安无事了不到一个晚上。

凌晨两点，众人都下了直播，基地阿姨给众人煮了点小馄饨当夜宵，除了余邃，其他几人全部下楼去吃夜宵。

Free 高雅、安静、充满浓郁牛骨高汤味的餐厅里，宸火低头吃一个馄饨，然后抬头看一眼时洛，低头再吃一个馄饨，然后再抬头看看时洛，几番欲言又止，好奇得要炸了。

宸火一直在看时洛的耳朵。

也许是为了找回昔时的自己，也许是为了震慑宸火、Puppy 这些不会看人眼色的人，早在战队一众人从杭市回来前，时洛就把他有日子没戴过的耳钉戴上了。

耳钉一戴，谁也不爱。

时洛选的是个大老虎头的银钉，很凶很狂。

非常街头，非常叛逆。

时洛想法很单纯，他觉得自己什么都不用说，就能让队友们想起自己当年也是在社会上混过的。

耳钉配上菜刀，就这简简单单一个行为，不怒自威。

时洛不觉得队内还有人两肋生胆，敢问自己小号的事。

但人和人的悲喜总是不相通的，宸火时不时地看向时洛的耳钉，百爪挠心，更好奇了。

宸火这会儿好奇的也根本不是小号的事了。

"你耳朵上……"宸火实在忍不住了，吃完一碗馄饨后，眯着眼看着时洛的大老虎，离得远看得不是太清楚，"你耳朵上戴着的这个铁钉……是谁送你的吗？便宜了点吧……怎么送个铁的？"

Puppy 憋了一晚上，也早就想问了："这不年不节的，你突然戴耳钉是什么意思？就……意思你身份不同了呗？"

时洛："……"

"这是银的。"时洛从牙缝里挤出回答，"而且，这是我以前花自己钱给自己买的。"

"银的？"宸火伸着脖子努力分辨了一下，"哦，故意做旧的啊……仔细看看这小玩意儿竟还是个动物，这是什么？"

时洛冷冷地看着宸火："百兽之王。"

刚走到楼梯间的余邃呛了一下。

冲了个澡就下楼的余邃站在楼梯旁，险些笑出声，双肩都在微微颤抖。

余邃担心自己憋不住，往上走了两步，靠在二楼楼梯扶手旁静静听着。

楼下，Puppy 想了一下恍然大悟，一拍餐桌："对，余邃属虎。"

时洛憋气，喝了一口汤后闷声道："跟他没关系。"

"你又不属虎，那你为什么戴老虎的？"Puppy 还在算阴历，"你应该戴龙。"

时洛愣了一下，摇头："我没龙的。"

"回头买一个。"Puppy 认真道，"你应该戴自己属相的。"

"我不。"时洛皱眉，"老虎更厉害。"

"瞎说，龙更厉害。"宸火较真道，"也比较有我国特色，回头去德国，你戴着个龙的去，也算是文化输出。"

"……"时洛努力控制自己不去打宸火，"不戴，闭嘴。"

宸火还要开口，时洛冷冷道："我乐意戴什么就戴什么，我明天一高兴没准戴 Hello Kitty 的，关你什么事。"

宸火认怂闭嘴了。

按下葫芦浮起瓢，Puppy想了想又跟时洛道："哎，说起来……你俩属相还挺有意思的啊，龙争虎斗。"

时洛顿了一下，觉得这是好话，没说什么。

夜宵吃过，三人在相互试探后暂时性地摸清了对方的底线，只要不提那个微博小号，在世界赛之前，队内还能维持和平。

吃过夜宵，时洛上楼，同楼梯间里的余邃对视一眼，两人并没说话，各自回了宿舍。

余邃还没把门关好，就听叮咚一声，时洛把他的老虎耳钉摘了丢到一边，仔细一听，时洛还愤愤地嘟囔了一句："废物。"

余邃努力克制着想笑的冲动，把门关好，洗漱睡下。

翌日，依旧是万恶的补时长直播日常。

宸火和Puppy特意早起了两个小时，宸火还凑合，开了直播虽没一直玩游戏，中间闲聊的时间也不长，Puppy则不要脸皮了，他根本没开游戏客户端，就开了个摄像头给别人看Free训练室，时不时地转转摄像头，一会儿拍拍正在直播的宸火，一会儿拍拍时洛机位，一会儿拍拍余邃机位。

余邃进训练室时看到的正是这一幕。

"我一直好奇。"余邃走到自己机位旁边，"Puppy，你直播工资拿着烫手吗？"

"不烫手啊，名正言顺地划水，我又不像时洛似的那么年轻扛造，直播一整天游戏会死……"Puppy回头看看，见时洛还没来训练室，胆子大了几分，把镜头转向余邃，撺掇，"来来来，说两句话，给我增加点儿流量。大不了我这个月直播工资分你一点。"

余邃没理Puppy，自己坐下来开机："我不赚脏钱。"

"啧……"Puppy心急道，"一会儿就不能说了！你快点儿。"

余邃声音中带了点藏不住的笑意："谨言慎行啊，说什么呢？"

果然，Puppy话音未落，直播间弹幕兴奋了起来。

为什么一会儿就不能说了？

懂的都懂。

66666666……

某选手队霸实锤了。

送礼物还能问问题吗？ Puppy，求求你看看我。

Puppy 扫了一眼弹幕精神不少，忙道："你问你问，我跟你们说，要问就快点儿，等一会儿脏钱都没的赚知不知道。"

Puppy 捂住自己的麦克风，问余邀道："时洛到底醒没醒？啥时候来？"

余邀开了游戏客户端："醒了，看时间早在床上玩手机，估计也快了。"

Puppy 放开麦："就三分钟啊，过期不候。"

刚说完就有人送了礼物，发弹幕问道："余邀想成立自己的战队多久了？"

Puppy 给余邀读了弹幕，余邀根本不理他，Puppy 无法，回身推了推余邀肩膀："快点儿……配合一下，你说你的，我跟着占点便宜怎么了？还是不是兄弟了？"

余邀被 Puppy 推得控制不了鼠标，只得道："将近三年。"

根本不用 Puppy 复述，直播间内听得清清楚楚。

做笔记做笔记，三年了三年了三年了，我就知道……

对不起 Whisper 粉丝，这三年来咱们真的不该掐那么久的，这又是何必？

哭死我了，还真是三年。

余神杀我……我早就说这个渣男超好的。

又有人送礼物："喀喀……给余神道歉，我骂过你队友的微博，当时年幼无知，现在只想杀我自己，想问对方生过气吗？我们当时骂得那么难听。"

Puppy 念给余邀听，余邀道："没真生过气，但……"

余邀斟酌措辞，尽量不把话说白了："但自我怀疑过，有一次被你们骂得太凶了，他大半夜了给我发微信，问我……"

余邀排进了游戏，他进图买了初期装备，继续道："夜深人静……他突然问我，他是不是特别不正常，为什么微博有人骂他。"

Puppy："噗。"

余邀惋惜："你们啊……真的，他风里来雨里去，刀口舔血……头一次让人这么说，人都木了。"

弹幕疯狂道歉，一群人哐哐哐磕头。

有眼不识泰山，求求你让他继续发队内日常。
我恨我自己……
我错了，这次真的错了。
我居然骂了我最爱的人好几个月，我这几天心都在滴血……当年乔峰误杀阿朱的心情，在前几天我终于懂了，恨啊！
误会，全是误会，求求那个小号继续更新啊啊啊啊。
小号内容已经被我们奉为圣经了，日夜苦读都能背诵了，求更新。

Puppy看弹幕笑得肚子疼，扭头想提醒余邃催时洛更新小号，但话没出口，训练室门打开了，时洛面无表情地走了进来，Puppy迅速关了麦克风，在自己机位前端正坐好，一个问题也不问了。

41

"队霸"来了，"脏钱"没的赚了，Puppy伤感地看着哗哗哗扫过的弹幕，叹了口气。

空有流量，骗不着钱，太难受了。

队霸开了电脑，上了游戏，开了直播，Puppy直播间的人气瞬间减了大半，可惜时洛依旧是他的不露脸不开麦的技术直播，时洛的粉丝苦守半天连个声音都听不到，无法，只得再把Puppy直播间打开，看时洛直播画面，顺便用Puppy直播间听Free训练室背景音。

Puppy早习惯当工具人了，淡定地看着自己直播间人气大跳水又逐步回升，悠悠道："走啊，都走啊……还不得再回我这里来听双簧？"

粉丝们意思意思地给Puppy刷了点小礼物，稍作安抚。

几人都没组排，小休假后，选手急需恢复一下手感，游戏输赢不重要，重要的是找回一下高强度训练的感觉，时洛连着七个小时，除了去洗手间，一局接着一局，不间断高强度练习，到了下午六点该吃晚饭了才下了游戏，他连个麦都没开，也不好意思硬凑时长直播吃晚饭，还是将直播关了。

正巧，周火要跟众人说点正事，没让Puppy、宸火端饭上来吃，所有人统一去楼下餐厅集合。

周火趁着众人吃饭，自己坐在一边——交代："明晚九点世界赛小组抽签，要录像的，老乔把训练赛时间调整一下，别撞车。"

老乔边吃饭边点头："我知道。"

"哎哟，终于要抽签了。"宸火吹了声口哨，"最刺激的来了，来吧，圣剑啊……"

时洛抬眸，当年拆队旧仇，圣剑也有一份，赛季初的圣剑轮了本土赛区所有医疗师的新恨还在，他也十分想在小组赛就同圣剑碰一碰。

"还是盼着遇到日本队、泰国队、菲律宾队吧……"周火厌厌一笑，"何必呢？硬骨头留到后面啃不好吗？"

"不好。"时洛皱眉道，"我就想在小组赛跟他们打。"

"你想也没用。"周火摊手，"抽签又不是咱们抽，今年世界赛主办方是欧洲赛区，是人家欧洲赛区的官方人员抽。"

周火低头看看自己的笔记本："现在……现在每个进了世界赛的战队都在作法，NSN经理从几天前就开始沐浴焚香了，每天洗手都要用花瓣水的……"

余邃"啦"了一声："……疯了？"

"没疯，人家就是单纯地盼着自己能抽到个好签，能在小组赛遇到泰国、新加坡、印度尼西亚……"周火抬头看看自己战队一群跃跃欲试想在小组赛就搞事情的恶人，面无表情，"我也在考虑，今晚是不是也订点花来洗涤一下我的灵魂……让咱们运气好一点。"

"别。"宸火一脸抗拒，"能不能别丢人？我们好歹是咱赛区一号种子行不行？小组赛就尿，你跌不跌份儿？不用你运气好。"

时洛早就想打圣剑了，也迷信了起来："别订花，你晚上上洗手间别洗手，让手气差一点。"

周火："……"

Puppy咽了一口饭，轻叹："为了早早碰到圣剑，时神逼迫战队经理厕所里开光，讲究还是时神讲究……"

余邃放下筷子，瞬间饱了。

老乔在一旁笑得打嗝，吃得挺香。

"不跟你们扯这个……然后今晚下播之前把护照交给我，要办商签了。"周火翻了翻笔记本，"没什么跟你们选手有关的了，接下来……安心训练，一切都有团队处理，有什么问题及时跟我沟通就好。"

众人点头，吃过饭的纷纷上楼去自己宿舍拿护照给周火，半小时不到，晚餐时间一闪而过，众人回到训练室，直播的直播，单排的单排，又是连着七个小时的训练，凌晨一点钟的时候，周火上楼来催了一声："也别太累了，连着降温加换季，这阵儿感冒的人挺多的，太累了容易生病，真倒了一个两个的，得不偿失，咱们能不能把训练时间缩短至少一个小时？凌晨一点下播行不行？人家 NSN 现在零点就能睡。"

周火最后一句话是对着老乔说的，老乔在给时洛做陪练，头也不抬道："缩短一小时……也不是不行，余邃？"

余邃那边没戴着耳机，闻言顿了一下。

老乔宽慰道："训练强度变大了，等于就是压缩时间了，没少辛苦，早睡一个小时也行。"

余邃点头道："可以，不做硬性规定，一点愿意睡就睡，睡不着随意。"

Puppy 直播了一天，巴不得听到这一声，闻言飞速下播，关了正在排队的客户端，伸了个懒腰走了。宸火不多时正好打完了一局，起身凑在时洛身后看看，走到余邃身后看看，也溜达走了。

"行了。"

又过了半小时，老乔下了自己的客户端，走到时洛身边跟他交代了几句训练时总疏漏的点，接着揉揉眉心，失笑："给谁陪练都没给你陪练累……手速是真快，我眼睛都跟不上你的反应。"

论反应能力，时洛如今已同余邃持平，隐隐还有赶超之势，老乔挺满意，看看时洛没有丝毫血丝的眼睛，叹道："年轻真好。"

从吃完晚饭到这会儿，时洛连着打了七个多小时没间断，这还没算下午的训练，而老乔是从晚上九点开始给时洛陪练的，只打了四个多小时，人已经要废了，老乔揉揉肩颈："不过也稍微悠着点，我其实是不赞同突击手这么往死里训练的，对机体消耗太大，本来就是退役年龄最低的职业，你还……"

"无所谓。"时洛从游戏客户端导出方才的训练视频，心不在焉道，"我用不着打那么多年。"

老乔一愣，看了余邃一眼，明白过来了，翻了个白眼："我就多余关心你……"

"下回得多找个陪练轮着来。"老乔周身不适,"一个陪练真不够你熬的。"

战队里平时找的陪练都是高水平的退役选手,一个小时要一千块钱,老乔心疼战队日常花钱无数,平时能上都是自己这免费劳动力上,给宸火他们陪练一会儿还凑合,今天陪了时洛一晚实在吃不消,拿起外套扶着腰也走了。

"算算时间。"

时洛正在看训练视频,听到余邃跟自己说话,摘了耳机看向余邃:"刚说什么?"

余邃道:"算算老乔给你陪练的时间,发给周火……让周火给他结算一份陪练工资,就说是他的意思。"

"老乔……"余邃缓缓道,"家里以前欠过债,苦日子过太久了,省钱省出毛病来了,整天抠抠搜搜的,出门吃顿饭都要把人家纸巾带回来……自己省就算了,还总想给战队省……自己教练工资就是正常市场价,但恨不得把陪练、数据分析师、心理辅导师、训练室保洁的活全包了……又不缺这点儿。"

时洛看着余邃,挑眉:"刚才对着他怎么不说?"

余邃重新开了一局游戏:"快点发。"

时洛笑了一下,算了算时间,按照余邃说的,把给老乔发陪练工资的事交代给了周火。

发完微信,周火那边很快回复了会结算,时洛把手机放到了一边。

相处时间越长,他越能感受到队长不着痕迹的温柔。

时洛喜欢高强度训练,余邃对这件事并不赞同,但他不会强行介入时洛对自己的职业规划,只会每日顺便帮时洛揉一揉肩膀和手腕,帮时洛放松肌肉关窍。

老乔爱拿饭馆纸巾占点小便宜,偶尔忘了,余邃还会提醒一句:"盘子后面还有一包没拆的,也结了账的。"

余邃从不爱强迫别人什么、纠正别人什么,不管拿纸巾这件事在他看来有多离谱。

时洛突然明白为什么余邃好好一个俱乐部老板,走的不是霸总路线,而是渣男路线了。

Whisper的所有温柔,都以尊重为前提。

时洛垂眸,轻轻吐了一口气。

余邃扭头看了时洛一眼:"叹什么气?"

时洛含恨看着自己的显示器，摇摇头，含糊道："没事。"

余邃不解蹙眉，他游戏还没结束，容不得走神，只得接着玩自己的。

时洛拿起手机来，满心全是恨。

他想发微博。

用小号发微博。

记录一下队长有多好。

时洛放下手机又拿起，几个来回后，前言不搭后语道："我去上厕所……一会儿再回来，还是打到两点再下机。"

余邃马上就要破对方转生石了，闻言轻轻点了点头。

余邃这局游戏自己这边有两个外队的职业选手，打得十分顺手，没一会儿就赢了游戏，破了对方转生石后，回了跟他打招呼的其他选手一个表情符号，退出了地图。

余邃拿起手机，嘴角带着一点儿笑意，熟门熟路地打开了时洛的小号微博。

刷新一下，还没更新。

余邃也不急，隔十秒刷新一下，在刷新了十二次以后，小号微博出现了更新提醒。

"遇到过最温柔的人，Whisper。"

余邃自然明白时洛是在说自己悄悄给老乔涨工资。

余邃点开评论——

发了发了发了！

小作文有点短，但崽崽文笔可真好，前中文、后洋文，前八后七，合在一起，代表着你对我们的爱！

以前眼瞎的我居然喷过你文字莫名其妙，现在细品倒吸一口冷气，不得了，什么时候我可以拥有这种神仙文笔呢？

前面八个字代表着我队明天抽签大吉大利，后面七个字母的意思是一周七天，每天都爱我们！感受到崽的爱了，温暖入睡。

短短数字，史家之绝唱，无韵之离骚。熟读背诵了。

这句话，文笔好到甚至值得镌刻在Free基地门口的石头上！将来让万民传诵，这不为过！

啊啊啊啊啊！好奇死了！别夸文笔了，他不在乎的，直接点！队长怎么温柔了？他帮你们做了什么？？

我知道你不是时神，你可以说详细一点的，记住，你就是个小天使，别有包袱。

我也知道你不是时神，你随便说，多说一点！

唉，指望你没用，@Puppy，去！去余神房间给我们开一场不眠不休的直播，我们集资给你刷他一个亿的。

42

凌晨两点半的时候，时洛看自己小号微博下面的评论，越看脑袋越疼。

"我可能是真的有点欠……"时洛看着粉丝们的评论，表情震撼又纠结，"这评论……这都是什么什么啊？还不如从前呢！继续骂我神经病也行啊。"

余邃刚冲过澡，随便穿了件半袖和运动裤当睡衣，过来看了一眼："夸你还不行了？"

"现在这已经不是夸……这是捧杀。"时洛有一瞬间对自己都产生了怀疑，"我文笔真就这么好了？都说我是电竞才子，我以前写的那些真就那么棒吗？"

时洛不忍直视地刷评论，隐隐担心："照着这个架势下去，我甚至都担心有粉丝会把我小号微博内容做成灯牌带去赛场。"

余邃想象了一下那个盛况，竟觉得还不错。

时洛放下手机："被吹得……我都觉得我可能还真是个被网瘾耽误的文豪。"

余邃："……"

余邃静了片刻，道："虽然对我自己没什么好处，但我建议你再看看你大号的评论，冷静一下。"

时洛顿了一下，拿起手机来登录自己官方账号，没来得及看评论，先看到了已经爆了的私信，时洛点开——

他咋就温柔了？别整天不务正业，好好练枪。

时神，虽然知道你不会说什么，但我还是要来提醒你一下，不要对那个队长太放心啊！

咋就温柔了？崽子争气啊，别人随便给你倒杯热水就觉得他温柔了？！

虽然我其实是 Whisper 的粉丝，但我还是来说句得罪人的话，你一定要冷静一点。

时洛看了一会儿人间真实，逐渐恢复了正常："……你到底是造了多少孽，让你自己的粉丝都在劝我？"

"不知道。"余邃被说渣男早已麻木，"很早的时候就整天被叫渣男了……有一年过年回家的时候，我爸还特意问过我。"

时洛偏头看向余邃："问什么？"

"问我……"余邃回忆自己爸爸的原话，费力道，"是不是利用年轻粉丝的盲目追星心理发展过很多段不道德的感情。"

时洛呼吸一紧。

"他不懂这个，就是偶尔搜我 ID，总能看见有人在说我是渣男。"余邃闭上眼，"一度误会很深……让我爸觉得我私生活出乎他意料地浪荡，还专门给俱乐部打过电话，让俱乐部对我加强管理。"

时洛笑了一下，片刻后低声道："用不用帮你澄清一下？"

"这有什么好澄清的？"余邃本来也不在意，"别人说就说。"

太晚了，余邃和时洛早就困了，说完，就各自回房间睡觉了。

翌日，都在等晚上的抽签结果，没人有心思好好训练，老乔也没安排，依旧是让众人自由训练外加补直播时长，Puppy 和宸火也是如昨日一般地划水直播，只有耿直的时洛还在苦苦单排，一会儿也不休息，老乔看了都心疼："你歇会儿，这么熬真不行。"

时洛摇头："我不累。"

老乔真心道："我没说你，我是说你粉丝这么熬不行。"

时洛："……"

老乔给时洛做陪练已经做出阴影了："做你粉丝难不难？倒了八辈子霉，整天跟着你高强度训练，你连个麦都不开！多枯燥！人家粉丝将来又不打职业联赛，看你这种机械训练有什么意思？"

"歇一会儿。"老乔低声道，"周经理昨天大半夜找我，非要给我补陪练工资。"

老乔拒绝了几次，奈何耗不过周火，多拿不少钱自然还是开心的，老乔拍拍时洛，催促道："我这个月要多拿不少钱，给你们买了蛋糕……下楼去吃，歇一会儿再上来。"

时洛没提余邃让自己去找周火的事，怕老乔多问露馅，只得关了直播，起身下楼去了。

余邃刚刚打完一局游戏，抬头往时洛的机位看了一眼，问老乔道："他还差几个小时？"

"还差……"老乔点开时洛桌面上没退出的直播助手，"他这个月肯定补不满了……再播五个小时就能拿大半直播签约费了。"

余邃取消了游戏内排队，拿起手机给时洛发了条消息。

片刻后，余邃手机振了一下，他扫了一眼，起身。

基地一楼，时洛抽过纸巾擦了擦嘴唇上的奶油，退出微信界面，打开了自己签约直播平台的 App。

App 推荐首页，Evil 直播间显示在线。

时洛点进自己直播房间，直播间依旧没开摄像头没开麦，十分安静，片刻后，只见界面中，游戏客户端被打开了，自己的账号被退出。

粉丝们对时洛秒下播又秒上播有点不懂，开始刷弹幕。

刚才基地断网了吗？Hhhhh（哈哈）。

是要登小号，不小心把直播间关了吧？

大号进了国服前十，又开始练小号了吗？我洛好勤奋！

我有点顶不住了……你不累吗？别人直播间都在唠嗑，只有我们直播间，宛若在冲刺高考。

顶不住 +1，时神直播间学术气氛太浓了，从昨天开始就高强度训练我们。

时洛的官方游戏账号被退出，游戏客户端回到登录界面，直播界面里，只见鼠标光标移动到登录账号处，正在直播的人一个字母一个字母地输入自己账号——

Free-Whisper。

登录界面，密码是默认隐藏的，但游戏 ID 并不。

操控电脑的人飞速输入账号密码，成功登上客户端。

时洛默不作声。

直播间里弹幕飞速叠满，时洛不得不设置了精简模式才能勉强看清几条。

这……什……么……情……况？

呃……时神这是突然想玩医师？借了 Whisper 的号在玩？

他借个头，时恁自己有个医疗师账号，早就不用了的那个。

到底什么情况？

@Free-Whisper，这里有个小朋友在偷玩你的号。

我疯了，是不是在偷偷玩队长的账号？哎呀……萌死了。

瞎说话那个，你、号、没、了。

不要瞎带节奏！我洛只是看不下去队友的懒散！自己进了国服前十还不够，还要把队友账号也冲进国服前十！我时恁上进心就是这么强！

游戏正常登录，操控电脑的人开始调试键位，把几个常用键位换成了他顺手的，而后光标下移，点开了直播助手，打开了麦克风。

几声键盘声后，直播间里传出余邃的声音。

"没人玩我的号，他下去吃东西了，我替他播一会儿。"

时洛把手拍在脸上。

这下调成精简模式，也看不清弹幕了。

你语气为什么这么自然？

我死了我死了我彻底死了……

是觉得 Evil 连着直播太久太辛苦吧？啊，余渣男杀我！

余神，你有工夫给别人补时长，有没有考虑过给你自己直播间补一下？

余神，好歹你是姐姐看着长大的，告诉姐姐，你真的是头一次当队长吗？

这是什么绝世温柔渣男啊啊啊啊啊啊啊啊……

怕房管封号，好多话都不敢说，啊啊啊啊啊啊……

要不要这么贴心啊？跪。

直播平台要乐疯了吧？花一份签约费，有两个选手播。

余邃点了排队，医疗师排队时间相对短一点，点了后秒进，余邃进了地图买了基础装备，倒计时结束后，余邃一边继续调整游戏内他和时洛不同的键位，一边打，中间还能同弹幕互动一二。

"时神知不知道？他当然知道。

"他不在旁边，在楼下。

"刚才我给他发了消息，说给他补一会儿时长……他说好。

"以后还补不补？那得看时神了……看他让不让我玩他直播号了。"

楼下，时洛怕阿姨看见自己表情不自然，端着蛋糕去了窗边上，边机械性吃蛋糕，边看着手机直播。

"我为什么给他补……"

直播间里，余邃拿了一血，声音里带了淡淡的笑意："我为什么给他补？这问题问得好……我自己乐意呗，还能因为什么？

"他没主动叫我。"

直播界面，余邃的医疗师砍瓜切菜，又收掉一个人头。

"我就是想帮他补时长，就是喜欢你们直播间。

"我自己的直播间……继续长草吧。"

43

自己在基地一楼休息，楼上自己直播间正常直播，人气还巨高是一种什么样的体验？

众多选手中，只有时洛有过这种经历。

毕竟替人补时长这种事还是头一次有人做。

还做得十分认真，代播的某人的直播质量十分高，国服前五十的超级高端局里操作"天秀"，直播间语音是开着的，时洛键盘的声音较余邃自己的要大很多，几拨单杀里，清脆快速的键盘敲击声配合着游戏画面对手的应声倒下，节奏感极强，对看直播的人来说，这观赏体验简直是享受。

代播的某人不像一些主播有了高光操作必吹自己一拨，他打得十分安静，对局紧张的时候只能听见他的键盘声，自己秀了不吹，队友失误了送了，他也不说什么，连个遗憾的语气声都没有，能帮忙收尾就收一下，没法帮就撤，等着下一拨机会。

标着"Free-Evil"的直播间人气飙得实在太快，第一局要结束的时候，因为人气增长过快，直播平台的超级管理还以为数据异常了，进了房间一次，询问一下是不是有什么问题。

正在想办法破对方转生石的关键时刻，突然被超级管理查房，余邃忍不住笑了一下。

楼下拿着手机看直播的时洛，听代播的某人笑了一声。

"你……"

时洛实在受不了自己，本能地回头扫了一眼，见一楼阿姨没注意到自己才松了一口气。

时洛实在是怕人看见，边心虚地给自己戴上卫衣的兜帽，边声音很小地自己骂自己："你头一天看他直播吗……紧张个头啊。"

超级管理不明所以，还在一脸茫然地询问："Evil，这是咋了？"

代播的某人破了对方转生石，开麦道："我们队的 Evil 选手有点事，我替他播一会儿……应该可以吧？"

"Whisper？"超级管理吓得呛了一声，忙不迭道，"当然可以，随随随意……播吧，随便播。"

超级管理估计也没想到余邃能这么坦荡，吓得退出房间，余邃继续排队。

楼下，时洛把头抵在玻璃墙上低头看手机，看着自己直播间人气继续飙升，看着余邃等排队的时候顺便替自己整理显示器桌面，看着余邃等排队的时候点开扫雷玩，听手机里传出余邃很轻的声音："这电脑居然只有一个扫雷游戏……"

时洛再次自我怀疑，自己是疯了吗？

连个脸都看不见，只是看着直播界面里余邃玩扫雷，自己就能看这么半天，这是中毒了吧？

Whisper 选手问题太大，这个人就有毒。

手机屏幕里，玩扫雷的鼠标点得很快，不多时，游戏提示已匹配到队友，扫雷窗口被缩小，游戏人物进入了游戏地图。

手机中传出来余邃的声音："播多久？播完这局吧……

"什么时候再来……这得问时神了。

"我平时是不是也叫他时神……当然不是。

时洛突然被点名，心跳又快了几分。

"平时怎么可能叫这个……跟队内其他人平时也不是整天叫什么神什么神，多奇怪。

"私下怎么叫他的……"

直播画面里，医疗师收下一血，心不在焉道："……那就不太方便说了。"

直播间再次被弹幕淹没。

时洛想了想，余邃对他的称呼其实蛮多的。

对外接受采访的官方场合一般是"Evil 选手"，类似直播这种不太正式的时候就是"时神"，跟圈内朋友提起来是"时洛"或是"Evil"。

直播间里，余邃又收下一个人头，语气十分自然："也没什么奇怪的，就正常称呼，他都接受。"

余邃一边打游戏一边时不时地与粉丝互动两句，不到半小时，第二局游戏结束了，余邃退出地图。

直播界面，余邃的声音从手机中传出来："你上来自己播，还是我继续？"

时洛吃了一惊。

虽然很想装没看，但时洛还是老老实实缩小直播界面，给余邃发消息："我上去自己播。"

直播间里传出嗡的一声提示音，继而是手机放到桌上的声音，余邃道："时神要上来自己播了，我撤了。"

时崽也在看直播吗？

时崽也跟我一起看直播吗？ Hhhhh，时崽，你好。

别走别走别走别走别走别走……以后我们这个直播间就是你的了！真的！！

或者你俩要不一起？

别走，感恩时神……Whisper 粉丝非常满足，渣男终于直播了，好久没见他了。

有句话我已经说腻了——余渣男为什么这么好？啊啊啊啊啊啊……

真的要走了吗？从昨天开始看时神的人表示感谢余神救我们于苦难……请常来。

余邃退出游戏账号，打开直播助手，关了时洛直播间的语音。

时洛在楼下厨房里用凉水冲了好一会儿脸，被阿姨嚷了以后才关了水龙头，时洛照照镜子，待自己脸色恢复如常后才上了楼。

二楼，Puppy 酸溜溜地道："余神，也替我直播一会儿呗？我也累了。"

余邃坐回自己机位上："累了就下播。"

"你个浑蛋……"Puppy 叹口气，跟自己直播间的粉丝道："别嚷了，没用，我面儿不够，请不来。"

Puppy 看到了一条"余神给时神直播是因为时神欠时间太长呀，你没有欠时长才没帮你的"的安慰弹幕，啧啧道："不用给我台阶下，我就是这个月一分钟没播他也不会帮我的……"

直播间摄像头里，时洛上楼来了，Puppy 及时收声，他对摄像头使了个眼色，鸡贼地把摄像头转向时洛。

Puppy 直播间里，时洛坐下来先抹了一下下巴上的水珠，稍微调整了一下座椅，打开游戏客户端一键恢复自己的原始设置，而后戴上耳机，低头按手机。

Puppy 转回摄像头，小声道："给余邃发消息呢，这俩人平时在一个训练室里有话不直接说，发微信玩儿，你说这网瘾得多大才会同屋还发消息？没见过吧……我也没见过。"

时洛确实正在同余邃发消息。

也确实不方便让人知道。

【Whisper】："忘给你把键位调回去了，自己调一下，别排进去了再着急。"

【Evil】："知道，没事。"

【Evil】："余邃……"

【Whisper】："嗯？"

【Evil】："没事，以后再说。"

【Whisper】："你说，我先不排。"

余邃果然取消了排队。

【Evil】："……"

【Evil】："……队长，你人太好了。"

余邃低头看了一眼消息，笑了一下。

【Whisper】："出息。"

时洛把余邃的信息看了好几遍才静下心，继续排自己的。

几人自己练自己的，中间下楼吃了晚饭，上来继续练自己的，直到晚上八点五十分。

训练室里，老乔把自己的电脑连上训练室大屏，开了抽签直播界面，摩拳擦掌，催促："别打了，没排队的都取消，看抽签了。"

周火也端着摄像机上来了，摆好摄像机紧张道："整理整理仪容仪表。宸火，你头发让耳机压塌了，自己抓一抓。时洛，把衣服穿好，袖子挽这么高做什么？匪里匪气的……好了好了，都坐好。"

几人退出游戏，转椅都转向训练室中央大屏。

时洛低声喃喃："圣剑、圣剑、圣剑……"

周火瞪了时洛一眼，反向施咒："不要圣剑、不要圣剑、不要圣剑……"

老乔无语："别幼稚了行不行！相信科学！我跟你们说，按照以往经验，咱们这种初建队的战队一般会变成经验宝宝，去世界赛给各个战队贡献积分送温暖，而且总能遇到死亡之组，放心吧。"

周火忙改口："不要死亡之组，不要死亡之组，不要死亡之组……"

"我也觉得八成要碰到了。"Puppy 倚在转椅上，原本懒洋洋的一个人难得眼中有了几分戾气，"碰就碰。"

宸火冷笑一声："这也快一年了，从赛季初打了个 1V1 以后再也不约训练赛了，这么久了，是骡子是马……看看呗。"

余邃一言不发，淡然看着大屏。

抽签直播中，主持人开始介绍小组赛抽签规则。

每个赛区两个战队名额，再加上外卡赛区，一共十六支队伍，不分一号二号种子，全汇总在一池之中，本着同赛区不同组规则抽签分到四组之中，一组四个战队，每组在循环赛后出线两支战队。

也就是说 Free 在小组赛时期除了遇不到隔壁 NSN，其他所有战队都有概率遇到。

"小组赛的时候怕同赛区的战队让分送分，所以不能安排到一起，要是没这个规定，咱们和 NSN 撞到一组了，"老乔给周火讲解，"就跟之前打升降级赛似的，万一其中一个在悬崖边了，另一个同赛区队伍有可能出于感情因素，在确定出线后故意输给悬崖边的一队，那就不公平了。"

周火点头："懂了，开始了开始了。"

ABCD四个小组，首先开始抽A组。

抽签正式开始，训练室内的几人除了余邃，都不再摊在转椅上，微微绷直了上身。

开门红A组第一支战队：越南战队，二号种子战队。

时洛眼里根本就没别的人，心里全是圣剑，其他什么都不重要。

抽签继续。

A组第二支战队：日本队，二号种子战队。

负责抽签的官方人员负责地全方位展示好手中的战队ID和队徽，反复确定，磨叽得让时洛上火："能不能找个利索的人抽？这还有十几支战队呢，抽个签还抽半小时？"

"别急别急……"宸火自己也急，已经站起来了，"快点！"

抽签的官方人员放下已抽出的签，继续抽签。

A组第三支战队：泰国，一号种子战队。

依旧不是本土赛区也不是强队，官方人员依旧全方位展示泰国战队的各项信息，时洛也放弃着急了，只在心里不断默念：圣剑、圣剑、圣剑……

不怪时洛太执着，这支战队可以说是时洛一生之敌。

当年拆了老FS害得几人分崩离析，余邃远走德国，确实是季岩寒那个浑蛋在搞事，但圣剑俱乐部趁火打劫，也绝对没那么干净，更别提他们先卖Puppy再卖宸火，后来又是威胁又是羞辱本土赛区其他战队……时洛很期待世界赛，很想要拿成绩，但更想跟这支战队在国际赛事上硬碰硬一次。

他们不是说余邃回国后也不会再夺冠吗？那大家就试试。

时洛这一赛季能拼了命地训练，圣剑也算是一大助力。

"圣剑……"时洛已经念叨出声音来了，"圣剑……快点儿啊，A组怎么还没抽完呢！"

直播界面里，抽签的官方人员抽取A组最后一签——

镜头给到特写，A组最后一支战队被官方人员从签池里取了出来，打开。

官方人员摊平，微笑着边展示边道："Free！"

时洛："……"

宸火："……"

老乔："……"

Puppy:"……"

周火吃惊。

余邃愣怔了几秒后面无表情道:"恭喜大家,今年保送出线了。"

时洛静默两秒后,心态彻底崩了。

时洛甚至不想看NSN的抽签了,狂怒道:"这什么玩意儿?这人会不会抽?圣剑呢!我的圣剑呢!!"

"天选之子,天选之子……"周火热泪盈眶,哽咽,"我就是那个天选之子!越南、日本、泰国……从没听说过这几支战队,我爱它们!"

时洛心态炸了,吼道:"我也没听说过!我不想跟它们一组!"

周火高兴得吼了回去:"你以为人家三支战队想遇到你?!"

周火不想笑,但是忍不住:"噗,哈哈哈哈哈哈哈……"

44

"百年难得的好分组,居然就让我遇到了……居然就让我遇到了……"周火太过开心,根本不再拍选手,把镜头一转,干脆拍自己,感慨万千,"我其实早就在考虑抽签分组的事了,我心里有个准备的,最差就是遇到圣剑,再来一个北美最强,再来一个韩国最强,加上我们,拼成一个至尊死亡分组,而且就这几个选手的破运气,这个概率真的很大!"

周火唏嘘:"我连小组赛一轮游的可能都想到了。我只想到了我们怎么输,万万没想到……"

周火对着摄像机拜了拜,心中满满的全是感激:"居然送给了我们一个保送分组,谢了谢了,锦鲤没有白白转发,感谢锦鲤!"

周火激动不已,自拍后继续拍选手,一队的人,除了周火自己,都没什么太好的脸色,时洛脸尤其黑,周火不知死活地撑在时洛脸上,高兴地问:"Evil为什么不开心?"

"别人是去打世界赛……"时洛满身煞气,冷冷道,"到我这儿突然变成亚洲杯了,我该高兴吗?"

老乔没忍住,喷了一口水出来。

"打亚洲杯有什么不好?亚洲战队热情好客……"周火喜气洋洋,"日本、泰国、越南，哈哈哈哈哈，对哦，还真的都是亚洲的，哈哈哈哈……"

时洛被气得心脏疼，推开摄像头，不让周火拍自己，阴着脸继续看抽签。

自己战队是定下来了，老东家还没呢。

直播界面，B组已经抽完了，这组还算均衡，一个韩国队、一个北美队、一个瑞典豪门队、一个日本经验宝宝队。

"老顾他们要碰圣剑了吧……"宸火看了看剩下还没抽出来的八支战队，抓了抓头皮，皱眉道，"……剩下几支队伍大多数是强队啊，NSN今年有点难。"

时洛还在对圣剑耿耿于怀，凉凉道："一共也没几个经验宝宝，咱们一个组就占了三个，后面当然全是强队了。"

周火本来已经不乐了，闻言又高兴了起来，捶着桌子闷声笑："三个经验宝宝……输都不知道该怎么输……"

余邃拿起靠垫砸向周火，周火被砸得老实了不到半分钟，又抱着靠垫笑了起来。

C组抽签开始，第一个就是NSN。

众人神色认真了几分。

C组第二支战队：北美强队。

C组第三支战队：韩国强队。

"我天……"周火脸上笑意浅了几分，干笑，"这个剧本……稍微……跟我那个噩梦怎么有一点像呢……"

时洛眉头一点点皱起。

宸火深吸一口气，喃喃："别告诉我今年主角剧本是NSN的了……"

Puppy小声道："我怎么觉得老顾凉了呢……"

直播界面，抽签官方人员展示介绍过韩国战队后开始抽最后一签。

官方人员展开C组最后一签：泰国另一战队。

抽签剩余的四支战队并没有赛区冲突，C组不用考虑换位问题，抽签可以生效，D组也算是自动生成了。

"还行，"老乔舒了一口气，点头道，"圣剑在D组。其实除了咱们A组弱队太多，剩余三组都挺均衡的，基本都是两三个强队一个宝宝。"

"C组其实有点死亡组的意思。"宸火看着显示屏上分好的几组道，"老顾他们组的北美队还有韩国队都很强的，NSN小组出线没那么稳。"

"看他们自己了。"Puppy 看着分组缓缓道,"希望也不小,就看到时候发挥了……还行吧,其实我挺想去 C 组的,D 组也行。"

周火瞥了 Puppy 一眼:"并不能稳出线的小组有什么好的?悬着心的感觉很好玩?"

"悬着心的感觉当然不好玩。"余邃倚着电竞椅,看着屏幕中诸多豪门战队,眸子微微发亮,"……但亲手淘汰强队的感觉很好玩。"

Puppy 拍桌一笑:"对头!那种快感,可以抵消前期一切辛苦。"

宸火点头赞同,邪笑一声:"亲自送强队回家的感觉……哇,真的,谁经历过谁懂,爽!"

周火难以理解:"你们都怎么回事?"

余邃转身回到自己机位前,淡淡道:"等到了世界赛,有机会送走一个让你看看,你就懂了。"

周火懵懵懂懂:"好……好吧,不过你们给我收起这套说辞来,被采访的时候只要说你喜欢挑战强队就行了。"

"行了,还不一定怎么着呢,现在就预定强队了?"老乔最怕几人飘了一膨胀被人小组赛送回家,"接着训练,小组内三个队伍的数据我去收集一下,跟咱们数据分析师去研究一下。"

老乔嘴里说着不让别人飘,自己也忍不住笑着低声抱怨:"找资料都不一定好找……谁平时没事儿闲到看日本赛区的比赛?"

周火手机响了一下,他看了一眼,迅速恢复了喜气洋洋的神色:"NSN 经理来恭喜我了,他说我福气好。说真的,我感觉他的语气有点酸。"

周火美滋滋地给 NSN 经理回复,嘴里念念叨叨:"抽到三个经验宝宝的福气可不是人人都有的,真的,还是我们时洛说得对,迷信那些有什么用呢?焚香沐浴的,不如我……"

抽到个送分题分组,时洛本来就烦躁,他受不了周火神经兮兮的,连轰带赶地把周火扫出了训练室。

时洛头一次进世界赛,本想在小组赛时期就毁天灭地,一路高歌,杀进八强,现在宏图伟业落空,看谁都不顺眼,一想到圣剑在 D 组作威作福没人管教更不爽,晚上的训练强度更大了,一局接着一局,打得极快。直播间粉丝对着时洛的枯燥直播一开始还敢怒不敢言,后来也造反了,一直刷弹幕,让余邃来。

@Free-Whisper，这里有个小朋友疯了，你管不管？

让余神来代播一会儿吧。

是抽签抽得太好了时崽开心坏了吗？

应该是太开心了，百年难遇的一个好分组呀，Hhhhh……

A组的泰国队在推特上刷了一拨哭泣表情，笑死了。

要余神要余神要余神要余神……

别刷Whisper了吧，又不是Whisper直播间，不好吧。

时神这会儿心情似乎不是特别好……最好别刷了。

感觉时神这会儿心情不是很好+1，虽然不知道为什么，还是别惹队霸了。

时洛结束了一局游戏出来，迅速点下排队。

他国服排名太靠前了，匹配范围太小，排队越来越慢，等排队的时候，他点开直播助手看了看。

弹幕还有不少人在刷余邃，也有不少人在劝不要刷了，时洛现在看见了可能要炸。

时洛顿了一下，点开直播设置，开了语音。

直播间里嗡的一声，弹幕里刷余邃的瞬间没了，开始尿尿地祝时洛世界赛旗开得胜。

"没生气。"时洛抬手调了调麦，语气如常，"Whisper单排了，不方便。"

直播间粉丝瞬间放心了，刷礼物的刷礼物，送祝福的送祝福。

从明天开始就要集训了，打练习赛的时候是不能直播的，这可能是世界赛之前最后一次直播了，时洛干脆将摄像头也开了。

小号被曝光后头一次开摄像头直播，时洛还有点不太自在："……聊一会儿，别刷礼物了，看不清弹幕了。"

时洛不常在直播的时候互动，粉丝们瞬间兴奋，马上开始狂刷弹幕。

摄像头里，时洛看了一眼其他队友，确定他们都戴着隔音耳机后声音还是降了八度："聊一会儿，一会儿就休息了。明天开始打练习赛，等签证下来就提前去德国，倒时差，熟悉熟悉饮食，然后就世界赛了。"

时洛看着弹幕，蹙眉道："NSN的分组？还行吧……没我们的那么轻松。

"不一定和NSN一起飞，我们经理应该是想要提前去。

"早去晚去差不多，去了也是找个网吧或者找官方要设备要场地打练习赛，一样的，只是提前适应环境。

"和谁打练习赛？不一定，约到哪个就是哪个，约不到的时候天使剑他们随时在，帮忙陪练。

"天使剑……嗯，他们战队主动说会帮忙陪练。

"不用带翻译，他们几个都会德语……"

弹幕全在刷让余邃给时洛当翻译，时洛当作没看见，道："我没事……会去的公共场合基本都会英语，应该没问题。"

一拐到余邃这里就没人再聊世界赛的事了，弹幕一窝蜂全在问余邃的事。

时洛大海捞针都找不着一条其他弹幕，时洛无法，确定都在单排，没人听得到自己声音后才压低声音道："他……今天就是一时性起。

"看我实在播不完而已。

"我平时怎么叫他？叫余邃、余神、队长、Whisper。"

弹幕还不依不饶，时洛无法，不太自在地又道："……以前叫过哥。

"为什么叫哥……因为他比我大。

"叫 Whisper 来……他在单排，不可能的。

"他听不见我说话。

"跟他自己游戏音量大小没关系，我们耳机都是隔音的，戴上就听不见了。"

"而且……"时洛还没排队成功，他从自己游戏客户端看了一眼余邃当前状态，低声道，"他一下午已经冲回国服前五了，正在冲国服第一，在打超高分局，不可能分心的。"

粉丝也清楚，但时洛话刚说完，他游戏内好友界面闪了一下。

时洛直接点开——

【Free-Whisper】："听得到。"

【Free-Whisper】："没你想的那么专心。"

时洛："……"

时洛不信邪地看向余邃方向，余邃确确实实在游戏中，也戴着耳机了。

游戏中的余邃卡着一个给自己补血的时间打开聊天窗口飞速给时洛打字。

【Free-Whisper】："开着你直播间当背景音了。"

【Free-Whisper】："打个国服前五的局就已经不能分心了？"

【Free-Whisper】:"时神,是多小看我？"

45

两人从抽签开始就没说过话了,看完抽签后,余邃也一直在冲自己的分,看都没看过时洛一眼。

时洛是真的没想到。

当然,时洛直播间的粉丝是更没想到。

666666……

Hhhhh,提醒一下,我们能看见你俩游戏内聊天。

有些国服选手,表面上在认真冲分,其实是在听小朋友直播。

跟一个渣男做队友是一种什么样的体验？谢谢时崽,见识到了。

跟一个特别会说话的渣男做队友是一种什么样的体验？谢谢时崽,见识到了。

跟一个特别会、游戏又打得特别好的渣男做队友是一种什么样的体验？谢谢时崽,见识到了。

所以 Whisper 跟我在一个直播间？

讲真的,我一开始还不懂,什么神人管得了我们冷酷时崽,现在懂了。

现在懂了 +1,我一开始还想不通时神怎么能在小号上那么崇拜余神,给我余渣男这么一个队长,我能比他更崇拜！！

余邃开着时洛直播间当后台,时洛更不敢多说什么了,想下播又太刻意,该死的高分局突击手排队还慢,最绝望的是刚才想着粉丝要好久见不着自己了,还开了摄像头……

时洛努力做好表情管理,让自己显得不是太在意,反复点开游戏客户端看排队,排队时间一点点增长,但就是排不进去。

时洛好几分钟没说话,余邃那边又在游戏内给他发消息。

【Free-Whisper】:"不好意思说话了？"

【Free-Whisper】:"我把直播间关了？"

时洛揉了揉眉心,这人又开始装体贴了……真那么体贴,你一开始就别说话啊啊啊啊!

弹幕也开始疯狂刷让余邃留下,让余邃别走。

时洛清了清嗓子,正要说话,看见了几条不那么和谐的弹幕。

服了,这还羡慕?有什么羡慕的?

有毛病,绝对是商量好故意秀的,游戏内聊天能直播出来,职业选手了,能不知道?

我队友要是在我冲分的时候分心,还跟别人在游戏里聊天,我……

我就不信这不耽误他游戏,这种高端局不耽误?输了算谁的??

66666,国服前几的局,划水演戏,这还有人羡慕,服了。

长得帅,所以可以演队友,可以可以。

判断一个选手是不是废了,先看他是不是在认真训练,世界赛……懂的都懂。

这局绝对输了,提前心疼可怜队友。

时洛直播间流量一直很大,时洛自己也喷人,平时各种黑也不少,现在因为余邃,各种奇奇怪怪的黑就更多了,时洛直播间的房管有限,一直封也封不过来,总有人在不断复制粘贴,喷时洛,喷余邃。

时洛眯了一下眼睛。

要是以前,时洛必然要开麦喷回去了,谁也不欠谁的,你喷我,我喷你,多公平。

时洛并不如余邃一般能真的对一切恶评都无所谓。

但现在……

时洛顿了一下:"房管别禁言,不用。"

时洛说罢,犹豫了片刻,点开和余邃的游戏内好友聊天界面,刚要打字,想起余邃听得见,开麦道:"Whisper?"

时洛道:"还在吗?听得到的话游戏内给我打个表情,随便来个表情就行。"

时洛话音刚落,游戏内余邃回复——

【Free-Whisper】:"听着呢,说。"

时洛道:"我在游戏内给你发个 OB 邀请,行吗?"

时洛扫了一眼弹幕,沉声道:"有人想看看你是怎么打国服前五局的,我从我直播间里转播一下，行吗？"

时洛刚说完，游戏内弹出一条系统消息。

"系统提示，您的好友Free-Whisper请您同视角观看游戏。迷雾之中，好友相随。请问您是否接受？"

时洛点了接受。

时洛游戏内排队自动取消，加载片刻后，时洛的游戏画面变成了余邃的。

OB好友时不能有任何操作，时洛索性双手离开键盘，左边看着余邃游戏内画面，右边看着直播助手里唰唰闪过的弹幕。

时洛粉丝都在说没必要，让时洛不用理黑子，又担心余邃一会儿真输了被人带节奏，劝时洛关了OB，时洛没说什么，只道："看。"

游戏内，余邃这一局刚开了不到十分钟，两边各拿了对方五个人头，大体势均力敌。

时洛自己和弹幕继续互动。

游戏界面，余邃队友一不小心送了一个人头。

"余邃输了怎么办？游戏有赢就有输，但现在还没输……"

游戏界面，余邃配合队友自己往前佯攻了一拨，让两个队友一口气放下了六个净化皿。

"怕不怕余邃输了他会怪我……不怕啊。"

游戏界面，余邃拖着血皮退后，藏回了掩体内补血。

"怕不怕吵架……不怕。

"吵没吵过架……吵过，动过手。

"谁动手了……我。"

时洛话刚说完，余邃没忍住笑了一声，游戏内人物都抖了一下，余邃低低的笑声通过时洛的麦克风清晰地传进了直播间。

直播间里，隐隐能听到余邃在不远处边打游戏边轻声道："好好聊你的，总逗我笑算不算耍赖？你是对面派来的吗……"

时洛笑了笑，继续跟弹幕聊天。

"为什么今天这么密集地直播……因为今天结束以后就没娱乐局能播了。"

游戏界面，余邃两个突击手队友有些冒进，被对方抓住了机会，余邃迅速给一个队友补了盾，而后直接绕后，切到对方背后，仗着自己走位刁钻一刀结果了对方的医疗师。余邃队友一个死了,另一个收割战场,打了个一换三。

"再直播应该就是世界赛之后了……"

游戏界面,余邃没死的突击手队友本来要先补血,余邃打信号让他先下净化皿,自己则一边替突击手当掩体一边替队友补血套盾。

"Puppy?他也不能播。"

游戏界面,对方复活后去边侧偷偷清毒,余邃这边狙击手出于视角原因,还没发现。

"练习赛内容要保密的,打练习赛的时候除了教练和分析师团队,经理都不能随便进训练室,直播更不可能。"

余邃已听到了声音,在地图上做标记示意狙击手配合,余邃和突击手包抄,三打二,再次灭了对方两人,不等对方复活,余邃打信号示意队友别再管地图边缘,主攻地图中路。

"这种局对职业选手来说难不难?当然难。"

游戏界面,余邃两个突击队友不断放净化皿,余邃突然转到队友右侧灌木丛里,一个旋踢,一脚踹出了对方蹲在灌木丛里等着伏击的突击手。

"很难……但分人。"

游戏界面,余邃旋踢绕后出刀,干净利索地结果了对方突击手。

时洛看着余邃脚本级别的操作,眼睛发亮。

游戏界面,余邃一方得理不饶人,借着对方这十来分钟的不断减员带来的大劣势突攻猛进,一路碾压到转生石。余邃这边一个突击手可能是打"嗨"了,也可能本身就素质一般,不破转生石,踩着对方转生石杀人,余邃没理他,匕首插进了转生石,游戏结束。

游戏内,时洛刷新了一下国服排名,Free-Whisper国服排位赫然已是第三。

黑粉们这会儿自然没脸再刷弹幕了。

时洛咬着烟蒂,扫了一眼满是"666666"的弹幕,已经不用再说什么了。

和一个特别会、游戏又打得特别好的渣男做队友是一种什么样的体验?

就是这种体验。

时洛本来只想替余邃清一拨节奏,免得黑子们喷余邃国服高端局演戏什么的,不想活活被余邃的"天秀"操作震撼了,他自己先不好意思了,退出好友OB界面,余邃那边却又弹了一个OB邀请过来。

时洛蹙眉，摘了耳机看向余邃："还 OB 你？"

训练室里，余邃也摘了耳机，把耳机挂在脖子上，拿过矿泉水瓶拧开，喝了两口："你今天打得够多了，OB 休息会儿。"

时洛今天确实连续高强度打了不少，他想了片刻，不再排队，就开着直播看余邃打。

时洛轻轻吐了一口气，在心里保佑余邃别翻车。

余渣男就是来给自己小队友撑场面的，自然不会翻车。

当晚，余邃连胜三场国服高端局，在战队规定的下机时间前，时隔两年，稳稳当当、顺顺利利地在这个赛季将要结束时将自己大号冲回了国服第一。

打完最后一场，余邃杀人诛心，不忘给时洛发了条好友消息——

【Free-Whisper】："有多难？"

时洛是真的佩服，表情是真的没法管理了，抬手捂住摄像头，勉强说了句"世界赛会努力，比赛后见"，耻辱下播。

46

时洛下播后，当晚直播视频不出意料地被人剪辑了好几个版本，其中一个叫"带你体验和余渣男做队友是什么感觉"的视频由于被 NSN 的瓦瓦用他的官方大号转发，又被好几个选手转发点赞，不到一天转发就过万了，时洛的小号不出意外地又被粉丝拿出来轮了一圈。

这拨时洛倒扛住了，不是他脸皮厚了，而是隔日 Free 就开始了魔鬼训练，每天上午十一点正式开始，一直打到下午六点，中间一小时边复盘边吃饭，然后继续一路打到晚上十一点，而后根据当天的训练情况复盘一到两个小时。每天凌晨躺下的时候，时洛几乎是沾床就睡，根本就没时间上网，不知道粉丝是怎么围观他小号的就还好，只是不上网挡得住粉丝的调侃，挡不住圈内人的调侃。

每支同他们打练习赛的战队，只要有余邃或时洛的朋友，必然明里暗里调侃，这几乎成了每天的固定节目和解压项目。

除了 NSN，其他国内战队本该放假休息了，来打练习赛基本就是在帮忙，单纯就是想给同赛区的世界赛战队帮点忙。人家牺牲自己假期给 Free 做嫁衣，都是善意的，时洛也不好说什么，被调侃了就装没听见，闹得太厉害了，余邃会打个圆场结束话题，当然，余渣男立场也没那么坚定，仗着没外人没直播，很多时候还跟着一起逗时洛。

其他选手练习赛时不直播，练习赛后是会直播的，偶尔聊起 Free 来，选手们都是一脸笑而不语。天使剑有天直播被问是不是天天和 Free 打练习赛，天使剑回了一声是，被人追着问，天使剑笑了半天，道："太具体的不方便说，总之……感觉余神比刚回国那会儿状态好了很多，话多了，放松了，应该和 Evil 是有关系的。"

粉丝们还要问细节，问练习赛的时候余邃是不是超级照顾时洛，天使剑失笑："怎么可能？打练习赛的时候和正常队友没什么区别，Evil 失误的时候，余邃还是会说的。我们每打完一场就要连麦，我们这边跟 Free 那边说他们的问题，然后听他们讨论，有一局时洛判断有问题，我在语音频道听余神一直在说 Evil，说了他至少有十分钟吧。"

粉丝们心疼时洛，觉得余邃过于严格了，天使剑慢悠悠补充道："为什么要说至少呢？因为十分钟后，余邃想起来语音是连着的，把语音关了……不让我们听了。"

"也没什么严格的，就是正常地跟他说他哪儿错了。那要是我，我教练早骂我了。"天使剑笑笑，"余邃就是用日常语气跟他说，可还是闭麦了，应该是要维护一下队霸的面子，我们都懂。"

粉丝们忙刷"懂"，又催促天使剑聊点别的细节。

魔鬼练习不到一周时间，各个陪练战队里已流传起了各种故事，Free 全员断网不直播也没什么关系，网上依旧有各种神操作传说。

一周后，Free 全员的商签下来了，周火同余邃商议过后决定不等联赛团队，自己俱乐部先飞德国安营扎寨，整支战队连个替补都没，容不得选手因为水土不服这些问题出闪失。

Free 俱乐部出发得挺快也挺低调，但还是被粉丝们知道了行程。飞法兰克福的当天，粉丝们在机场给众人送行，男男女女还来了不少，粉丝们少见选手们穿私服，看见 Free 的几个人穿私服，不住小声尖叫。周火自己去谢过粉丝，婉拒了所有礼物，顺便聊了几句，无意中知道了其中几个粉丝竟是从外地飞过来专门给选手们加油的，有几个粉丝还是没落下过余邃一场比赛的死忠粉。

"辛苦了辛苦了。"周火以前在 NSN 没见过这种阵仗，感动不已，嘱咐几个外地粉丝注意安全,"选手们让领队带去办值机了,一会儿看时间,宽裕的话,让他们来打个招呼,都辛苦了,世界赛我们一定加油。"

周火一边招呼着粉丝,一边回头看远处的几个选手,见时洛已拿了票,踮起脚尖招呼了一下,让时洛过来。

"东西先给我。"周火接过时洛的护照和机票,拍拍时洛对粉丝们道,"给你们看 Evil,我也去值机。"

时洛国服喷子的恶名在外,平时也不似 Puppy 一样那么爱和粉丝们聊天打趣,突然线下见着了,一群粉丝围着一米八的时洛,都有点不太好意思说话,讪讪地,担心时洛不耐烦。

时洛突然被周火甩到了粉丝堆里,愣怔了片刻后,摘了口罩。

离时洛最近的几个小粉丝本能地往后靠了靠,噤若寒蝉。

时洛摘了口罩,也不说话。

一个小粉丝试探道:"Evil……你摘口罩做什么?"

时洛道:"不是让你们看我吗?"

时洛同粉丝大眼看小眼,粉丝们忍不住笑,一个男粉试探地问时洛能不能签名,时洛点头:"给我笔。"

粉丝们瞬间放松下来,纷纷拿出应援牌和准备好的笔记本递给时洛,时洛来者不拒,一一签下。

让时洛签名时,方才的男粉忍不住激动道:"Evil,我赛季初在国服遇到你一次,你知道吗?我冲了好多天的分才打到国服前五百,终于能跟你遇到了,然后天天看着你直播,每晚卡着你排队的时间跟你一起排,每晚等着,守了半个月,好不容易排到了你,但太倒霉了,是在你对面,唉……不过也挺好的,你杀了我好几次,超级酷。"

男粉尴尬一笑:"后来你分太高了,我打不上去,就没再遇见你了。"

时洛抬眸看了男生一眼,签好名递给他:"下赛季排名清空后再一起打。"

男粉眼睛瞬间发光,忙答应着拿回了自己的笔记本。

一个女生看了看远处 Free 的几个选手,笑笑:"你一直和队友们不是特别亲近,总像局外人一样……都挺担心你的,不过最近看似乎是多虑了,世界赛加油。"

时洛把手幅还给女生,低声道:"……放心。"

又一个粉丝也把手幅递给了时洛，语速飞快地嘱咐："比赛千万千万千万别紧张，本来就是咱们建队第一年，输一局不亏，赢一局血赚，别有心理压力，赢了我们还来这里给你们接风，输了我们就不来了，免得你们看着我们尴尬……"

时洛笑了一下，粉丝实诚道："我们又不是那些冠军粉无脑喷，当然希望你们赢，但是输了也别怕，注意安全。"

时洛签好自己的ID，还给粉丝："谢了。"

一个个子不高的女粉把自己的应援手幅递给时洛，女生有点紧张："Evil，我我我喜欢你挺久了，从你在NSN的时候就在追你的比赛，线下比赛看过好多场，世界赛加油。"

时洛点头："谢谢。"

女生悄悄看了看远处的Free其他人，又轻声问道："和队友们……应该相处得很好吧？"

时洛以为女生是在调侃自己，耳郭红了，正想装没听清，女生又小声道："我们这些老粉一直担心这个战队其他三个人原本是一个队的，你不太好融入，不过……都快一年了，似乎还好？"

时洛愣怔了一下，认真签好自己的ID："放心。"

女生松了一口气，腼腆一笑："因为你，大家已经很喜欢其他三个选手了，世界赛一定一定一定加油啊。"

说话间，宸火和Puppy也被周火带了来，三人一起给粉丝们签名，宸火话最多，聒噪个没完。粉丝们问周火，余邈会不会过来，周火头上微微有点汗，无奈道："领队把两个随行工作人员的票买错了，买的经济舱，十几个小时……要了命了，Whisper在处理……看看是给他们升舱还是换个航班。Whisper要是一会儿没时间过来那就下次，大家辛苦了，Evil，多给签几个。"

时洛点点头，老老实实一个个签过去，有粉丝壮着胆子让时洛签余邈的ID，时洛眉毛微微一挑，也签了。

粉丝们是真的很好。

真心实意地为选手加油，希望自己喜欢的选手能赢，也能接受自己喜欢的选手输，还要担心自己喜欢的选手因为输比赛被喷，担心选手心理压力太大，知道今年世界赛强队颇多，所有人只说加油，不提夺冠。

时洛整天跟喷子互相问候习惯了，突然遇到了一群扎堆单纯祝福的粉丝，特别是一些老粉丝，虽不好意思说出口，但心里是感动的。

故而时洛签名签得十分用心，不是闭眼随手画符，还要避开应援海报上的人脸，尽量签在空白处。

时洛头次这么老实这么认真地签名，认真到余邃走到他身后都没发现。

余邃自然而然地搭上时洛肩膀："该安检了。"

时洛正在粉丝细致的指挥下，在应援牌牌的左边签 Evil，在右边签 Whisper。

时洛僵了一下，把签字笔递给余邃："……你自己签。"

余邃接过笔，马上被粉丝围了个密不透风，余邃飞速签了一会儿，待周火催促了才同众人一同去安检。

粉丝们迟迟不走，还在噼里啪啦地拍照，拍得时洛有点不会走路了，余邃走在时洛身侧。

余邃道："那边的酒店是周火订的，我看了一下，还可以……都是大床房，一人一间。"

时洛顿了一下："浪费……"

周火订的德国的酒店是哪家，时洛是知道的，巨贵。时洛原本以为周火稍微有点理智不会太挥霍，会订两人一间的标准房。

"我会多要一张我房间的房卡。"到安检口了，余邃声音很轻，"给你一张。

"有任何事情可以随时刷我房卡进来找我。"

余邃礼貌地对安检员点了点头，举起双臂。

47

直到飞机起飞，时洛也没说什么。

青天白日，朗朗乾坤，时洛实在是张不开口。

余邃就比时洛自在多了，出了海关就自然而然地拿过时洛的外设包背上了，等到了 VIP 休息室，余邃则直接忽略其他人，同时洛单独坐在一旁，当其余同行人员不存在。

时洛拿了老乔的笔记本在看，余邃坐在时洛身旁闭目假寐，一只手搭在了时洛身后的沙发靠背上，两人的外设包叠在一起放在一旁……任谁看了都能察觉出这队里选手关系好。VIP 休息室里还有几个路人，其中一个频频看向两人，余邃知道别人在看，不遮不掩，神色自然。

当然整个俱乐部都已习惯这些事，随行工作人员不好意思盯着看，都装作什么也没发现。宸火十分看不过去："不是，我就想问一下，这什么级别的选手，还能专门有人给背外设包？"

"我怕出意外，专门带了俩键盘！还都是带钢板的！死沉！"宸火气不打一处来，"怕托运给摔坏了，还得自己背着去，时洛他他……"

"凭人家有个好队长，怎么了？"周火举起手机拍余邃和时洛的照片，"你眼红什么？"

宸火酸道："我眼红个头！刚才还装好队友呢，粉丝一走就现原形。"

"仗着粉丝走了，余邃正式开始了是吧？"Puppy跟着酸，"我怎么感觉……我和宸火是去打世界赛的，那俩人是去度假的呢？能不能有点紧张的气氛？"

"时洛还不够紧张？这一会儿的时间人家还在看复盘笔记，你们呢？而且……平时整天都有那么多双眼睛看着，现在好不容易没人拍了，还不许人家放松点了？"周火看看自己刚拍的照片，挺满意，"出了国谁也不认识谁了，浪呗……"

休息了不到一个小时，可以登机了，余邃拎起两人的包，时洛要拿自己的，余邃躲开时洛的手："你拿着老乔的笔记本就行，走了。"

接下来就是整整十二个小时的机上时间了，为了挨过十几个小时的漫长路程，前一天夜里众人几乎都没怎么睡，时洛最狠，他干脆通宵训练，连着打了快二十个小时的游戏。上了飞机后，众人逗贫几句，没一会儿相继戴上耳塞眼罩睡了，中间陆续有人醒来，麻木地喝水吃东西，而后继续躺下补眠。

饶是如此，落地后除了几个年轻选手扛造，其他人累得骨头疼。

过海关拿行李去酒店，晚八点，路上有点堵。

余邃同时洛坐在车子最后排，余邃想教时洛几句常用德语。时洛语言天赋惊人，基本余邃说两遍他就能全记住。时洛将日常会用到的德语熟悉了一下，点点头："行了，走不丢了。"

余邃道："丢了也没事，酒店地址昨天发你了，丢了就找司机给他看地址，还有……"

余邃慢慢道："酒店电话，报警电话，比赛官方接洽人员电话……我能想起来的联系方式，应该是全发你了，有什么事的时候该联系谁联系谁，不用慌。"

前排的周火听到后一拍脑门："对哦，时洛，你把地址还有那些电话复制一下发群里吧。大家截个图或者什么的,这个还挺有用的。"

时洛拿出手机来复制粘贴,又@了一下全部人,周火点头:"谢了,哎……家有一渣,如有一宝。也算是享受了一下被渣男体贴的感觉。"

余邃一笑,没理周火。

时洛发过地址和电话,看见了几个带着Whisper ID的电竞公众号推送,其中一个还是游戏官方的。时洛点开看了看,是余邃那晚冲国服第一时的游戏视频精彩集锦,还是用自己直播间的录屏剪的。

重看一次余邃的高光操作,还是有点移不开眼。

时洛另一只手的手机里,公众号的推送正是:《地表最强,三分钟带你体验Whisper顶级医疗师业务水平》。

时洛知道余邃看见了,秒锁屏。余邃笑了一下,没再催促。

半小时一闪而过,车上全是人,下了车,游戏公司的官方人员来了,人更多了,还有跟拍。

游戏公司的官方人员带了采访人员和摄像来,要拍众人下榻的画面。时洛作为今年首次打进世界赛的新秀,也是这次世界赛的热点人物,官方人员对着时洛好一顿拍,又要单采。时洛看看已经去办入住的周火和队友们,迟疑了一下,还是老实站在原地接受采访了。

官方翻译笑眯眯地看着时洛:"Evil,你是我们采访的第一个选手哦,开不开心呢?"

时洛面无表情地看着翻译。

时洛英语交流没问题,口语还蛮正,官方翻译意外一笑:"好的,我今天应该是没有工作了。"

刚刚落地,官方人员也知道选手们精神不怎么好,没敢问什么尖锐的问题,问题一个赛一个地温和,差不多就是首次进入世界赛是什么感觉,有什么期待之类的,时洛一一答过。官方人员谈兴很高,见时洛频频看向酒店前台方向,顺着看了过去,见那边是余邃,忙问时洛,余邃这一年好不好,状态保持得如何。

时洛警惕心挺强,觉得他们没准是来套话骗战术的,摇摇头,没多回应。

官方人员遗憾地笑笑,又问时洛能不能多拍几张照片,时洛无所谓,随便别人拍。

Puppy办过入住过来了,他在欧洲赛区服役过两年,官方人员同他更熟悉,忙围了上去，时洛这才抽身。

前台人有点多，时洛懒得过去了，自己在一旁沙发上坐着，脸色一般。

不多时，Free全部人员入住办好了，余邃把时洛的护照还给时洛，给他房卡："1118，你的。"

时洛点头接过，余邃又递给他一张："1120，我的。"

时洛抬眸，愣了一下。

余邃笑了一下，无奈："逗你都听不出来，是不是傻啊？"

游戏官方人员见余邃过来了，忙又抛下Puppy，团团围住了余邃，叽叽喳喳，问个不停。

"余邃给了你一张他房间的房卡是不是？"周火料理好琐事，走到时洛身边眯着眼笑，"我跟他一起办的入住。"

时洛清了一下嗓子，默认了。

"知道他刚才怎么说的吗？"周火笑眯眯的，压低嗓子，"他刚才跟前台多要了一张房卡，我就知道是要给你的，余邃说……

"他说怕你世界赛紧张。

"他说你从好几天前起，晚上睡觉就有点不太踏实了，知道你还是有点紧张，怕第一次世界赛掉链子，怕出纰漏。

"他说他也没给谁做过心理辅导，不知道还有什么办法可以逗你玩安慰你。

"他就给你找点小乐子，让你能稍微分一下心。"

时洛眸子一颤，侧眸看向远处正在接受采访的余邃。

"我小人之心了，为了补偿他，说那给时洛也多做一张房卡吧，让他也拿一张你的房卡，余邃说不用。"

周火轻轻吐了一口气，看着时洛："余邃说，选手有时候比赛或者训练完心情不一定特别好，会想要独处一会儿。他想给你一个单独的空间，他觉得随时能进你房间，对你来说不一定是好事。

"我问他，那你不用独处，你不怕打扰……"

周火挑眉："余邃说……他不是一般选手。

"他不需要。"

48

周火看着时洛，低声一笑："时神，这哪儿是房卡啊？这是 Whisper 队长的温暖啊……"

时洛捏着外套口袋里的两张房卡，侧眸看向远处的余邃，嘴唇微微动了一下，没接话。

办理好入住，余邃作为队长还有一些事需要处理，余邃示意官方人员等一下，走到时洛、周火身边道："我一个单采，一个拍照……原本定的明天，但我估计明天咱们就都能开始训练了，太耽误时间，刚才跟他们的人商量了一下，干脆今天晚上我一起全做了，明天咱们开始闭门训练。"

周火皱眉："有事跟选手直接说是几个意思？什么媒体想采访就采访？"

"游戏官方媒体，这是每支战队的固定流程，推不了的那种，是我刚问了他们明天安排，他们才说的。"余邃揉了揉肩膀，"反正我也睡不着了，花一两个小时解决掉算了。"

周火让余邃稍等，他去同官方人员接洽，确定是固定流程且是配合了余邃的时间后，周火才点了头。他跟俱乐部的其他随行人员交代了两句，要陪着余邃做单采去。

"你先回去休息……"余邃对时洛声音轻了点，"我回来了就给你发消息。"

时洛抿了一下嘴唇，点点头道："行。"

时洛去了房间，行李箱也没开，只从自己的外设包里拿出笔记本来看小组赛同小组其他几个战队的过往比赛录像。

小组赛的其他战队整体实力和 Free 差得实在太多，老乔都没让四人浪费时间看这些资料，只是团队去看了而后详细写了每队的总结发给选手。只有时洛自己拷了一份过来，原本想着在飞机上睡不着时看，这会儿正好有时间。

时洛坐在床上，腿上放着笔记本，一盏灯没开，天已黑透，房间里只见笔记本屏幕的幽幽亮光。

时洛开了二倍速看视频，中间还不断快进，一个战队五个小时的比赛视频，时洛用了不到两个小时就看完了。看比赛录像看到后半夜，稍有困意后，时洛喝了一杯热牛奶，强行睡下。

翌日，周火向官方申请的训练室就就位了，众人大致循着国内的作息，只是把训练时间往前稍微提了些，十点多的时候吃了早餐，而后赶到官方提供的训练场地，稍微熟悉了一下后，十一点整上机准备打练习赛。

德国上午十一点钟的时候，国内是凌晨四点钟，约国内战队太难，周火下午约了北美的战队，晚上约国内战队。

没有约圣剑。

自然，圣剑也不可能同意。圣剑那边对 Free 严防死守，不肯同中国赛区的任何战队约练习赛，生怕余邈这边对他们有任何了解渠道。

周火冷嘲热讽：“说得跟他们约咱们赛区战队，咱们赛区会答应似的，玩得脏，爱嘲讽，谁乐意搭理他们？”

练习赛间隙，众人一起吃饭的时候，周火不住吐槽圣剑小家子气的种种操作，老乔拍了周火肩膀一下，低声道：“差不多就行了。”

老乔没说出来，但瞟了时洛一眼，周火愣了一下反应过来，老乔是在提醒他，时洛和圣剑之间梁子颇深，让他别再营造对立气氛影响时洛心情。

周火话锋生硬地一转，笑笑："对了，再过几天 NSN 就过来了，也是来咱们酒店，到时候跟他们约对练方便了。"

时洛扯过餐巾擦了擦嘴角："我吃好了，去看看复盘视频。"

时洛装作什么都没看出来。

余邈在担心自己，队友们在担心自己，周火、老乔……所有工作人员都在担心自己。

时洛心里很清楚。

比赛前，黑子是怎么黑自己的，时洛记得一清二楚，黑自己没有大赛经验，黑自己心态不够稳，黑自己是战队隐患。

头次进世界赛，有可能还会撞见一生之敌圣剑战队，身边的人都担心自己真的出太明显的岔子，继而心中原本只是一点点的阴影伴随着铺天盖地的质疑声滚雪球一般扩大，越滚越大，最终自己都被全网的质疑声洗脑，没了自信，真的废了。

前车之鉴，比比皆是，多少选手都只因一个并不决定比赛输赢的失误背上骂名，之后一直未能再证明自己，真的成了黑子们口中的垃圾。

时洛没想解释什么，也不想跟自己战队的人说自己没事，别这么小心。

国内小小常规赛，只因解说员一句"很庆幸我们赛区有最好的医疗双子星，Whisper 和天使剑"就变了脸色，让所有看比赛的玩家都察觉到自己心态崩了的废物，确实是自己。

现在轻飘飘说一句"我没事"，只会让别人觉得自己在强装镇定，会更担心自己，时洛懒得给别人添麻烦。

所以时洛默默享受着余邃和战队其他人的善意，小组赛前一天，在周火说出"小组赛输上几局也没事，只要能出线，我们就赢了"这种亲妈才会说的话的时候，时洛也没说什么。

小组赛正式开赛，A 组因为排序成了开幕赛战队。双循环小组赛，Free 第一局对战泰国战队，比赛结果没什么爆点，如大部分人预测的一般，Free 轻松赢下，不到二十分钟就拿下了比赛，但出乎很多人预料，这局的 MVP（指电子游戏中的最有价值玩家）评给了时洛。

这局时洛的操作确实亮眼，但坊间一直有说法，官方技术人员在评选 MVP 时，有时候会给头一次上世界赛的选手一生一次的友情分，看不太懂深层操作的玩家、观众觉得时洛可能是作为新秀被官方照顾了，仔细想想也觉得合理——对新选手总要照顾一点。

赛后采访，主持人在问时洛这个 MVP 是因为自己操作漂亮还是因为新人照顾而得到的时候，时洛淡淡说了一句"官方照顾"。

但国外解说员忍不住替 Evil 辩驳："Free 能轻松赢下并不意外，但 Evil 选手作为新秀选手，这操作实在有点出乎人预料……他们战队里有 Whisper，在 Whisper 手里拿下 MVP，这个难度太大了……当然，也存在因战斗时间过短，没什么僵持阶段，没给 Whisper 发挥空间的情况，但能力压宸火和 Puppy 也已经非常难得了。打实力稍逊于自己的战队，选手很容易杀红眼上了头，继而出现大大小小的失误，但 Evil 没有，他发挥得太稳定太漂亮了，完全不像是个世界赛新人。"

因为有半真半假的首秀即赠送一次 MVP 的说法，纵然解说激情评价了时洛，玩家对时洛的第一场发挥也没感觉到太多意外。

但在翌日，Free 连续对战日本战队和越南战队，在两局顺利拿下后，两局 MVP，依旧全部给了时洛。

小组赛只打了三个 BO1（指电子游戏中一局定胜负），时洛连斩三个 MVP。

后面两个 MVP，时洛完全凭本事拿下，发挥稳定又操作"天秀"，MVP 拿得让所有人心服口服。

打完第三局小组赛，整个世界赛国内国外对时洛的讨论热度翻了好几倍。

Free 战队后台休息室，时洛在连拿了三个 MVP 后，才有了底气同余邃说："我来德国之前睡不好，知道我为什么睡不好吗？"

"因为我终于终于终于能来这个破地方，找圣剑那群人的麻烦了。"时洛眼中带着几分挑衅几分恨意，"两年前……他们瞧不上我，不买我，你也不许我来……我现在就要让他们看看小爷值不值钱，当年没坚持买我这个替补，是不是亏了。"

时洛沉声道："我不是焦虑得睡不着，我是兴奋……终于有机会让别人看看清楚，我到底能不能打世界赛，到底会不会拖后腿。"

余邃倚墙站着，想着时洛在赛场上的极限操作，看着他。

"为什么……"余邃低声道，"提前不说？"

"半点成绩没有，说了也没意思，而且……"时洛顿了一下，声音越来越低，"我早说了……你还会对我那么照顾吗？"

小时神周身煞气退去，脸上带了几分不自在："我想感谢队长……对我那么好。"

49

能让 Whisper 三年间不改初心的人，自然也不是什么等闲之辈。

时洛看着余邃，低声反问："一边发挥出色抢了你们的 MVP，一边让你以为我紧张坏了多照顾我，这冲突吗？"

余邃垂眸看着时洛，笑了。

不冲突，也没什么。

这扑面而来的感觉……挺熟悉的。

时洛自小就这样，且余邃自己也说过的，他能接受。

北半球已入冬，穿着队服出门必然会冻死，选手们都是穿着自己的私服来比赛场馆，到了室温正常的场馆内再换队服打比赛，比赛结束后自然要换回去了。

余邃坐下来将全身衣服都换好，迅速将自己的队服挂好，然后对时洛说：

"出去等你，快点。"

紧张比赛周期里短暂的温馨时间结束，时洛随之换好私服，裹了件厚厚的羽绒服，同俱乐部所有人出了场馆上大巴回酒店。

小组赛双循环是分两圈进行的，A组第一圈循环已经结束，和下一循环中间会有两天休息时间。这两天本是战队总结经验分析同组其他战队，争取在下一个循环里拿到更好成绩的时间，Free没这方面的困扰，头一个循环下来不管是同组队友的水平还是时洛的状态都让大家吃下了定心丸，两天时间里，Free要开始研究其他组的稳晋级队伍了。

NSN所在的C组属于死亡之组，但顾乾、瓦瓦他们发挥还不错，只输了北美战队一场，第一个循环里连拿两分，真能保持这个状态，小组赛出线也不会有太大问题。圣剑所在的D组和A组情况差不多，组内强弱差距非常大，圣剑在D组一个打十个。

让时洛非常不爽的是，圣剑在D组虐其他战队比他们虐得还狠。

圣剑恶心人是真的有一手，仗着自己实力强，打组内哪一队，就故意要用那一队最擅长的打法。

对方擅长打快攻，他们就也打快攻，然后以碾压之力十几分钟结束比赛，不让对方喘一口气。

对方在偷图游击方面比较擅长，那他们也玩周旋，然后以高技巧完美节奏拿下比赛，秀智商秀合作，发挥得酣畅淋漓。

可想而知，同组其他战队在这种情况下输了比赛，队员心态多多少少都有些崩。

你以为那是你最擅长的东西，可圣剑就是能用同样的套路吊打你，让你都没任何理由安慰自己。

赛后圣剑还要发个推特嘲讽一拨："听说你们擅长快攻哦？"

人在国外，也不用麻烦地翻墙了，Puppy扫了一眼圣剑俱乐部的推特，对周火懒懒道："你之前还说我们是全员恶人……见识了吧？这才是真恶人。"

周火虽然平时也因自己战队成绩好有点飘，但从没作死到这个份儿上，周火嘬了嘬腮，摇头："选手是应该有血性有傲气，但也不至于这样吧？稍微尊重一点对手不行吗？真有太年轻心态不稳的选手……世界赛回去没准直接退役了。"

"知道人家赛前战队采访，他们队长怎么说的吗？真的，我看完他们的采访就知道这些人根本没把同组其他战队的选手当人看。"宸火看完了圣剑前三局BO1，伸了个懒腰，"直接点名说这次世界赛大半战队都是臭鱼烂虾，强队都不尊重，凭啥尊重你个小组赛的战队？"

赛前各战队的队长采访出来后时洛只看了余邃的，根本没看别队的，圣剑的更不可能看，时洛闻言拿过一旁不知谁的平板电脑，打开游戏官网搜圣剑的赛前采访。

余邃的赛前采访只有不到一分钟，圣剑队长的视频却足足有五分钟。

周火之前看过那个视频，见状忙拦道："哎呀！有什么好看的？差不多就是宸火说的那个意思，别浪费时间了，你们不是马上又要开下一局练习赛了吗？"

老乔也蹙眉道："别看了，我找天使剑，差不多就打吧。"

时洛当没听见，冷着脸点开了视频。

余邃在一旁建好一会儿要打练习赛的地图房间，没拦时洛。

时洛烦圣剑，声音也不想听，把视频音量拉到最低，直接按了多倍速播放看下面的中文字幕。

"期待世界赛？不期待啊，世界赛有什么好期待的？我们并不是那种拼死拼活好不容易拿到世界赛名额的战队，这只是我们战队每个赛季末的正常流程而已。

"今年世界赛强队不少，当然，我不是说小组赛时期，我真不知道小组赛有什么好打的。

"没有分析过其他赛区的战队，也不用浪费那个时间。

"北美赛区我们经常约练习赛的，他们是挺强的，不过他们很久没赢过我们了，希望再次遇到我们不会害怕。

"中国赛区在赛季初我们就全部打了一轮，一样没输过，没什么可期待的。

"Free 战队稍微有点意思，因为有很多从我们俱乐部出去的人。"

时洛眸子一顿，按了一下暂停，而后直接开了声音。

时洛信不过翻译，官方翻译会模糊激烈用词，他要自己听原声。

"Whisper 确实在我们这里度过了一段很美妙的时间，希望他没把那两年视作耻辱。哈哈哈，就算他觉得耻辱也没办法，他的职业履历中永远有两年会刻着我们战队的队标，他永远洗不掉。"

时洛脸色瞬间冷了下来。

"当然期待遇到老队友了,然后成绩会教会叛逆的 Whisper,让他知道他在赛季初做出了错误的选择。

"希望 Free 战队能坚强一点,挺得久一点,可以被我们遇到。

"不期待,除了决赛,四强赛、八强赛我们都不期待,也并没什么兴致。

"我们这次只期待决赛的 BO5,前面小组赛遇到的这些都是垫脚石,踩上去都嫌费鞋那种,完全是在浪费我们的时间。

"我们这次只是来打那一场决赛的,谢谢你们的采访。"

采访结束。

时洛喃喃:"他的职业履历中永远有两年会刻着我们战队的队标,他永远洗不掉……"

宸火沉默了片刻,眼中恨意一闪而过,随之一笑:"哎,宝贝儿,时洛!听我说,我提前说一句啊……我们老东家真不是针对你,他们对谁都是这个样儿,别太被影响,好吧。"

"时洛,我保证我这次没跟你开玩笑。"Puppy 看着时洛,脸色难得地认真了几分,"听我说,圣剑没你想得那么二百五,我打了这么多届世界赛,论说垃圾话,我目前还没遇到过比圣剑更绝的。"

Puppy 拿过时洛手里的平板电脑:"他们是不尊重人,不是东西,但他们的垃圾话,不是在'口嗨',都是有目的的,在赛前刺激你挑衅你,让你心态不稳,在赢了你之后还要打击你的自信心,给黑子们提供嘲笑你骂你的梗,这才是他们的目的,别以为他们真是在单纯骂人。"

余邃将练习赛地图设定好,把键盘往前一推,道:"是真的,别信了传言,他们没那么无脑,我在圣剑的时候,他们也会给我提供垃圾话脚本。刚才你看的,不一定是他们队长的意思,可能是他们战队心理分析师提供的。"

余邃嗤笑:"搞我心态而已。"

余邃转了一下电竞椅,看向时洛,轻松地道:"他的采访我早看过了,没受影响。"

时洛沉默片刻,努力消化掉了圣剑的采访,而后抓到了余邃话中的信息,时洛愣了一下,眯眼看向余邃,声音冷了下来:"你的个人采访……"

时洛喉头哽了一下,语气不是太平稳:"你的个人采访,这个俱乐部都要控制?他们还把人当人吗?他们怎么敢让你……"

老乔也是头一次看这采访，闻言心头火腾地起来了，怒道："他们……"

"嘘……"余邃打断老乔，对着时洛柔声道，"那天怎么跟我说的？不受影响，忘了？"

时洛呼吸一紧，抿了抿嘴唇。

"他们确实会在每个采访和垃圾话环节给我脚本，让我照着读，让我对重要对手做有目的性的攻击，但是……"余邃淡淡道，"我从没接受过。"

时洛一愣。

这下是周火更惊讶了，周火比这些选手年纪大些、阅历多些，在各类战队中混过，脏的烂的见识得更多，意外道："这种纯商业化战队……老板让你做什么，你可以拒绝？"

余邃道："可以。"

宸火点头，懒懒道："是真的……你们余神，就算是被卖过来的，也比他们本土选手有骨气。老板亲自让他做什么，只要他不乐意，也不会做。"

Puppy耸耸肩："不信自己去翻他前两年各种资料去，看看余邃有没有听过话。"

周火哑然，看向余邃："凭……凭什么啊？"

余邃平静道："凭我不怕被扣年薪。"

"凭他们需要我给他们出成绩。"

"凭我在中国赛区是国服第一医疗师，在欧洲赛区是欧服第一医疗师。"余邃回想圣剑队长采访时说的话，慢慢道，"我职业履历里确实有两年是刻上他们队标洗不干净了，但人没卖给他们。"

"别的队员不听话，会被他们惩罚，去坐冷板凳看饮水机。"余邃眼中带了几分淡淡傲气，"……我不听话，他们敢让我去替补吗？"

时洛垂眸，一下一下，慢慢地鼓起了掌。

老乔咧嘴一笑，狠拍了一下桌子，痛快地吼了一声："牛！"

50

因为原东家资金问题，被用来当活动资金周转的在役选手不少，遇到黑心老板，被远远卖到其他赛区的选手也挺多。

但背井离乡寄人篱下的外援选手里，能嚣张成Whisper这样的，是独一份。

余少爷从小也是吃过看过的，几十万上百万的罚金砸到他身上，他眼睛眨也不眨——你想罚就罚，我不在乎。

宸火想起一段旧事，忍不住唏嘘："有件很傻的事，就我们当初刚来这边的时候，不到一周吧，拍新赛季的宣传照，本来挺正常一件事儿，拍好要收工了，我们那经理遭非说要来点好玩的，让我们拍点娱乐点的给粉丝看，你知道让我们拍什么吗？"

Puppy 叹了口气："……猫耳，特别可爱那种。"

时洛："……"

老乔和周火一起呛了一下。

"我怀疑他是被猫妖挠了！让我们戴猫耳，然后比那种姿势……"宸火两手握拳比画了一下，自己呕了一声，"想起来好恶心啊，让我们站一排，戴上猫耳卖萌划猫拳，哇，疯了疯了……"

Puppy 不忍回忆，一手捂脸："远赴重洋，异国打工，真是什么罪都要受。"

周火想笑又觉得心疼，忙问道："你们拍了吗？有照片吗？就……那个猫耳……"

宸火无奈道："我不是歧视猫耳啊，你要是现在给我拿一个来，我给你拍，真的，你让我给你学猫叫都行，我自己乐意啊！不就是逗粉丝开心吗？只要我心情好，我给你来段艳舞也不是不行，但是当时什么情况？我们哥仨，脸色一个比一个差，余邃当时都半自闭了……你要我们营业，你也分分时间场合好吧？我当时整天担心国内喷子，我有心情给你学猫叫？"

时洛忍不住追问道："到底拍没拍？！"

"听我跟你慢慢说啊。"宸火换了个姿势，悠悠道，"当时，摄影棚里，就跟这儿也差不多，我们仨就这么坐着……几个猫耳就放在桌子上，谁也不理我们经理，僵持着。然后圣剑的经理当然先得找余邃麻烦了啊，他问余邃……"

宸火看向 Puppy："你来学他，学经理。"

Puppy 在一旁接话，捏着嗓子："Whisper，知道不配合俱乐部的正常营业，要罚你多少钱吗？"

Puppy 矜持地举起五根手指，表情孤傲："五千欧元哟。"

Puppy 看向余邃："到你了，你当时怎么说的，演一下。"

余邃瞄了时洛一眼，无奈："你们什么毛病？丢死人的事儿，有什么好回味的？"

"快点儿！"宸火演了半天，就等着余邃来收尾了，"你来结束表演，咱们马上接着训练了！"

时洛眉头微皱，紧紧地盯着余邃。

余邃无法。

余邃抬起空空的左手手腕，做了个摘手表的动作。

余邃捏着一团空气，轻声道："知道这块手表多少钱吗？"

余邃有点笑场，他忍着笑意，道："五十万欧元哟……"

"噗！"周火忍不住，死死捏着老乔袖子，闷声笑，"你怎么还有这种时候？"

时洛还在看，余邃知道小朋友最怕自己受辱吃亏，只能忍着难得的羞赧，照着当年情形如实演下去："签约之前，最好还是了解一下我的家庭情况，我……"

余邃被当年的自己"中二"得头皮发麻，演不下去了，坐回自己的电竞椅上，骂了句脏话："谁起的头儿？有毛病吧，训练了！"

时洛想象着那个画面，忍着笑意，也坐回了自己位置上。

异国的一段小插曲，国内出于时差等原因一时之间还不知道德国发生的种种。国内玩家的关注点还在 NSN 身上，小组赛 NSN 输了一局，整体士气有点下滑，玩家们自然不放过他们，A 组休息的这两天里，国内有关 NSN 的讨论度居高不下。

"NSN 好像是真的有点扛不住。"

只要同游戏内容无关的事，周火都能一人当三人用。

翌日，小组赛第二轮的前一天，周火一面联系着各赛区愿意同 Free 打练习赛的战队排布合理的时间表，一面抽空拿另一台手机给众人安排地道中餐，一面还能支起一台平板电脑刷国内电竞论坛掌握舆论风向。

Free 几人这一天已连打了八个小时的练习赛，又边吃饭边复盘了训练失误。见众人终于休息了，周火一边三方操作，一边不忘同队员们八卦："国内几个教练分析，NSN 之前有一局赢是有点运气的成分，对面那局失误很大，第二轮他们如果不能继续超常发挥，又没有运气加成，很可能小组赛出不了线。"

周火忧心忡忡："他们要是出不了线，咱们可就成了全村最后的希望了，到时候压力肯定更大，唉……你们跟顾乾他们打练习赛的时候感觉怎么样？他们稳不稳？"

时洛摇摇头："没人能说稳，实力是一方面，临场发挥也是一方面……赛场上什么情况都有，还是得看实战。"

宸火想了想也蹙眉缓缓道："赛场上发挥程度不一样，不好说，就有那种一比赛就特别来劲儿的人，比如……"

宸火对时洛连抢三个MVP的事儿耿耿于怀，冷冷道："比如时神，正赛的时候就容易超常发挥，当年职业联赛第一场比赛就拿了MVP，这次第一次进世界赛，又连拿了三个。"

"你但凡失误少点，顺风局不浪、逆风局不崩，MVP就是你的了。"老乔悠悠道，"小组赛打弱队，余邃根本没办法发力，给你机会了……你不中用啊。"

宸火知道自己"神经刀"的老毛病，耸耸肩不说话了。

"休息吧。"已经是晚上九点钟了，Puppy起身伸了个懒腰，"明天小组赛第二轮了，稳扎稳打先出了线再说，加油啊兄弟们。"

剩余三人没人理他，Puppy起身拎起外套先回自己房间了。

为了让选手能更好地训练，周火婉拒了游戏官方给众人提供的距酒店五公里远的训练场地，由自己战队出资临时租下了酒店的一个小会议室当作临时训练室，每日租金数字非常骇人，但好处是众人不必再颠簸，每日训练后直接就能回自己的房间，同在国内基地差别不大。

老乔每天一进这个临时训练室就觉得心疼，余邃则全然无所谓，就是他授意周火租酒店会议室的。

花钱多少无所谓，方便就行。

当日训练结束了，老乔看着满屋子租来的电脑心疼："全是钱……"

"哎呀，别抠抠搜搜的，余渣男有钱。"周火一脸无所谓，"这群少爷受得了跟你去钻网吧？"

宸火也起身回房间了，周火看看余邃、时洛，催促："还不走？"

余邃起身，精力旺盛的时洛不嫌累，依旧在看复盘视频，头也不抬道："我再看两个小时，你们先走。"

周火皱眉："都连着打了多长时间了？还俩小时？你不要命了？"

时洛戴好耳机，当没听见。周火自己叫不动时洛，忍不住朝余邃抱怨："队长！别干看着啊，咱们突击手马上就要过劳了！给他弄回去！"

余渣男面无表情地看向周火，反问："你们不走，我怎么弄他回去？"

周火福至心灵，一拍脑门，笑着拉着老乔走了。

小小的会议室里只剩了两人在。

时洛紧盯着显示器，开着二倍速看复盘视频，拇指不住敲打键盘空格键暂停看细节。

余光里，时洛看见余邃走到会议室门口，反锁了大门。

时洛无奈一笑，他是真的想复盘而已。

余邃走到时洛身边来，直接坐在了时洛左手边的桌上，而后一条长腿动了一下，用膝盖撞了撞时洛的手臂。

时洛抬眸看了余邃一眼。

时值寒冬，但酒店室温很高，余邃上身只穿了件短袖，下身穿着条运动裤，刚才是要出会议室了，裹了件宽松的长款羽绒服，标准的网瘾少年穿搭——一会儿在走廊里不冷，回到房间一脱就能直接上床睡。

余邃又用膝盖碰了时洛一下："回房间睡觉吧。"

时洛推了一下桌子让自己的电竞椅距余邃远了些，摇摇头："我回去也睡不着……"

"哥给你讲个故事？再给你唱首歌？"余邃眼中含笑，"听过我唱歌吗？还凑合，不难听的。"

这个诱惑还是很大的……话说到这里了，时洛也没法再复盘了，但他还是忍不住挣扎了一下："我真不是故意闹脾气，我就是……"

"就是想能发挥得更好一点，更好一点，更好一点……"余邃打断时洛的话，低声问，"圣剑的事，还是让你受了一点影响，是不是？"

时洛顿了一下，知道瞒不过余邃，坦然："是，他们挺聪明的，知道我心里哪儿疼……故意往那儿戳，但你放心，我不会表现出来，让他们针对我的。"

余邃默默地看着时洛。

重回旧地，他和宸火、Puppy心里多多少少有点感叹唏嘘的。

不过大家都是老选手了，不会被影响太多，那日时洛看了圣剑的采访，他们三个插科打诨，是在开玩笑，也是在相互调节心情。

都过去了。

余邃那天能那么配合，硬着头皮学自己十九岁时的炫富操作，也是想哄时洛，想让时洛释怀，让时洛觉得自己当时没那么难熬。

但现在看……

余邃静了片刻，低头看着时洛，突然一笑："心疼你哥了？"

时洛脸上稍不自在了一下。他摘了耳机。

时洛沉默了半分钟，眼睛突然红了。

时洛烦躁地扭过头，忍不住骂自己："……哭个头啊。"

时洛想起身去冲把脸，但不等他动作，余邃一把握住他电竞椅的把手，将时洛拉了过去。

时洛深呼吸了几下，还是将头杵在了余邃肩头。

余邃温暖的纯棉 T 恤布料瞬间将时洛眼中泪意温柔吸收，时洛把脸深深地埋在余邃衣服里，肩膀微微抖动。

"我真是……"时洛死命压下喉间哽咽，"哥，我真是，恨死了……"

余邃在时洛发顶上揉了一下，声音轻柔："知道。"

余邃低声道："你心里一直有气，没发出来……我知道，消化不了想哭就哭，这儿又没别人……"

"我……"时洛死死攥着余邃袖口，声音发哑，"我知道你是个不吃亏的人，我也知道你那两年在他们手里不一定受过太多委屈，但我……"

时洛忍了两天，还是憋不住了，眼泪掉了下来："我还是恨死了……凭什么？！"

"小小年纪。"余邃轻轻地在时洛额上弹了一下。

时洛攥着余邃袖口，攥得死紧。

他就是心疼了。

他心疼自己的哥，心疼自己的队长。

他心疼这么好的 Whisper，偏偏遇到了这种破事，在那破地方生生蹉跎了两年。

赛季初刚进 Free，余邃跟时洛说，他刚去德国那会儿，有点不爱说话，不爱出门，所以头发不自觉地就留长了，言语中轻描淡写。

这会儿细想余邃当日的状态，时洛心疼得胸口要炸了。

余邃当年，也是个千人捧万人疼的小少爷。

余邃顺了顺时洛的头发，由着时洛哽咽。

总要发泄出来的。

但余邃还是忍不住要逗时洛，余邃等时洛哭了一会儿，使坏地撑起自己宽大的羽绒服，把时洛裹起来，然后轻笑着问："闷不闷？"

一开始还好,过了一会儿自然是会闷的,时洛抽噎了一下,自己坐好,有点嫌丢人,不愿抬头看余邃。

余邃却还要追问:"哭够了没?咱一次发泄好了,免得后面圣剑再来什么骚扰的,又要气一场。"

时洛用手腕抹了一下眼睛:"够了。"

余邃又问:"不会再在意他们了吧?"

时洛抹了把脸。

不在意?怎么可能!

梁子已经结下了,时洛从不是个容易释怀的人。

这事儿必须有个了结。

但时洛确定自己不会再这么丢人现眼地被圣剑活活气出眼泪来了,所以点了点头:"嗯。"

怕余邃赛期还要担心自己,时洛清了清嗓子,不忘提醒:"你刚说……要给我讲故事唱歌……"

时洛抽了几张纸巾擦了擦鼻子,闷声道:"还算不算数?"

余邃莞尔:"算数,走了。"

51

翌日,A 组小组赛第二轮开始前,圣剑队长的采访视频终于被国内玩家发现了。

时洛看过视频后有余渣男在旁插科打诨地劝说着,都没能咽下这口气。国内玩家、Free 粉丝,特别是余邃的那些铁粉看了那段采访后是什么心情,可想而知。

Whisper 带队远走欧洲赛区的旧事本就是赛区之耻,不明真相的那段时间里大家还无脑黑了余邃整整两年,后来 Free 建队,真相大白,大家把怒火全还给了季岩寒,将季岩寒这个前电竞选手彻底逐出了电竞圈,让他和圈内人彻底断了干系,近一年了不敢露头,大家本来是稍稍消了气的。

如今圣剑队长突然旧事重提,让大家想起了这个战队也不是个什么好东西。当年趁火打劫就算了,瓜分优秀选手这种事有钱的商业化战队都会做,大家能理智看待、不予追究。但一个赛季都过去了,大赛前专门拣着中国赛区最不愿意提的事说个没完又是什么意思？

Whisper 的职业履历中永远有两年会刻着我们战队的队标，他永远洗不掉。

这句话实在太扎中国赛区玩家的心。

不明真相的那段时间里，玩家们齐心协力黑余邃黑了整整两年，本来心里就愧疚，现在又被翻出来，旧恨难平。没人引导，没人号召，国服玩家们直接翻墙爆破了圣剑的推特，把圣剑从头到尾骂了一顿后，要求圣剑队长对余邃道歉。

圣剑当然不是吃素的，他们没事儿还要寻衅欺负人玩，现在 Free 粉丝自己找去了，他们更兴奋，没过两小时，先发了条推特："某赛区怕了？"

没过半小时，又发了条推特："我们很怀念英俊的 Whisper。"

配图是余邃身穿圣剑队服打比赛的一张照片。

圣剑战队官方下场，矛盾瞬间升级了。

国服玩家恨不得活撕了这个战队，攻陷推特的国服玩家数量瞬间又升了一个量级。

而这边欧服玩家作为这次的东道主，自然也不甘心被骂。圣剑的粉丝自恃圣剑是上届冠军队，心高气傲，更瞧不上没落了整整两年的中国赛区，冠军队受不了一切臭鱼烂虾的挑衅，反击得也很快。两边在外网上你来我往撕得不可开交，短短几个小时，双方喷子胜负初显，谁胜谁负自然是不用多想的——

论起靠人数压制这一块的操作，自互联网出现以来，中国赛区的玩家们还没在哪个领域尝过一败。

国服玩家对外开团的同时不忘对内安抚，还喊出了口号并整齐划一地在出征的两支战队微博下复制刷屏："Free 和 NSN 选手请断网安心比赛，外网上撕他们的事由我们来安排。"

玩家们都在撕圣剑，倒是解了 NSN 的围。NSN 前一轮小组赛里输了一局，如今小组赛出线并不是特别稳。国内原本还有喷子骂他们打得菜，怪他们浪费世界赛名额，如今也没人有精力有心思骂 NSN 了，众人火力全开，一致对外，再有敢对 NSN 说三道四的还要被国内玩家们指责。

特殊时期，只要 NSN 一日没被淘汰，NSN 就还拥有免喷牌。世界赛时期，国内全线休战，敢在这个时候搞自己人心态的一律掐死。

NSN 俱乐部老板见国服玩家不喷自家了，一阵欣喜，风停了雨停了，他又觉得他行了，记恨着圣剑之前搞自己家医疗师的事，突然上了推特开喷，仗着小组赛时期大家不在一个组,谁也打不着谁,破口大骂,打了圣剑一个措手不及。

圣剑作孽作多了,一开始还不明白为什么被 NSN 开团,但被骂了肯定也要骂回去。至此,NSN 官方也正式下场。

比赛场馆挂有 Free 战队标志的休息室里,周火看着外网上的混战,目瞪口呆。

自家小组赛第四局 BO1 还有不到一个小时就要开始了,周火不敢同选手说,奈何 Puppy 无意中看了一眼手机,看了条推送消息,一下子就知道了。

宸火同 Puppy 坐得近,自然也看见了,这下就真的瞒不住了。

周火生怕几人受影响,嘿嘿笑了一下:"那什么……这没事儿啊,粉丝们跟着热闹热闹,你们当没看见。没事,别看手机了,好了好了,都休息休息,一会儿要上场了。"

一队四个人,没人听周火的,全拿出了手机。

周火磨刀霍霍想劈了圣剑,心惊胆战地看着选手们,特别是时洛,生怕他看见圣剑最后发的那条推特会受影响。

别说时洛,周火自己看见余邃穿着圣剑队服的那张照片都气得胸口疼了半小时。

但出乎周火意料,时洛脸色没什么变化。

周火小心翼翼地看着时洛,轻声道:"你……没事吧?"

"没事。"时洛扫了扫圣剑推特下的评论,客观评价,"撕得挺厉害的,咱们人数多,可惜塑料英语也多,还有不少兄弟直接用拼音就上去骂的……排面儿够了,内容匮乏了点。"

周火见时洛没受影响,放下心,忙忍笑哄着:"没事、没事,他们不用看懂,想也知道咱们在骂他们。"

倒是老乔一脸不满,冷笑:"往年到了决赛,两边才开始说垃圾话互搞心态,今年真有意思,破小组赛都没打完,他一个 D 组的朝着我们 A 组浪个没完是什么意思?我们跟他们有关系吗?能不能碰上都不好说呢,恶心谁呢?"

"我也是好久……没打过在小组赛时期就火药味这么浓的比赛了。"Puppy 目瞪口呆,"一个个的……都还没出线呢,弄得跟都稳进决赛了似的,我最不懂的是 NSN,他们突然跟着骂是要做什么?"

"做什么?怕咱们骂不过他们,帮咱们凑人头啊!"宸火正同天使剑聊微信,反正大家已经知道了,反正接下来要打的是弱队不会输,即使是赛前也顾不上遮遮掩掩了，宸火憋不住事儿，忍不住道，"你们搜一下 Saint，他们的官方推特昨晚就已经开团了，就是他们粉丝数少，没被注意到。Saint 的情分我这次真的记住了。"

"天使剑他们也来了？"周火头皮发麻，呼吸艰难，"今年世界赛还能不能好了？乱了乱了，都乱了……真的，下局跟咱们打的瑟瑟发抖的越南队要是知道咱们在推特上撕成这样，肯定要气死，你们不尊重对手，你们没有心，你们不配赢。"

没人理周火，众人依言搜了一下——

Saint 在推特上的官方账号果然在昨晚就激情开麦了，连发好几条，还都是中英德三语的。

时洛不太习惯这软件，搜得慢了点，余邃扫了一眼确认没什么有害内容后，没让时洛继续搜，直接把自己的手机递给了时洛。

时洛接过手机。

Saint 整个俱乐部从头到尾给时洛的感觉就是天使，从上到下、从里到外，全是小天使。

自 Saint 退出世界赛的角逐后，更是主动给自家战队和 NSN 当起了免费陪练，每天不管是什么时候，顶着时差随叫随到。

谁拿冠军都跟他们半点儿关系也没有，但 Saint 就是愿意帮忙。Saint 的经理脾气非常温和，之前还很好心地主动同周火提过，如果 Free 太忙，他们还可以帮忙分析练习赛视频，只为 Free 复盘时能省点时间。

就这么一个温和的经理，难得地也"刚"了一次，自己跑到推特上，用他们没多少粉丝的官方账号，严肃、正式地大骂特骂了圣剑一顿。

Saint 官方第一条推特把赛季初圣剑约练习赛时轮了天使剑的细节复述了一遍，怒斥圣剑不遵守练习赛规则，恶意游戏，企图破坏自家选手心态。

第二条推特将当时的练习赛击杀细节数据贴了上来，证据确凿。

第三条推特他没再喷圣剑，直白地抬了自家赛区其他战队一手——

"赛季初，圣剑战队首先挑选作为上赛季冠军队的我们做了练习赛训练。在进行了一场非常不愉快的练习赛后，我们本着一脉同源的维护心情，将练习赛中圣剑的侮辱性游戏行为如实告知了其他兄弟战队，并给出了酌情拒绝圣剑战队练习赛邀请的意见。

"其他十一支兄弟战队在此情况下，仍全部接受了圣剑的训练赛邀请，无一例外。

"所有兄弟战队在广大玩家不知情的情况下，已尽力维护了赛区荣誉，十二支战队几十位选手，虽败犹荣。

"本赛区从未惧怕过圣剑战队，以前不会，今后更不会。

"希望本赛区全部玩家能一致对外，接受一切结果，信任本赛季最强两支战队，无论输赢，坦然面对。

"静候两兄弟战队佳音，以上。"

| 第五章

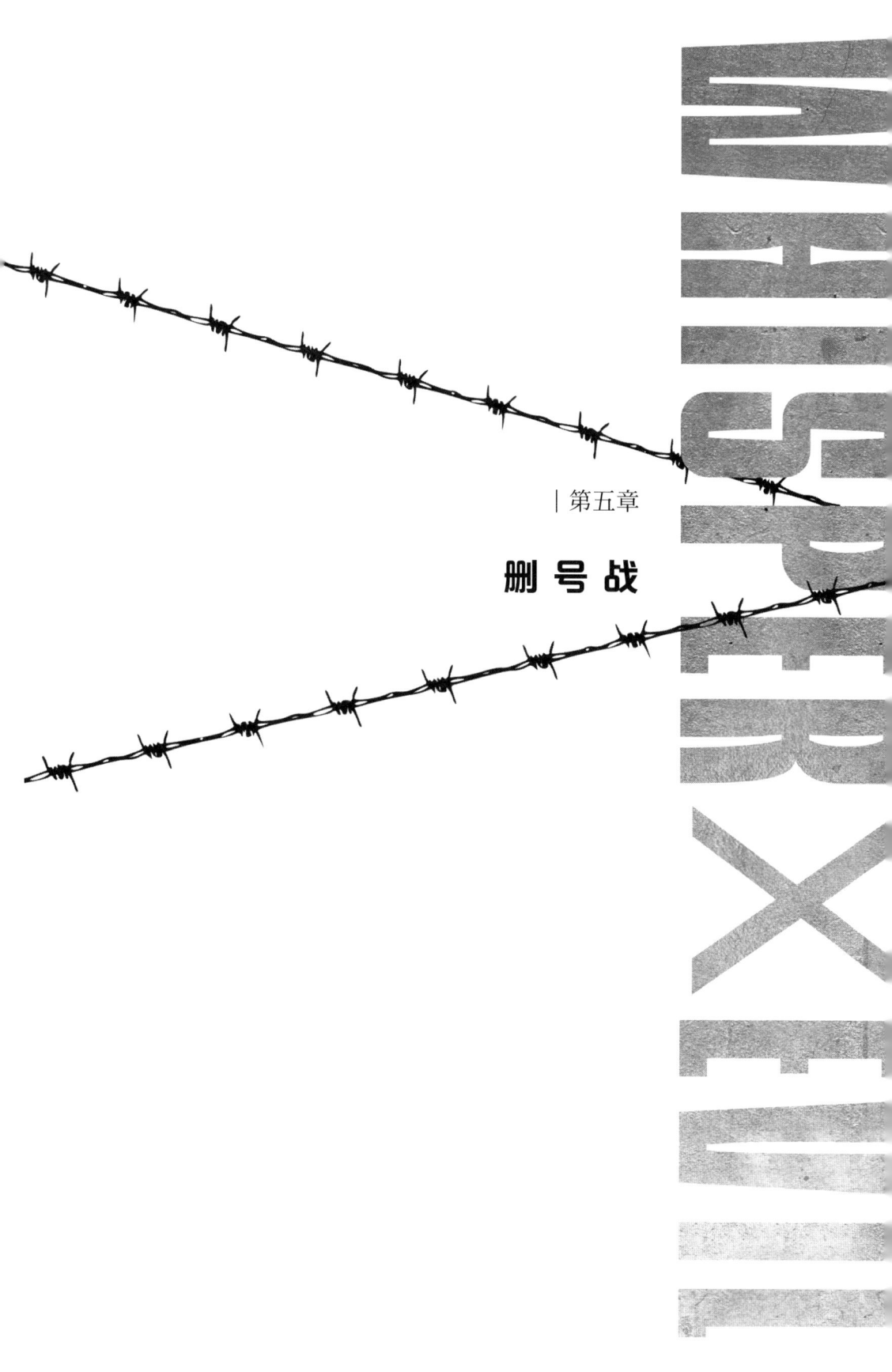

删 号 战

52

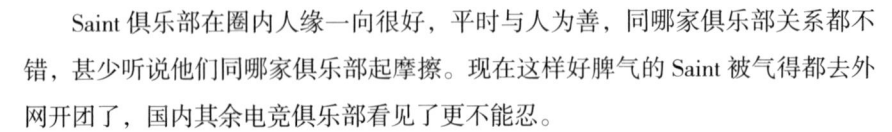

Saint俱乐部在圈内人缘一向很好,平时与人为善,同哪家俱乐部关系都不错,甚少听说他们同哪家俱乐部起摩擦。现在这样好脾气的Saint被气得都去外网开团了,国内其余电竞俱乐部看见了更不能忍。

万重山俱乐部的老板记着Free之前去他们主场比赛提点过他们选手的情分,头一个跟上。他们老板直接说我们俱乐部成绩差得连世界赛都没打进去,你想搞我也搞不着,怕你个鬼,新赛季没开,没比赛,在家里正无聊,正好撕你。

其余俱乐部陆续跟上,最后就连同Free有过节的野牛也忍不住了。暴躁书作为队长,给他们战队申请了个推特号,也积极加入了战斗,胡搅蛮缠地撕成一团。

自家战队上场打第二轮小组赛的时候,周火抓着头发看着外网各路神仙打架,心惊肉跳,瞠目结舌。

世界赛开赛前,周火想过,来德国后自家战队可能要跟圣剑有点明面上的小摩擦,也就此提前做好了几套公关准备,但万万没想到,事态突然升级,演变成了赛区大战。

所有人都上头了。

周火不住地扯自己头发,崩溃道:"我业务能力没问题的啊,但请问我现在应该怎么公关?真的,不骗你……我来之前就跟我的人准备好了不少双语公关稿,立场坚定、角度新颖、措辞精妙,拿到联合国去当演讲稿我都不虚……"

老乔和几个数据分析师盯着比赛同步直播屏,抽空敷衍地安慰道:"丢了吧,不用心疼,大家已经开始混战了,没人有时间看你那文绉绉的公关稿了。"

周火心头滴血,捂着胸口咬牙:"老子熬夜写的那么多份漂亮的双语公关稿……"

周火忍痛删了稿子，凑到老乔身后，看了一会儿视频，看不太懂，问道："场上什么情况？"

"你以为只有外网上疯了？"老乔眼睛瞪得老大，死死盯着屏幕，"场上也控制不住了，都是憋着火上去的，除了余邃跟平时没区别，剩下三个都杀红眼了……Puppy 都已经跟着抢人头了。"

周火看不懂比赛细节，只能凭着屏幕上 Free 一方不断跳动的击杀人头数字判断……自家几个选手是有点残暴。

周火小心翼翼地问："总之……肯定是能赢对吧？"

"废话。"老乔头也不抬道，"你自己看看越南队的表情。"

数据分析师怜悯道："那是渴望比赛能快速结束的表情，那是祈求对面神仙能停手的表情……虽然是同组的对手，但我看着都心疼了。"

镜头给到越南队选手现场特写，脸色果然一个比一个僵硬，周火干笑："对不住对不住，真不是针对你们，你们就是撞到枪口上了。"

A 组小组赛 Free 的第四个 BO1，十九分钟就结束了，Free 快刀斩乱麻地再拿下了一分。

老乔砸了一下桌子："Nice（漂亮）！出线了！"

周火还心惊胆战着，闻言吓了一跳："出了？这就出了？不对啊，你别瞎奶！理论上不是拿到五分才稳出线的吗？"

"理论上是要拿到五分，但咱们组目前还没有其他拿到四场胜绩的队伍。"数据分析师细细道，"也没出现一分没拿的超级经验宝宝，所以根据现在已打完的场数来算，就算其他队伍把比赛全部打完，也不会有三个四比二的情况出现，你的这个理论已经不成立了，咱们就是出线了，至少是二号出线了。"

周火一句也没听懂："你在说什么……"

"没什么，听我们的就行了，已经出线了。"老乔懒得同周火解释，"发微博去吧，出不了线，我剁手。"

周火已被外网上的炮火连天震蒙了，掰着手指头算了一下，算不太明白，还不敢相信，上微博看了一眼，见粉丝已经在欢天喜地地搞抽奖了才放下心，喃喃点头："虽然早就知道在 A 组出线是稳的，但还是有点小激动，是怎么回事……出线了出线了出线了……我带的战队居然也在世界赛出线了，我们新战队也有这一天，我们有底气接着撕圣剑了，我们还能继续打，谢谢大家，谢谢谢谢……"

周火拿着手机念念叨叨，眼睛莫名其妙地红了，怕被老乔他们发现，周火吩咐其他工作人员去发微博，自己去洗手间洗了把脸。

周火从洗手间出来的时候，正好碰上拿着外设从前场回来的选手们。周火看着迎面而来的自家男神天团，看哪个都觉得亲，一时之间鼻又有点酸，正想找个人拥抱一下，却见宸火咬牙切齿地在时洛后背上抽了一巴掌。

时洛嘴角微微勾起，不躲也不避，被拍得往前跌了一下，轻声笑："……废物。"

"抢人头！抢人头！抢人头！"宸火气得用鼠标垫不住拍时洛后背，"你一个新人，你秀不秀有什么关系？我一个老选手，跟你同职业，到现在一场MVP也没有，丢人丢大了你知不知道？小崽子……"

时洛嚼着口香糖，被宸火推着进了自家休息室的大门："自己老了，操作跟不上了，怪谁？"

宸火气得还想打时洛，被余邃不着痕迹地挡了一下："差不多就得了，当着我的面打个没完了？"

宸火又要同余邃掐，但不等他动作，被周火一下抱住了。

战队小组赛出线了，周火实在是兴奋，搂着宸火狠狠揉了一顿。

除了周火，其他人都很淡然，包括同样第一次进世界赛的时洛。

众人进了自家休息室就收了玩笑，坐下来喝了两口水，认真听老乔和数据分析师们同他们复盘上一盘比赛。时间不等人，A组出线结果今天就能出来，余邃他们下场休息一个小时左右就要打下一场BO1了。

飞速复盘了上一局比赛，分别跟选手们说了每个人需要优化的点后，老乔回头对周火道："四局拿下了，出线已经稳了，现在……关门，关摄像头、麦克风，有人戴着随身麦吗？关了，不会关的直接拔电源。"

余邃同老乔对视一眼，嗤笑了一声，没说话。

宸火同Puppy愣了一下也明白过来，点头："把门关好，反锁一下。"

周火一头雾水，依言照做。

几个数据分析师借口有事，在关门前出了休息室。

时洛扫了休息室内一圈，什么也瞒不过学霸的脑子，几秒钟，时洛就明白了。

时洛抽了一张纸吐了嘴里的口香糖："对，已经四分了，要是想搞事，下一场就得开始了……"

周火："……"

宸火脸上笑意淡去，把自己的鼠标垫卷成一团，嗑了一下腮："给我几分钟想想。"

Puppy 出神："嗯……"

老乔沉默。

周火擦了擦眼角刚因激动偷偷流下的眼泪，忍无可忍地卑微道："既然留下我了，可以……给普通玩家一个活路吗？你们在聊什么？能给普通玩家解释一下吗？"

屋里其他五人愣了一下，错愕地看向周火。

周火忍着耻辱："请问各位神仙，你们在考虑什么？"

老乔下意识地看了看屋里好几个已经被关了的摄像头，咂舌："这话不能明说，你懂不懂？"

时洛道："我给你解释……"

"别！"老乔敏感地打断时洛，"我来说……万一传出去了，我扛着，反正我已经退役了。"

老乔心累地看了周火一眼，压低声音："八强赛抽签的时候，小组赛时期的第一出线队伍是一号种子。一号种子在八强赛不能碰头，知不知道？"

周火只是不熟悉赛制，并不是脑子有问题，闻言瞬间懂了。

D 组除了圣剑，其余也是一群弱队，圣剑战队稳稳地以小组赛第一出线的。

A 组看 Free 目前这个情况，也是稳稳一号出线的。

按照这个发展，根据八强抽签一号种子规避规则，Free 至少在四强赛之前，是遇不到圣剑了。出于分半区的原因，作为一号种子，其实在四强赛碰到的概率也要比二号小一些。

无关抽签，这在客观事实上就不可能实现了。

想要有提前碰头的机会，那就得从现在开始控分，Free 接下来放放水，以小组赛第二出线，那就会有不小的概率在八强赛遇到圣剑。

"来之前我记得聊过一次，咱们都想尽快遇到圣剑，跟他们碰一碰，我作为教练，当然不建议你们控分。作为前职业选手，我也对这种事深恶痛绝。

但……"老乔眯着眼,"我单纯作为一个人……梁子已经结成这样了,你们要是想浪,我不拦着。"

老乔脸上难得带了点匪气:"人家就差直接把脚踩咱们脸上了,以前还让你们玩猫叫……都是人,都有血气,谁也不是职业机器,别跟我说那些冠冕堂皇的,我兄弟们想不计一切跟他们碰一碰,我理解。

"咱们只是从一号调整成二号而已,咱们没害谁,对咱们组内没影响,也不用有什么心理负担。"

"当然,我只是不拦着。被卖的是你们俩,在这边受罪的也是你们俩,自己做决定,但要快点。"老乔飞速道,"想要二号出线的话,下一场就开始划水。咱们拿个二号名额,回来抽签的时候看天意,碰到了不是你死就是我活。不想这么做,那当我什么也没说。"

老乔冷静道:"我只是作为老队友,提醒一下你们什么时候开始控分。"

训练室内安静了十数秒。

老乔看向周火,笑了一下:"经理现在想掐死我了吧?"

"我当然想掐死你……我想要的是最稳妥的成绩。"周火沉默片刻,叹气,"但……谁也不是圣人,想浪就浪,快点儿的。这样,不记名投票,将来玩脱了,谁也别怪谁,反正是不记名的。"

余邃忍不住笑了:"想得挺远啊。"

"不然呢?!"周火只是不熟悉赛制,但他熟悉团队经营,"将来你们死在八强了,后悔了也找不到人怪罪,好了,我知道你们感情好,是我多心行吧?来来来……"

周火拿了四张同样大小的纸和一样的笔发给几人:"控分拿二号出线画圆圈,不控分正常出线画叉号。半分钟,快点,写完扣桌上,别留折痕。"

几人拿过纸笔,写完扣在了桌上。

周火还是多少有点私心,不想让众人控分,待众人都写好后道:"四个人容易平票,时洛的不计入了,反正你也没被卖。"

时洛愣了一下,周火说得也有理,时洛点点头,拿过自己那张纸揉成了一团。

"不磨磨叽叽了!"

周火拿过其余三张纸胡乱换了换顺序,双手按在三张纸上,心跳逐渐加快,额上迅速地沁出了一层汗珠。

周火咬牙切齿："我到底是命好还是命不好，遇到你们这群人……"

周火深吸一口气，拿起一张纸摊开——

叉号。

周火眼中一亮，不控分。

周火飞速又掀开一张纸。

叉号。

第三张纸——

依旧是叉号。

三个人，全员选择不控分。

周火额上汗珠簌簌落下，长舒了一口气："……你们整这一出是在演戏吓唬我玩吗？！一切照常，好好打一号出线就行了。"

老乔抬眸看向三人，目光复杂，心中欣慰，又有点不甘，忍不住道："兄弟们……恶人，哥已经替你们做了，你们真不用这样……天天当圣人累不累？兢兢业业地坚持操守坚持多少年了，之前落下什么好了？谁看见了？谁因为这个多照顾你们了？想替自己出一口气不丢人！"

"是没人看见，也没人因为这个念我的好。"余邃对这个结果并不意外，不然他也不会放纵周火弄这个投票，余邃轻声道，"但……我自己看见了，我自己知道，算了，说这种话太矫情……"

Puppy 也有点不甘心，他无奈道："有一秒钟想做，但……不行。"

"嗐，都嫌矫情不愿意说，我来说。"宸火脸色不太自然，平时放狠话一个比一个强，真的说两句好话都不愿意开口了。宸火脸稍稍有些红，粗声道："是穿了两年圣剑的队服，是已经洗不干净了，我们认了，那……总得有点什么是干净的吧？我们没控过分！就没干过这种事。"

老乔喉头哽了一下，想说什么也不好意思说了，起身一把将三张纸抄进了手里，一言不发地撕了个粉碎，扔进了垃圾篓里。

周火揉了揉脸，笑着带动气氛："好了好了，当作什么都没发生，来来来……有没有要吃零食的？下一场马上开始了。"

"等一下。"余邃看向时洛，"Evil，打开你的看一眼。"

时洛拿着手里的纸团，一愣。

宸火眯眼看向时洛："他应该是想控分吧？"

"时神当然是想搞事了，反正跟结果无关了。"Puppy 看向时洛，也好奇，"你的是什么？"

时洛将手里的纸团展开，拍在了桌上。

纸上赫然也是个叉号。

时洛眼中也有些不甘，他抬眸看了余邃一眼，烦躁地低声道："当年入行，我是余邃一条规则一条规则耳提面命教出来的，我会控分？想什么呢？"

余邃嘴角微微挑起，轻声道："乖。"

其余几人扑哧笑了起来，时洛不太好意思，烦躁地把自己的纸条撕了。

当日，A 组小组赛正式结束，Free 以六比零的成绩毋庸置疑地小组第一出线，成为本次世界赛第一支出线队伍。

最后一场 BO1 打完，工作人员匆匆忙忙跑到比赛隔音房里通知余邃，队长要去接受采访。

余邃摘了耳机起身，正要去，一旁的时洛皱眉道："为什么又是队长去？"

工作人员呆滞了一秒，疑惑地看向时洛，反问："一般都是队长去的，咱们这边是……什么情况？"

余邃同样看向时洛。

拿了第一个出线名额同时错失同圣剑提前交手资格的时洛并不快乐，硬邦邦道："我想去！"

余邃："……"

正在拆自己外设的宸火呛了一下。

"奇了。"Puppy 咂舌，一边拆外设，一边自言自语，"这年头还有喜欢被采访的，今年世界赛我真是什么怪力乱神都见识到了……"

余邃没分毫犹豫，对工作人员道："我突然有点不舒服，想去休息一下，让我们队员代替我一下可以吗？"

工作人员被余渣男睁眼说瞎话的本事所震慑，他也不敢说余邃装病，咽了一下口水勉强道："那当然……可以了。"

自看了圣剑队长的采访就憋了一肚子火的时洛脸色终于好了点。

余邃对着时洛吹了声口哨："代理队长去吧，我给您拿外设。"

时洛"嗯"了一声，跟着工作人员走了。

代理队长官威不小，边走边跟工作人员确定："采访的记者多吗？

"他们厉害吗？"

"你们的翻译人员行吗？我自己可以双语，你们硬要翻译也行，但不要弱化我的犀利用词知不知道？"

"Free 很厉害，是这次夺冠热门队，你们考虑延长一下采访的时间。"

"我可以配合。"

"我……呵呵，我、好、多、话、想、说。"

时洛，在公认的"不出线即废物组"A 组出线后，戴着鸭舌帽揣着裤兜，走出了世界赛冠军队的步伐，纡尊降贵地去接受采访了。

53

"队霸"强行去接受采访了，其余几人回休息室等待时洛采访结束回酒店。Free 队内友情"感人"，没人帮余邃搭把手，余邃略费力地抱着两人的外设回了休息室。周火不知采访换人的事，蹙眉看着余邃："你不去做我们的外交发言人答记者问，回来做什么？"

宸火耸耸肩："换人了，Evil 去了。"

休息室内还有官方的跟拍和自家的跟拍，官方的跟拍和其他工作人员是本地人，不是太了解 Free 的内部情况，一头雾水，见余邃拿着两人的外设好奇地问这是谁的外设。

余邃将两人份的外设放在桌上，边拿过时洛的外设包替时洛装回去，边语气自然地道："这？我们队小朋友的。"

官方的人都听不懂汉语，不懂为什么余邃说完话屋里突然哄笑了起来。老乔使坏，艰难地用他的塑料英语比比画画地同官方跟拍强调，听不懂没关系，但这句话非常重要，如果拍下来了可以酌情考虑剪辑到官方视频里。

"啧。"周火受不了余邃，"每次只要时洛不在就搞事……逗他就这么有意思？"

"有意思，而且这算什么搞事？"余邃将他和时洛的外设装好放在一边，坐下来看着休息室内的直播屏，"真要搞事的来了……"

宸火和 Puppy 也坐下来看好戏。没一会儿，直播界面切到了后台采访席。直播屏上，时洛摘了帽子丢在采访席桌上，在采访席前将两臂张开，抬着头面无表情地让工作人员给他戴随身麦。

给时洛戴随身麦的大兄弟业务不太熟练，装来按去，半晌也没弄好。大兄弟也挺着急，不住上碰下摸地做调整。余邃看了一会儿，忍不住侧头对休息室里的官方人员道："你们就不能找个女孩子给他弄吗？"

工作人员一头雾水，老乔憋笑道："差不多得了。"

又折腾了一会儿，随身麦终于安好了，时洛拉过椅子坐了下来，两手插在队服口袋里，面色冷静。

采访席只有时洛一人，窄窄的一排桌子后面，是挤满了的记者和无数长枪短炮。

周火看着直播屏里的时洛，低声感叹："这颜值、这气质，小明星似的……"

Puppy 看着时洛，啧啧有声："看看这表情，看看这架势，谁能想到，这位首次出征世界赛的选手只是从 A 组一群臭鱼烂虾里出线了而已呢？"

宸火跟着感叹："不知道的，还以为这位选手刚刚拿了冠军。"

余邃定定地看着屏幕："闭嘴。"

采访对象临时换成了时洛，记者们没有丝毫不满，反而非常开心。

余邃这种超级明星选手咖位是要大一点，但这种老选手的采访一向滴水不漏，除非他自己乐意，不然不会给任何爆点。

时洛这种新人选手更好采访一点，稍微来点陷阱，新人选手一不留神就跳了。

自然，这只是记者们在采访前的想法。

国内记者率先提问。同其他赛区竞赛的情况下，国内记者一般情况下都会护犊子，一改在国内的常态，问的问题不能更温和，主要都在恭喜 Free 顺利小组出线，提的问题都是围绕小组赛赛况的。时洛对自家赛区的记者也很友好，有问必答，白开水一样的问题也回答得十分详尽。

随后国外记者开始提问。

国外记者问的问题就没这么友好了，特别是轮到本地欧洲记者的时候，问题逐渐变得尖锐。

欧洲记者问："第一次进世界赛，作为队内唯一的新人，反倒连拿了数个 MVP，细究原因，是你自己发挥得太好更多一些，还是队内其他老将在这一年下滑太严重多一些呢？"

时洛道："我脏人头更多一点。"

欧洲记者问："众所周知，Free 队内有三人都曾是欧洲赛区圣剑俱乐部的选手，三个选手都有老东家，世界赛上还有可能会同老东家相遇，队内几位选手会尴尬吗？"

时洛道："说起有老东家的，全赛区全联盟里应该属圣剑选手最多。我看他们选手发挥得蛮好，没尴尬，我们队内几个人应该也没。"

圣剑从不培养新人，一直是看哪个选手厉害就想方设法地抢人，恶名在外，时洛话音未落，几个国内记者就连声哄笑。

Free 休息室里，周火有点受不了。

"这几个意思啊？"周火不满地起身，"现在这种小采访也得经理跟着了是吧？我服了，我去挡一下，这都什么问题……"

"不用。"余邃看着直播屏，"再说你去了也挡不住。"

周火瞬间也来了精神，眼神锐利了几分："我挡不住这些记者了？"

余邃一笑："你挡不住的是时洛。"

周火语塞。

"坐下吧。"余邃泰然自若，"跟圣剑就差当面打一架了，网上已经隔空撕成这样了，你还指望他们赛区的记者对咱们好言好语的？过几天 D 组出线赛，咱们赛区的记者肯定也没好话问他们，都一样的。"

"那……那能一样吗？"周火看着直播屏里的时洛皱眉，"我们家选手才几岁……"

周火忍不住抱怨余邃："你说你让他去做什么？"

余邃莞尔："我能主动把这种事儿给他？他要去的。"

"他想去你就同意？"周火看了一眼休息室的几个外人，低声抱怨，"时洛这回答真的……不太行，太实在了，回头咱们真输给了圣剑……"

周火轻轻地扇了自己一个耳光继续道："回头真那啥了，你信不信？就时洛这么嚣张，国服喷子们能拿他现在说的话反复鞭尸打他脸，到时候……"

"别说话。"不等余邃开口，宸火紧盯着直播屏，先不耐烦地打断周火道，"都听不清了！"

周火好心被当成驴肝肺，正要发作，Puppy 笑道："别婆婆妈妈了，你余神有多护小崽子你不知道？你考虑到的，他能没考虑到？"

"时洛憋着这口气憋了多久，再不让他整点儿事人要废了。"Puppy 枕着自己胳膊，悠然看着直播屏，"而且，珍惜一下时神的采访吧，这么耿直的采访，不是天天都能看见的。"

Puppy自嘲一笑："怕被喷，怕被打脸，怕被人带节奏，偶尔做采访我恨不得不开口，整天打太极……我真记不得我上次这么直白地受访是哪一年的事儿了。"

"我以前也跟时洛似的，不服马上就得想办法撑回去……"宸火定定地看着直播屏里的时洛，眼中带了几分钦羡，叹了口气，"后来被喷老实了，心累了，就懒得这么真情实感了……再说了，怕什么？下次采访让我去，我也爽一把去，想骂谁骂谁，爱谁谁。"

采访还在进行。

欧洲记者又问："一般赛后单人采访都是队长来，临时换成了Evil选手，是因为Whisper选手不想面对前效力赛区的记者们吗？"

时洛道："不，是我作为唯一没在欧洲赛区打过的选手，特别想来面对一下。"

记者问："Evil选手怎么看待其他几个小组的出线情况？特别是C组和D组。"

时洛道："C组有我的老东家，期待他们顺利出线。D组不认识，不清楚。"

记者问："D组有上届世界赛冠军圣剑，也会陌生吗？"

时洛道："我新人，看谁都陌生。"

记者们窃窃私语的声音越来越高，采访话题基本已经全部围绕圣剑来了，记者们被时洛戗出了火气，问题也越发刁钻。

"Evil选手对这次世界赛的期待是什么？觉得自己能拿到什么成绩？"

时洛道："当然是越高越好。"

"头一次进世界赛，还有这么多强敌，给自己定过高的目标会不会压力太大呢？"

时洛道："别的战队已经说世界赛决赛之前的比赛没意义了，我觉得我算保守的。"

"之前Evil说对圣剑很陌生，据说圣剑在这之前同Free是约过练习赛的，这样也陌生吗？"

时洛道："只打了两局，圣剑那边就说断电了，一次BO3都没打下来，只能算是陌生。"

采访火药味太浓了，欧洲这边的记者快要被时洛噎死了，主持这边的官方人员怕真的戗到明面上来，忙示意采访可以结束了。一个记者不死心，请求再问最后一个问题，工作人员无法，点头同意了。

记者追问道："Evil 刚才说觉得自己能拿到冠军，而圣剑作为上赛季冠军在之前接受采访时说过他们就是为了决赛来的。针对这句话，Evil 选手有什么要回应的吗？"

记者又匆匆补充道："毕竟那场训练赛的情况我们其实都清楚，也不需要混淆视听，圣剑是率先赢下一局的。"

"之前确实是输了圣剑一局，我承认。"时洛起身，"回应就是……"

聪明如时洛，自然知道对方就是想激自己立个军令状，方便日后自己战队输了翻出这段视频打自己的脸。

这个时候不回应就行了。

还是应该收着点的。

时洛慢慢地拆自己腰间的随身麦，突然抬眸看向了采访会议室的专属摄像头。

自己战队的队友和全部随行工作人员都在看着自己。

圣剑心机那么重，肯定也在看着自己。

余邃也在看着自己。

想到余邃，时洛目光锐利了几分。

回忆不受控制地被拉回几天前酒店的训练室里，几个队友一起笑闹，学两年前圣剑经理同余邃因为那个猫耳营业争执的情景。

余邃、宸火和 Puppy 其实是在安抚自己，时洛心里很清楚。

所以时洛当时跟着大家继续训练了，没再追问余邃。

所以，那块手表呢？

所以那价值几百万人民币的手表，卖了多少钱，抵了多少次罚金呢？

余邃刚来这边的时候，应该已经没多少钱了。

很多事是经不起细想的，时洛回神，在心里道：我怕个头啊。

时洛看向欧洲赛区的记者们："回应就是，这次世界赛决赛结束之前，不管遇到哪支战队，我、不、会、再、输。"

时洛摘了自己的随身麦放在桌上，拿起自己的棒球帽往头上一扣，出门去了。

Free 休息室里，宸火嗷嗷叫，不住拍桌子，含恨道："为什么我没主动去？！为什么？！这话好酷，说出来的时候肯定特别爽，我也想去说！"

Puppy笑笑:"刚才让你去,你敢吗?"

周火本来还担心现在话放出去了回头输比赛,时洛会被喷子骂,现在也无所谓了:"就撑他们!怕个头,先爽了再说,反正不管输赢,圣剑都要搞我们心态,咱们就算委婉应对了,他们就能放过咱们了?还不如直接宣战,去去去……下次你们谁想去放肆谁去放肆,万一真翻车了,我兜底!"

周火莫名其妙地也被激起了一身热血,突然吼道:"来啊!拼运营啊!我有什么怕的?我一个经理,我本职是什么?不就是给你们善后的吗?!我看到时候谁敢喷我家选手!啊啊啊啊啊!!"

余邃:"……"

屋里几人包括刚刚回到休息室的时洛都被周火吓着了,时洛上下看看周火,迟疑地问道:"你……怎么了?"

"我感受到了热血!我感觉到了年轻!!"周火穿着一身束手束脚的西装,恨不得能年轻个十岁也上赛场拼一把,"这就是余邃之前说的对战强队才会有的爽感吗?我感受到了!!"

老乔心累地看看突然来劲儿的周火,忍不住低声吐槽:"NSN经理……前两天也是这么发疯的,本来好好的,突然就急眼了,跑到外网上一顿喷……这是会传染吗……"

"你不懂。"周火摩拳擦掌,神色认真了几分,"知道我们成年人,为什么明明游戏打得啥也不是,还特别喜欢看你们比赛吗?"

"不是为了学技术,我们学技术有什么用,我们就是平时过得太小心太憋屈了,就想看这种不憋屈的!"周火掏出自己的手机来,咬牙切齿,"所以我们喜欢看你们年轻人撑天撑地,赛场上谁也不服谁……太来劲了!不行,我有点上头!老乔,你来帮我跟那家中餐厅的老板打电话,我怕我跟他号起来!"

众人哭笑不得,老乔接过周火的手机来联系中餐馆,其余几人换衣服的换衣服,拿外设的拿外设。

时洛自己去爽了一把,回来又惴惴不安,趁着别人没在意,走到余邃身边道:"我……我说的……"

"特别好。"

余邃早已换好衣服,单肩背起自己和时洛的外设包,另一只手拍拍时洛的肩膀,侧头轻声道:"我听得热血沸腾。"

时洛咳了一声,要拿自己的外设包,余邃躲了:"换你的衣服去,换完回家。"

54

前有圣剑队长的挑衅,后有时洛赛后的回击,Free 和圣剑的摩擦正式被摆到了台面上。

就连游戏内关于世界赛的推送都做了两队相关的内容,让玩家评价两队这次在世界赛上的表现。

圣剑他们连小组赛都没打完,真说表现也不好评价,但单就两队灵魂人物放的狠话来说——

圣剑队长表示他们这次只是来打那场决赛的,时洛表示世界赛结束之前他不会再输任何一场比赛。两厢对比,其实是时洛放的话更狠。

圣剑队长只是给自己预定了决赛,而初生牛犊不怕虎的时崽则提前给自己加冕为王了。

"哎,一个比一个绝……我都担心时洛今天采访后顺手把奖杯给拿回来,然后这边主办方报警说我们偷盗……真的,就今天采访那个架势,这事儿他真的做得出来。"

Puppy 这个揽钱鬼才,在小组赛出线后,趁着还没开始集体复盘,顶着一头未擦干的头发开了直播。

Puppy 同俱乐部随行人员里的一个小姑娘借了个自拍架支在酒店训练室里,他一边擦头发一边同粉丝们分析:"你们说,狠话已经说到这份儿上了,回头我们跟圣剑俩队要是纷纷折戟八强被抬回家……啧,那画面,不敢想、不敢想啊。"

弹幕一群人骂 Puppy 乌鸦嘴,Puppy 无奈:"比赛有赢就有输,我们就是折在小组赛也不是不可能啊,全世界来了十六支队伍,最多就一个冠军,剩下十五支战队就不活了?还是得活啊……这又不是不可能。"

说话间,余邃和宸火也进了训练室,见 Puppy 在直播,余邃绕开摄像头坐到一边儿玩手机。Puppy 故意把手机扭向余邃给粉丝看,自己继续念叨自己的:"我们俩全死在八强不是不可能啊,我们是 A 组第一,八强赛跟圣剑遇不到了,不知道会跟谁打。反正现在情况就是，八强抽签的时候如果没在一个半区，我们四强赛都遇不到了，说不好就人生有梦，各自死在八强了……什么？你说圣剑是不是小组第一出线？那不是废话！"

"所以我们至少半个月之内是遇不到圣剑的，只能这样隔空嘴炮了。"Puppy 眯眼看看弹幕，读道，"后——不——后——悔——放——了——狠——话……"

Puppy 嗤笑："放狠话怎么了？圣剑能骑在我们头上输出，我们就不能回击了？请大家稍微体谅一下你们洛崽，真的，他要不是还在役，还得继续打后面的比赛，今天可能就不只是放狠话了。"

余邃看着手机，突然道："注意措辞。"

"知道知道，这不是没动手吗？"Puppy 对着自己的手机继续念叨，"我知道你们都是好意，怕我们后面被打脸，不想让我们说太多，但真没必要，我们都不怕，你们怕什么？你们时崽也不怕啊，你们仔细回想，他每次被喷子惹急眼是因为什么。你们自己回想，是不是都跟某渣男有关？喷子们喷时洛，时洛不怕的，别这么护着了。"

宸火陷于时洛的狼性发言还没回过神来，在一旁也忍不住拍桌道："真的，不用劝了，平时我们也不这样，但这次真不是我们主动挑事，是对方先动手的。我真是服了，我们不骚扰他们就算了，他们主动撩我们，那我也没什么好话说了，决赛见吧。"

Puppy 看着弹幕笑了："其实大家心里都是这么想的，只有 Evil 敢说而已，我们为什么之前不说……"

Puppy 自嘲一笑："……被喷子教育的，学乖了呗。"

"倒真不是害怕喷子们，我就是遇过几次事儿后就嫌麻烦了，每次说点什么就被反复问、反复鞭尸，烦……"Puppy 擦干了头发，把毛巾丢到一边，"说句真心话，我这点上服时洛，我比他多打了几年，但这点上真的不如他。"

"他是那种打不怕、学不乖的选手。"宸火也在一旁玩手机，道，"信不信，我们这次就算是输在八强了，你时神以后遇到类似采访，只要对方敢招惹他，他一样能怼回去？他就这性格……喷子们别想教他做人，没用的。"

当事人不在，Puppy 和宸火难得地说了时洛几句好话。

Puppy 自己觉得牙酸，适时结束话题。弹幕里都在刷余邃，让余邃来说话，Puppy 无法，回头叫余邃，连叫了几声，余邃才头也不抬地道："没空。"

Puppy拉大镜头，让直播间粉丝看余邃看得更清楚："什么没空？跟谁发微信呢？"

"中国赛区负责人。"余邃语气平静，"周火刚才饭也不吃，坐不住，突发奇想去联系中国赛区负责人，让他们提前给咱们安排八强淘汰赛胜利的文案版面，耳提面命，怕他们回头临时赶工做不好。"

Puppy骇然："这就给咱们预定八强赛胜利了？真给他做了？"

"没有。"余邃抬手给Puppy看了一眼自己的手机屏幕，"赛区负责人联系我了，我跟他说了，周火最近有点头脑发热，不用理他。"

"噫，时神害人时神害人，太上头了。"Puppy看弹幕都在刷余邃，为了吸引流量，开始聊余邃和时洛。

"余邃和时洛他们人品好不好？那自然是好了……"Puppy笑笑，"哎，有女友粉没？不酸吧？不酸我就跟你们聊聊。"

弹幕整齐划一说不酸，零星几个说酸让Puppy闭嘴的很快被挤了下去。

"某渣男……真的，挺意外的，我跟宸火之前真没想到他当了队长以后能这么关心照顾大家。"

Puppy回头看看余邃，见余邃没有要打自己的架势才扭头回来继续说："我们打第一轮小组赛之前，每天训练时间太长了，睡不够，也不能休息太多，特别是那俩突击手。突击手这职业不能歇，稍微懈怠，手感就没了，不可能说为了比赛好好睡个觉，那才真废了，临比赛了还是得高强度训练，然后刚打小组赛那天，都困，Evil最困。"

"给你们看看我们选手休息室里面是什么样的。"

Puppy拿过一台平板找了张图片给粉丝们看："看到没？沙发就俩，两张长沙发，好多椅子。一般情况呢，就是选手坐这边沙发，因为能靠着休息休息，补补觉，工作人员随便扯椅子坐，也就是说我们四个人两张长沙发，两人一张。"

Puppy放下平板电脑："但是呢……你们时神，因为太困，在沙发上补觉，要占一整张沙发，你们猜猜本来应该在那张沙发上的另一个人在哪儿？"

弹幕都在刷余邃把另一张沙发也占了，Puppy笑笑："余神还真没这么坏……另一张是我俩的，你们余神就坐在时洛睡觉沙发的扶手上，他常穿的那件羽绒服还盖在时神身上，哦对，你们不知道吧？你们余神那件挺宽大的长款羽绒服，临出国的时候买的……好像是四万多吧？你说四万多块钱干点儿什么不好。自打我们出国，那件死贵的羽绒服整天就是你们时神的被子，时洛在休息室睡盖余邈的羽绒服，在训练室休息也盖，去场馆路上的车里也盖……这衣服买得真值，等于就是给时洛买的。"

Puppy轻叹："啧……真的，有女生吧？哎，我给你们打听打听余邈有没有哥哥弟弟什么的，余神啊，余神……余邈！"

粉丝们听了这话差点将弹幕刷爆了，余邈在旁边玩着手机听Puppy说话，被Puppy号了半天，懒懒道："没，我独生。"

Puppy摊手："那没办法了，他独生，以后家产还全是他的，好气。"

余邈抬眸："你……你自己直播间，整天聊我，合适吗？"

"不聊你了不聊你了。"Puppy嘿嘿一笑，"我聊Evil，哎，时神真是，每次来得最晚，只能谁不在说谁了……其实找时神这样的也不错啊，虽然年纪小了点，但也挺会照顾人的。"

"就今天比赛时候的事……其实也是余邈自己的问题，临去场馆的时候他找不着保温杯了，那没办法，就没法带热水去了呗。"Puppy眯着眼看弹幕，"为什么不喝场馆的热水……"

Puppy无奈："我们一般不喝外面的水……特别是在别人场馆的时候。这不重要，我接着说，这不是没保温杯嘛，我们是没事，喝冰的都行，但某渣男那个胃……喝不了凉的，这大冬天的，喝了基本就废了。"

"走的时候没找着保温杯，余邈当时说没事，就一下午，大不了不喝了，让周火别一惊一乍地干扰大家情绪，所以就都不提了。"Puppy挑了挑眉，"等到场馆的时候，我才看见……你们时崽……

"到场馆了，都签过到了，坐下来休息准备上场彩排了，你们时崽……"

Puppy比画了一下："他才拉开他那件厚外套，从他衣服里面拿了个普通塑料水瓶给了余邈。"

"那是他从酒店带的热水，没保温杯，他就灌在普通塑料水瓶里了，怕凉了，一直就揣怀里用外套裹着……余邈跟我们都不知道他带了热水来。"Puppy回头看了余邈一眼，"就为了让队长喝口热水。

"怕他渴了，又怕他凉了……"

Puppy自己说着脾气也上来了："不播了，越想越羡慕。"

55

下了播,Puppy 突然顾影自怜:"我就活该大冬天喝凉水呗!"

余邃抬头看了一眼,见 Puppy 真的已经关了直播,才道:"我不知道他今天给我带热水了,要是知道肯定不让他拿。

"到场馆后,我出去做那个总签到,回来以后他坐在窗口那儿,把我叫过去,跟我说给我看个好东西。"

中午那会儿,时洛穿着厚外套坐在窗口,眼中带着一点神秘笑意,嘴角微微勾起,拉开外套,掀起毛衣下摆,拿出一个装满了热水的水瓶塞给了余邃。

余邃指了指自己胸腹位置:"这一大片……全烫红了,在场馆的时候问他疼不疼,他说没感觉……算是没烫伤吧,不仔细看没事儿,仔细看有一点红。"

"那就没事。"Puppy 道,"珍惜吧,这种事也就年纪小的时候干得出来,一下午喝不了水,还能渴死你是怎么的?"

"渴不死,"余邃低头继续玩手机,"但能酸死你……顺便解释一句,那件羽绒服还真是给时洛买的。来之前我跟他说过这边比 S 市还要冷,最好买件长羽绒服,但时洛觉得这件太大太厚了,穿着不是特别好看,不要……我就自己买了,就知道他来了用得着……"

"别说了别说了。"宸火也听不下去了,"我真的不好奇你俩这些相处点滴,真的!"

"Puppy 好奇啊。"余邃收了神通,"整天拿我的事当直播话题,我以为他挺想听的。"

Puppy 磨牙,想找靠垫砸余邃,不巧时洛洗好澡换过衣服来训练室了,Puppy 及时收手,迅速回到自己机位前,装作无事发生。

时洛一直不知道,他每天喜欢卡着点儿去训练室这件事,给了 Puppy 多少可操作空间,给 Puppy 直播间贡献了多少流量。

只是晚间休息前,时洛刷了刷微博,莫名其妙地收获了好多前言不搭后语的粉丝评论:"时崽,我也怕喝凉水,你能不能在怀里给我藏热水?"

时洛扭头问队里的另一个人:"粉丝怎么知道我给你藏热水的事?"

"不清楚。"余邃站在台灯前,蹙眉认真细看他拜托酒店工作人员替他买来的烫伤膏的说明书。说明书是英德双语的，余邃把两版全看过才放心，拿着药膏转头走到时洛身边，把药膏递给时洛："涂一下。"

时洛不接，无奈道："都已经好了……根本就没烫伤，我不涂了。"

余邃垂眸看着时洛，片刻后点头，自己将药膏拧开："涂不涂？"

时洛："……"

三秒钟后，时洛把脸偏向一边，声音不太自然："涂。"

转过天来，B组的出线赛，众人只对出线结果在意，并不关心过程，也没时间去看比赛。

Free专门空出了一天，同NSN打了整整一天的练习赛。

隔日就有C组的出线赛，NSN急需一个高水平的战队来对战提升一下手感，余邃几人没多言，几天前就答应了下来，给NSN专门做一天的陪练。

训练赛间隙，两边语音连着，瓦瓦听余邃跟他讲了一会儿问题所在后不住道谢。时洛看了看练习赛视频，也同瓦瓦交代了几句。

瓦瓦压力有点大，不好意思跟余邃说，同时洛聊了两句就露底了："时神……哇，我压力好大啊！都是头一次进世界赛，你怎么这么稳？！我看你采访视频了，我的天……人比人得死，我不配活着，呜呜呜呜。"

瓦瓦是真的有点紧张："要是小组赛一轮游了，我真的……就算是退役谢罪，估计粉丝也饶不了我。"

"不至于。"时洛蹙眉道，"你们组强队有点多，这没办法，不过……我觉得你们出线没问题。"

"不怪分组，我就是废物。"瓦瓦抓狂，"前面丢分那一局就是我的问题，我跟对面的医疗师一比就是个弟弟……那场下来，我真的超级想找地方钻进去，再也不出来了，你们为什么心态都这么稳？啊啊啊啊啊！你们不是人……"

时洛沉默片刻，转头看向宸火："你要不来安慰安慰？你也是失误比较多……"

宸火狠狠瞪了时洛一眼，自己去喝水。时洛无法，抚了抚耳机，轻声道："放松，你信我，你们出线没问题。"

"不知道你有没有发现一个问题。"瓦瓦苦哈哈道，"再过两天，小组赛一结束，同赛区保护机制就结束了，你……知道我想说什么了吗？"

时洛愣了一下，明白了瓦瓦的意思。

小组赛抽签时遇到同赛区战队，另一支战队会顺延到下一组中，根据比赛规定不会"内战"。

但只限于小组赛时期。

小组赛一结束，规则变更，抽签改为小组赛排名第一的战队之间不碰面。

C组那个北美强队目前一分没丢，NSN就算能出线，大概率也是以小组赛排名第二出线。

也就是说，八强赛上，Free和NSN是有很大可能碰面的。

时洛轻轻吸了一口气。

如果可以选择，没人想"内战"。

不管输赢，都要有个中国赛区的战队折在八强赛。

瓦瓦不住号："八强赛我要是遇你们怎么办？啊啊啊啊啊……时神，安慰安慰我，我心态真的不太好了。呜呜呜……"

时洛最不会安慰人，侧头看了看训练室内其他人，宸火耸耸肩，憋了半天道："八强赛抽签的事就想开点儿吧，你们……没准出不了线呢，也就不用抽签了。"

时洛："……"

瓦瓦快窒息了。

余邃用手里的鼠标垫在宸火头上抽了一下，想了一下道："放心，你们肯定能出线，如果是二号出线……也不一定遇到我们啊，想开点，你们更可能遇到的是圣剑。"

瓦瓦尖叫："输给圣剑还不如输给你们呢！输给你们还能送你们去四强！输给圣剑……啊啊啊啊啊！喷子们会撕了我……"

顾乾的声音从瓦瓦那边的麦传过来："找Free那群没心没肺的恶人安慰你，是不是疯了？"

Puppy笑得捶桌。

时洛无奈，放弃寻求队友帮助，自己劝慰道："左右都是死，你怕什么？"

瓦瓦崩溃："我不想死！！！"

"那就别输。"时洛语气认真了几分，"明天打起精神来，赢，一直赢，一直赢就不会死。我昨天大话已经放出去了，压力也不小，能怎么办？赢啊。"

"咱俩都是新人，输了不亏，赢了血赚，少想那些输了以后的事。"

"我真不觉得你比C组哪个医疗师弱，赢就完事了，明天保二争一，一号出线,那咱们四强赛见决赛见,真二号出线了……"

时洛顿了一下,一笑:"那你是占便宜了,你们可以提前遇到圣剑了,多好的机会。"

"在我们之前把圣剑他们摁死在八强赛,不爽吗?"

56

瓦瓦被时洛一通精神输出震得半天没说出话来。

语音那头,瓦瓦声音大了几分,咽了一下口水,神志不清地开始希冀:"我们如果碰到圣剑,如果真赢了……"

"今年世界赛冠军就是你的了,不是你的也是你的了。"时洛语气坚定,宛若自己在世界赛组委有亲戚,"四强赛、决赛都不用打了,你们提前加冕了,至少给你们一个精神上的荣誉冠军。你自己上外网看看,除了欧洲赛区那些毒瘤,谁待见圣剑?他们欧洲本土好多玩家都恶心圣剑,你要是把他们在八强赛就打死了,今年主角就是你们NSN了。"

瓦瓦哆哆嗦嗦地说:"但要是输了……"

"圣剑现在势头这么猛,谁输给他们都不丢人,真要输了……"时洛熟识喷子们的套路,道,"只要圣剑不夺冠,喷子们就不会揪着你不放。"

"你当然不用担心他们夺冠,先别说决赛的事。"时洛语气自然,"只要抽签时我跟圣剑在一个半区,他们连四强赛都挺不过去。

"我就不会让圣剑活着去决赛。"

瓦瓦跪了。

时洛宛若已掌握命运的剧本,瓦瓦一步步被时洛催眠,真信了自己是天选之人,NSN才是这届世界赛的屠龙王者。

瓦瓦揉了半天脸,嗷嗷嗷叫了半天,催促快点开下一局。

众人纷纷回到自己机位前,周火定定地看着时洛,惋惜喃喃:"……时洛这种人物,要是流入了传销市场,肯定是个洗脑鬼才,一代枭雄折在咱们这个小圈子里,是电竞耽误他了。"

"我深深怀疑,"周火忍不住又道,"NSN的心理辅导师都没你好使……老顾欠你一顿饭了,你这顿忽悠太给劲儿了,瓦瓦应该是真的信了。"

时洛认真反驳："我不是忽悠，谢谢，我是真的这么自信。"

周火："……"

"我就说今年小组赛这个抽签不行，强弱分布不均。"老乔焦心地看着时洛，"在 A 组第一出线，给时洛弄膨胀了……洛，八强赛你就知道了，没那么多经验宝宝战队的。"

时洛看了老乔一眼，脸色不变："不是经验宝宝怎么了？一样赢。"

宸火轻声咂舌："历届比赛……十几岁头一次进世界赛的不少，但十几岁就能狂成你这样的，真的不多。"

"建议周经理专门做一期时神在这次世界赛的纪录片，卖给各大战队。"Puppy 生财有道，"让他们给新人看，就跟他们说，我队视频，唐僧看了会起义，武大郎看了敢上梁山，建议青训生入队后先看时神纪录片一百遍，进行洗脑。"

"没问题，前提是咱们这次能打出好成绩来。"周火什么都应着，"开吧开吧，你们陪练的时候顺便也给自己找找问题，明天要看 NSN 出线赛，肯定没心思打练习赛了，今天补上。"

众人点点头，陪着 NSN 直接打到了凌晨。

送走 NSN，Free 自己内部又复盘了两个小时，越复盘越精神，直到近凌晨三点才出了训练室。

Free 这些人睡前本来还神志不清地商量，明天要是起得早，就要票去现场看 NSN 出线赛，奈何当晚一个睡得比一个晚，翌日一群人全部爬起来的时候已经是下午两点，C 组已经开始打第二场 BO1，去看现场是绝对不可能了，只能在酒店看直播。

"跟大家说个坏消息，"周火起得最早，脸上半分笑意也没有，对刚进训练室的时洛和宸火道，"时恩的洗脑好像实操不是特别有效，今天 NSN 第一局就输了，又丢了一分。"

时洛嘴唇一动。

宸火跟在时洛身后进了训练室，闻言一愣："又输了一局？这、这 NSN 走远了啊，还能出线吗？"

"不不不，还不至于。"周火忙道，"NSN 现在战绩是二比二，从理论上说……我算算。"

周火要拿纸笔细算，时洛等不及周火写写算算，问："NSN 输给了谁？"

周火道："还是那个北美战神队。"

时洛确认道："北美队现在四比零？"

周火道："对，这队好强，不愧是北美一号种子，到现在一局也没输过，咱们后面要是碰到他们也得小心点。"

时洛点头："NSN 小组赛第一已经没可能了。"

周火还没算明白，时洛坐下来，自言自语："还能争小组赛第二出线……可以的，只要北美队不拉胯输分，泰国队千万别当水鬼，韩国队别突然爆种。"

周火欲言又止，憋憋屈屈道："对不起，一句也没听懂。"

时洛不解地看了周火一眼："你高中概率怎么学的？"

周火语塞。

众人现在最担心的就是 NSN 还能不能出线，时洛也多了几分耐心，坐下来脸色不太好地慢慢道："北美战队基本确定出线了，你现在拦不住它了。打不过大哥就只能去做二哥，现在反而要希望大哥多捞点积分，别养出另一个二哥来，否则 NSN 出线就难了。

"泰国队已经没出线可能了，这种队没心理压力，不像我们似的有多重考虑和负担，有时候反而发挥特别好，有可能成水鬼，他上不了岸，拖得别人也上不了。一会儿泰国队要是赢 NSN 一分，NSN 基本也凉了。

"韩国队就是那另一个二哥，他们今天要是状态特别好，三个 BO3 全赢了，那他们就是二哥或者去跟北美争一号种子，NSN 彻底没戏，回家了。"

时洛看向周火："懂了吗？"

周火深呼吸了一下，想说没听懂，但怕时洛又用看傻子的眼神看着自己，昧着良心勉强点头："懂了。"

时洛沉着脸坐好看着直播屏，喃喃自语："非要解释这么细，还上过大学呢……"

周火卑微地憋着气，想着等余邃一会儿来训练室时跟他告状。

二十几分钟后，余邃也来训练室了，C 组第二局也打完了，韩国队对泰国队，韩国队赢了，同 NSN 一般，也成了二比二。

Puppy 叹气："半凉了啊。"

"泰国队，你一个水鬼，你有个头的压力啊！你拖他啊！送送送！又送了一分，活活又养了个二哥出来。"宸火一局比赛看得彻底服气，"泰国这战队以前也进过世界赛啊,咋今年这么菜,零比四了,散财童子!"

余邃坐下来,看了一眼当前积分:"……不太乐观了啊。"

"现在是二哥之战了。"Puppy离直播屏最远,叹了口气,"我原本还想着NSN昨天被时洛忽悠得真能超常发挥弄个小组赛第一了,到时候八强赛大家各自精彩,现在没戏了。讲个鬼故事,NSN要是第二出线,根据小组赛同组八强抽签不同组原则,NSN会有百分之三十三的概率遇到我们,百分之三十三的概率遇到圣剑,还有……"

"现在看,八强赛遇到都是好事了好吧?"老乔也没想到今天C组能这么难,"先出线再说吧,能出线就行。"

第三个BO1开始,韩国队对北美队。

NSN不打,但这一局的输赢对NSN能不能出线至关重要。

周火默默祈祷:"韩国队不能再赢了啊。"

韩国战队方才刚刚拿了一分,比分同NSN追平,看到了出线希望,士气正盛,战队整体信心也够了,队员状态一个比一个好,开局才几分钟已打出了明显优势。

局面越来越不好,Free训练室越来越安静,渐渐地,说话声都没了。

打到第十分钟的时候,就是周火也看出来了,韩国战队这边优势非常大了。

"……不是吧。"周火干笑,"这……这个二哥比咱们的二哥强啊,韩国队不是要第二出线了吧?"

这局再赢,韩国队积分就超了NSN。

"还有戏。"老乔眉头紧皱,"这个北美队打得也挺好,一直在找机会,而且越打越仔细了,他们没准能翻盘。"

宸火咂舌:"有一说一啊,C组整体实力是真的高,你看看人家这小组赛质量,再看看咱们A组那质量……人家这才是世界赛,一比下来,咱们那就跟网吧赛虐小学生似的。"

前期被韩国队打出了近碾压式的优势,地图残破不堪,中间快被清干净了,地图两边也是被东啃一口西偷一块。若是一般战队,劣势这么大,选手失误必然越来越多,很容易被人抓住机会。

但北美队没有。

纵然开场被韩国队针对性地拿到了优势,北美队也一直死死咬着韩国队,失误并不多，一直在想方设法地找机会翻盘。

时洛认真地看了过来，也承认："C组比咱们打得精彩多了。"

韩国队和北美队一路掐得死紧，北美队显然是不想破了自己全胜的好战绩，也不想再给韩国队积分，这局要是输了，后面北美队若再被泰国队拖后腿，就要跟韩国队打加赛争老大了。

这一局北美队若能赢下来，那他们就稳小组赛第一出线了，这一分至关重要。

当然，这一局对韩国队更重要。

两队越打越细，北美队死也不想输，不断周旋，活活把比赛拖到了四十分钟，奈何前期劣势一直没能完全扳回来，比赛进行到第四十七分钟的时候，韩国队赢了。

当前积分，韩国队已经超过了NSN。

下个BO1是北美队对战泰国队，两队实力悬殊，比赛形势比较明朗，输赢也不甚影响组内出线情况了，Free训练室内，众人看得不是很走心，都在担心后面两局NSN的比赛。

"下一局打泰国队，下下局打这个突然爆种的韩国队，必须两场都赢才行，输一场就没了。"老乔想想昨日瓦瓦压力爆棚的样子，咂舌，"瓦瓦扛不扛得住啊……"

宸火耸耸肩："扛不住也得扛。"

周火干笑："我现在自我代入一下瓦瓦，压力爆炸了……我一个失误，输一分，就要收拾行李回家了，要带着这个包袱去打后面两局比赛……"

周火设身处地地想了想瓦瓦现在的状态，抖了抖，不住吸凉气："职业选手这活儿真不是一般人做的，要我，别说下两局好好发挥，可能出休息室的胆子都没了。"

宸火哼了一声："知道我们签约费不好赚了？"

Puppy无奈："他们也是抽签运气不行，这次C组强队太多了。"

余邃一言不发，听到时洛的手机振动，须臾，时洛拿着手机出了训练室。

宸火扭头看了一眼："咋了？"

余邃看也不用看，道："八成是瓦瓦给他打电话了。"

余邃没猜错。

走廊里，时洛静静地听着瓦瓦有些语无伦次地同他说昨天练习赛时的要点，时洛听了足足有三分钟,中间没听到任何杂音,也没听到其他人说话。

瓦瓦根本就没在自己战队的休息室里。

又听了一会儿,时洛打断瓦瓦:"你在哪儿呢?"

瓦瓦语塞,片刻后才讪讪道:"公共洗手间,这边……没人。"

时洛尽量让自己声音和缓些:"你别总是这么害怕,我跟你保证,不管结果怎么样,有人敢喷你,我绝对帮你喷回去,我喷人多厉害你知道的。"

瓦瓦低声道:"我不怕输了被喷,我是……"

电话那头静了片刻,瓦瓦嗓子哑了:"时哥,我要是输了,顾队这一年的辛苦又白费了。"

"他还能打几年呢?"

时洛胸口一窒。

瓦瓦压抑着哽咽:"还有ROD、信然……我们整个俱乐部,辛辛苦苦了一年,就为了在世界赛上拿点成绩,要是倒在小组赛了,我……我退役算了。"

时洛沉默片刻。

平时身边都是大心脏选手,时洛都快忘了,不是每个选手都是铁打的机器。

时洛蹲下来,静静地听着瓦瓦压低声音地哭。

世界赛进行到此刻,时洛才头一次感受到了藏在比赛场馆洗手间里的人间疾苦。

"你们医疗师……别都这么天使行不行?"

时洛叹口气,斟酌着语气:"输了比赛怎么就全怪你了?更别提这还没输呢,这么着急揽锅做什么?"

瓦瓦哑着嗓子:"我奶不住,他们才死的……"

时洛失笑:"那你不该给我打电话,给余邃打吧,让他给你分享一下他的医疗师理论。

"不够强的突击手不配被治疗。

"死了不是因为哥哥没奶你,是你太菜,不配被奶。

"等复活的时候好好想想,你这一局除了浪费我的光子盾和送对面人头,还做了些什么。"

瓦瓦抽噎声停了,憋不住笑了一下。

时洛看了看时间,距离NSN下一局比赛还有四十多分钟,时洛低声道:"你藏着就是怕他们担心，但我真的帮不了你太多，信我，找顾队去，找你们俱乐部的随队心理辅导师去。你们自己队内的情况肯定你们自己最清楚，下面两场好好打。"

电话那头，瓦瓦抽了抽鼻子，小声道："好。"

时洛道："八强赛见。"

时洛等着瓦瓦先挂了电话，随后给顾乾发了条微信。

别人战队的事，总要别人自己解决的。

时洛回了训练室，跟着众人一起继续看直播。

C组第四场BO1很快打完了，北美队再拿一分。

下面战局已经很明晰了，最后两局，NSN全胜就出线，输任何一局就淘汰出局。

时洛不知瓦瓦回去找顾乾和心理辅导师聊了什么、聊了多久，心中惴惴。第五局BO1开始前，时洛收到了瓦瓦发给他的几条微信。

时洛低头看了片刻，轻轻吐了一口气。

第五局BO1开始了，场上的瓦瓦表情明显坚定了许多。

如Saint一般，NSN自己队内有自己的故事，也有自己的传承，比起时洛那一套洗脑，NSN自己战队内部的力量更能安抚瓦瓦。

第五局NSN对战泰国队，泰国队在稳不能出线的情况下轻装上阵也没能当成水鬼，NSN轻松拿下了这一局，把比分拉成了三比二。

第六局，NSN对韩国队，两边都是三比二的战绩，谁赢谁出线。

绝对的生死局，两边压力都不小。

NSN有一点小小的优势，上一局刚刚打过，众人手还是热的。不知顾乾怎么跟瓦瓦聊的，瓦瓦整个人自信了许多，开场就跟着顾乾直接冲了正面，那气势完全不像是在打生死局。韩国队显然谨慎了许多，本来欲同NSN小心周旋，只因差了这一步，开场被NSN抢先连下了四个净化皿。

"Nice！"宸火拍桌子，"这开局多漂亮！"

韩国战队也是他们赛区的一号种子，实力并不弱，开场被抢了优势后并没有乱了阵脚，为了打乱NSN的节奏忙去地图边缘偷图。

韩国队的动作很快被NSN的狙击手发现了，NSN这会儿应该分人去处理一下地图边缘的问题，不能再继续推进，免得自家地图被韩国队偷出耗子洞来。

余邃看着直播屏听着解说员的分析，摇头："不一定。"

好不容易在前期拿了优势，现在还会稳妥地去处理地图边缘，拖慢自己的优势推进？

NSN 的狙击手 ROD 已经动了，在解说员以为他要去处理地图边缘的问题时，ROD 直接朝着地图正中央来了。

宸火瞠目："……老顾拼了。"

生死局，NSN 破釜沉舟，豪赌了一把，全员压到了地图中央来。狙击手在短距离作战上毫无优势，但有一个人算一个人，能补一枪算一枪，四人以多打少，直接吃了韩国队前排的医疗师和一个突击手，而后 NSN 继续疯狂下净化皿。

同一时刻，韩国队的另一个突击手在地图边缘不受任何干扰地不断清地图，NSN 这会儿已经占据了人数上的优势，但他们依然没去处理韩国突击手。

NSN 四人死死占据了地图中央，疯狂下净化皿。

老乔看得目瞪口呆："哇，他们就算是最擅长打前排，这也……太'刚'了吧，地图两边这是不要了？他们就不怕自己减员跟不上韩国队的速度？"

"怕个头，再怕这局又没了。"宸火不自觉地跟着站起来了，"太极限了，瓦瓦打得行啊，他们现在还没死人。"

不管边缘偷图的人，就是打定主意要拼速度了，而这需要的是 NSN 不减员"刚"得过，对医疗师来说压力非常大。

可瓦瓦扛住了。

"不知道的还以为天使剑上号代练了呢。"Puppy 笑笑，"这奶得……可以啊，真的，小组赛打到现在，这局他们打得最好，终于把他们最擅长的打出来了，之前太谨慎了。"

两队两条路疯狂清图，几分钟后，韩国队终于率先扛不住了。

从边缘绕远清图自然是没从地图最中央快，韩国队想要以少打多消耗 NSN 的人头，但这边瓦瓦偏偏又拿命奶，死死奶住了，就是没丢人头。韩国队无法，只得放弃边路，把全部人召回来同 NSN 正面"刚"。

已处于弱势的韩国队要和 NSN 拼 NSN 最擅长的正面对拼，显然是拼不过的。

NSN 全员状态拉满，寸土不让，比赛进行到第十八分钟的时候，NSN 整队零伤，数据骇人。

"这还是……瓦瓦吗？"Puppy 哑然，忍不住看向时洛，"余邃刚说他给你打电话了？你给他又洗什么脑了？这么好使？"

时洛摇头："洗脑失败，他是自己去找顾乾了。"

时洛把瓦瓦刚发给他的微信消息调出来，抬手给 Puppy 看了一眼。

都是 5.3 的视力，不用接过手机，直接就能看清楚。

【Awa】："听你的对，我该早点跟队长聊的。"

【Awa】："队长跟我说，当初给战队选医疗师，三个医疗师里，他直接选的我。"

【Awa】："我第一次知道，是他选的我，他说他从来没后悔过。"

【Awa】："其实自打入行以来，只有他的话我最信，他说不放弃，我就觉得不能放弃；他信我能打，我就能打。"

【Awa】："队长跟我说，他要带我去八强赛。"

【Awa】："他说要带我去，我就肯定能去。我信他。"

直播屏上，顾乾丝血绕后，马上就要被拿下人头，瓦瓦本来正在给信然补血，须臾之间瓦瓦断了补血，极限走位到顾乾身前替顾乾挨了三枪，把手中的光子盾套在了顾乾身上，顾乾顺利躲回掩体。

比赛时间已到了第二十三分钟，瓦瓦拿命 carry（指电子游戏中的伤害输出），依旧没让韩国队拿下一个人头。

老乔喃喃："稳了。"

该局比赛节奏异常快，双方冲突不断，在比赛进行到第二十七分钟的时候，NSN 以碾压之力拿下了小组赛出线的最后一张门票。

导播将镜头切给瓦瓦，隔音房中，瓦瓦摘了耳机，趴在了自己的键盘上，脸埋在了自己手臂中，肩膀不住起伏。

"恭喜 Awa。"时洛看着直播屏里的瓦瓦，长舒了一口气，"一战成名。"

57

NSN 顺利出线，瓦瓦没有任何意外地拿到了最后一局 BO1 的 MVP，顺手刷新了本次世界赛开赛以来单局内伤亡数最少纪录，以及本次世界赛开赛以来单局医疗师治疗量最高数据。

虽是组内二号出线，但 NSN 在同韩国战队最后一局 BO1 中发挥太过出色，各项数据十分骇人。瓦瓦本是队内一块较明显的短板，如今这块短板突然进化成了 MVP，已确定晋级八强的战队不敢再对 NSN 有所小觑，B 组一号种子战队还发了条推特，表示抽签的时候并不希望遇到 NSN。

随着 NSN 的顺利出线，中国赛区时隔两年再次有了两支战队同时打入了世界赛八强。NSN 最后一局比赛结束后，顾乾作为队长去接受采访，被问起即将要面对的八强赛最想迎战的战队时，顾乾想也不想说了圣剑战队。

外网上诸多战队已开团混战多日，就在 C 组出线赛的前一天，圣剑还在外网上同 NSN 说小组赛拜拜，几方火药味早烧到明面上了，八强赛和圣剑对上的概率太大，顾乾也懒得装了，直接说想和圣剑在八强赛上比画比画，自己战队输了会祝福圣剑进入四强，自己赢了那请圣剑直接滚蛋。

"看看，洛洛是带坏了多少人，啧啧啧，老顾都开始放狠话了。" Puppy 边吃饭边看着采访，叹息，"多大年纪了，不稳重。"

"稳重有什么用，光被人家踩在头上嘲讽了。真的，虽然今年世界赛是最乱的一届，但今年打得最高兴，这多好玩儿，赢不赢比赛的，大家先把这个你死我活的气氛搞起来。" 宸火挺满足，"不光要搞你，还要当你面说要搞你。"

周火看着顾乾的采访，扭头问老乔："他们要真对上圣剑了，胜率能有多大？"

"比赛临场发挥的因素那么多，哪有那么准的胜率？" 老乔看着 NSN 出线本来挺高兴的，聊到这个，脸上笑意淡了几分，无奈道，"非要说胜率……那肯定是圣剑胜率高一点。"

"你也说了有临场发挥的因素在。" 时洛在一旁大口吃饭，含混道，"瓦瓦接下来肯定发挥得越来越好。"

"也是……瓦瓦现在就是小天使剑。嗐，担心这个做什么？还不一定遇到呢，没准是咱们'内战'呢。" 周火对余邃道，"明天别约练习赛了啊，明天 D 组出线赛后直接抽签，你得去抽签。"

打了这么多年，世界赛的流程余邃是清楚的，余邃"嗯"了一声。时洛闻言抬头看了看周火，又看了看余邃，道："我跟你去。"

周火看向时洛，耸耸肩："抽签就是一号出线的战队按顺序挨个上去抽个二号队，最多五分钟就完事儿，但得提前至少两个小时过去等着，半个多小时的车程，赶到场馆傻等，几分钟抽完又坐半个多小时车回来……几个小时地忙，你跟着去做什么？不嫌折腾？"

余邃同样看向时洛，时洛道："不嫌折腾，我跟着去。"

周火茫然："为什么？"

时洛咽下嘴里的饭，犹豫了一下没解释。

余邃嘴角微微挑了一下，也没说话。

周火看向余邃，摸不着头脑："虽然你去抽签是会碰到圣剑的人吧，但他们还能把你绑架了是怎么？你一个一米八多的男生，有什么可担心的？你自己去能怎么样？"

时洛横了周火一眼，周火知趣不再多话，点头："行，你自己不嫌累就可以，明天你俩去，我们在酒店等你们的抽签结果。"

吃过晚饭，几人又打了四场练习赛，依次复盘后已是当地时间凌晨五点，复盘结束，众人各自回房间休息。

翌日下午两点，余邃和时洛准时出门去场馆。

去场馆的路上，时洛困得睁不开眼，坐在车里不住打瞌睡，余邃看了司机一眼，仗着司机听不懂中文，十分认真地跟时洛打商量："等把我送到了，你就跟着司机回酒店？困死了算谁的？"

时洛眼睛微微睁开一条线，满脸烦躁："困不死。"

时洛脸色仍不甚好，余邃静静地看着时洛，突然道："把你队服外套脱了。"

时洛一时没反应过来，呆呆地脱了外套。

余邃接过，脱了自己的递给时洛，将印有"Evil"的队服外套穿在了自己身上。

幸好时洛队服宽大，余邃穿上也挺合身。

余邃拉好拉链，靠在椅背上补觉。

路上有些堵车，花了将近一个小时，两人才抵达场馆，D组的前两局BO1已经打完。官方工作人员将两人一路带到候场休息室中，休息室不大，不过好在还有个比赛直播屏，两人坐下来看比赛，等待D组全部打完去抽签。

"来之前瓦瓦给我发语音，让我跟你说，抽签前一定要去洗手。"时洛还是困，不是太有精神地看着D组的比赛，小声念叨，"咱们是A组一号种子，你应该是第一个抽签的，瓦瓦求你千万不要抽到NSN。"

时洛回想瓦瓦那嚣张的语气还是觉得头皮发麻："他现在是真的谁也不怕了，跟我说，我们不'内战'，他一定要跟圣剑在八强赛碰一碰，万一赢了，那今年咱们赛区就有俩战队进四强了；如果输了，跟圣剑打过一局 BO5 以后，他们就有应对圣剑的经验了。他们战队已经商量好，淘汰了也不会回国，留下给咱们做陪练团，死也要把咱们抬到决赛去。"

余邃低头看手机，眉头微微皱了一下。

NSN 小组赛出线后，NSN 的老板底气瞬间足了，对着圣剑又是一顿劈头盖脸的输出，几乎已经在挑衅了，问圣剑要不要在八强赛约个会。但很奇怪，圣剑这次没反击没回应，宛若没看见一般，在半个小时前才姗姗来迟地发了一条意味不明的推特，意思是他们想要约会的对象也许另有其人，并不是 NSN 的队员。

配图就更有意思了，是被砍断的天使翅膀。

余邃蹙眉，喃喃："……一年不见，越玩越脏了吗？"

时洛看向余邃："你说什么？"

"没事。"余邃看着直播屏，"看比赛。"

D 组上一轮小组赛中圣剑全胜，小组内瑞典队拿了两分，日本队零分，北美队一分。今天的第二轮比赛，圣剑和瑞典队各拿了一分，小组内圣剑领跑，瑞典队第二。

不出意外，这应该是 D 组的出线顺序了。

前提，不出意外。

第三局 BO1，瑞典队又拿一分，组内其他两支队伍基本已经没希望了。

第四局 BO1，北美队从日本队手里拿下一分，无关大局。

第五局 BO1，圣剑对战日本队，比赛刚开始没多久，时洛半合着的眼慢慢睁大了。

时洛脸色渐渐冷了下来，低笑道："圣剑玩什么呢？他们的队员今天是吃多撑着了吗？这什么破操作？"

余邃眯着眼，片刻后拿起手机解锁，翻出圣剑之前发的那条推特递给时洛："看。"

圣剑推特发的是英文，无须余邃翻译，时洛自己就看得明白。

圣剑好似在回应 NSN，但用词比往日委婉了许多，没冷嘲热讽，没阴阳怪气，甚至有点遗憾，表示可能无法回应 NSN 的热情，如 NSN 期待的一般赴约。

场馆内信号不太好，片刻后，这条推特下的图片才加载出来。

时洛看着图片上被砍断的染血单翼，瞬间面若冰霜。

Free 的队徽，就是单翼。

余邃眸子渐暗，轻声道："原来是冲我们来了。"

"那就来啊！"时洛看着圣剑发的意味不明的推特，看着翅膀上的血迹，瞬间被激怒了，"他砍谁呢？是不是在暗指你？什么意思？在咒我们战队？"

"我去他的！我要不是怕脏了自己职业履历，前天就控分专门去找他了！我难道怕他？！他以为我乐意一号出线呢？我还想狙他们呢！"时洛怒火攻心，怒道，"他咒谁流血呢？是不是还有别的意思？"

不等余邃安抚时洛，余邃手机突然响了，宸火的来电，时洛想也不想直接按了免提，宸火的大嗓门传了出来："来啊！！他们还真以为能把我们按死在八强啊？！"

老乔的冷笑声传了出来："怎么样？咱们觉得恶心，觉得不能做的事儿，人家做得可顺手呢。这日本队就是一个经验宝宝，圣剑前面一轮比赛里把他们按在地上踢着玩，几天不见，再遇到就被日本队骑在头上输出了，逗谁玩呢？兄弟演得是不是有点假了？"

Puppy 嗤笑："长见识了，一年不见，底线是越来越看不见了。"

电话那头周火还在安抚众人："不一定是在控分啊，这还没打完呢，圣剑本来打弱队就喜欢猫逗耗子，不好说的，你们能不能别像被挑衅了似的……"

时洛冷笑："是猫逗耗子，但他们把咱们当耗子了。"

比赛还在进行。

圣剑并没明着演，一般玩家只觉得圣剑这局前期有点浪了，太飘了，被日本队抓住了优势，现在想要扳回优势有些难。

糊弄得了一般玩家，甚至糊弄得了比赛解说员，但他们糊弄不了职业选手。

瓦瓦给时洛发了条微信："时哥，他们是不是想二号出线，去狙你们这些一号战队？"

时洛没回复。

第五局 BO1 很快结束，圣剑输给了日本战队，丢了一分。

第六局 BO1，圣剑对组内的瑞典战队。

当前积分，圣剑和瑞典战队都是四分。

D 组另外两支战队已无出线可能，第六局比赛，圣剑和瑞典战队谁赢了谁一号出线，另一个二号出线。

周火不信圣剑为了恶心其他一号战队真的控分,还在安抚众人不必发怒,特别叮嘱了正在场馆的余邃和时洛,不住安慰,生怕两人被圣剑气着了,一会儿碰头抽签时起冲突。

周火后悔死了,恨不得现在飞到场馆来,不住道:"淡定淡定,我真的觉得圣剑上一局就是玩翻车了,肯定没那意思。时洛,特别是你,咱们不玩动手的啊,不只不动手,镜头前你骂他们也不行,我甚至怀疑这是他们的一个计策,你要是这会儿跟他们起冲突了,禁赛没跑了知不知道?咱们连个替补都没,你要是被禁赛了,咱们才真的翻车了。时洛、时洛,你听到没?!"

时洛心中只有那张染血翅膀的图片,脸上宛若结着冰碴儿,闻言冷声道:"知道。"

周火好声好气道:"真的,我觉得真的就是咱们想多了,都是职业选手,都有职业道德,他们真的不至于,绝对不是演……"

周火一句话没说完就被打脸,第六局比赛开始,圣剑的突击手好似眼瞎一般,直接走脸,被瑞典队开场拿下一血。

余邃表情同往日一般,只是眸色渐深,淡淡道:"嗯,这不是演。"

周火语塞。

圣剑并不想惹消极比赛的麻烦,除了开场的走脸,后面送得都很有技巧,时不时地还要反攻一拨,战况好似十分胶着,他们似乎十分想赢,只是这些操作在余邃他们眼中同裸奔无异。

比赛还没结束的时候,余邃已经起身,活动了一下手腕。

周火早早挂了同余邃的电话,改同时洛视频,他心惊胆战地看着场馆内的余邃和时洛:"需、需不需要我给你俩背一背比赛条例和联赛禁赛条规?"

时洛冷声道:"倒背如流,不用你,谢谢。"

周火咽了一下口水,瑟瑟发抖:"别违规,求你俩了。"

D组最后一局比赛结束,圣剑战队爆冷,"惜败"瑞典战队,小组第二出线。

余邃拿起自己的手机,刷了一下。

圣剑又发了条推特,圈了ABC三个小组的一号战队,发了个打招呼的微笑表情。

宸火也正在酒店里刷推特,见状气不打一处来,怒道:"这是什么意思?!你告诉我这不是挑衅是什么?!"

时洛的手机也振个不停，瓦瓦疯狂给时洛发问号。

NSN全员已有赴死觉悟，临门一脚了，今年世界赛夺冠大热门圣剑如今同NSN一样成了二号出线战队，八强赛上再无碰面可能。

休息室门被敲响，工作人员来提醒余邃可以抽签了。

余邃起身，看向时洛。

余邃突然笑了一下。

"我一直运气就不好……"余邃喃喃自语，抬手，"把你带进战队，估计已经把这辈子的好运透支了。来，给我分点儿好运。"

时洛静静地看着余邃，问："你要什么好运？几个二号种子，你想要哪个战队？"

余邃淡淡道："圣剑。"

时洛轻轻握了一下余邃的手："别给我弄个NSN回来。"

余邃出了休息室。

余邃在走廊中同顾乾相遇，顾乾有些没反应过来，骇然："圣剑他们……"

"没证据的事，别说出来。"余邃冷声提醒，"人家还没翻车，你别先给自己找麻烦。"

污蔑诽谤其他战队也是违规的，顾乾明白，点点头不再说话了。

等进场时，圣剑的队长、余邃去年的队友对着余邃笑了一下，用德语笑着问余邃："你怕不怕？"

余邃一言不发，一个眼神也没给对方。抽签开始，四个一号种子战队随机被分在两个半区内，主持抽签仪式的主持人提示A组的一号战队队长，也就是余邃可以开始了。

余邃轻抚自己被时洛握过的手，飞快地在四个抽签球中直接拿了一个出来，递给了主持人。

主持人将抽签球打开——

圣剑。

余邃回头看向圣剑队长，嘴唇微微一动。

只有口型没声音，但圣剑队长看出来了，脸上的笑意僵了一下。

余邃同样说的德语，同样问他——

你、怕、不、怕？

58

FOG 每年世界赛开始前，为了提高玩家观看比赛的积极性，游戏官方会在游戏客户端内发起世界赛夺冠预测押注活动，玩家可用游戏内的游戏币对自己认为可以夺冠的队伍进行押注，待比赛结束后，幸运押中夺冠战队的玩家会根据赔率获得相应游戏币。

今年这项游戏内活动自各大赛区征战世界赛的战队确认后就开始了，押注游戏币总金额从某种程度上也代表了各个战队夺冠的热门排名。

游戏客户端内数据排名早在一星期前就逐步稳定了，如今夺冠热门排行第一：欧洲圣剑战队。

夺冠热门排行第二：中国 Free 战队。

FOG 联赛开赛以来，还是第一次出现夺冠热门第一第二的战队在八强赛遇到的情况。

余邃将签抽出那一刻，代表着今年夺冠热门第一第二的战队必然有一个会倒在八强赛上了。

不是 Free，就是圣剑。

圣剑俱乐部自成立以来征战世界赛的最差战绩是四强。

Free 俱乐部今年刚成立，没法追溯历史战绩，若按余邃个人成绩来算，他的世界赛最差战绩是亚军。

按这数据来算，双方历史战绩都非常牛。

而八强赛结束后，输的一方不仅要收拾行李回家惨淡收场，还会被迫刷新历史最差战绩纪录——

世界赛八强一轮游。

世界赛开始前，大家料到了 Free 和圣剑这对宿命战队可能会遇到，会给赛季初那场没结果的练习赛一个最终答案。

但谁也没料到双方会这么早碰面。

场馆休息室内，方才提醒余邃上场抽签的工作人员还在。

根据规定，选手在没有本队随行工作人员陪伴的情况下，比赛方工作人员是要作为翻译和接待员照顾落单选手的。

工作人员看着余邃抽出圣剑，满脸震惊，下巴都要掉了。

两个夺冠大热门，这就相遇了？这也太早了吧！

工作人员惊恐之余，心中为余邃感到遗憾，之前那么幸运，顺风顺水地拿到了宝贵的一号出线名额，一号种子战队在八强赛中本来是很有优势的，二号战队中随便抽谁，晋级的可能都很大，只是没想到会有圣剑。

这会儿其他几个一号战队怕是心里都长舒了一口气，二号种子池里这条食人鱼、这个下下签被余邃抽走了。

工作人员在短暂的震惊后摇摇头，扭头看向时洛，本想放缓语气安慰这个第一次进世界赛的小选手，让他不要怕，心理压力也不要太大。

但待他看见时洛脸上的表情时，可怜的工作人员安慰的话怎么也说不出口了。

时洛看着同步直播屏上的"圣剑"两字，瞳孔放光，嘴角一点点勾起，搭在膝盖上的右手指尖因兴奋在微微颤动。

时洛低头笑了一下，继而忍不住笑出了声。

工作人员："……"

工作人员内心崩溃，这新人是在笑吗？！

现在新人都这么狂吗？！

新人选手要给当前夺冠热门第一战队送人头了，这么值得开心吗？！

不知是不是曾目睹余邃胃出血入院，时洛对血迹这些东西异于常人地排斥和戒备。

特别是这些东西同余邃捆绑在一起的时候。

所以在看到圣剑那条带有血迹单翼图片的推特时，时洛才会怒火攻心，恨不得真的出休息室去直播间撕了这群人。

不管圣剑是有意还是无意，时洛偏执地觉得这就是在咒余邃，就是在隔空挑衅自己。

时洛向来受不得半分欺辱，这事儿必然要有个说法，圣剑玩控分想恶心其他几个一号战队，正中时洛下怀。

时洛身上的杀意和兴奋太过明显，工作人员满脸难以置信，今年世界赛到底是什么情况？一个个的，这是全疯了？八强赛遇到圣剑，就算是 Free 也不会有超过百分之五十的胜率，这有什么可开心的？

工作人员还是担心这男生是受刺激过大了，用中文柔声道："抽签就是这样的，什么都可能遇到，运气的事情，没办法说的。"

时洛眼睛发红，紧盯着直播屏："是，三分之一的概率，我们终于抽到了。"

工作人员费力确认道："你……是真的开心吗？对你们的八强赛，是真的有把握吗？"

职业 ID 第一年被写入世界赛名单的新人 Evil，指着直播屏上的圣剑队徽，道："看见这个战队吗？他们死定了。"

工作人员："……"

抽签还在继续，左半区第一组 Free 对战圣剑确定，随之下一组北美战队对战韩国战队确定。

右半区 D 组刚刚出线的瑞典战队对战 NSN 确定，最后一组另一北美战队对战外卡赛区挪威战队确定。

工作人员不住抽气，有眼睛的都看得出来今年八强抽签强队分布极端不均，左半区两个强到爆炸的一号种子战队，一个是游进二号池的圣剑食人鱼，还有一个是实力强劲的韩国战队，左半区简直是强队埋骨之地。

工作人员是左半区北美战队的粉丝，忍不住用英文嘀咕今年左右半区一点儿也不平衡，右半区战队晋级要容易太多。

"觉得不公平找圣剑说理去吧。"抽签已结束，时洛起身，淡淡道，"玩脏玩到导致比赛晋级失衡的，我也是头一次见。

"当然，也可能是我零经验的原因，这么脏的人见得少。"

时洛披上外套去找余邃，前面抽签已经结束，八支战队的队长们依次出了直播厅，时洛同顾乾击了一下掌，顾乾仍在耿耿于怀："他们……"

"挺好的。"时洛看着不远处的圣剑队长，"本来以为要靠你们送他们回家了，现在也好，我们自己动手。"

余邃出了直播厅，时洛同他视线交会，已不用再多话。

余邃、时洛一起回了酒店，众人包括随队的工作人员都在周火房间里开会，两人找了过去，没进房间就听到了宸火的大嗓门。

"控！控分！"宸火拿着老乔写写画画的八强对战表，脸上没有丝毫怯意，"控什么呢？就这么缺存在感！就是想让其他一号战队堵心，想送别人八强回家，控到我们头上来了，还好不好玩了？！"

余邃、时洛两人进了房间，宸火看着余邃，一笑："行啊，头一次手气这么好。"

Puppy靠在一旁的沙发上，懒懒地一笑："刺激。"

相较几个选手，屋内的随队人员脸上少了几分兴奋，多了几丝顾虑。

就在几分钟前，圣剑经理的私人账号上发了一条推特。

"Whisper，请接收来自我的小小礼物。"

老乔拿着手机，脸上怒意未消："不是我们多想，他们就是故意的，厉害了，我们没去找他们麻烦就得了，他们居然有脸来挑事儿，到底是谁对不起谁？他们还有理了？！"

"怎么没理？"和老乔不同，周火更能明白圣剑这种纯商业俱乐部中高层的想法，"站在圣剑老板的角度，上赛季刚结束的时候……我的俱乐部刚刚夺冠，原本想着多花点钱，让这几个选手继续老老实实给我打比赛拿冠军，没想到新赛季我加了那么多签约费，甜枣、棍子都用过了，我队里的医疗师还是走了，还带着两个重要队员一起走了，回了他们的没落赛区，三个人还一起重新建了战队，竟然也打进世界赛来了……必然咽不下这口气。"

周火看向余邃："你之前不是说过，你走的时候，圣剑经理威胁过你吗？"

圣剑突然来这么一手，余邃其实是最不意外的，点头："他说过……我回了自己赛区，不可能再夺冠。"

"我知道他们有多记仇，但走的那会儿，说的话还是非常不好听。"余邃看向老乔写的对战表，对着周火一笑，"是我自己惹的麻烦，老东家给我的教训现在到了，我认。"

周火这一年照顾队内所有人可谓兢兢业业，经理做到他这份上的太少了，余邃平日从不说出口，但心中是感激的。现在有可能因为队内的前尘旧恨影响整个战队的成绩，折戟八强，这对周火来说其实是不公平的。

和这几个选手不同，周火之前和圣剑没有丝毫牵扯，不是来给Free当经理，周火跟圣剑可以说是井水不犯河水。

老乔看向周火，反应过来，眼中也有了点歉意："就……这也没办法，梁子早结下了，就算回头输了，也不能怪余邃……"

时洛眸子微微一动，插话道："也有我的份儿，前几天直接挑衅圣剑的是我。"

周火看看几人愣了一下，失笑："你们是以为我在怪你们之前惹事招麻烦了？开什么玩笑呢？！"

周火无奈，看向也挤在房间里的随队跟拍，整了整自己的领带，突然道："开镜，替我拍一段素材，现在跟大家说明白了，正好我之后也会用到。"

跟拍小哥愣了一下，忙点头，手脚利索地开了摄像机，镜头对准周火。

"既然进了一个俱乐部，身为经理，你们的事，不管是过往牵扯还是现在恩怨，不管是好的还是坏的，都是我的责任，我都要负责，我要跟大家一起承担，这就是我身为经理人要做的工作。"

到现在也没弄懂这游戏到底怎么玩，往日里婆婆妈妈的周火如今一脸匪气，身上杀气同队内这些恶人如出一辙。

周火环视屋内所有人，是在同几个选手说，也是在同其他工作人员说："最坏的结果不就是输吗？最坏的结果不就是死在八强赛被喷子网暴吗？放心去打，不管是公关还是控黑，我扛得住。赢了，是我们整个战队的荣誉，是你们一枪一枪打下来的，是你们一个赛季将近一整年几乎没假期，透支体能，整晚整晚熬夜，一枪一枪练出来的。

"去拼命、去练习、去比赛是你们的本职工作，输了比赛善后是我和我们整个俱乐部所有后勤工作人员的工作，大家各司其职。"

"你们不嫌我们整日在你们赢了比赛后跟着蹭掌声，我们就没资格嫌你们赛场外的纷扰。"周火冷静地看向屋内诸人，"当一天经理人，我就要为你们所有事情负责一天，我拿了工资的，所以请几位选手别再给自己平添心理负担替我不平。

"在世界赛场上被上届世界赛冠军俱乐部如此针对，强行把我们这建立不到一年的俱乐部抬到这种位置上，让我们有幸公关这种高层次问题，我开心着呢。"

周火最后看向余邃，眼中闪着光："在国内，小组赛抽签那天，你跟我说，亲手淘汰掉一支强队非常爽，那种快意足以抵消所有疲惫痛苦，我没体验过，我们全体工作人员都没体验过，请诸位选手努力……

"那到底是什么感觉，让我们切身感受一下。"

59

周火发表完经理人感想后，又同跟拍摄像小哥道："过来，来，拍我手机。"

跟拍小哥一头雾水，但还是依言靠近。

周火随手打开推特，让摄像给到特写，刷新了一下，问摄像："拍到我推特软件的时间了吗？"

摄像小哥云里雾里的，老实道："拍到了。"

"社交软件上这个时间是做不了假的。"周火做起这些事儿来再没了同时洛讨论赛制时的呆滞，把手机随手丢在桌上，条理清晰，逻辑严谨，"这会儿我们八强抽签刚过不到两个小时，对吧？"

摄像小哥再次点头。

周火又道："给我拍这屋里所有人，每个人给特写。"

摄像小哥完全蒙了，小声提醒："周哥，选手们没化妆，还有没洗头的……"

周火经营战队向来很注重选手对外形象，平时在基地，选手形象不好的时候，周火是不许任何工作人员拍他们的，这会儿周火却主动道："给我拍。"

摄像小哥调整镜头，依次拍过余邃、时洛、宸火、Puppy、老乔……随后镜头又转向周火。

"时间地点为证，这是我们俱乐部刚刚抽过签后的状态。"周火冷静地说，"我不知道大家看到这段影像是什么时候，也不知道大家看到这段影像的时候我们是输是赢，能不能迈过八强赛这道坎，但我只想留下记录，留下证据，让大家知道，八强赛前，我俱乐部全体人员，没有任何人畏战。

"对于这次八强赛的对手战队，我们确实有些意外，但我队没有被吓倒，没有担忧，没有狼狈，几位选手甚至很兴奋，对这个抽签结果很满意。

"如果八强赛赢了，那是我队选手牛。

"如果八强赛输了……请某些战队了解一下，你们赛前这些花里胡哨的操作并没有吓到我们，这场比赛也是我们乐见的；请某些喷子了解一下，我队所有选手从始至终没怂过，面对某些战队的恶意控分，我队风度良好，维持了我赛区在他国的全部体面，选手们已尽全力。"

"卡。"周火示意摄像小哥可以了，"这段素材给我保留好，做个备份，赛后我公关用得到。"

摄像小哥关了机器，周火这才深吸了一口气，擦了擦额角不易被察觉的细密汗珠。

老乔看着周火安抚选手顺手留下公关素材这一套行云流水的专业操作，被震得目瞪口呆，忍不住看向余邃："那么多钱请周火来做经理，这钱真没白花……前后路都给你们铺好了。"

"真的不是为了公关。"周火擦好汗摇头失笑,"说出来不怕你们笑话,我现在被你们这群人弄得心智倒退了十岁,不,就是再小十岁的时候我也没这么'中二',我被你们弄得已经非常不商务了……好了,我的工作完成,接下来真刀实枪,还是靠大家了。"

所谓真刀实枪,还是训练、训练、一天不停地训练。

Free 和 NSN 一起进了八强,Saint 一支战队当陪练已经不够了,跟其他赛区对练又怕泄露战术,老乔想办法临时联系国内,又东拼西凑地组了两支陪练队,全部是在役的顶尖选手,接受扛着时差为两支战队陪练,全部不接受两支战队支付陪练费。

"这么多年,我跟这人一直没法和解……每次国内比赛遇到必然相互堵心一下,平时自己单排遇到了,他不听我指挥,我不吃他的奶,都觉得对方不配靠着自己上分……"

隔日练习赛前,时洛看着对面陪练队的医疗师 ID,自言自语:"三年前,我俩都是刚注册联赛的新人,在人家火锅店的洗手间里遇到了,他往我身上甩水,我往他脸上滋水……我们激情互殴,当时我就想,我这辈子不可能跟这个孙子和解,我想他也是这么认为的,但现在……"

练习赛还没开始,铁骨铮铮、宁折不弯的时神,盯着对面陪练团的 ID 许久,拉过键盘,老老实实地如往常在练习赛开始前一般,在房间全体频道打字。

只是这次打字慢了许多。

【Free-Evil】:"谢谢兄弟们,辛苦了。"

【Unruly Book】:"……"

【Free-Evil】:"嗯……谢谢。"

【Unruly Book】:"倒……也不用客气。"

【Free-Evil】:"不是客气。确实麻烦兄弟们了……谢谢。"

【Unruly Book】:一颗心表情。

时洛闭了闭眼,挣扎了许久后,也发了个表情。

【Free-Evil】:一朵小花表情。

宸火也进自定义房间了,看着时洛的全体频道聊天记录扑哧一声笑了:"活久见啊,时崽是在对仇人道谢吗?你还送了朵小玫瑰!哈哈哈!笑死我了……

成熟了呀，崽儿。"

时洛脸红了一下，烦躁道："不然呢？！人家都能来帮忙陪练，我不能道个谢？"

"能啊。"Puppy 笑吟吟地说，"时崽就这点好，知道好歹，真的，昨个老乔跟我说陪练的医疗师找的是暴躁书，我还担心你一气之下不练了呢。"

时洛蹙眉："我又不傻。"

老乔很满意："看看、看看！我就说没事吧。三年了，据说不少人帮忙说和过，这俩人都没和解，现在，啧啧……成了。"

余邃看着聊天记录，莞尔："……这么多人没做到的事，圣剑轻易就做到了。"

周火："噗！"

在圣剑的各种挑衅下，中国赛区内部达到了空前的团结和友好，"外战"期间，大家一致对外，不管过了世界赛，新赛季开始，大家还要如何"内战"，至少现在，所有人只想干掉圣剑。

国内有战队甚至主动联系了周火，询问需不需要再帮忙组一支陪练队。如今 NSN 也需要陪练，要练习不同打法，三支陪练队只能说是堪堪够用，Free 作为左半区第一支战队，是八强赛的首战战队，距离比赛只剩六天，中间还要录"垃圾话"，配合官方采访，赛前头一天彩排……

没多少时间了。

周火谢过了国内兄弟战队的好意，组了第四支陪练队，从抽签当晚开始，Free 几个选手除了睡觉吃饭，几乎没休息的时间。周火管理团队是十分靠谱的，各项活动安排得十分周到，没给选手造成任何困扰，偶尔有事也是掐着时间在众人复盘后，心情稍微放松的时候来说。

比如抽签第二天的中午。

"问个事儿。"

众人都在吃饭，周火等到大家吃得差不多了才问道："官方这边问的，照例需要挨个让你们填表格申请，知道你们没这空，我给你们看一下，需要的人跟我说一声，不用你们自己填，我来安排，不用你们自己操一点心。"

周火把几份表格递给四人。

时洛放下筷子，接过表格——

《选手随行家属陪同申请表》。

"官方这边是从八强赛开始，就免费报销所有出线选手家属的随行旅费，有需要的就把家属信息填好,这边来订酒店和机票。"周火早已细看过条目,解释道,"其实不用这么早,有的战队是四强赛或者决赛让家人过来,也有请女朋友的……隔壁 NSN 经理跟我说,他们怕挺不过八强赛,到时候也不能享受这项福利了,所以催着我也给你们把表格送来,就……"

周火只知道时洛跟家里关系不行,其他人的情况也不是特别了解,他其实不想来提这事儿,奈何是比赛正规流程,还是要交代一下,周火笑笑:"就……有需要的吗?"

"我不用。"时洛将表格揉了丢进了一次性饭盒里,"没人来。"

周火干笑:"就……其实 NSN 那边也不是每个选手的家长都来。"

"我爸妈肯定也不来。"宸火将表格丢到一边,无所谓道,"这一两年才接受了我这职业,刚刚缓和了关系,让他们来支持别想了,不找这麻烦。"

Puppy 慢吞吞道:"我爸妈倒不骂我,他们觉得我挺厉害的,这么能赚钱,但他俩根本就不看比赛,也不懂,硬把他们弄来也就是配合官方玩儿点煽情戏码,没意思。"

周火干笑,看向余邃:"你……"

"来不了。"余邃看都没看表格,边吃饭边道,"他俩出国要向上面申报,要一层层地走流程,真的批下来估计一个月以后了,别说他们没兴趣,就算他俩真的想来,连决赛都赶不上了。"

周火咽了一下口水。

他刚跟 NSN 经理打电话,人家 NSN 那边几乎所有选手都有家属会过来,特别是信然,连女朋友的父母都要飞过来看 NSN 的八强赛。

再看看自家战队……

没一个选手的父母会过来。

Puppy 说得没错,官方确实是会安排流程,请选手父母录制赛前祝福视频,比赛当天也会给选手家属安排最好的看台区。

相较其他战队……自家这边的选手就有点爹不疼、娘不爱的意思了。

都是二十岁上下的男生,这么大的比赛,有个家长陪着多好啊。

周火心里酸了一下,不由得心疼,歉然道:"不来也没什么,我、我……嗐,我就不该提这个。"

屋里四个人莫名其妙地看向周火。

"他……"宸火扭头看向Puppy，好奇地问道，"是在替我们心酸吗？"

Puppy饶有兴致地看着周火，点头："好像是，他眼眶有一瞬间红了。"

时洛皱眉看向周火："你哭什么？"

余邃同样莫名其妙地看向周火。

周火："……"

周火无法，只得承认："好吧，是心疼了你们一下。"

"婆婆妈妈什么呢？"宸火莫名其妙道，"家里人不来怎么了？万一我失误了，我爹在下面骂我怎么办？我们几个人从入行到现在，都没有家人来看过比赛啊，也没人心酸过啊，这有什么？"

Puppy点头："从来没有过，讲真的，我还不太乐意他们来，这和被爹妈看着高考有什么区别？"

周火："……"

老乔在一旁看热闹，悠悠道："你以为全员恶人是怎么来的？别肉麻……他们真的无所谓。"

"我爸妈就是不太支持，不爱看比赛，这有什么？"宸火一笑，"不耽误我爹妈还是认我这个儿子，我一样认他们是父母啊。"

Puppy补充："也没耽误我们拿冠军。"

周火语塞，一时不知道该说什么。

周火半晌小心道："你们……真的不难过？"

"哥，"宸火真心实意道，"我们真的没你想的那么纤细敏感，非要干这行，我们父母现在能平静地接受，逢年过节回家还能好吃好喝地照顾我们，已经不错了，我们也挺开心的。"

周火只得干巴巴道："行，你们自己无所谓就行。"

想想别的战队都有家人赛前祝福视频，热热闹闹的，唯独自己战队没有，周火还是有点心疼难受，犹豫了一下："那视频……"

余邃见周火实在是为大家着想，好心提议："如果你实在想让咱战队也有这个感人的环节，我倒是不介意队内相互认亲，大家彼此帮帮忙录几段……"

时洛想也不想道："宸火不能跟我认亲，别人都可以。"

宸火瞪了时洛一眼。

周火彻底服气，点头："行，你们狠……你们继续训练，我去回绝一下。"

又中二又敏感的周经理收走表格出了训练室，屋里几个恶人忍不住笑了起来。

距下一场练习赛还有十几分钟，众人摊在各自的电竞椅上休息，宸火和Puppy互相说自己和家里人这两年关系缓和后的小事，时洛自己拉过键盘，建一会儿要用的自定义房间。

不远处，余邃看着时洛。

他们三个人是真的无所谓，这几年跟家里人关系越来越好，大家是打从心底不在意这些小事了。

但时洛不是。

他不是不在意了，他是真的没有父母支持。

明明刚刚笑话过周火婆婆妈妈，但现在看着时洛，余邃心底还是会有一些疼。

小朋友今年是第一年进入世界赛八强，是第一次知道还有这种流程。

余邃推了一下桌子，电竞椅滑到了时洛身边。

余邃好似是在看时洛设置房间，时洛也没在意。

余邃看着时洛的电脑屏幕，轻声道："……用不用队长给你录个视频？"

时洛嘴角微微挑了一下，没说话。

"垃圾话之前的流程，比赛前会放到大屏幕上的，用不用？"余邃低声道，"全球直播，好不好？"

"不好。"时洛认真地反驳道，"八强而已，圣剑不配。"

让余邃一搅，时洛方才一点郁结彻底散开，时洛一边设置房间，一边好奇道："你说你父母出国要申报走流程……什么意思？"

余邃一向不显摆父母的情况，想了一下，简练地道："他们那个级别的学术人员，是不能随便出国的，真要出国，需要先申请，说明出国做什么，什么时候回来……很麻烦。"

时洛诧异："他俩……级别有点高啊，搞学术搞到这个级别的是不是已经属于国家财产了？这么严格？"

"嗯，非常严格。"余邃点头。

时洛抿了抿嘴唇，揉了一下耳朵，催促道："训练开始了！"

60

　　Free 主动放弃了联赛提供的八强选手亲属免费欧洲游待遇，也不算是完全没有好处，他们同时也免去了同亲属录视频的流程，比其他战队多了一整天的训练时间。

　　八强赛一天一天临近，Free 几人除了没日没夜地训练，就是隔空同圣剑在网上互喷。

　　按照周火原本的意思，八强赛之前是想给这四个人断网的，反正打练习赛时用的是官方给的服务器，可以单独联网，其实可以把众人的电脑设置一下，让选手们上机时只能登游戏。

　　再将选手手机暂时没收，瞬间干干净净、消消停停，有多少恩怨比赛后再说。身为经理，周火还是有这个权限的。

　　不过这计划没等周火同选手们说，先被老乔拦了下来。

　　"百害无一利。"老乔摇摇头，"必须让他们习惯这个被喷被搞心态的节奏，你保护他们保护得太好，他们抗压能力就弱了，真的，人就是这样……越惯着越娇气，等比赛当天被说点什么，突然受不了，心态一时调整不过来，影响比赛就歇菜了。"

　　周火很纳闷儿："比赛当天能怎么搞心态？比赛场馆安保那么严格，他们敢怎样？还能比现在更搞心态吗？"

　　圣剑的推特天天在"骚"，前天问时洛紧不紧张，昨天晒余邃以前在圣剑用的外设问余邃怀不怀念，今天问 Free 有没有订八强赛后返程的机票，一天发好几条推特，全方位立体性地问候。周火这些天本来就忙，焦头烂额的时候看见他们的推特总是一肚子火："我要不是这些天抽不出空来，我真的想整理一下文件报给联赛组，这就一群电竞流氓！"

　　"你找联赛组也没用，人家就说我们是正常友好地赛前开玩笑，而且他们明显是有准备的。"老乔冷笑，"官方推特说的都是不太过分的，真的扎心的都是他们老板啊经理的私人账号在说，这是个人言论，联赛也管不了，还有就是……"

　　老乔认真道："信我，这真的还不算最搞心态的。"

　　周火只得悻悻作罢，仍不信还能如何过分。

直到八强赛前彩排的那一天。

八强赛的比赛场馆已经换了，和小组赛不同，八强赛会换到当地观赛席最大的一个场馆中，赛前相比小组赛也会多一点流程，比如会多一个开幕式，比如会依次介绍每个选手的战绩等。全程都会直播，为了避免有什么疏漏意外，开赛之前选手们要先来走一遍流程。

彩排当天，周火看着已搭建完成的巨大场馆还算满意。他头一年带队进世界赛，觉得这排面儿够大，还没下车远远看着场馆就笑吟吟的，直到众人下了车，进内场前经过观众席。

今天只是彩排，但不少当地的粉丝也来了。

当地粉丝，自然是支持圣剑的。

今天所有八强赛战队都会来彩排，主办方担心有什么意外，还早早拉了护栏，以免粉丝太热情冲上来对选手造成困扰。

可拦得住粉丝，拦不住粉丝的灯牌。

周火看着圣剑粉丝举着的一块块灯牌，听着圣剑粉丝的哄笑，脸色一点点变青。

周火走在最前面，担心选手们会留意到灯牌上的问题，迅速收敛脸上的怒意，扭头催促："走快点走快点，走一遍流程就能回酒店了，我已经打过招呼了，咱们来得最早，可以先彩排先走，快点快点，别东张西望的……"

老乔和宸火是真的没发现什么，Puppy 戴着个耳机也没东张西望，埋头往前走，只有时洛不经意地往喧闹的圣剑粉丝那边扫了一眼。

时洛看着远处圣剑粉丝举着的灯牌，停了脚步。

圣剑粉丝除了举了自家战队灯牌，还举了余邃的。

圣剑粉丝举的余邃灯牌是：EU-Whisper。

由于国籍的因素，就是余邃在效力圣剑俱乐部的时候，EU-Whisper 这个口号也是侮辱性质的。

联赛是赛区对抗，并不是国籍对抗。

从始至终，都没有在选手 ID 前面加国籍的惯例。

圣剑粉丝玩这一手，就是明着嘲讽余邃曾经效力他国战队。

翻译过来，较国内喷子之前骂余邃是三姓家奴有过之而无不及。

发现时洛在看，圣剑粉丝开始起哄，不住喊 Whisper 的 ID。

带着前缀，先喊一声"EU"，再喊一声"Whisper"，还十分有节奏感。

走在前面的老乔、宸火他们回头，一个个脸色全变了。

时洛面若冰霜，突然抬手摘了墨镜。

"停下做什么？"

余邃最后一个下的车，恍若未闻地走到时洛身后，拍了拍时洛拿着墨镜的右手，道："走了。"

时洛目光依次扫过圣剑的粉丝，继而重新戴上墨镜，一言不发地进了后台。

进了后台后，周火把选手们交给手下领队，自己直接去找官方人员了。

周火一直没回来，彩排前，除了余邃，Free 全员冷着脸。

对接 Free 这边彩排任务的工作人员不住擦汗，也不敢说什么，只是不停地道歉，翻来覆去地同众人说"辛苦了"。

Free 专属休息室里没人开腔，宸火突然烦了，抬头问工作人员："我们辛苦什么？"

工作人员讪讪，余邃在玩《俄罗斯方块》，低声道："难为工作人员做什么？"

宸火憋气，起身道："NSN 估计也来了，我找老顾他们聊两句去。"

Puppy 也懒得在屋里等着了，起身跟着一同去了。

时洛不玩手机，也不看流程表，坐在一旁的沙发上，两条长腿直接搭在了沙发前的小茶几上。

余邃抬眸看了时洛一眼，笑了一下。

完蛋，这是真生气了。

时洛虽总是一副生人勿近的样子，但教养极好，就是在自己家基地，就是最累的时候，也绝不会这样。

时洛是在怪赛事组。

怪工作人员。

怪他们把那些圣剑粉丝放了进来，让他们举侮辱性灯牌。

余邃收起手机，走到时洛身边坐下。

余邃刚要开口说话，时洛突然压抑地道："别安慰我。"

余邃愣怔。

时洛脸色铁青，嘴唇动了动："现在应该是我来安慰你的……我自己还没调节好，没法安慰你，我的问题。"

"这个时候再让你安慰我……"时洛烦躁地偏过头不看余邃,片刻后低声道,"太废物了。"

余邃看着时洛,笑了一下。

小朋友太可爱了。

时洛努力控制着脾气:"你别说话,给我一点儿时间。"

余邃依言点点头,继续玩他的《俄罗斯方块》。

过了不到五分钟,时洛摘了帽子,起身,脸色很差地看向还在休息室里的工作人员。

时洛冷声下逐客令:"我跟我队友要独处一会儿,谢谢。"

工作人员忙歉然点头,出门去了。

余邃放下手机,眼中含笑看着时洛,等着看时洛要如何安慰自己。

时洛揉了揉头发,坐到了余邃面前的小茶几上,微微俯身看着余邃。

余邃忍着笑意看着时洛。

"等世界赛结束了……"时洛小声道,"世界赛结束……你让我去哪儿我就去哪儿,你……"

时洛声音更小:"队长说的我都听。"

时洛呢喃:"我这次绝对不说不……"

余邃眼睫微微动了一下:"你该知道,这点事儿搞不了我的心态。"

"我知道。"时洛又声音微哑。

余邃眸子一动。

休息室的门被敲了敲,工作人员在外面提醒 Free 的彩排可以开始了。

余邃轻轻推开时洛:"这些我早习惯了,本来是无所谓的,但让你替我受委屈了……这事儿还是要有个说法的。"

时洛蹙眉:"什么?"

工作人员推门进来了,余邃没再说话,拿过一旁的外套穿上,出了休息室。

彩排流程开始,两支战队分别站在后台走廊的两边,队长站在最前面,外面主持人开始赛前介绍。

余邃揉了揉脖颈,突然看向身旁的圣剑队长。

站在队伍最后面的时洛抬头看向前面,皱眉:"他们说什么呢?"

余邃在说德语,时洛一句也听不懂。

但只见圣剑队长脸色变了一下，面色迟疑。

余邃身后的 Puppy 和宸火突然笑了起来，时洛更蒙了。

余邃眼中带着几分嘲讽，静静地等着。

足足过了一分钟，圣剑队长点头了，又骂了一句。最后一句是脏话，时洛这句听懂了。

时洛眼睛瞬间睁大，不等他质问，站在时洛前面的宸火转过身来笑道："知道余邃刚做什么了吗？哈哈哈……我余神突然发脾气了啊。"

宸火脸上方才的郁色一扫而空："余邃刚才跟圣剑队长说，本来觉得你们不配，但今天我心情不是特别好，突然想玩一下。

"八强赛，余邃要跟他们打删号战，圣剑答应了。

"余邃这号有多值钱就不用说了，这是全联盟荣誉最多的一个选手账号了，联赛官方承认的唯一活化石。如果咱们输了，余邃打完和圣剑的最后一场 BO5 后会直接把他账号销毁，永不找回。

"但如果咱们赢了，圣剑连他们老板带经理和下面全部队员，所有人的账号一起销毁，永不找回。"

61

时洛呆在原地。

时洛记得余邃说过，他现在用的这个账号是他十五岁时注册的，当时未成年，用的还是他爸爸的身份信息，之后陪着余邃南征北战打了这么多年，号上无数绝版称号和皮肤就算了，这是余邃拿了无数大奖的账号……

时洛并不畏战，也不觉得自家战队一定会输给圣剑，但还是不由自主道："那个账号不能这样玩！那是……"

"嘘……"

站在最前面的余邃回头，对着时洛比了个"嘘"的手势。

余邃对着时洛笑了一下，眼睛中闪着光。

前台主持人彩排的声音太大，余邃和时洛之间又隔着那么多人，余邃说话，时洛根本就听不清。

但时洛能看出余邃的口型。

余邃说的是：看哥替你出气。

时洛喉咙瞬间堵住了。

恍惚间，时洛感觉自己看到的是三年前那个短发的余邃。

删号战的玩法，还是时洛以前在黑网吧当主播时教给余邃的。

余邃当年已是在役几年的职业选手，不太能理解这种行为，账号对一个职业选手来说有多重要，余邃比谁都清楚。

余邃当时还同时洛说，这就有点过了。

哪有什么恩怨，值得赌上自己的账号！

余邃当时手把手带着时洛入行，教他的都是正规职业选手的行为准则。后来即使昔日带自己入行的人已不在，时洛还是循着 Whisper 的脚印，一步不错地走了过来，作为一个职业选手，没再来过这么野的玩法。

余邃自己这会儿却破例了。

三年过去，被对方影响的，不只是时洛而已。

余邃站在后台走廊看着远处灯光，笑了一下。

余邃头一次知道删号战的时候就想，没什么人没什么事，值得让自己做到这一步。

之后历经种种，余邃一度想，大风大浪都经历过了，也没什么会让自己因一时意气跟人这样争高低。

但现在有了。

比赛打了这么多年，世界赛进了这么多次，本应云淡风轻、宠辱不惊，可突然就有了第一次进世界赛时的兴奋和血性。

余邃原本只是想赢。

但他现在想踩在对方头上赢。

打完比赛还要让对方直接删号的那种赢。

彩排结束后，周火第一时间将彩排当天场馆内发生的事整理好，国内发微博，国外发推特，中国赛区负责人马上联系了今年世界赛主办方做出了警告。

但玩家行为，没法让圣剑俱乐部负责。游戏官方也不满圣剑一连串的骚扰操作，奈何圣剑玩脏玩得太油滑，全程擦边，没有任何实质性的违规。灯牌的事最终也只能是比赛主办方来负责，被警告罚款。

这种结果，中国赛区的玩家自然是不满意的，网上骂战进一步升级。大家不要比赛主办方被处罚，只要圣剑付出代价，联赛官方被狂轰滥炸了一整个晚上，心有余而力不足，没法表态。

本土赛区群情鼎沸，特别是 Free 的粉丝，恨不得生啖圣剑肉了。晚上复盘过最后一场练习赛后，余邃刷新了一下推特，同周火道："这有什么不好解决的？发条微博，告诉粉丝我们明天跟圣剑打删号战。"

余邃道："粉丝知道后肯定不生气了。"

"呃……"周火小心翼翼提醒道，"圣剑那边，虽然他们经理暗示了，但是他们官方没提你们删号战的事，他们看样子是不想公开，你……懂我意思吧？"

"懂。"余邃收起手机，"怕万一输了，让大家知道这事儿太丢人，想着赢了以后再公开。"

周火点头，其实周火也不想公开，到目前为止，没人能知道明天比赛的结果，万一输了……周火不想让余邃承担这么大的舆论压力。

余邃道："我不怕。"

"赢比赛，用我的方式来赢比赛……是我唯一能为粉丝做的事。"余邃语气淡然，"我不算对粉丝好的选手，但也不至于这点儿担当都没有，让我的粉丝看个比赛还憋憋屈屈。"

周火呼吸一紧，看看众人，几个选手全部首肯。

周火一咬后槽牙，点头："行，没你们的事了，去休息吧，明天见。"

四人各自回自己房间休息，周火编辑微博，在凌晨点了发送。

周火的文案向来是专业的，开篇第一句：在现有规则无法惩治别有用心之人时，我们的选手会以自己的方式捍卫尊严。

翌日，八强赛正式开始。

Free 四位选手身着世界赛定制队服，准时抵达比赛场馆。

为免再看见刺眼灯牌，周火本来是要求绕开外场，从单独通道入场的，几个选手嫌麻烦拒绝了。老乔的安排还是对的，自家选手都是大心脏，就算偶尔被激怒，也不会被激怒第二次，昨天最恶心的已经看过了，今天不至于再被影响情绪，更别提联赛官方已警告过比赛主办方，主办方承诺今天会全程监管，及时将举侮辱性灯牌的观众请出场馆。

大家都无所谓，周火也就不多事了，Free 正常入场，但这次经过前场时，众人还是被场内灯牌吸引了目光。

选手们下车后要进内场后台，需经过一片VIP看台区。

VIP看台区视野极佳，整个赛场一览无余。

玩家们也是提前两小时入场，这场八强赛堪称世纪大战，一票难求，场馆早就坐满了观众。

老乔目瞪口呆："这、这不是欧洲主场吗，这怎么弄的……"

周火也呆住了："这怎么……跟咱们自己主场似的。"

巨大场馆内各个区域，目之所及，都是汉字灯牌。

许多灯牌大概是临时赶制的，非常粗糙，但胜在个头巨大，就是在最远的天台区都依稀能看清。

玩家、粉丝并不知道Free的选手何时入场，所以就一直举着巨幅灯牌，始终等着。

赶制的灯牌文字看起来歪七扭八，很多不能算是灯牌，几乎是横幅了，Free几人站在原地，费力辨认——

"Whisper，不要看他们的灯牌，看我们的！"

"Free最牛，Free第一！"

"Whisper，中国赛区永远的第一医疗师。"

"双子星加油啊！"

"Free全员都牛！"

"欢迎全赛区最好的三人归国，新战队加油！"

"我也不知道该写什么好，但我的灯牌绝对是全场第一大！Free天选第一！"

"Free牛！这次排面儿够不够大？！"

"有Whisper在！Evil第一次世界赛我们不紧张！！"

"宸火加油！"

"Puppy看我，八强赛赢了开播，我给你刷礼物刷到第一！"

"Whisper，对不起！"

"余神冲！输了，我们全场中国玩家陪你删号！"

"对不起，这话说得有些迟，Whisper、宸火、Puppy，欢迎回家。"

"Free看得到吗？看到的话安心比赛！赢了你们狂，输了这次我们扛！！"

…………

"说……"周火紧握着看台栏杆,语气艰难,"说、说好了全员恶人的,别哭啊,马上就要比赛了,一会儿万一被人看见哭过太丢人了,真的……"

周火低头,眼泪打转,哽咽得说不出话来了。

昨日发微博的时候,周火心中几经周折。

担心喷子趁机攻击俱乐部,担心余邃的黑粉落井下石,担心粉丝不懂几个选手这一年到底顶着多大的压力,到这会儿还要喷 Whisper 不成熟。

不到一年前组战队时,整个俱乐部上下被喷子喷得体无完肤。

周火是看着众人这一年如何走过来的,俱乐部官方账号第一条微博,是周火发的。

当时喷子骂得有多难听,周火记忆犹新。

四个选手始终都在说无所谓,云淡风轻的语气,周火亦记忆犹新。

但都是人,都是二十岁上下的少年,谁能真的全然无所谓,喜欢被喷子整日问候呢?

明明没做错什么。

明明又没做错什么。

后来误会解开,Free 风评好了许多,可但凡有个风吹草动,还是要被喷子狂轰滥炸。

久而久之,周火、老乔,俱乐部上下都被几个选手同化,渐渐习惯了。

电子竞技,挨喷不是正常的吗?

可偶尔也想真情实感地替几个少年说句话,也想让他们在征战时身后有几分倚仗。

昨日发公告前,周火其实想同余邃说:知道你是在保护赛区玩家和你的粉丝,但别人不一定领情。

周火现在好庆幸他没有拦下。

进后台之前,几个选手不经任何人提醒,本能地依次回头。

太久太久太久没看过这满场属于自己的灯光,纵然久经战场也有些不习惯。

无人处的汗泪,说不出口的一腔热血,时隔三年——

旁人还是感受到了。

62

破釜沉舟，背水一战。

签到，核实身份，签赛前协议，做简单造型，换比赛队服，临时被抽取的裁判前来对接，开赛前上场最后一次检查自己的外设，再次签字确认比赛电脑、外设、账号全部没问题……

赛前所有流程里，后台全程能听见前场两边粉丝铺天盖地、山呼海啸的呐喊加油声，欧洲本土玩家被中国赛区玩家漫山遍野的灯牌触怒，要仗着主场优势找回场子，而中国赛区的玩家无意相让。

没什么主场客场，谁人多，谁嗓门大，这儿就是谁的主场。

从入场到比赛正式开始，双方粉丝活活对吼了两个小时，中国赛区玩家要将这三年欠的全部吼回来，在人数不占优势的情况下竟隐隐压了对方一头。

直到本届八强赛第一局正式开始。

同圣剑在赛季初的那局练习赛的细节历历在目。

圣剑同强队打比赛，最擅长打后手，前期他们不清毒不打人，全员幽灵一般潜伏在自家地图的掩体中，伺机而动，待对方开始清毒时再进行包夹，拿到人头就走，不恋战，不贪不抢，不拖泥带水，有了优势就撤，泥潭里的鳄鱼一般，潜回掩体后等待下一次机会，全力保证自家资源。

赛季初同圣剑的第一局练习赛里，Free 就是这么被他们活活拖死的。

除了那日打了两局，整个赛季，两支战队再没交手过，就是联赛现在最强的数据分析师也说不好再次碰面双方会拿出什么套路来。

隔音房中，等地图倒计时时，Free 几人照例相互搞了彼此一拨心态。

"Puppy，"宸火挑眉，"我刚发现你手抖了……狙击手，居然手抖，是不是有点问题？"

"亢奋的，没办法。"Puppy 搓了搓手等倒计时，声音比往常都大了几分，"太久没这么兴奋了，一会儿看见我超常发挥拿了 MVP 别太惊讶，好吧。"

宸火轻轻抽气："我感觉我才是会超常发挥的那个……甚至可能要抢首个 MVP。"

"五局三胜，最多也只能拿三个 MVP，谁拿不着谁尴尬……"余邃调整了一下耳机，"时神，话有点少啊……紧张吗？"

"不。"时洛垂眸看着自己的键盘,"……在想今天要打几局。"

宸火飞快道:"我昨天做梦梦到了,三比二,咱们赢。"

Puppy 嗤笑:"三比二?他们配吗?三比一完事儿,我还赶着回酒店开直播,很赶时间。"

余邃莞尔:"时神呢?预测多少?"

不等时洛说话,比赛开始了。

四人飞速出了转生石。

曾用打后手的方法赢过 Free,圣剑自然不会轻易放弃这个优势。第一局开场,圣剑再次埋伏在掩体后,比赛解说员并不知那场练习赛的细节,只道:"这是圣剑打强队时偶尔会用的套路,请君入瓮,步步为营,由着对方率先清毒,以牺牲前期一点点地图的方式来换取第一拨对战的优势,不知这个套路对上 Free 会如何,让我们看……哎,Puppy 怎么也突脸了?!"

地图中央,Free 第一次开场全员压境。

往常,直接冲前排的俩突击手在压到地图边线前会在中途依次稍稍停滞几秒,给医疗师给他们套初始光子盾的时间。

从游戏倒计时结束到前排三人冲到地图交界处,在这段距离里优化路线,用最少的时间给三个人分别套上初始光子盾,并能让三人同时抵达地图交界线,这是非常考验医疗师手法的。

初开场的小小备战几乎就是每队医疗师的个人秀,哪队的突击手能最先抵达地图交界线不是看哪队突击手跑得快,而是看哪队医疗师走位风骚、手法娴熟。

哪怕只是提前了半秒抵达,那本队突击手也有了领先于对手半秒的对战准备时间,这对职业选手来说至关重要。

目前为止,还没哪个医疗师能在余邃手里抢过这个开场优势。

圣剑在之前对战 Free 时选择打后手,其中也有这一重考量。

在医疗师微操手法明显不及对方的时候,想赢必然要扬长避短,在太依赖医疗师操作的环节上不同 Free 正面对峙。

圣剑整体实力非常强,他们也有自信,开场仅仅是让给 Free 一秒两秒的时间不算是太大的劣势,后期只要整体发挥好,这点劣势还是能夺回来的。

但第一局开始,Free 一改往日绝对占优的开场套路,全员飞一般冲向地图交界线,中间没任何人停下一步。余邃没给任何人套盾,时洛和宸火第一时间抵达地图交界线，两人同时放下净化皿，一、二、三……

时洛、宸火这两个平时互相看不顺眼，被教练要求双排一局都痛不欲生的突击手走位整齐划一，宛若一个人在操作，每人放下三个净化皿，随后在中第一枪后飞速后退，撤回掩体。

同一时刻，Puppy、余邃在距离地图交界线不到五米的掩体内，余邃卡着这几秒的宝贵时间给 Puppy 和自己同时套好初始光子盾打满状态，在时洛、宸火退回掩体的那一刻正好完成。

Puppy 第一时间开镜对着圣剑那边方才传来枪声的迷雾中狙了一枪。

这么近的距离，又有方才的枪声指引，对 Puppy 这种狙击手来说对方不中都不可能。

一枪下去，圣剑某个队员身上光子盾碎了一面。

Puppy 上子弹又狙一枪，对方光子盾又碎一面。

在这个空当里，余邃已给时洛、宸火套好光子盾打上绷带，而下一秒，方才时洛、宸火放下的整整六个净化皿清毒完毕，圣剑前排三人所在掩体前再无遮掩。不等对方反应，满状态的余邃率先冲出去，靠着极限走位躲过一枪直接冲到了圣剑掩体前，一个招牌旋踢将圣剑一个突击手踹出了掩体，Puppy 一发狙下去收掉一血，而掩体内的余邃已用长匕首解决掉了圣剑医疗师，时洛、宸火俩突击手同时回血完毕，状态恢复最佳的俩突击手两梭子子弹下去收割掉了圣剑另一个突击手。

三杀完成，解说员目瞪口呆地看向比赛开始时间——

刚刚开始三十七秒。

开场三十七秒中，Free 没浪费一秒钟的时间，刀刀到肉，拿下了本次世界赛最快一血的同时也拿下了本次世界赛最快三杀。

时间利用之高效，不用慢放，工作人员根本无法进行解说。

"这不是 Free 平时打开场的方式啊。"解说员瞠目结舌，"刚才是什么配合？余邃那是什么操作？他是怎么在给四个人套盾的情况下还能杀人的？这是什么时间利用率？"

比赛场馆后台，老乔和 Free 的数据分析师眼中带着隐隐快意，不发一言。

周火也紧紧地盯着同步直播屏，看不懂那些细微操作，只记得在国内常规赛阶段自家战队输给 Saint 后，面对国内玩家质疑 Free 实力时，自家战队几人并没多着急。

在 Saint 毫无隐藏公开自己全部战术时，老乔、余邃他们质疑，真进了世界赛还准备玩什么？

他记得在确认征战世界赛后再打练习赛时，几个选手曾放松地感叹过，不藏着掖着地打练习赛真舒服。

他还记得在练习赛间隙，天使剑曾同余邃打趣道："藏得不错啊。"

Free 很强，自建队就被所有俱乐部密切注意，所有打法被效仿、被研究、被针对。

所有手中利刃，只能在生死战上亮出来。

今年世界赛对 Free 来说最大的意外，是在八强赛就对上了圣剑。

磨合一整个赛季，准备拿到世界赛决赛上再取出来的利刃提前开封。

"无所谓。"

老乔紧盯着直播屏，对数据分析师说，也是对自己说："对咱们来说，这就是决赛。"

"提前被分析一下也 OK。"数据分析师低声道，"这战术你研究透，你能找到应对方法，但你跟得上吗？"

圣剑已算是各方面实力拉满的战队了，有应对各种突发情况的能力，也预料到了 Free 会在八强赛上拿出一点新鲜套路来，他们并不是毫无准备。

但就算有准备，他们也跟不上。

游戏中，Puppy 死死压制着圣剑狙击手，一颗颗子弹穿过毒雾擦着对方耳朵呼啸而过，圣剑场上仅存的一个狙击手根本不敢贸然做什么，一旦他也死了，圣剑这局就真的没了。

"留他一个无所谓，Puppy 压着他，给我揍他。"余邃飞速指挥，"下净化皿。"

Free 彻底放弃边线地图，占领地图中央。时洛和宸火俩突击手自比赛开始手指全程没离开过键盘，操作紧凑，键盘被两人砸得噼里啪啦不停作响，一个又一个净化皿不断落下，时洛、宸火头一次在赛场上如此默契，位置精确，没浪费一寸空间，没浪费半秒时间。

圣剑一个突击手率先复活，余邃算 CD 时间仅次于时洛，不消人提醒，道："我知道复活了，下。"

时洛、宸火没退回掩体，继续下净化皿。

Puppy 压力倍增，压制圣剑狙击手的同时还要扰乱他们复活后的突击手的步伐，他皱着眉，额上沁出了点点细密汗珠。

圣剑突击手的一发子弹打在了时洛胸口上，光子盾应声而碎，余邃宛若不曾觉察："下。"

时洛面无表情，游戏中，Evil 的游戏角色脸上仍挂着一抹血迹，动作不停，疯狂下净化皿。

圣剑突击手仍躲在自家毒雾中，俩突击手还在下净化皿，余邃没长距离作战武器，全靠 Puppy 苦撑。余邃表情沉稳，卡着极限距离给宸火套了一面光子盾，时洛位置特殊，周围无掩体可藏身，只能放弃。

时洛中了一枪，血条掉了过半。

余邃道："下。"

Puppy 身上的光子盾被对方狙击手打碎，又被擦了个血皮，只得退回掩体，前排时洛和宸火压力瞬间倍增。下一秒，圣剑医疗师和第二个突击手依次复活，余邃为 Puppy 补好状态："再下。"

时洛、宸火每人又下了一个净化皿，余邃同时为 Puppy 恢复好了状态，圣剑前排三人马上就要压到地图中央。

随着余邃来之不易的一句"撤"，时洛顶着丝血退回自家掩体内。余邃位置卡得刁钻，游戏内，余邃撞了时洛手肘一下，恰好将时洛挤在了自己医疗范围内。

游戏内，Whisper 右手光子盾逐步凝结，细密地将 Evil 包裹起来。

游戏语音中，时洛吐了一口气："牛。"

宸火骂了一句脏话："老子手要抽筋了！"

圣剑前排三人终于赶到了地图中央，迎接他们的，是令人绝望的整整二十二个仍在嗤嗤作响的净化皿和自家逐步被清理干净的裸露地图。

比赛导播给了一个游戏时间的特写——

比赛已进行时间：五分钟二十三秒。

BO5 第一局开场刚刚五分钟，胜负已定。

63

第一局，Free 用超快速战术十七分钟拿下了比赛，给看比赛的所有国内玩家吃了一颗定心丸。

五局三胜，在大赛中拿了首胜其实也代表不了多大的优势，但第一局中 Free 四人的操作实在具有压制力，节奏太快，生生把半小时的游戏时间压缩在了十七分钟之内，解说员都跟不上几人的操作。下了场，时洛和宸火两人手指骨节都在微微刺痛。

宸火抓了数据分析师的手按在自己胸口上，龇牙："听听，这心脏要跳出来了，行吧？我现在怀疑你们当初定这个战术的时候就是在搞我们，犯了心脏病谁负责？！"

数据分析师笑个不停："我们也没想到你们实战能操作得这么好，厉害，辛苦了辛苦了。"

"下一局要不要换个战术？"老乔问余邃，"他俩太累，你指挥起来大脑绷得也太紧了，这样一直打下去怕你们受不了，要不要缓一缓？"

余邃同工作人员讨了一个发热贴，拿到手里微微用力搓了搓，拉过时洛的手按在了时洛手背骨节上，摇头："不用。"

中场休息没多少时间，周围全是人，还要跟教练组商量战术，根本没时间拉着时洛避开人说什么了，余邃用发热贴揉着时洛的双手："疼不疼？"

时洛点头："有点……不过不影响下一局发挥，没问题。"

宸火手也疼，突击手本来操作强度就比其他职业大，玩这种战术更是完全把他和时洛当牲口在用。宸火磨着牙看了余邃一眼，故意拱火："先说不用换套路，再去问疼不疼，时洛要说特别疼，你换不换套路？"

裁判组的人进来让余邃签字确认上一场比赛结果，余邃拿过笔咬开笔帽，飞速签下自己的 ID，道："不换。"

宸火接过 Puppy 递给他的发热贴焐着手，啧啧："时神，看看你这个绝世好渣男队长。"

时洛抬眸同余邃对视，低声道："队长是个渣男……不早就都知道了？"

知道选手是在调节紧张的气氛，选手身边的几个工作人员笑了起来，数据分析师赶着时间交代几人上一局对面出现的问题以及下一局依旧沿用这战术可能会遇到的问题，余邃从始至终握着时洛的手。

周火站在最边上，争分夺秒、见缝插针地汇报情况："我刚才去圣剑休息室旁边转了一圈，一群丧气脸！那个嚣张的气焰已经没了，我听不懂德语，反正他们肯定在骂人，大家再接再厉。"

"先别飘，别轻敌。"老乔害怕毒奶，拼命绷住脸，"下一局继续，对面也不是吃素的，刚才是完全被咱们打蒙了，下一场你们见招拆招。余邃，现在压力在你这里了，争分夺秒的战术，早一点撤就亏，晚一点撤就翻车了，是生是死全在你……"

老乔顿了一下："没办法，这活儿只能让从不失误的人来做，余神……生死全在你身上了，扛得住吧？"

余邃点头："不用给我做心理辅导，跟宸火说一下刚才打到最后的问题。"

方才一局收人头时，宸火没绷住，有个小小的失误，老乔点头，忙去同宸火强调他一贯的走位问题。

裁判提醒众人第二局要开始了，众人点头，最后喝了口水纷纷往外走。

老乔看着余邃和时洛的背影，心口突然酸了一下。

余渣男不是不心疼。

一局比赛下来，时洛两只手因使用过度都在发颤，大家可能不心疼？

周火回头看老乔，顺着老乔的目光看了过去——

时洛白皙的手背被发热贴烫出了几块红斑，再细看……余邃右手手掌同样被烫得发红。

老乔不经意同周火对视，自己讪讪一笑，摇摇头，语气不太自然道："这算什么？能有多疼？又不是天天都这样累……"

话虽如此说，但老乔脸色也比方才沉了些，嘴角不自然地抽搐了一下。

不知是不是被比赛开始前那漫天的灯牌感染，老乔比往日也敏感了些。

老乔目送四个选手出了休息室，待众人全走后才对着几个数据分析师和周火勉强一笑："嗐，想赢，那就得比别人多受点罪，以为是天才就不用吃苦了吗？那也是……"

休息室的跟拍小哥将镜头转向老乔，老乔不好意思往下说了，摆了摆手，坐了下来。

往日如何训练，为了一个个隐藏战术，选手们背着人在基地是如何练习的，这屋里的人全都清楚，不消多说。

周火一向护犊子，心里知道不怪教练组的决策，还是说了一句："其实这种杀招可以等第三局第四局的时候再拿出来的……"

"插个嘴。"数据分析师弱弱道，"就……八强抽完签当天，讨论战术的时候……是 Evil 自己提出来的，开场直接放藏了好久的杀招，直接给圣剑打蒙。"

周火语塞，那没什么可说的了。

选手中场休息，场外观众不用休息，为免中场休息时间里有空当，比赛场馆里会放提前录制好的选手视频。

这会儿外场巨幕上正在放圣剑家人给圣剑选手录制的祝福视频。

老乔看着直播界面圣剑家人的祝福视频皱眉："这些赛前不都上传过了吗？有什么好再放一次的……"

自家战队并没有哪个选手家长参与这环节，老乔根本就懒得看。

周火抬眸看了一眼，面无愠色："没事，让他们放，好像我们没有似的。"

老乔意外地看向周火："咱们哪儿来的？"

"你别管，反正我们有。"周火笃定道，"这次放他们的，下次就放我们的了。"

老乔蹙眉："你……你联系他们家里人录的？怎么联系的？"

"一个队里，俩富二代，家里一个比一个牛，我能联系上谁？"周火无奈一笑，"不是，唉，别问了，下次你们就能看见了……不敢打扰他们家里人，选手肯定也不让，反正……"

周火低声道："咱们家选手不管怎么样，从来都是自力更生，应该也习惯了。"

老乔沉默片刻，勉强笑了一下："也不知道是不是因为护犊子，怎么我总觉得……不管什么事，咱们都要比别人难呢？

"都是一样的选手，也没比别的同水平职业选手多赚着什么，为什么我们的选手总得多走几步弯路，多吃点苦呢？"

周火呼吸一紧，摆摆手："别煽情，求你了，我眼泪要等着决赛结束再流的，对，今天就是决赛，再说……"

周火起身，整了整衣服，轻声道："成神之路，哪有那么轻轻松松？"

"更别提……"数据分析师弱弱插嘴道，"今天的战术还是 Evil 第一个提出来，剩下三个人都首肯的。"

数据分析师气势不太足地看向跟拍小哥，不太有底气道："为免赛后语音出来我挨粉丝喷，我也可以学周经理，要求咱们摄像哥哥给我这个没姓名的人一个短暂的镜头吗？"

周火被气笑了："你学我做什么？随便随便，你爱拍就拍。"

周火默默地想：反正后期如何剪辑在我，给你一刀不留全部剪掉你也没办法。

跟拍小哥任劳任怨地开了摄像机，镜头对准数据分析师，示意可以了。

数据分析师看向镜头，卑微道："粉丝们，如果赛后你喜欢的选手因为过劳……比如 Whisper 用脑过度，或者 Evil、宸火两手用力过度弄出了工伤，别怪我们教练组，这个战术是我们配合选手开发的没错，但真的如何运行、如何排布整个 BO5，是选手自己决定的，至于为什么要这么决定呢……"

数据分析师咽了一下口水："等比赛结束后，如果比赛结果能让选手满意，他们自己在赛后采访上应该会说的。"

赛场隔音室中，时洛活动了一下骨节发红的双手，看着游戏里对面圣剑的几个 ID，冷冷道："因为我想零封，想剃头，想三比零。

"我宁愿手断，也要圣剑在八强赛上一分都拿不到。"

64

历届首次出现在世界赛名单上的新人，都会被整个赛事组格外关注。

Free 三个冠军天才选手，在第一次进世界赛那年拿下荣誉的同时，也都打破了些纪录，以自己的过人之处在世界赛上画下了专属自己的那一笔浓墨重彩。

比如 Whisper，首次进世界赛那年破了冠军选手年龄最小纪录，当年决赛上拿下了三个单局 MVP，是世界赛有史以来最年轻冠军选手，是以医疗师这职业拿下最多 MVP 的选手，还被赛事组官方誉为首征世界赛操作最华丽、最惊艳选手。

比如宸火，首征世界赛同样夺冠的同时，还被赛事组官方誉为最莽选手，敢拼敢杀，虽有失误，但从不畏战，场上局势越混乱，他越能超常发挥。

比如 Puppy，同样首征世界赛夺冠，又被赛事组官方誉为当年最沉稳选手，当年年纪也不大，但发挥格外沉稳老练，不冲动，不急躁。

再比如今年的时洛。

虽世界赛赛事近半，但 Evil 已是官方首肯的世界赛上最狂新人。

赛事组的数据分析师中没人关注时洛同圣剑的恩恩怨怨，也没时间去看时洛的赛后采访，只是单纯从数据分析觉得这新人实在太贪太霸道，不管是从小组赛阶段疯狂掠夺 MVP 来看，还是从他在八强赛前的个人训练时长最长纪录

（选手游戏时间全部在官方数据统计中）来评判，都深深感受到了这新人的野心和肆狂。

官方只以为 Evil 选手年纪小，出身电竞豪门，首征战场，心高气傲，立功心切。

只有 Free 俱乐部的寥寥几个自家人知道，时洛自始至终没考虑那么多。

时神想要的不是让自己赢得多漂亮，而是让对手输得更难堪。

而时洛的能力也确实担得下他这份野心。

赛程行至八强，时洛全程横冲直撞，发挥惊艳亮眼，身边三个冠军队友都无法遮住他的光辉，他宛若专为大赛而生。

八强赛 BO5 第二局倒计时开始。

时洛盯着地图倒计时，突然在队内语音频道说道："你们说……他们慌不慌？"

其余三人扑哧一声笑了出来。

"信我。"宸火活动着手指，"谁遇到我们这种疯子打法，都会慌。"

"我和余邃算是疯子，你俩不是……你俩是疯狗，请问谁看见要吃人的疯狗不慌？"Puppy 缓缓调节呼吸节奏，"其实上一局打到最后，他们已经在想办法周旋了，他们教练组整体实力比咱们的强……毕竟是上赛季冠军教练组，绝对已经想到应对的办法了，只是不知道能针对咱们化解多少而已，这局见招拆招，余神……靠你了，这局指挥上最好不要有失误。"

余邃垂眸看着自己被烫红的手掌，淡淡反问："你是在担心我可能会失误？"

Puppy 认真想了一下，还真记不起余邃上次失误是哪年的事了。

几人愣怔了半秒后笑了，导播忙将镜头切了过来，时洛喃喃："看我们笑，你是不是更慌？是不是？是不是……"

倒计时结束。

Free 复刻上一局的开场，倒计时结束的那一刻全员同时冲了出去，赛事导播有了上一局的经验，直接将镜头切给了 Free 前排四人，巨幕上帝视角中，Free 四人好似饿狼。

对于这种疯狗打法，半秒钟都弥足珍贵，余邃依旧没浪费时间给两个突击手套盾，时洛、宸火开场直接放净化皿。圣剑吃了上一局的教训，担心 Free 还如上一场一般，也有防备，想赶在 Free 之前拿下时洛、宸火的人头，上来同样四人同时突脸。

时洛、宸火俩突击手在无盾情况下放净化皿就是两个靶子，若是同其他战队较量，这种情况下两边全员冲脸就是三打一，圣剑的两个突击手、一个狙击手打对方唯一有战力的狙击手，胜算极大。

但 Free 不是普通战队。

Free 战队的医疗师 Whisper，可以是医疗师，也可以是突击手。

Free 全员都能打。

"二点五秒。"时洛死死盯着净化皿放置倒计时读条，"一点五秒……"

圣剑为抢这开场优势，争分夺秒间亦没套盾，近身肉搏，余邃想都没想，直接抽出长匕首挡在自家双突击手身前，一个走位骗过圣剑狙击手一枪，横踢挡开圣剑打头的突击手，一匕首砍在另一个突击手脸上！

Puppy 一枪狙中圣剑被砍突击手拿下一血，余邃同时中弹，仅剩丝血，Puppy 在狙击枪换弹空当里无法再做压制，及时提醒："再不撤就没了。"

余邃语速飞快："再下一个，我放了。"

决策只在分秒之间，余邃一扛三，快速走位，又躲开一枪，赶在圣剑狙击手换弹之前绕后给了他一刀，圣剑医疗师已及时将光子盾补上，余邃分身乏术，没能极限一换一，索性再次绕到已经半血的宸火前面替他拖了最后一秒，下一秒——

下一秒，余邃被圣剑狙击手、突击手同时击中，转去复活。

但时洛和宸火这边已在地图中央一共成功放置了令圣剑绝望的六个净化皿，随着净化皿的咻咻声，圣剑一层地图逐渐变得清晰，极大方便了时洛和宸火的发挥，地图大面积被清理，圣剑前排几人不得不后退，时洛、宸火乘胜又拿下了圣剑另一个突击手的人头。

开局一换二，和上一局相较优势小了些，但 Free 还是成功侵占了大片地图。

"不用等我，没盾，继续上。"余邃还在等复活倒计时，"愣着做什么？咱们又没医疗师。"

宸火磨牙："行，你牛……"

圣剑自以为开局第一场正面对拼已经结束，圣剑医疗师正在掩体后为两个队友治疗，时洛和残血的宸火再次冲出掩体扑了过去。

Puppy 在掩体后盲狙为两人压制对方，时洛冲在最前面，见缝插针地又开始放净化皿。

圣剑这局虽依然被 Free 取得了巨大优势，但至少拼死了一个余邃，自以为可以稍稍拖住 Free 的进攻节奏，万万想不到时洛和宸火会在没有任何保护的情况下继续冲，圣剑还在，突击手有些慌忙地架枪出掩体回击，但又慢了一拍，回血的工夫，被时洛丧心病狂地又连着下了两个净化皿！

"Free 这是什么打法啊？"解说员从未看过节奏这么快的比赛，手忙脚乱，"如果说上一局他们打得疯狂，那这局就是打得不要命了，他们这局似乎并不在乎人员折损，死也要往前突进，时洛和宸火又拿了一个人头，宸火没了……Whisper 复活，Evil 继续往前冲，这……还冲？！"

为什么不冲？

余邃复活的那一刻为自己打满状态，第一时间冲到时洛暂时避退的掩体后为时洛将状态补满，中间甚至没替 Puppy 这个后排补一个盾，在给时洛打满血的那一刻和时洛一同冲出了掩体，对面还守在毒线前排的只有一个医疗师了，余邃杀医疗师只需几秒，时洛在这时间里恣意清毒，顺便判断清楚了对面狙击手的位置报点给 Puppy，Puppy 连打两枪，虽没收掉对面狙击手的人头，但在这时，对面狙击手再没能有效干扰到时洛和余邃。

余邃解决掉对面的医疗师，圣剑最初死的突击手同时也赶到了前排，突击手自知扛不住余邃和时洛，只能暂且守在掩体后等待队友复活。

不间断放冷枪的圣剑狙击手突然也停了，圣剑放弃一般，场上仅剩的两人将地图全数让了出来，由着时洛清理。

Puppy 及时提醒道："对面狙击手位置丢了，我不确定他在哪儿，重复一下，对面狙击手位置丢了。"

等复活的宸火蹙眉道："他们在等全员复活，想和我们四对四公平竞争了。"

时洛冷笑："谁跟他们公平竞争？！"

"放完这个就不清理了，不贪。"余邃宛若不知疼不怕死的机器一般，直接冲向圣剑突击手所在掩体，"我们这边只要有人就一直打。"

圣剑突击手万万没想到，自己有被一个医疗师冲脸的一天。

圣剑另一个突击手复活，匆匆赶到前排只来得及收掉残血的时洛，被余邃砍到半血后拿下了时洛的人头，但不等他喘口气——宸火又复活了！

浴血的余邃绕后给自己套盾、补血，一气呵成，没有给自己任何空当，在补满血的同时和宸火再次冲了出去。

圣剑这会儿只有一个没盾的突击手和一个残血且没盾的突击手。

这拨二对二结果如何，可想而知。

解说员完全跟不上 Free 的操作，已经开始胡言乱语，不消解说员细说，上帝视角里，满场观众都能切身感受到圣剑深深的无力。

打也打不过，拦也拦不住。

还不给你任何一点喘息时间。

虽然圣剑全员也是顶尖选手，但就是没办法在这种高强度的节奏里同 Free 正面碰一碰，不想被 Free 牵着鼻子走，那就只能眼睁睁地看着人家长驱直入，又如上一局一般被 Free 十七分钟抬走。

圣剑这局本也有自己的应对方案，他们想以快制快，而且火力明显偏向了对战时容易失误的宸火，但并没起到太大的作用，余邃应战反应速度比他们还快，如果说上一局 Free 队里有两人在被当牲口一样使用，那这一局里 Free 就有三个。

这次加上了余邃自己。

Free 这一局伤亡率比上一局高了不少，但进攻的速度分毫不减。

Free 隔音室中，前排三人的键盘噼里啪啦作响，疯了一般地往前冲。

"其实可以稍微悠着点的。"这一局比上一局相对而言艰难了许多，中国赛区的解说员心中焦急，只想稳稳地拿下比赛，"活着的人数一旦和对面持平或者少于对面的时候还是缓一缓吧。咱们优势已经够大了，真不用继续这么拼了，万一被对面团灭一拨，还是……还是有点危险的。"

Free 隔音室中，余邃语速飞快："时洛复活了直接过来，没有盾，我那会儿应该已经没了，你直接上，扛到我再次复活，这次你是一对二，有问题吗？"

时洛双手在微微发颤，摇头："没问题。"

宸火龇牙："这么自信？"

复活倒计时结束，时洛再次冲了出去："不自信……不自信我能在赛前那么狂？"

赛前说了在世界赛决赛之前不会再输任何一场，就是不会输任何一场。

当局，Free 二十三分钟带走了圣剑，顺利拿到了赛点。

65

再次中场休息，周火无心照料自家选手，挖心挠肝的，恨不得就地掏出个地洞来穿到圣剑休息室看看他们是什么神态。

"被咱们拿了三个赛点，我特别好奇他们现在还能讨论什么。"周火是真的很好奇，"不如请我这个营销鬼才过去讨论讨论，这个赛后怎么公关，小组赛控分把自己控死在八强，这个公关问题真不是什么人都能解决的，我这里正好有一套用不到的输了比赛的公关稿可以免费赠予他们……"

连拿两局，老乔也放松了许多，嘲笑道："你老东家NSN昨天彩排的时候不是毒奶了自己一拨，说没准八强会凉，想要跟你这个前经理要公关稿吗？不给NSN，给圣剑？"

"宁予外贼，不予家奴。"周火摇头，大手一挥，"NSN用不到这个，他们不配输。"

时洛笑了一下，接过工作人员递给他的两个发热贴贴在了自己双手手背上，走到一旁拿起自己的外套。

"别飘，小心让二追三。"纵然知道这概率很小，老乔还是不敢太放松，他看向时洛和宸火，"还行吗？我说实话……你们这局真是死熬过来的，中间稍微出一点问题就会崩盘，其实没那么稳。"

"知道。"宸火点头，"我也说实话，不知道时洛还顶不顶得住，但我的手真是要断了。"

宸火看向几人："但还能撑。"

"下一局换套路，我们又不是只准备了这一点。"余邃接过工作人员递给他的热水喝了两口，"开场给他们打蒙了，影响了他们的心态就行，下一局换个打法玩玩。"

数据分析师同余邃对视一眼，点头："OK，但压力还是在你这里，你扛得住就行。"

一屋子人，细看一下，能看出时洛的两只手疼得正发颤。

如果不是太想赢，其实不会开场两局就这么拼命的。

周火时不时地瞟向直播屏，心里有点着急。

为什么还没放？

为什么还在放赞助商广告？

按照上一局后中场休息的时间来算，现在完全可以放自家的视频了，为什么到自己家这边就拖拖拉拉个没完？是不是针对自家？一会儿开场了都放不完，自家选手一进隔音房，什么都看不见了，还有什么用？

周火频频看向同步直播屏，数据分析师怜悯地看了看这个头一次进世界赛的人，走到周火身边无奈地低声解释："不怪导播，怪你家选手好不好！"

周火蹙眉看向数据分析师，数据分析师摊手："人家赞助商既然赞助了，你这一个BO5里面就得把人家的广告全放出来，本来可以有四次中场休息放广告的，可你家开场打了个二比零，万一你家选手下局又赢了，那就没第三次中场休息了，你想让赛事组放赞助商鸽子？赛事组敢吗？"

数据分析师撇撇嘴："不敢，但他们敢放你鸽子。"

周火："……"

数据分析师无奈地看着直播屏："但你还不能说啥，是你们强行缩短了人家的广告时间，只能把广告全挤在这里一起放出来了，怪谁？"

"怪我……"周火千算万算没料到还有这一说法，憋气，"怪我家选手太不讲道理……我自作自受。"

周火气得胸口疼，又不能跟众人说，只能眼巴巴地看着一个又一个的广告不间断地播出，待工作人员来提醒选手上场时，广告还在播放。

周火放弃，苦笑了一下，不指望自己赶制的视频还能被放出来了，只能当没这回事，面带微笑喊着加油送几个选手出休息室。

开场打了个二比零，现场中国赛区的粉丝已经横着行走了，中场休息时欢呼声加油声就没停过，Free这边的裁判员领着选手重新入场时特意让众人在进隔音室前停了一下，好让几人看看场内自家粉丝的热情和疯狂。

而就在此刻，巨幕上漫长的广告终于播放完毕，宸火的脸突然出现，场内粉丝开始疯狂尖叫。

裁判也愣了一下："你们也有赛前视频吗？"

宸火一脸迷茫，"没啊，呃……"

宸火脸色变换："前几天，周火让我录个视频，说是下下个月俱乐部一周年年会的时候会用的，让我不用害臊，可以说点真情实感的话，该……不会……是……"

宸火表情僵硬："所以，你们，也录了吗？"

Free其余三人："……"

Puppy把手拍在脸上，悔之晚矣："……我录了。"

时洛反应迅速，回头看向裁判："导播间在哪儿？或者你们场馆的电控室在哪儿？"

裁判头次看见路子这么野的选手，咽了一下口水，满脸写着拒绝："Evil，你马、马上要八强出线了，你大好前途，别在这时候违纪被禁赛……"

裁判求助地看向余邃，希望Free的队长可以维持一下纪律，但不想一向在大赛上淡然的余邃脸上竟闪过了一抹不自在神色，细看一下，余队长耳朵居然有点红，对视时目光还迅速避开了。

裁判骇然："你们到底说了什么大逆不道的东西？说的话很难听吗？呃……不过你们放心啦。"

裁判担心影响选手心情，还宽慰道："脏话的话，导播组肯定帮你们消音的。"

"就是不难听，才不好意思让他放出来……"宸火看着巨幕上自己直接撑在镜头上的素颜，绝望闭眼，"头发这么乱……"

裁判头次看这全员恶人队这么慌乱，好心提议道："不然你们去隔音房吧？进去就听不见了。"

四人迟疑了一下，还不太想走。

每个人都只录了自己的部分，并不知旁人说了什么，这会儿竟还隐隐有点好奇。

反正尴尬大家一起尴尬，要死一起死，几人都想看看谁能最丢人。

十分钟后，Free对阵圣剑八强赛第三局，正式开始。

隔音房中，等着比赛开始的Free四人这场没再相互搞对方心态。

周经理刚才搞了一拨终极心态，几人还在消化，暂时没精力顾上彼此。

倒计时结束，这次四人没第一时间往外冲。

换了个套路，这局众人不再打快攻，余邃自宸火开始，依次给众人套光子盾。

赛前视频——

宸火看着镜头看了许久，自己先别扭地笑了一下："好尴尬啊……录这玩意儿。"

"先对余邃说,余邃……"

宸火看着镜头停了下来,又隔了好一会儿,笑了一下,揉了揉眼睛,慢慢继续道——

"突然想起来……你年纪其实比我还小。

"我明明是你哥,但……没照顾过你,这次我能没心没肺地走过来……反而多亏你了。

"虽然你没奶过我,但你就是我最好的医疗师。

"总之……算了,说 Puppy 了。

"Puppy,我之前总说你直播蹭大家热度,那句话是假的,别走心。

"虽然我知道你也不会走心。

"时崴……

"我也不知道为啥从你刚入队咱俩就整天掐,我其实没烦过你。

"还有就是,跟你说个秘密,当年咱俩吃烤串打起来……确实是我把你点的烤串全吃了,你点的太合我胃口了,唉……本来不想说出来的。

"就这样吧,我去叫 Puppy 来?"

赛场上,Puppy 遵照战术安排开始划水,珍惜子弹,不莽不冲,在后方开着镜当只安静的眼睛,给众人适时报点。

圣剑被 Free 活活折磨了两局,这局开场后神经高度紧张,准备破釜沉舟就跟 Free 正面"刚"了,但开场拼了一拨脸后发现 Free 突然不冲了,稳扎稳打,上一场还宛若地狱阎罗的 Evil 选手居然去地图边缘偷图了。

Puppy 给时洛报报点,对方一来,Free 四人马上集合,打退就散,不穷追,不拉扯,没人了就继续偷图,东一块西一块,不慌不忙。

赛前视频——

Puppy 无奈地看着镜头:"我最怕这种环节了,说什么啊?

"先是余邃。

"就……不夸他什么了,余渣男有多好,大家其实都清楚,只能说……

"不是你,当初我不会天南海北地跟你走。

"谢了,多亏你,我现在可以有个能完全放松,没事儿就直播,安心打比赛的俱乐部。

"再说宸火。

"平时总说你缺心少肺,其实我知道……你不是。

"那年我被圣剑卖了,余邃在玩自闭,我们联系不上,那段日子多亏你了。

"整天想办法让余渣男开心,想办法隔着半个欧洲照顾我……谢了。

"时洛……

"认真说一次吧,唉,好尴尬。

"时崽,想跟你说……

"最难熬的那段日子……我们几个在欧洲不好过,你在国内应该也不舒坦。

"从你进战队那天,我对你和对宸火他们就是一样的了。

"你从来就不是外人。"

赛场上,Puppy 提醒时洛又有人要来包他了,时洛点头示意已经听到了,飞快道:"不用来,就俩人,我这边自己可以清理。"

"你确认?"余邃同宸火正在守圣剑前排的人,"别死,知道吗?"

"清楚,不用过来。"时洛精神高度专注着,靠着耳机内的细微声响判断对方位置,蹲在掩体后丢了一个净化皿下去,为免暴露位置,快速转到另一掩体后,架枪准备守对方一拨。

同一时刻,地图正面,余邃、宸火和圣剑的医疗师、一个突击手也碰到了,真正意义上的二对二,余邃给宸火补好状态直接开打,杀了一个突击手后迅速后撤。

时洛这边遇到的是一个突击手和一个狙击手,两人慢慢逼近时洛。

Puppy 提醒道:"余邃那边打完了,让他过去?你带个医疗师更安全一点。"

时洛神情专注,低声道:"不用。"

时洛掐好时间和位置,突然移了一个身位开枪,迅速打掉了圣剑包抄二人组身上的光子盾,时洛再次躲回掩体内。

队聊频道,宸火也道:"不然余邃过去?"

余邃给宸火重新补好状态:"谁是指挥?"

宸火老实地闭上嘴。

时洛给突击枪上子弹:"我能行……别分心给我。"

赛前这个套路已经试了很多次、磨了很多次,每次要开始打二加一加一套路,要分一个突击手出去单独清毒的时候,都是时洛走单。

原因无他,余邃和宸火到底配合多年,细节上默契度要比和时洛强一点。

Puppy 这局前期的任务就是省钱加当眼，嘴闲了下来就忍不住插空道："渣还是余邃渣啊……就为了保住中央地图，眼睁睁地看着小朋友一对二，不去救。"

　　圣剑突击手听出来时洛这边只有一个人，不再周旋，和狙击手队友直接围了上来，时洛听到灌木丛中的脚步声迅速反应过来，飞速转身绕后，直接开枪，一串连发中了三枪，自己也中了一枪。

　　圣剑的选手细节也已拉满，选择包抄时洛的位置正处于 Puppy 狙击范围的斜坡下，Puppy 根本没法帮时洛补枪。

　　时洛身上盾已经碎了，幸好对面并没医疗师，时洛屏息，仗着自己反应快、走位迅速，没再多消耗对方，反而迎了上去，迅速收掉了对方突击手，顶着一个血皮极限操作，又趁着对方狙击手换弹的时候收掉了对方狙击手。

　　Puppy 松了一口气："Nice! 团灭，最先复活的还有十五秒！"

　　时洛边下净化皿边问："我可以过去补血补盾了吗？"

　　队内语音中，余邃道："不行，现在没法补。"

　　地图中央已被宸火插秧般下了八个净化皿，圣剑前排复活后必然先来干扰丧心病狂侵占地图的宸火，时洛在地图边缘，走到地图中心和圣剑复活的人时间差不多，过来完全是送人头。

　　一切都是为了赢，被战术放养了也很正常，时洛自己勉强撑着个脆弱的小血皮，在地图边缘也争分夺秒地下净化皿。

　　余邃视线扫过游戏界面队友状态栏，扫过自己、宸火、Puppy 满满的血条，又扫过最远处时洛那小小短短的一段血条。

　　圣剑前排马上就要去突余邃和宸火的脸了，自己这边马上也会来人，时洛现在这状态基本是一碰就碎，为免被对方狙击手远程"照顾"，时洛净化皿下得非常小心，尽量能不暴露身位就不暴露身位，宛若在悬崖边走钢丝。圣剑率先复活的人果然去冲正面了，激战之中，时洛保护自己短短的血条时听到余邃在指挥间隙低声说了一句："Evil 挺一会儿，我马上过去。"

　　时洛看着自己短短的血条，愣了半秒后快速道："打你的，我没问题。"

　　赛前视频——

　　巨幕上余邃穿着私服，困惑地看着镜头："有什么话最想对时洛选手说？我有话一会儿练习赛打完了自己跟他说不行吗？

　　"你们还是要公开放出去的，对吧？不放？行……我就当我信了。

"……"

"最想对时洛选手说的话……"

赛前视频中，余邃静了好一会儿。

比赛游戏中——

Free前期放了太多烟幕弹，比赛进行到将近十分钟时，战术意图才逐渐显露，圣剑已隐隐意识到——Free化用了圣剑之前的老战术，用游击战来慢慢耗尽对方资源，待对方弹尽粮绝后直接开始屠城。

这战术本就是捆绑着Free上个战术来的，在几个选手前两局疲惫不堪的情况下，开始打节奏相对慢一些的消耗战是最明智的办法。圣剑应变速度非常快，知道要被消耗后瞬间也开始节衣缩食，看样子是想反弹尽粮绝一拨，Free这边几人并不慌张，继续按照自己的节奏一拨一拨地消耗圣剑。

两边都有意节省资源，打起架来越发精细，地图中央的一拨对拼打了一分钟才结束，圣剑折损一个医疗师，剩下一个突击手迅速后撤，但又没走远，盯着状态不佳的余邃、宸火两人。

"补状态。"Puppy提醒，"他们狙击手复活了，盯着你们呢，时洛……"

Puppy蹙眉："先别动，不然你一露头准死，圣剑这招绝啊，他们的狙击手不动了……我确定不了他的位置，他是故意的，故意不暴露位置，想把时洛卡死在掩体那儿！"

Puppy气得喷脏话："他们还专门找了个我没视野的坡！"

时洛给自己的枪上满子弹："无所谓，我卖了。"

时洛这边，熟悉的窸窸窣窣声再次响起，圣剑方才被时洛杀了的突击手复活回来了。

圣剑的狙击手不知在何处，时洛不能贸然动作，身上只剩一点点血，纵然单杀能力比对方突击手强也没办法。

这个摸过来的圣剑突击手，就是圣剑的队长。

之前频频挑衅，好几次是这人挑的头。

时洛轻轻咬牙，他宁愿把自己的人头送给对面狙击手也不愿意便宜这个人。

窸窸窣窣的声音越靠越近，时洛精神高度集中，看着眼前掩体设想无数周旋办法——

但心里清楚没什么用。

自己血太少了。

只有一点点。

脚步声又靠近了，时洛轻轻挪动，不经意扫了己方地图一眼，愣了一下。

己方地图，代表着自家医疗师的白色光标，正在向自己快速靠近。

时洛在地图边缘偷图，距地图中央非常远。

非常非常远。

"其实这个可以卖了的。"场外解说员惊叹于两队周密的战术操作，在发现余邃正向时洛靠拢后摇头道，"虽然现在中间压力不大，余邃可以不用在地图中央了，但他俩这距离也太远了，就时洛一个人头……完全没必要去保。"

另一解说员点头："性价比不高，这也太远了。"

解说员都能看出来，余邃必然更清楚。

但从时洛这边看过去，己方地图上，那一个白色光标还在左右绕行，尽力避开圣剑那个已经消失的狙击手，在一点、一点、一点地向自己的位置而来。

宸火正在精打细算地同他对面的突击手玩你一枪我一枪的游戏，扫了一眼地图也道："费这力气干吗？不都说卖了吗？"

地图上，白色光标穿林绕水，还在移动。

队内语音频道，余邃开麦："今天这是全员开始指挥了？我说过要卖吗？"

时洛一边小心地防备着圣剑的突击手队长，一边不由自主地一直盯着地图看。

己方医疗师的光标仍在移动。

余邃才是指挥，余邃没说过要卖。

余邃刚才说的原话是——

"Evil 挺一会儿，我马上过去。"

时洛深呼吸了一下，提醒自己，这是比赛呢，别因为赛前看了个视频就矫情。

纵使心中理智到极点，看着那小小的光标，时洛眼眶还是忍无可忍地红了。

赛前视频——

巨幕上，余邃静了好一会儿，对着镜头道——

"以前你跟我说，越珍重，越心疼。

"我对你也是这样。

"这一年……训练最苦最累的时候，光看着同队界面里你的 ID，都会心疼。

"想说的话有很多，我没有最想说的，只有后悔没早说的。

"赛季初……我本该一回国就去找你的。"

比赛场上，鬼鬼祟祟的圣剑突击手终于锁定了时洛的位置，开枪的前一刻，圣剑突击手被鬼魅一般跋山涉水而来的 Whisper 一匕首抹了脖子，收了人头。

斜坡上，余邃将时洛短短的一点血条慢慢治疗满，给他套上了六棱三面光子盾。

余邃说了要过来，就是要过来的。

这次他没食言。

时洛竭力压下喉间哽动，待余邃将自己状态打满后，深呼吸了一下，第一时间冲出了斜坡。

双方缠斗已有二十分钟，Free 剩余经济五千六，圣剑剩余经济四千五。

三十分钟，Free 剩余经济四千一，圣剑剩余经济三千七。

四十分钟，Free 剩余经济两千五，圣剑剩余经济两千三。

五十分钟，Free 剩余经济一千三，圣剑剩余经济八百。

比赛足足熬了一小时，Free 剩余经济三百，圣剑剩余经济一百。

两边周旋了整整一个小时，地图都好似狗啃一般，净化皿下得杂七杂八，地图内宛若迷宫。

Free 这边不再动用仅剩的经济资源，正式开始冷兵器作战，圣剑即将在八强赛被送走，圣剑几人万万没想到会是这个结局，黔驴技穷之下开始演戏，效仿 Free 之前的练习赛，也不再用枪械，假装自家经济已经耗光，诱使 Free 消耗掉最后的经济。

但 Free 这边多了个心算堪比计算机的时洛。

时洛也换了匕首，不管不顾，直逼圣剑转生石，圣剑几人本想强清 Free 一方地图迫使 Free 回防的，见状无法，绝望之下只能再次开枪。

两拨混战没打完，圣剑一方耗尽最后的一百经济，是真的一发子弹都没了。

至此，圣剑彻底退回冷兵器时代。

圣剑所有枪械成了烧火棍，医疗师也没经济再买任何光子盾，所有职业优势已经全部消失，圣剑几人只能纷纷拿出长匕首垂死挣扎。

余邃看着对面四人手中的匕首，面无表情。

现役所有选手，还没有哪个选手玩匕首玩得过余邃。

单方面的屠戮正式开始。

时洛、宸火、Puppy 几人有意无意地不再死拼，将圣剑选手留给了余邃。

余邃抽出长匕首。

方才的赛前视频——

时洛看着镜头，缓缓道："前几天采访，都说我狂……"

比赛地图内，余邃的游戏角色白色手套染血，一匕首捅死了圣剑的队长。

时洛说："我不是狂，我只是想彻底做个了断。"

比赛地图内，余邃杀了另一个突击手。

时洛说："过去的事，好像总有个坎儿在那儿摆着……我过不去，你们几个好像也还有点过不去。"

比赛地图内，余邃继续拿了圣剑的狙击手的人头。

时洛说："把圣剑摁死在八强，咱们算是给过去彻底收尾，行吗？"

比赛地图内，余邃干脆利索地将圣剑的医疗师结果，继而一匕首插进了圣剑的转生石。

比赛结束，Free 以三比零，零封圣剑。

两年颠沛，七百个日夜过往，难以洗刷的耻辱，刻在职业生涯里的烙印，这一个月来圣剑频频的挑衅……这一瞬间真的就过去了。

Free 几人摘了隔音耳机，满场山呼海啸般的"删号！删号！删号"声瞬间穿透隔音房扑面而来，宸火和 Puppy 开心得嗷嗷直叫，一边跟着喊"删号"，一边朝着另一侧隔音房里面容灰败的圣剑选手挥手致意。

余邃起身看向时洛，两人对视，眼中都带着万千星光。

我能为你毛头少年一般，在世界赛上同另一个俱乐部的人打一场亿万人见证的删号战。

我也能为你跋山涉水，一步步走到你身旁。

我还能为了你，洗尽心口的尘和霜。

（正文完）

WHISPER XEVII

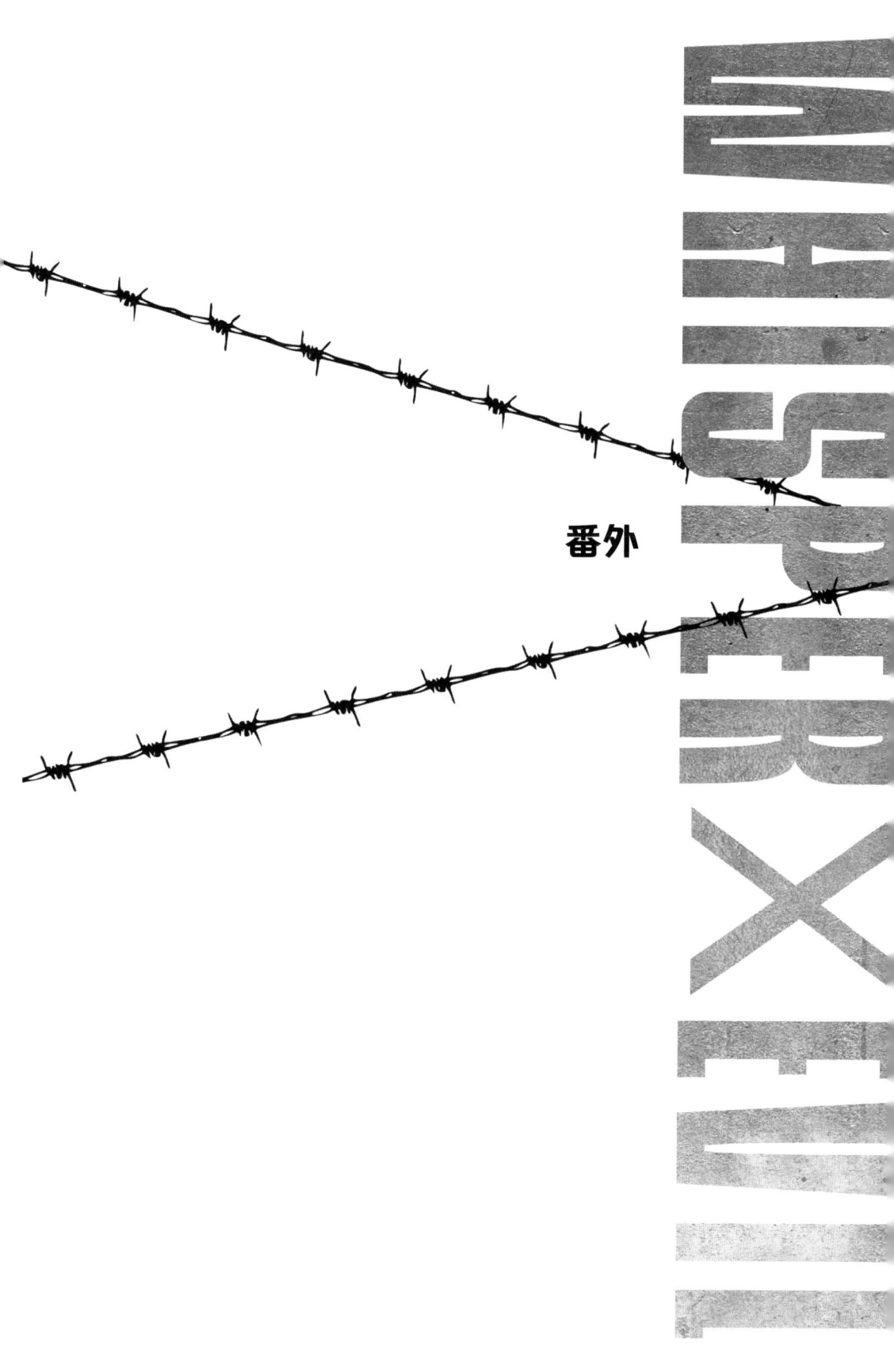

番外

番外一

  为确保赛事公平，世界赛上每个战队每一场比赛，都由赛事组在比赛开始前半小时根据同赛区规避原则，临时抽取该局的裁判。

  如此，俱乐部没机会跟裁判有什么交易，裁判也根本没时间和选手有什么接触。

  这届世界赛赛事组一共调集了四十八个裁判，来自五湖四海各大赛区，被抽取的裁判肯定同该局选手来自不同赛区。

  八强赛头一场，Free 战队对阵圣剑战队，Free 这边抽中的是来自外卡赛区拉丁美洲的一个年轻裁判。

  年轻裁判今年刚入行，做裁判刚刚半年，平时在拉丁美洲这个和平安详的小外卡赛区快乐度日，没跟大赛区打过什么交道，也不了解各大赛区之间的恩恩怨怨，能被赛事组抽调来完全是因为他会几门外语。

  世界赛上头一次亮相，对接的战队是世界两大豪门战队，年轻裁判挺意外，也挺开心。

  谁赢了他都无所谓，做好自己本职工作就好了。

  年轻裁判出身于被称为"菜鸡互啄联盟"的外卡赛区，头一次来这么大的场馆，开赛前头一次看到这沸腾般的欢呼应援，觉得不虚此行，长了些见识！

  Free 俱乐部的选手非常牛，三局连胜剃头了上赛季冠军，看了三场全程高能的比赛，年轻裁判更觉得这趟没白来！强队和强队之间的碰撞太激情了！真的太爽了！

  被分到 Free 这边，近距离见到了中国赛区非常有名的双子星，他也非常满足，中国赛区的双子星真人果然如传闻中一般，人长得帅，操作更帅！其他两个选手同样非常牛!

就是他们不太爱跟工作人员说话,也不太爱笑,每局开赛前还总喜欢相互调侃几句,不是很好接触的样子。

不过大门大户出来的,实力又这么强,嚣张一点也正常。

但让年轻裁判万万没想到的是,Free 这个战队,嚣张到在赢下比赛后不拥抱、不拆自己的外设、不去同自家后台的教练组拥抱哭泣,而是一个个仍坐在自己位置上,等待着什么。

等啥呢?

大赛区出来的选手,是有什么属于自己文化的特殊流程吗?

这不符合比赛正常操作,年轻裁判自然要问一下,比赛已经结束了,选手需不需要出隔音房。

队内最年轻的 Evil 选手不急不缓地说:"不急,我等着对面删完号再走。"

…………

这个来自拉丁美洲、弱小无辜、与世无争的年轻裁判,在这一年世界赛八强赛上,后退半步,瞳孔地震,感受到了极具压迫感的"土匪文化"冲击。

这就是大赛区和大赛区之间的比赛吗?

这就是豪门俱乐部之间的碰撞吗?

这就是明星选手之间的玩法吗?

年轻裁判到这会儿才懂了第三局比赛全程满场观众喊的应援口号是什么意思。

观众不是在嘲讽,是真的有人要删号!

选手账号对一个选手来说有多宝贵不用赘述,说重了,这跟把对面俱乐部基地拆了再当面把人家队旗撕了没有区别。

年轻裁判震惊之余,看向 Free 几个年轻选手的目光中多了几分畏惧。

虽然自己经验不那么充足,但也没见过这种比赛!!

打八强赛吗?输了删号那种。

……可怕的东方俱乐部。

年轻裁判上下看看刚成年的 Evil 选手,不敢排除这个传闻中狂得撑天撑地的选手在开玩笑的可能,压低声音朝对讲机低声询问了一下总裁判组和对面圣剑组的裁判。

不过十秒钟，对面圣剑组裁判的声音从对讲机中传出——

"……是真的，圣剑的几个人已经在删号了。"

年轻裁判："……"

导播也非常搞事情，将画面切给了 Evil 选手的显示器。

Evil 选手显示器的画面同步到了场馆巨幕上。

显示器上的是一局已结束的游戏画面，两队选手的 ID 出现在客户端两侧。

Free 在左，圣剑在右。

Evil 选手知道导播切屏给他了，侧头笑了一下，索性把游戏客户端拉得巨大，只让观众看右侧圣剑选手的 ID，这让观众看得更清楚了。

几秒钟后——

客户端中，圣剑战队的医疗师 ID 消失了。

不是账号下线操作后的正常 ID 变灰，而是消失了。

意义大家都清楚，这个账号在这一刻已经被销毁了。

中国赛区的观众们在片刻安静后彻底沸腾。

又几秒钟后——

圣剑战队狙击手 ID 消失……

圣剑战队突击手 ID 消失……

每消失一个账号，场上就沸腾一次。

世界赛开赛前被各方面侮辱嘲讽的中国赛区玩家，这一刻在欧洲本土，彻底找回了场子。

随着圣剑战队队长突击手 ID 消失，圣剑战队的四个选手 ID 自客户端内全部消失。

Whisper 选手看着空空如也的游戏客户端，退出该局游戏，打开了游戏内好友分组。

年轻裁判一眼看见，Whisper 选手打开了一个名为"受害者名单"的好友分组。

Whisper 看着这个分组，语气平静："继续。"

年轻裁判一脸迷茫，啥继续？继续啥？

不过片刻，导播又将视角切到了 Whisper 选手的显示器上，观众们看着 Whisper 选手的好友分组，不知为何，先是哄笑，后是继续喊 Free 的战队 ID。

隔音房中，Puppy 选手斜倚着电竞椅，看着 Whisper 选手的好友分组笑得直拍腿，好心地对年轻裁判解释了一句："这里面的是圣剑俱乐部其他人的 ID，最上面是他们老板，下一个是他们经理。"

裁判快要窒息。

他没法说这是这届世界赛最精彩的一局比赛，但他可以确定这绝对是这届世界赛收视率最高的一局比赛！

官方下场跟着搞事，这谁顶得住？

宸火选手也笑得坐不稳："赛事组可以啊，居然一直同步咱们的界面，我本来以为打完比赛，咱们江湖恩怨私下解决呢，咱们私下约好了打删号战，官方跟着凑什么热闹？"

"你以为官方不烦圣剑？"Puppy 选手冷笑一声，"请问有哪家俱乐部，从比赛还没打，就开始挨个攻击其他参赛战队的？

"有哪家稍微有一点竞技精神的俱乐部，会为了私人恩怨在小组赛时期控分妨碍赛事公平的？

"有哪家俱乐部高层，用自己小号人身攻击其他选手，专门在赛前毁人心态的？

"没法明着惩治他们，还不能赛后算账吗？"

当然能。

导播组同步直播着 Whisper 选手的好友界面，圣剑赌约在前，万众瞩目下，不得不删号。

分组内的 ID 一个个消失，在彻底清空后，这场比赛正式画下了休止符，几个选手相继起身，开始不急不缓地拆外设。

年轻裁判实在忍不住，斗胆问了 Free 战队的 Evil 选手一句："呃……每个跟你们比赛的战队，输了以后都要删号吗？"

年轻裁判卑微地道："我有个很喜欢的战队，也进八强了，呃……不知道会不会遇到你们。"

Evil 选手："……"

Free 其他几个选手笑了起来。

Evil 选手回头一言难尽地看了裁判一眼，片刻后才道："……放心，只有圣剑这样。"

年轻裁判心有余悸，点点头："那就好那就好。"

Evil 选手用鼠标垫将自己的外设一卷，往外走了两步，看向裁判："觉得我们过分？觉得我们霸道？"

年轻裁判忙摇头，不知内情，不予置评。

他只是觉得这太刺激了。

Evil 选手看了身旁的 Whisper 选手一眼，淡淡道："今天如果是我们输了，圣剑他们会直接冲进这个隔音房——在这里，用我们的机子，把我们战队的活化石账号永久删除，然后把这个过程做成视频，在以后我们每一次比赛的赛场上循环播放，你信不信？"

裁判经验不足，但也听说圣剑的行事作风，这确实……像是他们会做出来的事。

Evil 选手道："先开战的不是我们，他们一开始敢挑衅就得做好被我们踩在地上蹂的准备，对不起，我们战队，没好人。

"但我们不会像他们那么下作……今天号删了，以后桥归桥，路归路。

"删了他们的号……单纯就是把他们拿走的东西拿回来了而已。"

被拿走的是什么呢？

裁判咽了一下口水，不敢问，细想一下，也许是尊严。

他虽然从始至终都在状况外，不清楚发生了什么，但看着 Free 几个年轻选手拆外设时因疼痛发颤的手指，看着他们这会儿眼底隐隐的释然，看着他们走出了隔音房的修长背影……

他莫名感觉，几个少年应该经历过许多不便宣之于口的痛苦。

他们今天做的应该也是正义的。

选手用比赛的方式赢回他们的尊严，这不才是竞技的公平所在吗？

来自中国赛区"豪门"战队的几个年轻选手气场压迫力太强，待几人出了隔音房，年轻裁判才长长舒了一口气。

放松之余，突然发现 Whisper 选手忘记把自己账号退出了，一会儿检查设备、清理隔音室的其他工作人员就要来了，账号这么丢着不安全，年轻裁判准备帮 Whisper 选手把账号退出一下。

退出的时候，他不经意扫过 Whisper 选手的好友列表，意外发现方才那个"受害者名单"分组被改了名。

改成了：都过去了。

年轻裁判"啧啧"，Whisper选手好酷，真男人改了分组不回头！真男人打完比赛不下号！

不知内情的那些事，看来在Whisper选手这里已经是过往了。

…………

但有些人显然还没有。

年轻裁判看着远处另一间隔音室里恼羞成怒一直砸设备的圣剑队长，耸了耸肩膀。

输不起，没风度，一点也不酷。

番外二

Free 整支战队的气氛、状态，让今年世界赛的赛事组有些担忧。

Free 俱乐部很牛。

Free 俱乐部是首个建队当年就破了 N 个比赛纪录的俱乐部。

Free 俱乐部四位选手全是少年天才选手。

Free 有目前全联盟粉丝最多的明星选手。

……………

这些了不起的成绩，赛事组全体官方人员都甘心承认。

但，这不代表，这个俱乐部可以在八强赛后就庆祝他们今年顺利夺冠。

也不代表，他们俱乐部的宸火选手和 Puppy 选手可以在仅仅八强晋级后，就去同安放在比赛场馆最中央的冠军奖杯合影。

更不代表，他们俱乐部那个神志不清、哭个不停的经理人，可以在八强赛后就联系游戏官方，要求预热自家战队夺冠后的庆祝活动。

这支东方战队，逾矩了。

太放肆了。

主要他们只是自己嚣张就算了，毕竟实力摆在这儿了，对战圣剑这场 BO5 把所有人都打服了，可气的是，他们还影响了另一支来自中国赛区的战队。

NSN 俱乐部不知为何，也跟着抖了起来，开始横着走路。他们的八强赛对手瑞典战队已经向赛事组举报，NSN 战队不知道遭了什么瘟，这边 Free 比赛刚打完，NSN 就开开心心地跑去询问他们的八强赛对手，输了比赛的要不要删点什么。

淳朴做人、规矩比赛的瑞典战队惹不起躲得起，先一步打了 NSN 俱乐部的小报告，NSN 因此被赛事组警告了一次，这才欢天喜地地老实了。

NSN 完全是莫名其妙跟着"傻嗨"，赛事组还是可以警告吓唬一下的，至于 Free 这边……

圣剑之前做了什么，大家心知肚明，赛事组睁一只眼闭一只眼，一些小节就装没看见了。

比如有工作人员举报，Free 几个选手在赛后认真讨论过，要不要趁着在境外，找个没人的地方去揍圣剑队长一顿。

比如八强赛后 Free、圣剑两队在后台相遇，Free 几个选手匪里匪气地对着圣剑俱乐部老板吹口哨起哄。

再比如 Evil 选手申请了个推特账号，在赛后直接开喷，一边庆祝圣剑喜提八强一轮游，一边放了狠话：明年世界赛若能再见，他对上圣剑一次，就再删圣剑一次号。

赛事组官方权当无事发生了。

"……稍微收收，你也忒狂了。"

送走圣剑的当天，Free 下榻的酒店里，战队所有人全挤在了周火房间中，宸火拎着一瓶酒趴在沙发靠背上看时洛在推特上激情输出："见到一次，你删他们一次？你怎么跟个土匪似的？"

时洛没理宸火，自己拿起一旁的一瓶酒喝了两口，继续踩在圣剑的头上疯狂蹦迪。

"唉，做圣剑的队员也挺可怜的。"Puppy 已经爽够了，开着直播，一边跟弹幕互动，一边假模假式地装好人，"一年删一次号，每年都要从头再来……他们新赛季一开赛好看了，一开战，四个光秃秃的新号去和别人打，哈哈哈，笑死我了……"

"活该！不就是想欺负人，才去二号种子池的吗……踢到铁板了吧？知道谁最能狂了吧？呵……"老乔歪在沙发上，同周火碰了一下杯，喝了一口酒，迷迷糊糊地闻了闻杯中酒，"哎？这酒真不错，这是啥酒？当地的吗？"

"不是，我从家里捎的。"周火不知喝了多少，满脸通红，口齿不清道，"我让人给我空运过来，专门用来庆祝咱们夺冠的！五万多一瓶……我准备了整整六瓶。"

"牛。"老乔不住点头，一边给自己续杯，一边费力地道，"这贵的酒就是好喝，不过……"

老乔又喝了一口酒，眯着眼认真想了片刻，一时之间竟想不起来自己家战队到底有没有夺冠。

想不起来就不想了，老乔摇摇头，又跟周火碰了一下杯。

三个选手、一个教练、一个经理，加上六个工作人员，十一个人，就着薯片和爆米花喝了六瓶度数颇高的酒，而后全喝高了。

全俱乐部唯一不能喝酒的那个人在做了整整两小时的赛后采访后，回到酒店时，看到的就是这个糜烂颓废的画面。

余邃看着一屋子酒鬼，认真问道："还有人……记得咱们只是刚八强晋级吗？"

一屋子的"王者"看向余邃，神志虽不清，但姿态仍尊贵，一个个睥睨天下。

显然是没人记得了。

屋里弥漫着诡异的爆米花和红酒混杂的味道，余邃这数年没沾过酒的人有点扛不住，闻着这味儿屋都不想进，脱了外套丢在门口，开着门坐在自己外套上刷了一会儿手机，等了片刻，待房间内酒味淡了些才进房间。

Puppy已经坐在地上靠着沙发睡着了，直播还开着，余邃看了一眼——

是余神回来了吗？

哈哈哈哈哈，Whisper那么爱干净，怕是都不想进这屋。

感觉到了余神的绝望，崽崽们，我们还要打四强的，你们知道吗？

余神，啊啊啊啊啊啊！看镜头！

Whisper，求求你检查一下周经理的手机，我怀疑他刚才喝大了，已经把你们明天回国的票订了！

有那么一刻，感觉你们今年就是单纯来打个八强赛的。微笑脸，你们打完就走是不是？

已经笑不动了，为什么我队酒量都这么差啊？唯一能喝的现在却戒酒了，哈哈哈……

余邃对着镜头打了个招呼。

粉丝们一起排队复制粘贴，恭喜余邃过了八强的难关。

余邃谢过粉丝，起身再次看过屋里众人——

余邃揉了揉脖颈，在自家俱乐部总群里发了消息，请没来聚众酗酒的随行工作人员照顾一下众人。

余邃拉起时洛，将人扶回了房间。

时洛大概是心里还残存着一缕竞技之魂，虽然喝得眼睛已经直了，但还有点理智。

"明天……"时洛眼睛发红，直直地看着余邃，"……约练习赛了吗？几点？"

余邃反问："要是约了，你起得来吗？"

时洛目光直直地看着余邃，显然是根本听不明白余邃在说什么。

赛场上凶得不行的新人选手，这会儿躺在床上呆呆的，莫名可爱。

余邃在时洛头上揉了一把："放心，没约，真约了怎么办？你起不来，我开俩号帮你打？"

时洛缓缓看向余邃，重点被带偏，费力道："你……开俩号都能打？"

全联盟公认的第一刺客医疗师思考片刻："只是练习赛的话，可以打打，不保证赢。"

时洛眉头微微皱起："突击手……"

"我也能玩。"余邃好心提醒，"你第一场常规赛，谁临时上了打突击手，比赛全程给你作陪，捧给了你一个 MVP，忘了？"

时洛定了片刻，突然笑了。

时洛半张脸埋在枕头里："你陪我打的……"

时洛闭着眼，突然开始复盘比赛："全程没有一点失误，这么快的节奏都一直能兼顾所有人……怪不得你走的时候圣剑老板那么恨你……你怎么会这么厉害？"

余邃想客气一下，但冷静一想，自己又属实牛，只能点点头："谢谢。"

翌日八强赛，右半区 NSN 对战瑞典战队，Free 俱乐部的人之前信誓旦旦说了会全员去场馆替 NSN 加油，但如 NSN 小组赛出线那日一般，一群人又都睡过了头。

NSN 状态十分好，三比二拿下了比赛，顺利从八强晋级，挺进四强赛。

四强自然是要报复一拨八强的，NSN 老板和经理赛后对着已经凉了的圣剑战队疯狂冷嘲热讽了一拨。

骂够了圣剑，NSN 想起了另一支同样进了四强的中国赛区战队，两支战队并不在一家酒店，NSN 经理想约 Free 一起吃饭庆祝，不想把 Free 从头到尾挨个联系了一个遍，没人回复。

等到晚间好不容易联系上了周火，宿醉未清醒的周火以为 NSN 又是来约练习赛的，直接拒绝了。

"打什么练习赛？你们不要努力了，冠军是我们的了。"

NSN 经理："……"

NSN 经理直接挂了这神经病的电话。

嚣张如 Free，是真的休息了整整一天两夜，因参赛选手连续 24 小时未登录游戏客户端进行练习，Free 俱乐部还同 NSN 一般吃了个赛事组的警告。

赛事组下了个警告处罚后还专门苦口婆心地劝告了周火：不能仗着自家选手天分高就这么放肆，从打小组赛开始，你家战队可是太狂了，一支年轻战队，你们怎么能这么恣意？接下来还有四强赛要打，赛事只会越来越紧张，怎么还能休息一整天呢？以为每次都能像打八强赛一般简单吗？

五天后，Free 以三比零拿下了四强赛，继圣剑之后，又零封北美一号种子战队。四强晋级，Free 拿到了本届世界赛决赛的第一张门票。

赛事组自此不好意思再警告 Free 了。

狂是有狂的资本的。

四个选手万里挑一的天赋不会辜负 Free，这些年日复一日的苦练不会辜负 Free。

苦尽甘来，现在拿下比赛，就是这么简单。

番外三

自打知道了时洛直播号的账号和密码以后，余邃偶尔闲了，会替时洛直播一会儿。

反正自己的直播时长是怎么也完成不了了，有这个时间不如替小朋友凑一下，还能替时洛保个基本时长签约费。

时洛一个月的满时长签约费是八十万元，即使对时洛这种顶层选手来说，这也不算是笔小钱了。

决赛在即，Free 派队里最狂的时洛和第二狂的宸火去录赛前"垃圾话"了，剩下的人在酒店歇着，余邃闲着无事，开机替时洛混一会儿时长。

"Whisper，"周火看着余邃轻车熟路地输入时洛的直播账号，苦口婆心，"你自己一个月的满时长签约费是二百万元，你有这个时间，给你自己补补，钱来得不是更多？"

余邃敲下回车，顺利登录直播号："我不缺钱。"

Puppy 在一边儿酸溜溜地说："我觉得时洛也不缺……是我缺，我缺钱，还缺个余神这样能帮忙直播补时长的好兄长。"

Puppy 蹭直播流量是有一手的，见余邃开游戏客户端了，忙不迭地发了个组排邀请过去。

被余邃直接点了"拒绝"。

Puppy 不卑不亢，又邀请了三次，又被拒绝了三次以后，摘了耳机道："真不是蹭你直播间粉丝，我主要就是想跟你组排练练配合，人不齐就不训练了？"

"不训练。"余邃拒绝得干脆，"我混时长随便玩，没想用脑子。"

"听见了？"Puppy 扭头跟老乔打小报告，"余邃他拒绝训练！"

"嗯嗯嗯。"老乔正在看复盘视频，没工夫理Puppy，"不训练就不训练……不是，你管他做什么？"

Puppy勉强忍住翻白眼的冲动，骂骂咧咧地戴回耳机。

同一时间，在场馆等拍摄的时洛收到了提醒自己直播账号异地登录的提示消息。

不用想，是余邃上他直播账号，又在代播了。

原本一脸"跩"得要死准备录"垃圾话"的Evil选手努力控制着自己的嘴角，尽力做好表情管理，免得一会儿正式录制时神态太温和，没了"垃圾话"视频的火药味。

时洛绷着脸绷了足足一个小时，录制一结束，没能等到回车上就用手机开了直播App，进了自己直播间远程看余邃玩游戏。

宸火一脸牙酸。

余邃播了两个小时，时洛和宸火回到酒店前就下播了，待两人回到酒店后，宸火自然不会放过挤对时洛的机会，啧啧有声："时神看自己直播间看了一路，眼睛都不眨，还开着弹幕看，那么小的手机屏幕，密密麻麻的弹幕，也不怕眼花，职业选手眼睛多宝贵，有些人就是不珍惜啊不珍惜……"

时洛当没听见："人齐了，打会儿练习赛。"

练习结束后，余邃问时洛："玩游戏吗？游戏定胜负？输了的发微博，内容随意。我赢了你用小号，你赢了我用大号，玩不玩？"

时洛纠结许久，直到Puppy来催促两人，时洛才犹犹豫豫道："……行吧。"

可惜，余邃说的此游戏非彼游戏。

当晚，练习结束后，时洛活动活动手腕，准备如约跟余邃在游戏里开solo（单人）模式打一局。

时洛心里其实清楚，玩solo，余邃认真起来的话，自己不管是上医疗还是上突击，胜算都不大。

但为了不用自己小号发微博，时洛还是决定拼一下。

时洛甚至提前半小时叫了客房服务。

客房服务生送了茶点进来，周火迷迷糊糊地接过来放在茶几上，茫然："谁要的咖啡？"

时洛揉了揉脖颈："我。"

余邈正在设置游戏 solo 模式，回头看了一眼："凌晨一点了，喝咖啡，不睡了？"

时洛摇头："没事儿。"

"别闹了。"余邈对周火道，"咖啡倒了，他不喝。"

时洛蹙眉："我喝。"

余邈顿了一下，嘴角微微挑起，在游戏内给时洛发了条消息。

【Whisper】："听话，不喝了。"

【Whisper】："不欺负你，玩点儿更公平的。"

余邈说罢，删了他刚设定好的 solo 自定义服。

余邈找了副扑克牌来，洗了洗牌："我们比斗地主。"

时洛："……"

各自摊在自己位置还没回房间的其他人看神经病一样地看着余邈。

老乔脑壳子疼："你又发什么疯？这要是传出去，你死定了你知道吗？偷着玩纸牌，你们……"

"我俩打个赌，就玩一把，不算违纪。"余邈用脚拨了个小茶几过来，"来个人帮忙凑个人头。"

老乔撇嘴："沾赌我就不碰，我不帮忙。"

Puppy 对白天余邈不跟自己双排的事儿还记着仇："我也不帮。"

周火很想玩，奈何……他不会。

只剩下了宸火一个人。

宸火搓搓手，正跃跃欲试……

"不行。"时洛拒绝得很彻底，"宸火脑子不行，我不跟他玩。"

宸火："……"

"我真是太想跟你打一架了。"宸火磨牙，"个小崽子……"

"凑合凑合吧。"周火打圆场，"这么晚了，上哪儿给你找人去？你凑合凑合，不就玩个纸牌吗？这么重要吗？"

时洛欲言又止，不好意思说出口，上下看看宸火，无奈地说："行、行吧。"

宸火哼了一声，还是开开心心地坐了下来。

时洛越看宸火越觉得不靠谱，觉得他得坑自己，忍不住道："你……别趁机搞我，就打一局，你好好打。"

宸火纯粹是自己手痒想玩牌，敷衍道："知道知道。"

时洛还是不放心："你要不把那杯咖啡喝了，清醒一下？"

宸火纳罕地看向时洛："你……你这么认真做什么？你们是玩钱？一局输赢多少？"

时洛嘴唇动了动，片刻道："一个亿。"

宸火、Puppy、老乔、周火同时呛了一下。

Puppy 后悔了："要不我来？我也想经手一下一个亿的生意……"

宸火哆哆嗦嗦："这这……这要是不小心坑了，我……我……我也不是故意的，我肯定好好打。"

时洛稍稍放下心，皱着眉毛蹲在小茶几旁边，屏息静气。

兹事体大，时洛是真的认真了。

余邃目光一直在时洛身上，嘴角始终噙着笑，还没开始玩，心里已经放水了。

逗逗小朋友就行了，一会儿随便打打，输给时洛就好。

周火听时洛简单跟自己介绍了一下以后慎之重之地点点头，洗牌后扣下三张牌，挨个给几人发牌。

周火有点冒汗："我就不懂了，为啥你俩弄什么都玩这么大的？我这有点紧张啊……"

"你紧张个锤子，快发。"宸火其实也有点紧张，"抽签开始叫地主啊，随便抽。"

Puppy 帮忙做了个签，抽了一下，时洛点儿最大。

这边周火已经帮忙发好了牌，三个人的牌都是扣着的，发牌结束，三人各自拿牌。

时洛认真地一张一张拿起牌，脸色逐渐变黑……

两个 K、两个 Q、两个 10、两个 9、一个 8、两个 7、一个 5、两个 4、两个 3。

时洛深呼吸了一下……

一副牌，怎么就能烂成这样？

这都不知道怎么赢。

时洛一辈子没服过输，眼神热烈地看向宸火，寄希望于宸火有点好运，他可以和宸火组农民二人组。

宸火怀揣着一个亿的梦想,小心翼翼地捻开牌——

一个2、两个K、一个Q、两个J、三个8、两个7、三个5、两个4,两个3。

宸火在心里祈祷,跟自己一起做农民的队友一会儿不要杀了自己……这真不是自己不努力。

余邃已经决定瞎玩了,也不着急,最后拿起牌——

双王、三个2、三个A、两个J、两个10、两个9、三个6。

余邃:"……"

周火瑟瑟发抖地提问:"Evil,叫地主吗?"

时洛面若冰霜:"不叫。"

宸火咽了一下口水:"不叫。"

余邃:"……我要。"

周火把最后三张牌给了余邃。

一个A、一个Q、一个6。

很好,给余邃又多添了两个炸。

时神还指望着宸火,蹙眉认真嘱咐道:"好好看着,好好打。"

双王、三个二、两个炸、一个连对……余邃认真地看着自己手里的牌,这……该怎么输呢?

余邃是真心想放水的。

奈何老天不给他这个机会。

就算是明牌,这俩人也不可能赢过自己。

余邃怀着对队友们的爱,直接打了个春天,如临大敌的时洛和宸火突击手二人组好兄弟,一张牌都没能打出来。

天意如此,余邃也没办法。

时神尘封已久的小号,还是要重见天日的。

番外四

决赛前几天，Free每天都有超过十小时的高强度练习赛。NSN惜败四强赛后，虽无缘总决赛了，但因成绩已超出了最初的预期，也没多沮丧，转而也加入了Free的陪练团，帮着Free进行每日的高强度练习。

"我觉得时哥你缺的不是密集训练，你缺点儿放松。"

训练间隙，瓦瓦单独和时洛开着视频，看着时洛的脸色忧心忡忡："时哥，你有心事。"

时洛木着脸看着瓦瓦，半晌叹口气："没事……上小号双排会儿？"

已经连着打了八个小时的训练赛，Free休息室除了时洛已经没人了。瓦瓦本想劝时洛也去休息，奈何时洛坚持，瓦瓦无法，陪着时洛一起双排。

这会儿同瓦瓦双排也不是为了练什么，不过就是维持一下手感，瓦瓦也清楚，两人全凭着肌肉记忆乱杀，交流都不用。

沉默地打了一局后，时洛干脆把和瓦瓦连着的视频也关了，两人零交流盲打。

热心肠的瓦瓦一边辅助着时洛，一边游刃有余地在游戏里同时洛打字聊天。

【Awa】："到底咋了啊，哥？仇也报了，冠军也稳拿了，还有什么发愁的？"

时洛扫了一眼队内聊天，打字。

【jyhbdhs】："游戏输了。"

【jyhbdhs】："他让我用小号发微博。"

"他"是谁，不言而喻。

"小号"是怎么回事，瓦瓦这个喜欢看圈里八卦的，也很清楚。

【Awa】："……那是需要点勇气。"

【Awa】:"但我暗搓搓地非常期待是怎么回事？！"

队里一个路人也是个好事儿的，看了一会儿时洛、瓦瓦两人的队内聊天，困惑不已。彻头彻尾的顺风局，完全有打字聊天的时间，路人卡着一个清毒的间隙，好奇地打字询问。

【路人甲】:"啥意思？这个乱码兄弟要发什么？"

如果能回到过去，在那个春天的时候，时洛绝对不脑抽申请个小号给自己埋伏笔，先是被不明真相的粉丝"网暴"了几个月，现在又弄得自己进退两难。

奈何刚加入战队的时候，时洛少年心性无处诉说，耍酷耍习惯了，许多话当面说不出口，但又多少沾点儿"中二"的青春疼痛，非想留个队内日常记录不可。

虽然这个小号是自己的这事儿已经不是秘密了，但真要亲口承认，还是需要点勇气的。

小号上发的条条让人牙酸的微博，任谁看都太尴尬了。

除了余邃。

余邃不但不觉得尴尬，还时常复习，没事儿就翻翻，觉得那些记录常看常新，每次都能温故知新地品出点儿细节来。

三比零送走圣剑后，Free 的世界赛正途在某种意义上已经画下了句号，队内看热闹不嫌事儿大的几个人，对决赛最大的期盼慢慢变成了等着看时洛小号发微博。

一整个战队，没个好人！

难得遇到个陌生人，时洛少见地有了倾诉欲，想了一下，打字。

【jyhbdhs】:"发一些队内日常。"

路人甲大哥那边安静了许久，弱弱打字："日常还用这么纠结？啥情况？你队友是什么人物？明星？"

【jyhbdhs】:"明星？差不多吧。"

路人甲大哥战术性安静了。

游戏对面的玩家被他们虐杀得有两个已经开始挂机了，时洛继续打字。

【jyhbdhs】:"一个队友粉丝上千万，算是明星吧。你可以这么理解。"

【jyhbdhs】:"我也不是不想发，就是有点不好意思。"

路人甲大哥继续战术性安静。

瓦瓦一边感叹不愧是他时哥,一边摇摇头,也安静了。

时洛没察觉出什么异样来,蹙着眉,继续打字:

【jyhbdhs】:"发还是会发,大家对我太好了。"

路人甲大哥好一会儿才问道:"嗯……对你多好?明星,应该赚挺多的吧?年薪多少,你知道吗?"

【jyhbdhs】:"年薪不清楚,算是赚得多吧,每年能给我两千多万,算多吗?"

【路人甲】:"……"

路人甲大哥这次彻底不说话了。

时洛这队顺利推平了对面,时洛如常秒退了队伍,那边瓦瓦没退出,津津有味地看着队内两个路人大哥聊天。

【路人乙】:"像刚才这种情况,医生一般怎么说?"

【路人甲】:"臆想症晚期,没救了,希望家属能保持理智……这个 Awa 兄弟,你是他朋友?"

瓦瓦忙开心打字:"嗯!朋友!"

【路人甲】:"平时也多劝劝,游戏玩得这么好,咋脑子坏了呢?这是追星追出毛病了?"

瓦瓦突然懂得了他时哥当年披小号被网暴的心酸。瓦瓦摇摇头,不再强行争辩,一边感叹着他时哥不易,一边也退了队伍。

三日后,Free 再次以三比零的分数拿下了本赛季最后一个 BO5,以碾压之势拿下了决赛的冠军。

这是他们重组俱乐部后的第一个冠军,Free 整队都很兴奋,只是比三比零送走圣剑那会儿差了一点点,不至于全队大醉。

毕竟得保持冷静,等着捡时崽的乐子。

参加了颁奖礼,做了赛后一系列的采访,例行公事地参加了联赛安排的庆功宴后,Free 终于回酒店开始了自己战队的庆功宴。

周火美滋滋地去推特上冷嘲热讽,宸火他们几个一边喝酒一边逗时洛,催时洛快点儿发微博。

时洛又兴奋又有点窘迫,横了宸火一眼:"跟你们有关系?"

"还真有。"宸火认真又坦然,"看你为难,我们特别开心。"

时洛想跟宸火撑,但心里实在开心,想发火,声音里却已经不自觉地带了笑意："滚！"

余邃不能喝酒，只低头吃水果。

时洛知道余邃在等什么，拿起手机来，磨了磨牙，想了想，又收了起来，敷衍着含糊道："等……等一会儿！"

Puppy 闻言闷笑不已。

时洛不用人灌，不到半小时自己先喝了两杯鸡尾酒来壮胆，待空杯后再要时，一旁一直没说什么的余邃用手罩住了时洛的酒杯，轻声道："差不多了，再多就伤胃了。"

宸火、老乔已经拱到一起去说胡话了，两人身边没什么人了，时洛略微清了清嗓子："我喝大了再发微博，现在脸皮不够厚，发不出来。"

余邃闻言一笑，依然拿走了时洛的酒杯，反扣在了桌面上。

"跟我来。"

余邃没惊动已经开始耍酒疯的队友和工作人员，带着时洛回了房间。

"嘀"的一声，余邃刷开了自己房间的门："斗地主的时候，是真的给你机会了，一直想给你放水，可惜小时神你自己不争气……最后再放水一次。"

余邃房间的小桌上，摆着十个一模一样的黑色礼盒。

余邃坐在一旁的椅子上，敲了敲桌面："抽签。"

"十个盒子里，有一个里面放着一张字条，上面写着周火帮你想好的官宣文案。你选一个，抽中了，你就不用拿你那小号发了，我来发微博。"余邃看着时洛，像是回忆着什么，眼中闪着光，缓缓道，"时神，十分之一概率，玩不玩？"

时洛一愣。

一年前，余邃刚回国，那个会所里，两人针锋相对，时洛对着溢着烈酒气息的十大杯饮品对着余邃说："余神，十分之一概率，玩不玩？"

时洛笑了一下，眼睛红了。

一直给对方留余地，一直在让步的，不只是自己。

片刻后，时洛用拇指抹了一下眼角："十个盒子，其实都放着字条吧？"

余邃莞尔，摇了摇头。

时洛错愕，不等他说话，余邃又道："没骗你，确实只有一个盒子放了，不过……

"你可以抽十次。"

时洛失笑："那不是耍赖……"

余邃看着时洛："在我这儿，你随便耍赖。"

拿了世界赛冠军也没哭的 Evil，险些让 Whisper 这一句话逼出眼泪来。

余邃忍不住补充："不过你也争气点儿，别真最后一个盒子才选着有字条的。"

时洛又差点笑出声来，抽了抽鼻子，走到桌前。

十个盒子长得一模一样，实在没什么可判断的，时洛凭着感觉随手拿起一个，打开了——

盒子里没有字条，但并不是空着的。

盒子里放着一份合同。

时洛打开看了一眼——下赛季时洛续约 Free 的合同。

同这赛季初签的合同没什么区别，只是签约费又多了一千万。

时洛抬眸："我……哪儿值这么多？"

"我觉得值就行。我有钱，愿意给。"余邃催促，"继续拆。"

余渣男套路实在太多，大喜日子，时洛不想失态，平复了一下心情，继续拆盒子——

限量版键帽，限量款男士围巾，绣着时洛的选手 ID……

"你哪儿来的时间去逛？"时洛是真的想不通了，"什么时候买的？"

"我选款式，让周火去帮忙买的。"余邃边拿出手机来边从容不迫地看着时洛拆礼物，"本来也没想到这些……这边东西便宜，那天看别的选手给自己朋友捎礼物，想起来的。"

时洛抿了一下嘴唇，想起国内决赛前余邃跟自己说，别人有的，自己都会有。

时洛嘴唇微微发颤，深呼吸了一下，拆开了第六个盒子——

余邃职业生涯的第一块奖牌。

"这个是真全球限量。"余邃道，"别的选手绝对没有。"

时洛心口胀胀的，珍之重之地把余邃的奖牌放好。

时洛手气果然不行，真的拆到了最后一个盒子，才拆到了那张传说中周火帮忙写的微博文案。

最后一个盒子里放着一张叠起的字条，时洛小心地打开，字条上是余邃的笔迹。

时洛，余邃很感谢你。

余邃拿着手机，静静地等着时洛拆完了十份礼物，然后点下了手机上的发送键。

余邃将手机屏幕转向时洛："看。"

余邃发送了一条微博，内容和字条上的一字不差。

十分钟后，粉丝们在余邃官博下尖叫够了后，赫然发现，曾经被粉丝们一起围追堵截到差点被封号的时洛小号，久违地发了条微博——

余邃，时洛很感谢你。

图书在版编目（CIP）数据

FOG 迷雾之中. 完结篇 / 漫漫何其多著. — 广州：广东旅游出版社，2022.6（2025.7 重印）
ISBN 978-7-5570-2702-5

Ⅰ.① F… Ⅱ.①漫… Ⅲ.①长篇小说—中国—当代 Ⅳ.① I247.5

中国版本图书馆 CIP 数据核字 (2022) 第 047309 号

FOG 迷雾之中 . 完结篇
FOG MIWU ZHI ZHONG. WAN JIE PIAN

出 版 人：刘志松
责任编辑：梅哲坤
责任技编：冼志良
责任校对：李瑞苑

广东旅游出版社出版发行
地址：广州市荔湾区沙面北街 71 号首、二层
邮编：510130
电话：020-87347732（总编室） 020-87348887（销售热线）
投稿邮箱：2026542779@qq.com
印刷：嘉业印刷（天津）有限公司
（地址：天津市静海经济开发区北区银海道 48 号）
开本：700 毫米 ×980 毫米 1/16
字数：351 千
印张：21.5
版次：2022 年 6 月第 1 版
印次：2025 年 7 月第 13 次印刷
定价：55.00 元

【版权所有 侵权必究】

如发现图书质量问题，可联系调换。质量投诉电话：010-82069336